中原作家研究系列丛书

走向建构的对话

——《应物兄》评论集

刘　鹏◇编

郑州大学出版社

图书在版编目(CIP)数据

走向建构的对话 :《应物兄》评论集 / 刘鹏编. — 郑州 :
郑州大学出版社, 2021. 6(2024.6 重印)
ISBN 978-7-5645-7764-3

Ⅰ. ①走… Ⅱ. ①刘… Ⅲ. 长篇小说 - 小说评论 -
中国 - 当代 - 文集 Ⅳ. ①I207.425-53

中国版本图书馆 CIP 数据核字(2021)第 054285 号

走向建构的对话——《应物兄》评论集
ZOU XIANG JIANGOU DE DUIHUA YINGWUXIONG PINGLUNJI

策划编辑	王卫疆 刘 开	封面设计	曾耀东
责任编辑	康静芳 胥丽光	版式设计	苏永生
责任校对	胡佩佩	责任监制	李瑞卿
出版发行	郑州大学出版社	地 址	郑州市大学路 40 号(450052)
出 版 人	孙保营	网 址	http://www.zzup.cn
经 销	全国新华书店	发行电话	0371-66966070
印 刷	廊坊市印艺阁数字科技有限公司		
开 本	710 mm×1 010 mm 1 / 16		
印 张	18.25	字 数	338 千字
版 次	2021 年 6 月第 1 版	印 次	2024 年 6 月第 2 次印刷
书 号	ISBN 978-7-5645-7764-3	定 价	68.00 元

“中原作家研究论丛”总序

新时期以来，中原作家异军突起，他们的创作受到了相关方面的广泛关注和认可。对中原作家的研究开始逐步进入科学化、系统化的新阶段，这对于中原文化的发展和建设起到了一定的促进作用，为了将相关研究进一步推向深入，郑州师范学院、中国当代文学研究会和郑州市文联等机构共同发起成立了“中原作家研究中心”，并联合中国现代文学馆等部门，发起并筹办了“中原论坛”。“中原论坛”拟每年举办一届，论坛主办单位为中国当代文学研究会、中国现代文学馆和郑州师范学院，由中原作家研究中心承办，会议级别为国家级学术会议。该论坛拟就中原作家群的代表性作家和文学现象进行重点研究，每届论坛就一位代表性作家的作品进行专题研讨。论坛将邀请国内外著名评论家、著名作家、高校教授和部分核心学术期刊主编参与。“中原论坛”将以论坛本身为依托，使中国当代文学研究向着深远处开拓。每届论坛必定会产生许多高质量的学术成果，将这些学术成果及时加以整理和出版，成了本丛书编纂的重要契机。

本丛书以“中原论坛”研讨会中产生的成果为主，但不局限于此。对于有价值的相关研究成果，我们一概欢迎，择优录用。中原作家研究中心是一个开放型的研究机构，“中原论坛”是一个开放性的综合论坛，“中原作家研究论丛”也必将成为当代文学、文化研究中具有开启性作用的高品位的优秀思想成果的汇编。本丛书拟根据实际情况，每年推出若干部理论专著，每部专著就中国当代文学和文化发展当中的某一个重要研究对象进行全面、深入、开放的研讨，与时俱进，有序发展。本丛书的编著遵从学术的自由与独立精神，坚持正确的社会舆论导向，呈现时代发展的脉络，体现东方文化和华夏民族的独特性，向着国际化的方向迈进。

对带有一定的地域文化研究特征的论丛来说，这并不意味着僵化和偏狭。我们恰恰要避免由此带来的困扰与不足，从此时此地出发，为人类社会及时提供关于某一类型的文化、人群的思想和精神发展演变的动态图景，打破瓶颈,突入前沿,指向未来。中原是中华文化的摇篮,自古以来养育了老子、墨子、庄子、韩非子、贾谊、杜甫、白居易、韩愈、李商隐等文学巨人,他们的思想光辉像日月一样存留在天地之间,为大地上的生灵驱除幽暗未明之处的荒凉与忧伤。

"盖文章,经国之大业,不朽之盛事。"一千八百年前,曹丕就把文章的作用抬高到了一个无与伦比的高度。为了推动中国当代文学的发展与研究,我们以此论丛而"立言",并真诚地希望得到广大读者和专家的支持。

"中原作家研究论丛"编委会

前言

《应物兄》是李洱最新创作的长篇小说，首发于 2018 年《收获》杂志（长篇专号秋、冬卷），人民文学出版社于 2018 年 12 月出版了单行本（上下册）。《应物兄》问世后，在创作界和评论界引起了“海啸般的震动”，先后获“2018 年度《收获》长篇小说排行榜”第一名，“2018 年度《扬子江评论》长篇小说排行榜”第一名，“2018 年度《当代》长篇小说高峰论坛排行榜”第一名，“新浪网 2018 年度长篇小说排行榜”第一名，“《南方周末》虚构类作品排行榜”第一名，“春风悦读榜 · 小说排行榜”第一名，“名人堂 · 小说排行榜”第一名。李洱也因《应物兄》获“第十七届华语文学传媒盛典 · 年度杰出作家奖”“《中华读书报》2019 年度作家奖”“《南方人物周刊》2019 年度作家奖”等。2019 年 8 月，《应物兄》获得第十届“茅盾文学奖”。在收获各种奖项与荣誉的同时，关于《应物兄》的评论一时间也热评如潮，据不完全统计，迄今为止，关于《应物兄》的评论文字超过 120 万字。《应物兄》的出版与评论，成为 2019 年度文学界与批评界备受瞩目的现象级事件，正如评论者在谈到《应物兄》的出版与评论现象时所言：批评家面对作品时的兴奋、投注于批评文章中的热情，让我们看到，一部小说在今天依然可以成为具有通约性的公共话题。值得注意的是，伴随着巨大的荣誉和如潮的热评，对《应物兄》的评论出现了两极分化的现象。一方面，不少评论家高度评价李洱的《应物兄》，称其是“当代《儒林外史》”“当代《围城》”“百科全书式的写作”“悄然挪动了中国当代文学地图的地标”；另一方面，也有评论者批评《应物兄》结构散漫，缺乏生活实在感，等等，赞美与批评声音不绝于耳。

对《应物兄》的高度关注与两极化的评价现象不仅发生在学院批评内部，在网络平台上也不断发酵。与主要由专业读者构成的学院批评不同，网络平台更多地体现出普通读者的声音。学院批评往往从学术的角度，对《应物兄》的文本、结构、语言，甚至是文学史意义等方面进行解读，评论多发表在专业报刊上，尽量遵循着严格的学术规范。而网络平台显然更自由灵活，普通读者无须遵守文学评论的诸多清规戒律，他们更注重阅读的审美快感和文本所体现的思想情感价值等，虽然很少有长篇大论，但即兴式的批评、片段式的随感，加上跟帖回复，更能营造出众声喧哗般的批评场景。普通读者的批评构成了一个与学院批评不同的话语场，而不同的话语场域的交叉或互动，不但丰富了关于《应物兄》的评价，实际上也促使《应物兄》的出版与评论成为一个热点，把原本已经边缘化的严肃（精英）文学重新唤回到公众视野里来。

总之，关于《应物兄》的评论已经无意间把原来似乎泾渭分明的学院批评与普通读者的声音悄然糅合在了一起，共同构成当代文学批评的复杂景观。因此，我们希望通过对《〈应物兄〉评论集》的编选，搜集梳理相关的评论资料，介入当代文学批评的现场，不但使后来的研究者能够更好地解读与评价《应物兄》和李洱的创作成就，而且通过对学院批评和普通读者的批评两种声音的交叉互动，让我们对当代文学批评与新媒体的关系有更加切近的理解。

鉴于此，我们在编选《应物兄》的相关评论时，采取如下的编选策略：

一、书评。主要选择《应物兄》发表及出版以后，报纸杂志上即时发表的书评。这些书评反应迅速，能够敏锐地把握《应物兄》的价值与意义，迅速给予其评论与推介，是我们了解《应物兄》评论的第一波资料。

二、文学评论。这部分主要编选发表在专业性的文学评论刊物上，有着严肃的学术规范的评论文章。在经过即时的书评之后，对作品的思考与评价显然会进入到更深的层次。因此，用更严谨的学术规范与学术语言，从专业的角度来思考《应物兄》的文本、语言、结构甚至是文学史意义等，并做出评价，是这一部分评论的主要特点。比如有些评论者，在《应物兄》发表与出版之时，就写了书评，而时隔几个月或一年之后，又发表了专门的学术性评论，我们将分别编选。

三、访谈（走近李洱）。这部分主要是编选《应物兄》发表之后的一些有关李洱的访谈，尤其是与《应物兄》的创作有关的访谈。虽然罗兰·巴特认为，作品一出世，作家便死了，剩下的事就交给读者了，而且让一个作家来说明他想表达什么，就像强行让一个出谜语的人说出他的谜底一样，既强人所难，也不明智。但是作者毕竟是其作品的亲生父母，兼听则明，通过与作者的交流，也会获得很多信息，能够刺激、激发、强化或者推翻评论者对作品的理解。这是一个微妙的心灵交流过程。所以，编选一些有关作家的访谈似乎也是必要的。

四、附录。在这本评论集里，我们试图作一个大胆的尝试，即编选一些来自网络平台的或短或长的评论。这些评论作为普通读者的声音，可以与前面所选的学院批评构成对话和参照。一方面，可以更好地理解当代中国文学的阅读现状和普通读者的审美需求；另一方面，网络新媒体和商业化时代，普通读者的声音越来越成为文学批评中的重要一环，忽视或忽略他们对作家作品的看法，显然并不是一个明智的选择。

若批评不自由，则赞美无意义。批评自由也不意味着批评可以像流水一样无可归依，放言无忌并非大放厥词，口若悬河也要有的放矢，各抒己见亦必以真知灼见为归旨。虽然批评难免有意气之词、愤激之语，但只要有的放矢，言之成理，亦在我们编选范围之内。因此，我们在编选文章时，始终抱有这样的精神：求真和宽容。前者主要是针对评论文章的学术水准而言，唯真理是求；后者则体现出我们的态度，以宽容的态度尽量收入各种不同的评论意见。务必使这本《〈应物兄〉评论集》能够做到兼容并包，使读者得以窥见当代文学批评的不同面象。

目 录

文学评论

洋葱的祸福史——从《花腔》到《应物兄》 …………………… 程德培 3
临界叙述及风及门及物事心事之关系 ………………………… 王鸿生 30
应物兄，你是李洱吗 ……………………………………………… 李宏伟 55
无限的敞开与缺席——李洱《应物兄》论 …………………… 徐 勇 62
当下生活的“沙之书”——评李洱长篇小说《应物兄》 ……… 邵 部 74
声音、沉默与雾中风景——《应物兄》 ………………………… 项 静 85
应物象形与伟大的文学传统——评李洱的长篇小说《应物兄》 …………
…………………………………………………………………… 孟繁华 93
应物兄的不思之思 ………………………………………………… 贺绍俊 102
知识分子价值观念的蜕变与现实困境——李洱《应物兄》对当代学人的代际书写 …………………………………………………… 熊 辉 110
塔楼小说——关于李洱《应物兄》的读解 …………………… 阎晶明 124
偶然、反讽与“团结”——论李洱《应物兄》 ………………… 丛治辰 136
思想与生活的离合——读《应物兄》所想到的 ……………… 谢有顺 166
学院知识分子的精神荒芜与道德坚守——从《围城》到《应物兄》 ………
…………………………………………………………………… 刘秀丽 173
“无物”以应物：论《应物兄》的生命哲学 ………………… 姚瑞洋 182
“自我”的多重辩证——思想史视野中的《应物兄》 ………… 黄 平 190
数学思维与知识化写作的困境——评李洱长篇小说《应物兄》 …………
…………………………………………………………………… 鲁太光 206

走近李洱

"借着这次写作，我把它从肉中取了出来"——李洱谈长篇小说新作《应物兄》…………………………………………………………… 石 岩 227
他"生活在真实中" …………………………………… 傅小平 234
写作可以让每个人变成知识分子 ……………… 李 洱 傅小平 239
生活在词与物的午后……………………………………… 卫 毅 249
疫情时期的作家与文学——对话李洱 ………… 卫 毅 李 洱 260
李洱和他才能的边界……………………………………… 杜绿绿 269

文学评论

洋葱的祸福史[①]

——从《花腔》到《应物兄》

程德培[②]

其实,"真实"是一个虚幻的概念。如果用范老提到的洋葱来比方,那么,"真实"就像是洋葱的核。一层层剥下去,你什么也找不到……洋葱的中心是空的,但这并不影响它的味道,那层层包裹起来的葱片,都有着同样的辛辣。

——李洱《问答录》

结构主义分析并不打算发现潜藏的意义:巴特写道,一部作品就像洋葱,多个层次(或多重表面,或多个体系)叠合在一起,它的体内没有不可化约的原则,只有把它自身包裹起来的无穷表层——这些表层包裹的不是别的,就是自身的集合。

——乔纳森·卡勒《罗兰·巴特》

众声喧哗,曾经被合并进小说中(无论合并的形式如何),是另一个人以另一种语言表达的话语,它以曲折的方式帮助表达作者的意图。这样的讲话构成了双声话语的一种特殊类型。它同时为两个说话人服务,同时表达两种不同的意图:正在说话的角色的直接意图以及作者的曲折意图。在这样的话语中存在着两个声音、两层含义、两种表达。同时这两种声音具有对话关系、相互联系,它们事实上知道彼此存在;这就像两人实际上在进行交谈一样。双声话语总是内部对话的。这类例子包括滑稽、反讽或戏仿性的话语,叙述曲折的话语,人物语言的曲折表达,整个被组合后的话语——所

---

① 原载于2018年《收获》长篇专号(冬卷)。

② 程德培(1951年—),男,当代评论家,曾获第六届鲁迅文学奖。著有《小说家的世界》《小说本体思考录》《33位小说家》《当代小说艺术论》《谁也管不住说话这张嘴》《黎明时分的拾荒者》等。

有这些话语都是双声、内部对话的。它们中嵌入了潜在的对话，一旦被揭示出来，就会发现是两个声音、两种世界观、两种语言的集中对话。

——巴赫金《长篇小说的话语》

一

小说史上成就开创性事业的作品往往呈现出两种趋势，一种是领风气之先，带动思潮性写作。巴尔扎克就是一例，写出了超常小说，严重地改变着自己引进的文学体裁——小说，但他后继有人，有巴尔扎克式小说。另一类作品就不同，无论普鲁斯特还是乔伊斯，从未带动类己之作，他们似乎只有一个能耐，打碎传统而又阻断模仿之路，杜绝近似之图，他们的诞生就像一块巨石似的封堵了一条道路。他们创造了这样一个局面，为后来的模仿者设置了一个万劫不复的陷阱。

遵循这一比对，把《花腔》划归后一类作品，大致应该不错。《花腔》一类的作品容易引发一种类似的末路说、终极论，它们似乎永远只能靠废除规则的例外才能让我们看出规则，借由确定之作以不确定的方式呈现，表现出已然开始的必然向死的意识而生存。难怪黄平把论《花腔》的文命名为"先锋文学的终结与最后的人"。

《花腔》那触目惊心的杂品语并置，不可思议地让各不相同、相互矛盾甚至冲突的视角"同台献艺"，让所有的"陈词滥调"改头换面推陈出新，化腐朽为神奇。此等不可思议的编程不是"结构"二字所能了结的。难怪作家魏微感叹："《花腔》整个是一杂耍场，小说家周旋于各种文体之间，把日记、游记、诗歌、随笔、新闻通稿、地方志、回忆录……进行自由切换，令人眼花缭乱。""书中诸如新闻体、文艺腔、文白相杂的文风、延安的文风、国统区的文风……措辞腔调都各有所不同。外国传教士的回忆录是质朴清新的，海外学者的言谈则沉静雅训。另外还有'文革'腔，改革开放腔，活泼泼的民间用语、方言、行话、套话等。"总之，《花腔》的对话及双重性是全面的，它们都在三个不同的叙述视角、正本与副本的遥相呼应及互补的结构框架之中顽强地生存，它们"众声喧哗"，构成的却是自足的有机生命体。所谓有机生命体要完成的唯一使命，乃是堵死它朝向本源回归的还乡之路。弗洛伊德本人就谈到这一悖论：有机生命自我防御，抵抗一切影响与危险，而它们毕竟可能有助于它通过捷径而臻于"不复存在"这一无法通融的目标。在死亡本能的威权之下，自我断言、权力和自我持存这些附属本能发挥着一种担保作用，那就是确保有机生命沿着死亡之路前行，而绕开一切可能的回归之路，以免它返回有机生命内在性之外的无机生命。

魏微写小说,和李洱在认知上有亲缘性,她还原式的阐释所谓专职的批评家很难做到。魏微关于《花腔》的两万多字评论可称得上“珍贵”。我极少在微信上与人讨论问题,而几年前关于《花腔》却和魏微有过几个来回,此事在一次闲聊中被《上海文化》同行获悉,他们正想开个作家写作家的栏目,于是便向魏微约稿。谁知魏微并未如期交稿,直到两年后才履行约定,其认真可想而知。当然,这仅是我的一面之词,魏微原本做如何打算和安排,我不得而知。同一件事,不同的视角可能会产生想不到的差异。李洱正是抓住了这一点,才会有同一个葛任,产生了医生白圣韬、人犯赵耀庆以及著名法学家范继槐三种截然不同的叙述,它们以一种混乱的有序,“见证葛任的历史,参与了历史的创造,而且讲述了这段历史”(《花腔》卷首语)。

新时期文学至今已四十年了,四十年来,我亲身经历了不少文学事件,也参加过不少当代文学史绕不过去的大小会议与思潮争鸣,但每次读同代人的回忆文章,总因与自己的记忆有着惊人的出入而难以认同。拿20世纪80年代的“杭州会议”来说,自己也算从头至尾的参与者,但读了至少不下七八篇回忆之作,每每有错愕之感,总觉得事实并非如此。究其缘由,是记忆有误,还是视角不同;是对昨日事件的遗漏,还是几十年后的当下情景和心绪作祟,真是说不清道不明。莫不是历史的真实与每个人记忆的叠加都得经历一次“花腔”的命运?莫非我们都得聆听一次胡塞尔现象学的教诲:“括除在外”或是悬搁判断,让现象学家在探询一个人如何经历着他或她的世界时,暂时忽略“这是真的吗”这个问题?现象学提供了人类经验的正确方法,让哲学家或多或少地像非哲学家那样讨论生活的同时,仍然能够自我安慰他们是有条理和严谨的。到尘土飞扬的马路上,正是我们是什么的定义。白天会使那些在晚上看起来很清晰的东西变得模糊不清。

二

拜《花腔》所赐,人们经常谈论“百科全书”式的写作,我们眼中挥之不去的是“互文性”,关于真相的讨论也呼之欲出。互文性研究离不开易位一词,正如它离不开联系一词。巴赫金第一个提出:“任何一篇文本的写成都如同一幅语录彩图的拼成,任何一篇文本都吸收和转换了别的文体。”或如热奈特所言:“当我们将此词或此句和我们认为原本可以取而代之的彼词或彼句加以比较时,修辞现象就出现了。”引经据典、搬弄名言名句或引文,在李洱的小说中俯拾皆是,但它们都已无法回到那原有的固定的文本之中,而转向特定社会语境中个人的具体言语之中。正如伊格尔顿所强调的:“语言要被看作内在的对话:语言只有按照它不可避免地要对别人而言才可以领悟。

符号不应看作一个固定的单位(像一个信号那样),而应看作是语言的一个积极的成分,由它在具体社会条件下凝聚在本身内部的可变的社会情调,评价和含义在意思方面进行修饰和改变。因为这种评价和含义经常在变化,因为‘语言共同体’实际上由许多互相冲突的方面组成一个‘非纯一’的社会,所以巴赫金认为在一个给定的结构里符号并不是中性的,而是一个斗争和矛盾的焦点。”

《花腔》让不同的引言互相切磋,产生对话;让引章摘句因人而异,在不同语境中产生新的含义,有时甚至不断地走向自己的反面。逞口舌之快对李洱来说是件快乐之事,而《花腔》则恨不得整个文本都由“引文”组成,这种本雅明理想中的文体一直是李洱渴望的。这是一种改写的欲望,一种引用中的戏仿,一种“结构主义”的雄心引发的对话与复调,一种文本杂陈的剪切与粘贴,一种现象学意味的狂欢。“与其说我关心的是改写,不如说我关心的是对各种改写的改写。”李洱在《关于“遗忘”》一文中如是说,“小说一定要有对话性,内部要提供对话的机制,让读者进行,让读者参与,让读者质疑你,质疑人物,同时质疑他或她自己。”

李洱的小说,总让人感到其中有两种声音在诉说,有两支笔在写作,有些段落中,一种声音会比另一种声音显得更强,而另一些段落则相反,两种声音则势均力敌,相互启发,直接杂糅,彼此呼应,相互排斥,谁也少不了对方。这就是叙述文本中,身体与遮掩身体的衣服之间、能指与所指之间、显与隐、表与里的关系。不只如此,关系学中的变数或许更重要,在“与魏天真的对话”中,李洱提醒我们,“你去过少林寺的塔林吗?鸟进了塔林,叫声都变了。乌鸦的叫声很甜美,喜鹊的叫声却很沙哑。变种了。”其实,“变种”一词是李洱审视经验的一个法宝,这一点我们在下面还会提到。

李洱善于用一种漫不经心表现出其良苦用心,在一种貌似客观的语调与视野中透视出无奈中的疑惑、反讽中的悲喜、隐喻中的苦涩和转义中的抵抗,真可谓剪不断理还乱,就是剪断了也无法拼贴。有思考能力的却没有行动能力,没有思考能力的却四处乱窜,这不是生活中的两类人,而是我们所有人的共同命运,他们同处在一个屋檐下。弗洛伊德曾告诫我们,每个年轻人都必须认识到,世界的真相是他们邻居说的那个样子,而非他父母所说的那个样子——即我们不得不认识到,生活与家庭设法教给我们的理想主义不一致。就像契诃夫最好的戏剧和小说都表现了空怀英雄主义理想却难酬壮志的惆怅:回想生活许诺却又拒绝给予的尊严,追忆应该得到却被夺走的敬意。

《花腔》之后,李洱写下如此感人的文字:“三年的写作过程,实在是一次精神的历险。对我来说,书中的每个细节都是一次临近寂灭的心跳,每一声腔调都是一次射闪之中的出击。因为葛任先生的死,因为爱的诗篇和死亡的歌谣总在一起唱响,我心中常常有着悲愤和绝望,而随着时光的流逝,写作的继续,这悲愤和绝望又时常变成虚无的力量。”作家的自我阐释固然重要,但绝不是作品的替身,犹如记忆无法复原事实本身,“自传是不敢说出自己名字的小说”(罗兰·巴特语)一样。创作谈中的言词欠缺,本不是我们对作品本身说长道短的理由和出发点。

因为爱,许多人和事得以长存。葛任先生之于作家李洱,其重要性无论怎样说都不会过分。十八年后,随着《应物兄》的问世,葛任先生依然阴魂不散,其外孙葛道宏成了济州大学的校长。据费鸣透露:葛校长不姓葛,而姓贺。“他是为了纪念外公,才改姓葛的。他的外公可是赫赫有名。费鸣说,瞿秋白的密友,翻译过《国际歌》的,与鲁迅先生交往,也写过诗。据说最有名的诗叫《谁曾经是我》,您听说过吗?葛任先生的外孙?我不仅知道葛任先生的那首诗,而且知道那首诗的原题叫《蚕豆花》。蚕豆是葛任养女的乳名。难道葛道宏是蚕豆的儿子?”

这段小说中的消息源于葛道宏的自传《我走来》,可当好奇的应物兄“把书抽出来,想翻到相关的章节,奇怪得很,这竟然是一本空的书:纸上一个字没有”。乔引娣的解释,书还未出版,这只是“先做个样子”。据说一类的东西,如同应物兄在葛道宏办公室的上当,不足为信,可对小说的虚构性来说,那可是安身立命的东西。在一个虚构的世界之中,去揭穿一个据说的不存在,这多少有点滑稽和荒唐。就像应物兄对葛校长那句没有说出口的评价,“一个不愿说废话的人,通过研究废话,成了一个著名的学者”。如果说,作家是依据“假话”展现“真实性”,那么阐释又能不能从“真实”还原到“假话”呢?就像柏拉图曾有过的提示:“要证明任何真正重要的事物而不使用例证很难。我们每个人都像是在梦中观察事物,以为自己完全认识这些事物,然而,醒来的时候却发现自己一无所知。”

每个文本、每个个人的供词周围都有一个完整的世界,这个对他们来说是理所当然的世界以撩人的碎屑和片断展现在我的面前。不同的文本段落如何互文,不同视角的叙说如何组合,可真是个问题。这种互文与纠葛,也许在作家案头工作、创作意图中已有,也许压根就不存在。或许不同的人会有不同的组合与拼凑法,那是因为不同的人会以不同的方式解释故事,也许不同人的视角、出发点、落脚点、兴趣、道德、伦理、观念本来就是不同的。把事情弄错总会有的,读错、记错、曲解或误解也在所难免。试图使之统一和完整总是我们的出发点,最终难免的分歧、遗漏又总是我们的结局,或者我们总会落入没有统一完美的终点。尽管《花腔》的“尾声”引用了《逸经》中关于葛任的那篇短文中的话,“他为自己一生划(画)了一个圆满的大写的句号”；尽管最后“范老抢先替他回答了：‘小姐，那还用问，他跟我们一样，也是因为爱嘛！’这句话很入耳，但有些笼统。所以至今我还不知道，范老所说的‘我们’是谁，‘爱’的对象又是谁。”《花腔》以副本结束，而正文呢？则陷入无尽的疑虑与沉默之中。

三

《花腔》推出了“洋葱”说：“如果用范老提到的洋葱来打比方，那么‘真实’就像洋葱的核。一层层剥下去，你什么也找不到。”“洋葱的中心虽然是空的，但这也并不影响它的味道，那层层包裹起来的葱片，都有着同样的辛辣。”洋葱之说是借用范老的比喻，形象又易于传播，但并不严谨且易生歧义，你可能会过度强调那层层包裹起来的葱片的辛辣之味，也可能会过度阐释那无结果去意义的空心之核。

格非应当对李洱非常熟悉和了解，他那篇稍早于《花腔》发表的文章很具代表性：“阅读李洱小说时，我有一种比较复杂的感受，一方面，作者在叙事中总是有意无意地摆出一副揭示真相、阐述意义、提供判断的架势，而且，他的流畅的叙事技巧也有助于读者产生这样的幻觉：仿佛有什么不同寻常的事即将发生。不过，当你读完整部作品时，又觉得与自己的预期相去甚远。”相去甚远的意思是：“李洱的写作为我们敞开的，是一个广阔而模糊的中间地带。在这里，意义从未被取消，它只是暂时被搁置了起来。这个中间地带通过一系列相互矛盾的标志组合起来。”此话虽无“洋葱”之说，但也可以看作近邻了。

从审美角度上说，“洋葱”说并不新鲜，早在19世纪末，当《黑暗的心》还在报刊上连载时，约瑟夫·康拉德就写道：“海员讲故事简单明了，所有的意义就藏在破了壳的核桃中心。但是马洛却不是这样（如果他要编个故事来讲就另说了）。对他来讲，故事的意义并非藏在坚果的内部，而是包裹其外，简洁展开犹如只有拨开迷雾才能寻其光亮，类似需要借助月光才能见到其朦胧的月晕。”康拉德“内核空心”的写作地位今日早已无法撼动，但在其生前还是受到不少质疑的，比如E. M. 福斯特在评论《生活笔记和信仰》(1921)时，就抱怨道：“装着他天才的秘密盒子盛着蒸汽而不是珠宝。”伦纳德·伍尔夫在评论《悬疑》时，呼应《黑暗的心》中的观点批评：“我有一种感觉，像是要敞开一个漂亮的、闪亮的、新的坚果……结果发现里面什么也没有。多数康拉德的后期作品给人这样的感觉。”同年，《旁观者》中说：“我们开始看到……他有故事可讲。但是，奇怪的是他无话可说。”相比之下，李洱则幸运得多，很少有人怀疑其写作能力。但因“空心”说引起的质疑却从未中断过。

“空心”说很容易让人联想到“虚无”，问题还在于，从李洱自己的话来看，除了“经验”，“虚无”出现的频率也不低。

2015年，《南方文坛》推出黄平《重读〈花腔〉》一文。文章写得极其用心，涉及的问题很多，在谈及“虚无”时，黄平这样写道：“在回答梁鸿‘你把人物、读者，包括你自己都拖入怀疑的深渊中，无法从中看到任何光亮’的质疑中，李洱诚实而有抱负地表示，‘它可以说是现代人的真实处境，是我们存在境遇中的公开的秘密。所以这类小说，写着写着，有时候你会觉得周身寒彻。但是，你必须挨过这一关，你必须顶上去，你必须能够调动你的所有力量，顶上去，能够穿透那虚无。’这种文学的志向令人尊重，但穿透虚无，谈何容易，这是先锋文学的涅槃之地：那照亮我们的阳光、那穿透意义的意义，如果有，是什么？”

应当承认，设问是容易的，要回答则谈何容易。李洱在概念问题上经常铤而走险，比如喜用“经验”一词，须知在所有哲学词汇中，“经验”是最难驾驭的一个。有些问题诚如奥古斯丁所感叹的，“你不问我，我倒清楚，有人问我，我想说明，便茫然不解了”（《忏悔录》）。莱布尼茨问：为什么有而不是无？这一形而上学传统的最高问题可能是没有答案的。尼采“永恒轮回”的思想用一则神话再度占据了这个问题的位置。“为什么任何一个世界都有存在的权利？尼采无须进入这样的追问；相反，他首先设定在永无止境的永恒轮回系列中，随后出现的世界都有存在的权利，而这种权利奠基在这么一个世界之中，然后，他就用这么一个设定置换了上面那个问题。

”至于“虚无”，理解不同更是常见的：一种是把“虚无”理解为对人的幸存来说是值得拥有甚至是必需的东西，另一种则是面对真实的丧失时确信真实的重要性和价值。在“拉辛就是拉辛”这样的表述中，巴特注意到，虽然这种同义反复是虚幻的，因为不存在真正的拉辛，只有拉辛的不同版本。“虚无”也是如此，别的不说，仅以存在主义而言：虚无有时指没有对象的忧虑的对象，即不涉及任何事物的忧虑所涉及的事物，有时指死亡，有时又指人类本性在通过各种自由选择得到实现以前的不确定性。就像L.卡罗尔小说中的对话：“我看到路上没有人。”“我希望我有这样的眼睛，能够看到没有的人。”关键是存在不需要虚无就能被设想，而虚无，由于它是存在的否定，需要存在以把自身设定为否定，存在为了再不需要虚无，而虚无像天堂一样，完全靠存在活着：“从存在中获得它的在。”

具体的虚无这种概念听起来很古怪，但萨特用一个有关巴黎咖啡馆生活的例子做了进一步的解释。他说，让我们想象一下，我与朋友皮埃尔四点在咖啡馆见面。我迟了十五分钟，并焦急地环顾四周。皮埃尔还在吗？我感知到了很多其他的东西：顾客、桌子、镜子和灯，咖啡馆烟雾缭绕的气氛，碗碟碰撞的声音和人们交头接耳说话的声音。但皮埃尔不在那儿。在这个其他事物构成的场景中,一个事实响亮而清晰地凸现出来:皮埃尔的缺席。对萨特来说,虚无涉足主体的内在性问题:“主体不再有内在性。主体就是主体所朝向的事物。是对事物的朝向本身,是向事物的投入或投射。但是萨特说,只要主体试图恢复自己,试图一时忘掉事物而与自己重合,想关起门窗,暖暖和和与意识亲亲热热地待在一起,这时候,主体就会消失,就会分解,用萨特的话说,就会变成虚无。他那句有名的话意思就是这样:‘由此,我们就摆脱了普鲁斯特,是同时从内心生活中摆脱’,他之所以那么不公正地攻击《追忆逝水年华》,其意义也在于此。”萨特不相信自己,他相信的是自我缺乏的自我,是不得不在自我中居留的自我。

今天,萨特的东西虽已老去,能为人论及的地方也越来越少,但要三言两语讲清楚并理解其思想也并不那么容易,尤其是关于自在之物与自为之存在的分析,萨特为此做出了巨大的努力,而且一生从未动摇过,这可是萨特虚无概念无法绕过的东西。写到这里,我反复提醒自己,不能离文学太远。作家的话语、作品的某些举例和评论家的阐释很多地方都和文学无关,它们更多时候都是布下了“索隐”的陷阱,让好奇之心深陷其中而不能自拔。当王宏图指出《花腔》中那首诗的出处,当黄平考据出报刊《逸经》的真实来由,我们也可以在《应物兄》中查出亚里士多德关于“朋友”的那句名言是出于蒙田的文章之中,而是否亚里士多德所说并不确证,而理查德·罗蒂的《托洛茨基与野兰花》并不是一本书,而是其在1992年写下的小传文章时,当有人说葛任是个人的谐音,我们也可以说应物是鹦鹉的谐音时,切莫因高兴过头而深陷其中,因为这不是对小说阐释的应有之途。李洱的小说有着太多太多引经据典和学术之疑,此等考据索隐的陷阱会使我们误认小说为非小说。一部百年的红学研究学术史,几乎让“索隐”和“考据”占了大半壁江山,而真正《红楼梦》本身的文学研究则少之又少,以至于余英时先生感叹道:“从文学的观点研究《红楼梦》的,王国维是最早而最深刻的一个人……王国维的评论遂成绝唱,此尤为红学史上极值得惋惜的事。”

四

“洋葱”之说是个隐喻,一层层的葱片和空心之核是个整体,缺一不可。但这个隐喻并不“想象”它所要形容的事物,它只是提供与事物有关的系列形象的方向。它的作用是象征,而不是符号;它既不形容也不图解它所表达的事物,它告诉我们从什么方向去寻找文化经验中的形象,从而左右我对其所述事物的感觉。《花腔》追求的不是在一个层次上,只用唯一的声音说话,而是横跨于相互对立、彼此差异的矛盾之间，浑然为多声部的合唱，它打破的是井然有序、有头有尾的幻象，呈现出的是互为依存的对话和无法回避的悖谬。李洱从不把“洋葱”之戏剧立于非此即彼，以及“最终”和“不可回收”之上，而是以有限为赌注去赢得无限，并在冒险的确定性中，把握住赌赢的不确定性。那是因为人的目光所及之处，矛盾无处不在，因为历史可以重新解释，但历史绝对不可能逆转。历史呈现出一种“花腔”，现实生活的变化态势是“石榴树上结樱桃”，我们内心世界的怅惘和忧郁是“饶舌的哑巴”，怀疑论者的生存状态则是“午后的诗学”。

“洋葱”之福在于文本的愉悦，破坏的是长时期管制着我们的认识论。就像德国作家君特·格拉斯在其自传体小说《剥洋葱》中所说：“回忆就像一颗要剥皮的洋葱。洋葱剥了皮你才能发现，那里面字母挨字母都写着什么：很少有明白无误的时候，经常是镜像里的反字，或者就是其他形式的谜团。”“每一层洋葱皮都出汗似的渗出长期回避的词语，外加花里胡哨的字符，似乎是一个故作神秘的人从儿时起，洋葱从发芽时起，就想要把自己编成密码。”又如巴特指出的，“文本就意味着织物，但迄今为止人们总是将这种织物视为一种产品，一种全部已经织成的薄纱，并且认为这织物薄纱背后或多或少地存在着隐含的意义（真理）；然而与此相反，现在人们在这种织物中强调的是一种生成的观念，它主张文本是在一种永久不断的织物活动中产生和发展”。弗兰克·伦特里奇亚在这段引文后评述道：“作为纯粹的编织活动，作为中心没有蜘蛛的网络，作为永不结束的自由游戏，作为自由能指的无穷星系，文本打破了自身的薄纱、棱镜或镜子身份，并且从自己身上卸去了认识的重量，而这种负担是那些传统认识论隐喻注定要承受的。”

从传统意义上讲，纱幕后面的东西是真实的，而纱幕自身就是一个现象学的建构。现在，这个洋葱片的剥去过程违背了这一建构，这个洋葱的内核是“无”，是“空白”，它不是“真理”的显露，而本身也是一种现象学的“废话”，它使我们失去了寻找真相的紧迫感，也就是说，叙事者的功用并不在于是纱幕的刺穿者，它最多只能是充满魔力的虚构。“大多数人都无法容忍太多的真相”，这是 T. S. 艾略特很著名的警醒，那是因为亨利·詹姆斯的秘密、乔伊斯的谜、博尔赫斯的迷宫更能引发我们对真相的渴望，洋葱的空白内核也是如此。我们想表达出无形之物，却必须使用有形的介质；我们想表达不可言传之物，却必须使用措辞；我们想表达的也许是无意识的事，却必须应用有意识的方法。从这个意义上说，洋葱片是空白内核的证物，而空白之内核则是洋葱片的证言。

“洋葱”之祸同样容易产生于内核之空无，所谓于“无”深处多少也包含了此层含义。齐泽克曾以动画片《猫和老鼠》说明这个意思：“猫疯狂追逐老鼠，根本没有注意到，它的前面是悬崖峭壁；但是，即使双脚已经离地，猫也没有跌落下去，还在对老鼠紧追不舍。只有当它低下头望去，发现自己浮在空中，这才跌落下去。”我们都有过这样的经验：一旦遭遇创伤性经历，我们的现实感就会破灭。这使我想起，尼科尔森·贝克在小说《夹层厅》中，就曾精彩地从现象学的角度描述过一个男人的午休时间。主人公系一根鞋带时，鞋带突然断了，他默默地盯着手中的那截鞋带，脑海中闪现了类似的事件：拉住线头，想要打开一张创可贴，但线松掉了，没有把纸扯开。或者使用订书机的时候，订书针没有穿透纸页，紧紧在另一边闭合，而是“仿佛没有牙齿一样咬下去”，原来没有订书针了。为什么有时候一颗钉子在锤子下弯掉，会带来与之极不相称的沮丧感，并且让你觉得一切都在和你对着干？那是因为这个世界不再是一台运转平稳的机器，而是变成了一堆拒绝合作的顽固事物，而我处在中间，不知所措，迷失方向。“当一种约定俗成的虚假社会规范或者说‘潜规则’大行其道的时候，个人生活的真实性就被吸尘器抽空了。”李洱在他那篇流传甚广的演说中如是说。

五

“洋葱”的空心说或许是对人们早已习惯了的“核心”美学的抗议与不合作。尽管在四十多年前，罗兰·巴特在为罗伯·格里耶辩护之时早已有详尽的阐释，但人们依然不习惯，就连晚期的罗兰·巴特自己也有所位移和松动。何况李洱的叙事美学不同于罗兰·巴特：他们的路径不同，处境更是有着天壤之别，但“对事物的浪漫核心所保持的沉默”这一点是相通的。生活于20世纪50年代的法国作家，信奉的是存在主义，盛行的是结构主义，他们经常重提海德格尔的“人的条件，便是在此存在”。究竟“为什么存在者存在而无反倒不在？”巴特由此评价罗伯·格里耶说：“作者的整个艺术，便是提供对象一种‘在此存在’，并在对象身上去除‘某种东西’。”在这里，评价和对象之间都有符号和结构的印痕。

李洱不同，他的叙事尽管有点故弄玄虚，但阅读者则乐此不疲。他从不轻易下结论，尊重事物的复杂性，看重日常经验的存在与变化。他喜欢佯装正面进攻，实则迂回包抄，自有着一套中国智慧的特色与遗传。在《夜游图书馆》中，作者这样写道：“人类的这些固执的理想，与其寻常经验相违反，同时又是许多更高深的经验之肯定。”在《黝亮》中，叙事者又表示了些许无奈：“尘世中的事物难以预料，也说不清楚，因为事物总是经过我而抵达你，或者经过你而抵达我。”言词的杰出表演和一种让人气馁的落地之间，总有一种张力。

我们与世界的紧张关系无疑是李洱最为关注的重中之重，不断变化的时代和命名的飘忽不定又是李洱的烦恼之源。他的叙事总是鼓励我们去探寻那掩埋于深处的真相：一个隐秘的难以触及的真相，像水银一样倏忽不定，超越了情节，留住了证言却无法客观地进行验证；一个微妙的真相，如同影子一般，需要阳光的钦点来勾勒它的形状，它似有似无，随着调查取证的进展，在“谎言”的诱捕之下，我们总感到在慢慢地接近它，但它始终不会出现。希望始终存在，被希望的依然如故，模仿者拯救模仿者，但被模仿者依然我行我素。所谓最终的真相，自然使我们想起那赛壬，希腊神话中人首鸟足美女神，这些海妖住在地中海的一个小岛上，常以美妙歌声诱惑经过的海员，使船触礁沉没。在卡夫卡笔下，赛壬是沉默不语的，这也许是因为在他看来音乐和歌唱是一种逃遁的表现，至少是可以逃脱的保证，一种我们可以从助手们大显神通的平庸世界中得到希望的保证；这个世界既渺小，又不完善，极为平凡，然而，同时又是可以令人感到宽慰的。

六

《应物兄》尽管姗姗来迟，但终于以“犹抱琵琶半遮面”的方式陆续诞生。最近，有人对其写作时间是否长达十三年提出疑问，分歧居然缘之于“微信”诞生的时间，这可以暂时搁置。对我来说，李洱要写一部与儒学有关的长篇则早有耳闻。五年前，难得离沪的我赴京参加《繁花》作品讨论会期间，就听作者说此长篇已写下一百多万字的草稿，至于这是一部怎样的长篇，李洱则闭口不谈，有点神秘。两年后，吴亮那部从来不在计划中的长篇《朝霞》问世，再次遇到李洱，闲聊中终于挤出一句话，“这次我要写人物。”写人物并不是新话题，当然老问题也不是没问题。此后的数年间，这部长篇什么时候出笼，以及在什么地方发表出版，说法不断、传说不一。人们的预计总也赶不上实际时间的延迟，以至于世间有没有这样一部作品的问题都应运而生，如同出现后的小说中反复寻找的“仁德路”和世上还有没有“济哥”的问题一样。

《应物兄》来了，终于见面了。这部长达近百万字的小说，基本上臣服于时间顺序，写得顺手，读来也顺畅。中心事件围绕着济州大学儒学研究院筹备成立和迎接儒学大师程济世的“落叶归根”，应物兄是当之无愧的轴心人物，由此上下挂联、左右触及的有名有姓、面目清晰的人物不下六十位。围绕着济大著名的几位先生：古典文学研究泰斗乔木、考古专家姚鼐和古希腊哲学柏拉图专家何为老太太，还有世界级儒学大师、哈佛大学东亚系教授程先生，以及这些大师众多的门生、弟子和信徒，一场轰轰烈烈的儒学复兴大业就此展开。由于兹事体大，引起领导重视，不仅济大校长、常务副校长亲自挂帅，省里的领导也全力参与；由于建造太和研究院、恢复程济世先生旧居原貌的工程复杂、涉及各方利益，于是引来了桃都山连锁酒店老板、养鸡大王、内裤大王甚至全球资本巨鳄的粉墨登场。就这样，简单的事情因此而复杂，明白之事因此而微妙，原本的学术之事演变成了旧城改造、科技创新、引进外资等发展济州经济的大事。

当小说发展到后半的81节"子贡"，里面出现了一份名单："子贡、葛道宏、铁梳子、陈董四人在葛道宏的办公室谈话，其余诸人都在会议室里等着，计有：董松龄、陆空谷、李医生、应物兄、敬修己、汪居常、卡尔文、吴镇、费鸣。"名单是有学问的，办公室里的四人被搞历史的汪居常戏称为"分享二战蛋糕的开罗会议"。太和研究院已不再是单纯的儒学院，在它的上面还有一个"太和投资集团"，集团目前的任务是胡同改造，以后参加旧城的改造。读到这里，我们不由地感叹，这个世界学术已溢出、经济已凸显，新的经济增长点已成了人所应对之物。真诚、仁义走上了异己之路，伦理之路赶上了物化之道，研究传统道德的最高学府，因当代经济杠杆的威权被蒙上了阴影。难怪应物兄责问道："一个寄托着程先生家国情怀的研究院，一个寄托着他的学术梦的研究院就这样被糟蹋了吗?"这让人想起了雅克·朗西埃所说的："若说现代世界是学者、管理者和商人们的灰色合理性的天地，这有失事实依据。在这个世界中，一切都混杂在一起，商品的装饰等同于怪异的洞穴，任何的招牌都是一首诗歌，成为所经历世界的数字，任何广告画都是一株不知名的植物，任何垃圾都是某一文明时期的化石，任何遗址都是某个社会的古迹。现代社会是一个不断更新的遗迹和民族化石的巨大堆积，是写在墙上供人阅读的象形文字的巨大织物。"

《应物兄》巨大框架在于追寻的是"昨日"之流，瞄准的是"今日"之变，流变之中的各色人等涉足"象牙塔"内外，海峡两岸的知识幽灵，文化飘移，传统之生生不息，还包括类似巴士底病毒的资本肆虐，均留下情绪饱满之笔墨，让阅读陷入五味杂陈之泥潭而难以自拔。

当小说叙述进入76节"寒鸦"时，我们读到："程先生说，在离开济州之前，他最后一次听灯儿演奏二胡。那天家里虽来了不少人，吹拉弹唱，饮酒作乐，不亦乐乎。但是后来，琴声变成了悲音，乐声变成了哭声。他记得很清楚，说完这话，程先生吟诵了张可久的《折桂令·九日》：'人老去，西风白发，蝶愁来明日黄花。回首天涯，一抹斜阳，数点寒鸦。'程先生还吟诵了辛弃疾的《鹧鸪天》：'晚日寒鸦一片愁，柳塘新绿却温柔。若教眼底无离恨，不信人间有白头。'"此时，典型中国传统式吟唱构成了无法抵御的乡音。在82节"螽斯"中，程先生继续回顾儿时的济哥之声："凤凰吟的济哥，天下第一。

多年没听济哥叫了。好听得不得了,闻之如饮清泉,胸中有清韵流出。世界各地的蝈蝈放到一起,我一眼就可看出,哪只是济哥,哪只不是。也不用看,听也听得出来。”“程先生的声音,在会贤堂回荡。低沉、缓慢、苍老,令人动容。在程先生那里,济哥已经不仅仅是鸣虫了,而是他的乡愁。”程先生归家之情及安排,无疑是贯穿《应物兄》的题旨之一。李洱以一种特有的中国叙事,向人类叙事始源的永恒主题致敬。

七

《应物兄》充斥着言说,尤其是作为当代儒学大师的程济世先生,其身世命运既是其他人所无法替代却又同时勾连出我们都曾经有过的共同情感。对其众多的门生和弟子来说,其不断流泻出的言语,貌似“论语”,不是“论语”,却也称得上“论语”的当代阐释。倾听领悟程先生的言说之间,我们不只感觉到其人的学问与思想,还看到了一个有血有肉的人物形象。难免枯燥深邃的言语,经由叙事者的精心布局,谨慎切割,说来津津有味,读来也兴味盎然。写人物虽是老问题,但李洱写出了新境界。

程先生说:“漂泊已久,叶落归根的想法是有的,剔骨还父,剔肉还母,本是人伦之常。”(第20节“程先生”)

程先生说:“我不愿意老调重弹,和谐为上,别瞎折腾。夫子是对的,只当素王。我是安于当个学者、当一个思想家、当一个小老头。既无高官之厚禄,又无学者之华衮,赤条条一身素矣。闲来无事,找几个人聊聊天。清霜封殿瓦,空堂论往事,新春来旧雨,小坐话中兴。岂不快哉?”(第20节“程先生”)

程先生喜欢中国乐器,不喜欢西洋乐器。程先生曾说过,我们的弦子是从马尾巴上弄的,他们呢,他们的提琴、钢琴用的钢丝、钢筋。我们的笛子是用竹子做的,他们吹的铜管。我们是天人合一,他们是跟机器较劲。这会儿,程先生拉完之后,说:“赫克利特的比喻是对的:对立产生和谐,如弓与六弦琴。但还有比六弦琴更恰当的比喻,那就是二胡。”(第20节“程先生”)

程济世先生说:“我不乐观。凡是在二十世纪生活过,尤其是在二十世纪中国生活过的人,如果他是个乐观的人,那么他肯定是个白痴。但我也不悲观,一个研究儒学的人,尤其是在二十一世纪研究儒学的人,如果他是个悲观的人,那么他肯定是个傻瓜。”(第26节“双林院士”)

程先生说,“我与济州的感情,你们是知道,我是个重感情的人。一个儒家,一个儒学家,应该主张节欲、寡欲,甚至无欲,但绝不能寡情、绝情,更不能无情。不重感情的人,研究别的学问,或许还能有大成就,但研究儒学,定然一无所成。”(第40节“博雅”)

在美国的程先生连续很多年批评福山,对东方主义颇有微词,认为东方学的概念,就像女权学一样,硬要把世界分开。先生认为:“儒学的发展也是一种物理现象。他与别的学科的联系,是一种化学联系。”程先生在北大的演讲中继续说:“传统一直在变化,每个变化都是一次断裂,都是一次暂时的终结。传统的变化、断裂,如同诗歌的换韵。任何一首长诗,都需要不断换韵,两句一换,四句一换,六句一换。换韵就是暂时断裂,然后重新开始。换韵之后,它还会再次转成原韵,回到它的连续性,然后再一次换韵,并最终形成历史的韵律。正是因为不停地换韵、换韵、换韵、换韵,诗歌才有了错落有致的风韵。每个中国人,都处在断裂和连续的历史韵律中。”(第39节“七十二”)

程先生的言说还有好多好多,但仅就上述的几例,其应对历史和世界的中庸哲学可见一斑。重要的是,程先生的言说还是一幅不可多得的自画像,自画像可是很现代的东西。程先生的“说”经由叙述者的转述形成了《应物兄》强劲的叙事风格。这自然也使我们联想起几十年前的费边“高论”的形象,然而此番的程先生们,“说”已然是一次无限的升级版。承认变化和断裂是当代儒学共识,这和如何还原孔子的真实画像无多大关系。这也是为什么应物兄会对费鸣说,“我觉得,还是有必要再写一本。每隔三十年,就应该有一部新的《孔子传》,因不同时代的人,对孔子会有不同的解释。”问题还在于,如何理解和处理变化和断裂的问题,并不是儒学专有的,何况,我们现在还处在小说的世界范畴内在思考这个问题。

比如,“对席勒来说,素朴是自然的、直觉的、直接的。感伤的是中断的直接性,反思的。素朴是古代,而感伤是现在。在素朴中起效的是自发的存在,在现代中是意识。那里认识被裹入感情,这里认识(理论的文化)独立自主,还可能对抗感情。现代失去了它的无辜,它变得聪明,甚至过于聪明。素朴的古代诗人还完全属于自然,现代诗人,除了寻找失去的自然,没有任何其他选择。席勒触摸着意识的原痛苦,触摸着那个当觉醒的意识失去存在那直接的轻快,失去对自然的生命过程的十分把握和失去无拘无束的瞬间。所以对席勒来说,那蹩脚的矫揉造作和无情感的机械论,是现代的巨大危险。‘自从我们吃了智慧果以后’,几年后克莱斯特富有创造性联系到席勒的诊断,这么写道,‘这样的失策不可避免’。他完全在席勒的一种矛盾之综合的幻觉的意义中继续写道:‘但是天堂业已关门,天使已在我们身后,我们必须周游世界,看一下,也许后面的地方重新洞开……倘若认识仿佛穿越了一种无限、优美就会再次到来……因此……难道我们重新品尝智慧果,以便回落到无辜的状况?……不过……这是历史的最后一章。’”

一会儿列举小说中程先生的言说面对不断变化中的儒学理想,一会儿又跳到伟大诗人席勒面对现代化进程所产生的断裂之时的巨大困扰和思考,此间似乎有着不可思议的跳跃和难以融合的并置。程先生以诗的换韵为例,好像是在谈文学,实际上以我为主的轮流坐庄的思想理念在作祟。席勒沉浸于影响深远的"古今之争",实际上为世界文学史投下浓重的笔墨;程先生为儒学重为世人重视鼓与呼,而席勒则因与歌德同处一个时代而理清不可避免的分裂。在冰冷死板的教条主义和流水般的相对主义之间,我们是必须做出选择,还是相信它们之间一定有着某种联系呢?如果我们坚信道德仅仅是发动机上的汽笛,而不是推动运转的蒸汽,相信道德只是老谋深算的遮羞布,在虚构世界中浏览的我们还会再想什么呢?程先生们的思想和面目清晰可见,那个隐匿在其后的叙事者,那个以想象力开疆辟土的隐含作者,他在想什么呢?这个问题将持续存在且无法回避。

八

不只程先生们,还有应物兄们,以及神秘如颜回的儒学天才小颜们,《应物兄》审视的是全球范围内几代中国知识分子在变化潮流中的命运,包括"儒林"之外的芸芸众生,不同的官员和生意人。作者的胃口很大,有点正史、野史通吃的味道。不同的记忆和遗忘,不同的视角和思考,不同的生意念着同样的"经",打着不同的算盘。凡学术市场、论文GDP、文化消费、工作调动、鹦鹉说英语、银行存钱、后备厢被撬、窗前女人遛狗、稿酬与汇率等,作者都尽收笔底。就像,"对于那些无所不在、无孔不入的广告,我们的应物兄向来很反感,几乎是本能的拒斥。他没有想到,自己现在也变成了广告,而且是和驴蹄子捆绑在一起"。这段讲述出现在炙手可热的应物兄在交通电台的直播节目《午夜访谈》中,需知此类传播方式在1990年是如日中天的。在出版商季宗慈的安排下,应物兄的学术著作全国各地"一大圈跑下来再回到济州的时候,应物兄已经成了名人了,差不多成了一个公众人物,上街已经离不开墨镜了。一天他去附近的华联商场另配变色墨镜,刚走出电梯,突然听有熟悉的声音在说话,却想不起那个人是谁,更奇怪的是那个人在不同的地方说话,有的配着音乐,有的配着掌声。这是怎么回事?他循声向前,来到旁边的电器商场。接下来,他看到不同品牌的电视机同时打开着,一个人正在里面说话。那个人竟是他自己!他同时出现在不同的频道里。"(第8节"那两个月")作者那让人忍俊不禁的叙述,道出的是连应物兄自己都不敢相信的场景,自视甚高的应物兄居然也成了时尚之镜、水中明月。其实,名人跑马圈地式的签售演说,就是今日也盛况不减。

几十年了，没有任何东西能够在这样的变化洪流中维持一成不变的品格，而只能大部分被消解成过眼烟云的东西，少部分被作为典型的保留下来成为待价而沽的特殊商品。时尚之物本来就是个暂时被搭起来的空架子，是个被暂时吹大的肥皂泡，它们瞬间膨胀，跟着瞬间被吹破，同时都是转瞬即逝，自然而然，像一阵风吹过，像一阵雨飘落。

诚如阿多诺所提醒的，“文化是一种充满悖论的商品。它完全遵循交换规律，以至于它不再可以交换，文化被盲目地使用，以至于它再也不能使用了。所以，文化与广告便混同起来。广告在垄断下显得无意义，就越显得无所不在。”作者津津乐道于李泽厚现象便是一例，“李泽厚先生是20世纪80年代中国思想界的领袖。他的到来让人激动不已。李先生到来的前一天，应物兄去澡堂洗澡。人们谈起明天如何去抢座位，有人竟激动地凭空做同跨栏动作，滑倒在地。来不及喊疼，就连滚带爬去抢沐浴龙头。冷水浇向年轻的身体，激得人嗷嗷大叫。”李泽厚演讲中，“伯庸的女友突然说，李先生用的洗发水是蜂花。有这种想法的人应该不止她一个，因为第二天学校小卖部的蜂花就脱销了。时光飞逝，物转星移，前年李先生又到上海某大学演讲。李先生刚一露面，女生们就高呼上当了。她们误把海报上的名字看成李嘉诚先生的公子李泽楷。”（第30节“象愚”）

应物兄成为学术明星的人生，对我们来说应当是不陌生的。一位成功的中年知识分子，学术了得，工作繁忙，同时拥有三部手机，应对不同的对象，联系在济大的同事以及在全国各地的同行，联系家人和几位来往密切的朋友，联系分布于世界各地的同行朋友。日常生活中的他总是边洗澡边用脚洗衣服，是为了省时，也为了思考及锻炼；婚姻离异心中时常牵挂女儿，更不忘作为老丈人的恩师乔木先生。曾经多嘴多舌的他，“曾因发表了几场不合时宜的演讲，还替别人修改润色了几篇更加不合时宜的演讲稿，差点被学校开除。是乔木先生保护了他，后来又招他做了博士，并留校任教”。“与古代儒学家不同，从80年代走出来的应物兄，对西方哲学家的著作也多有涉猎。20世纪90年代初，他非常着迷于现象学，囫囵吞枣地读了很多现象学著作。”令人发噱的是，遵循乔木先生的教诲，留校任教的应物兄，在公开场合尽量少说话，甚至不说话，“时间长了，他无师自通地找到了一个妥协的办法，我可以把一句话说出来，但又不让别人听，舌头痛快了，脑子也飞快地转起来了；说话思考两不误。有话就说，边想边说，不亦乐乎？”应物兄的这一特殊本领，不仅是一种为人处世的方法，也为叙述带来了便捷通道，让第三人称叙事的全知功能有所收敛，也为进入应物兄的内省活动大开方便之门。旁白、内心想法、不便说出来的意见、不宜发表的评论，无法登台的对话，甚至冷嘲热讽都走上了前台。真应验了“克己复礼”的作为，这也是一种“说不可说”的修辞。

万物可能生于万物，这时就没有了解释，也不需要解释，我们所能做的，就只是讲讲故事而已。但人们偏要宣告，尽管万物生于万物，但绝对没有生出令人满意的东西。故事无须推出最后的结论，它们只能服从于唯一的要求：故事不可穷尽。“应物无累于物”是一种境界，而非万物之命运。此等境界是一种时间段吗？是不断延迟的追求，抑或是古已有之的标本？应付当下的总在前面加上一个“新”字。梁鸿对李洱二字的解读有点意思：“李洱”源于李耳。李耳，老子，老聃也。古时，“李”/“老”，“耳”/“聃”同音，故李耳即李聃。精致到字字有出处，词词有来历，这好像不是小说的做派，但梁鸿指出：“对李洱来说，这是一种隐喻，智者的象征、思考的源泉。从更私人的角度，这也是家族传承的标志，后者正是李洱所乐于比拟和转喻的。”这倒有点老庄和儒家的混搭。想当年，孔子与老子相遇的传说真是令人神往。通过引经据典，对古典诗词的吟唱，我们拥有传统历史的言辞，却未必拥有始源历史的本身。即便有似曾相识、灵犀相通的瞬间情景和感觉，那也是远在天边又近在眼前的误认，前者无论以任何形式都不会是后者的重现，它至多只能是借题现身说法的知性话语，过去只是当下的证词。试图抗拒时间的作用，结果只是借古喻今的迂回之术。这是智慧的境界，而非货真价实的旷古真理。

应物兄始于观物，在我们与物的关系中，就这一关系是由观看的方式构成而言，而且就是以表征的形态被排列而言，总是有某个东西在滑脱、在穿过、被传递，从一个舞台到另一个舞台，并总是在一定程度上被困其中，这就是我们所说的凝视。世界是全视的，但这不是裸露癖——它不会挑逗我们的凝视。当它开始挑逗时，陌生感也就开始了。著名现象学家梅洛-庞蒂讲过，“还原的最大教训是完全的还原不可能这件事情”，不知20世纪九十年代一度着迷于现象学的应物兄对此做何感想。物质世界可以折射出人性的光芒，也可以以它的物质性阻碍和挫伤人性的意义，而现在的物质世界相较于揭示真相的程度来说更多的还是掩饰。在伊格尔顿看来，正如劳动包含一种权力和意义的遭遇一样，意识形态也是如此。在无论什么地方，只要权力影响含义，将它弯曲得变形并让它们与一连串利益产生联系，意识形态就发生了。脱离这些，单纯地讨论东西方文化的异同，那除非“象牙之塔”是全封闭的，是无菌实验室，真有道无法逾越的“围城”。

远古《论语》的理想秩序和道德警示和当今世界的现实处境和伦理乱象，在何处衔接，如何相处，还真是个问题。躲进“象牙之塔”洁身自好，很容易产生闭锁恐惧症，走出书斋随意飘移，一不小心广场恐惧症又在等着你。此等因空间引起的病兆，我们或许略知一二。时间中的痛苦情志则不然，需经过很长时间才能被感知,甚至包括周期性恶性痛苦。例如传统与反传统,在20世纪八九十年代就引发过无数的纷争;还有作为深不可测的时间所引起的情感反应,都是一些长期郁积的现象,比如,曾经风行一时的“怀旧”现象,那些期望和忧患寄系于此。向往昔表达敬意这一行为本身就表明了自身对其中距离的怀旧意识,这种距离把与往昔的价值标准和信仰、礼仪禁忌分隔了开来。往昔对他们具有魅力,并非在于使它延续至今的连续性,也并非因为它是一个活的传统,而是因为它是客观和反讽艺术的重现目标。想想那早已绝种的济哥的叫声,它之所以那么稀罕和令人留恋,是因为连带着程先生的耳朵和儿时的情感记忆,这里少了任何一环都不行,即便华学明的生命科学基地,利用科技创新使济哥“复活”也没用,即便是那些商人们如何再生济哥的吆喝创造再多的商机也无用。只有程济世先生的儿时情感记忆才是济哥的最后绝唱。给予情境以高于事件的优先权,历史发生在其“伟大”环节上被制造出与那些准备永垂青史的历史场景遥相呼应,那些动机链条费尽心机装上了门窗,吹响了叙事的号角。

九

可以假设,历史就是个自然过程,犹如后浪推前浪、冰块漂移、地壳的错误移动、山洪暴发以及洪水的冲积、海啸的破坏……所有的一切都在变化中。考古学就是在变化中追寻始源的过去,而在济大与乔木先生齐名的姚鼐先生就是代表:毕业于西南联大,是闻一多先生的弟子,幼时曾住在二里头的姥姥家,那里是著名的二里头文化遗址,夏文化中晚期的都城所在地。姚鼐先生虽然不写诗,但一开口就是诗意盎然。这也是某些小说的叙事所梦寐以求的。“姚鼐先生说在暴雨中、在骄阳下,他的心绪会飞得很远,仿佛可以看到成群的鳄鱼、孤独的大象。大象,那古老的巨兽,在沿着河床闲逛,用鼻子饮水,用象牙刨食,遇到母象也不急于交欢,显得很羞怯,静静地等待着对方的反应。哎呀呀,都什么时候了,还羞怯呢?完全不知道饥肠辘辘的夏民们手持棍棒在逼近,在大象们的羞怯和潮汐般涌动的情欲之间,笼罩着末世的阴影,但人类文明却正在拉开新的序幕。”(第9节“姚鼐先生”)此段言说颇具李洱风范,令人过目难忘。

济大的学术权威,还有就是那位研究西方哲学的柏拉图专家何为老太太,其命运有点不济,不仅早早出场便滑倒在地而卧床不起,就是其得意弟子改换门庭而成为儒学家都不敢告知。不过她和程先生之间的言辞机锋倒有点意思,当她嘲弄在“西方研究儒学,是穿露脐泳装拜祠堂”时,程先生反应为,“在中国研究希腊哲学,是不是穿三寸金莲进神庙”。问题是老太太早早退场的命运是客观使然，还是叙事者的寓意性布局，我们不能胡乱猜测。可以肯定的是，爱笑的李洱怎么会偏爱柏拉图呢！笑可以说是李洱叙事的生命元素，没有笑是不可想象的。但恰恰是禁笑的律令源之于柏拉图的政治乌托邦，在抨击荷马、赫西俄德和埃斯库罗斯的时候，柏拉图不仅反对赋予诸神以怨恨、罪孽、谎言与诡计，反对将诸神变形和遮蔽，还反对诸神的笑声。这不仅因为诸神就是诸神，还因为笑声所带来的欢乐，一般来说是令人深恶痛绝的。当故事临近尾声，当人们对何为老太太渐已淡忘之时，老太太却以“死亡”强势复活，她在遗嘱中将致悼词的任务委托给一个早已失去联系且被人认为是疯子的经济学家张子房先生，跟济大哲学系开了个天大的玩笑。

几位权威之中，中国古典文学专家乔木先生个性更为突出，他言辞犀利、性格倔强，写得一手好字，但历次政治运动，让他懂得“世故”二字是怎么写的，少说话是他的应世之道，“乔先生的话常常自相矛盾，歧义丛生，这就看你怎么理解”。乔木先生说：“该长大了、成熟了。长大的标志是憋得住尿，成熟的标志是憋得住话。”双林院士评价乔木先生：“过日子，你是浪漫主义者。写诗，你却说自己是现实主义者。”《应物兄》中有好些值得反复阅读的章节，第 15 节“巴别”就是其中之一，文中讲述了乔木先生和双林院士在“五七干校”时结下的友情。而那篇由乔木先生口述，费鸣整理的实录，既是史料，同时也让我们见识了乔木先生性格中的另一面，难怪“应物兄当时边吃方便面，边翻着书。看到有趣之处，他不由地笑了起来，笑得方便面都从鼻孔里冒了出来，弯弯曲曲的，好半天没有清理完”。

双林院士在书中虽似“神人”一般偶尔路过，但由于其肩负着两种文化之一翼，故有着举足轻重的作用。就在斗嘴之际，程先生“觉得双林院士更像是一个范例、一个传说，就像经书中的一个章节。”关于双林院士人生的点点滴滴，关于其命运之坎坷和不凡形象的一面，我们只有读到第 86 节“九曲”时，才会有真切的了解。

如此看来，这些人物构成了《应物兄》中知识阶层的顶部，由他们而延伸出学生弟子、学生弟子的学生弟子，人物纷至沓来，难免会让我们的阅读失去耐心。我们也可以由多个视角去展示这一网络，比如两代知识学人，上一代如上所列，下一代则是以应物兄为代表的各色人等。除此之外，还有家庭骨肉的两代人，像程济世先生父子、乔木先生父女，特别是双林院士和搞植物研究的儿子双渐，这对父子间的爱怨情恨虽着墨不多却叩人心扉。下一代人从 20 世纪 80 年代求学成长，或国内或国外，或中学或西学，他们所经历的学术时代如应物兄对费鸣所说，“在八十年代学术是个梦想，在九十年代学术是个事业，到了二十一世纪就是饭碗。但我们现在要搞的这个儒学研究院，既是梦想，又是事业，又是饭碗，金饭碗”。“金饭碗”也罢，名利场也罢，人们都带着双重意义的细微感觉，展开对现存事物的交流。信念开始闪耀晃动，道德偷眼观望；人们收紧身体、缩回脑袋、舒腰安坐，喜欢从秘密山屋中往外眺望空旷的田野，那里深不可测，光线朦胧。网络虽是现在才出现的东西，实际网络世界早已存在，虚拟和实存世界都离不开“网络”。象牙之塔看似是对网络世界的抵御，实际上那“围城”内外的勾连才是再真实不过的天地。儒学研究院看似很纯粹，实际上在其诞生之际早已陷入了追名逐利的重围之中了。小说讲述事物的发展，而神话则展示结构，心理分析恰恰处在小说和神话之间，它让分析大师凭借悲剧模式对材料进行历史注释。当太和研究院的筹备工作进入后期的人事布局，董松龄常务副校长对应物兄那场“太极拳”式的谈话，才一一道出了那无利不渗，迂回且复杂的任命与安排。实际上，人与人的关系，是无处不在的东西，并且只有我们探讨它时才会存在。还是董松龄说得对，“为什么要说这么多话？因为要处理的关系，太多了，太杂了。”

十

说一下理查德·罗蒂。据介绍，“就当今哲学内相对抗的潮流而言，罗蒂一直是一支启明的魔杖。在二十世纪下半叶，没有哪位美国哲学家像他那样创造出惊愕、激情、敌对和混合所构成的强烈组合。”人们评价，“罗蒂的著作既谦虚又令人陶醉，充满了一种敏锐的智慧，他具有一种引用各式各样比喻的使人眼花缭乱的能力，使用一个句子贯通各种思想的方式，没有技巧的人只能模仿这种句子。”理查德·罗蒂的代表作《哲学和自然之镜》1979年出版，20世纪80年代初，我国就有人将部分章节翻译过来，1987年底中译本由三联书店编入“现代西方学术文库”出版，罗蒂本人则于1985年夏来京、沪讲学访问，其影响可以想见。不用说搞哲学的，就连我这个写点文学评论的，家里至今都保存着这本书。问题是，《应物兄》中提到罗蒂有何意图？提这样的问题当然有点迂，有时候，问这样的问题等于问一个更成问题的问题。在李洱的小说中，经常将真实生活中的人和事进行插入式叙述，据《花腔》的韩国翻译者朴明爱考证，《花腔》中五百名登场人物的百分之九十都是实际存在的，我们除了把他者看作戏仿的游戏还能怎么样呢？当然，有一点可以肯定，此等插入的溢出效应还在于增强特定时代的现场感。

至于罗蒂和李洱之间有什么联系，我们只要读一下罗蒂的另一本重要著作《偶然、反讽与团结》就会知道了。正是在此书的最后一章中，罗蒂不满那种玻璃窗式的描述，认为“相反的、唯有具备独特天分，能够在恰当时刻以恰当的方式的作家,才能给我们这种别开生面的再描述”。“想象性的写作就像从侧面攻击一个无法由正面攻坚的立场一样。凡是不想从事冷峻‘工作’的作家,文学的原初意义对他们而言几无用武之地。这类作家若要发挥作用,那就必须以诡诈迂回的方式使用文学。”罗蒂引用奥威尔自己的说法来表达对奥威尔的敬意,我们同样也可以用罗蒂的说法来表示对李洱的赞赏。

迂回的智慧在于间接地谈论事物,迂回的接近能保持意义的微妙性、接近复杂的含义。迂回就是留有空白的艺术,保持沉默的发言权。被隐藏的东西使人着迷,在遮掩和不在场之中,有一种奇特的力量,这种力量使精神转向不可接近的东西,并且为占有它而牺牲自己拥有的一切。“你要求艺术家对其作品应当采取明智的态度,但你混淆了两件事:解答问题与正确陈述问题。对于一位艺术家来说,只有第二件事才是必须做的。”这是安东·契诃夫1888年10月27日写给阿列克谢·苏沃林信中的话,它被抄在卡佛的一个笔记本中。我的理解,这重要的第二件事就是讲的迂回之术。双林院士在小说的前60万字中出场次数很少,即使点到也是与乔木先生的争执,与儿子无法沟通的怨恨,但到了第84节“太和春煖”和第86节“九曲”,双林院士的人生才得以确立,靠的全是间接的引述和他人的回忆。与乔木先生的惺惺相惜,与双渐的父子深情,只有在双林院士因得了绝症而失踪的空白之处而大书特写,这无疑是《应物兄》中特别感人的两个章节。

在当今叙事这个行当之中,李洱真不愧为反讽之高手,解构之能匠。他满脸嘻嘻,却一腔热血,满嘴玩笑且不甚正经,却让滑稽逃之夭夭;他引经据典,随时圣人言圣人说,却又像是茶余饭后的随意聊天,许多不入眼的东西,经他反复提醒又能让人幡然醒悟;一些不上桌面的东西,一经他指点,却成了美味佳肴。一肚子坏水和悲天悯人都可同时用来评点其叙事之魂。他写得舒畅,却让你无语;他大笔快意,你却在恩仇之间徘徊;他省略之处,你却不吐不快;他迂回之处,你却忍不住要冲锋陷阵。一种总是和你过不去的艺术,总能让我和你的对话陷入冰火之间。

同是写人,李洱省略了诸多例行的手段,集中言谈,满足于倾听。你说、我说、他说对应着会议、饭桌和课堂。读李洱的《应物兄》,耳朵不灵的话是要吃亏的。而且你还要有一种转换的能力,把听来的言谈转为场景,为人处世、人际关系和各种各样的形象、人物和个性。他的言说,提供了某种感觉印象的聚集体,是一种纯粹的现象学存在,一种非连续的过程,有时甚至是无意识的冰山一角。他让我们知晓如何感觉特殊之物,如何揭示隐秘之所在,并释放真正的本性,为知识性个体的关注带来一股清流。或许这些人物我们似曾相识,如今已形同陌路;或许我们并不熟知这些领域,但他们又像是我们身边的导师、上级和朋友。我至今还记得朱学勤谈及知识分子时的那句话,“我举双手拥护学理,但我讨厌有些学理之下的心理”。但在阅读小说时,我们应当把这种拥护和讨厌颠倒过来,拥护后者,而对前者之陷阱则保持高度警惕。学理皆在大师们、先生们之间流通,而心理则人皆有之。

十一

李洱小说中有一种现象不断重复出现,即涉及身体排泄系统的病理,它一而再,再而三地出现,甚至到了一种过度的地步。从最早《午后的诗学》中钟市长患前列腺炎,《遗忘》中“侯后毅早已病入膏肓,他患的前列腺炎,已经卧床多日”起,到《花腔》中已演变成一种“粪便学”:“首先出鼻血,白医生用驴粪给他止血;还有他那治疗金疮的偏方,是鹰尿,苍鹰拉的尿,鹰尿味寒有毒,对生股敛疮有奇效”;“阿庆的腿擦破了,手头又没药,你给治一下吧。白医生说,这好办。说着他就跑到马屁股后面,用马辔头挑起一块马粪说,马粪可以治”;“《医学百家》1993 年 7 期的《名人趣谈中》,记述了于先生给老蒋治慢性腹泻之事,被誉为中国粪便学的泰斗。”这样的例子还可以举出好多好多,我们暂时可以把这称之为李洱叙事中的“病理现象”。这一现象细心的批评家一定会注意到,奇怪的是几乎没有人提及,更不用说阐释了。如果硬要举例,唯一的线索便是徐德明 2002 年发表在《文学评论》中论《花腔》一文的注释 5,暗示性地提到,“《花腔》明显受到巴赫金对拉伯雷研究中七组系列之粪便系列”的影响。况且,这一捕风捉影般的提示是否准确,还是大有问题的。

不错,“粪便”对巴赫金来说是不拘形迹的广场言语,狂欢之时,言语礼节和言语禁忌被淡化了,说些不甚体面的话,议论些不上台面的身体部位,为身体恢复名誉,注重吃喝拉撒的肉体生活。巴赫金进一步指出:“对崇高的东西的降格和贬低,在怪诞现实中绝不只有形式上的、相对的性质。‘上’和‘下’在这里具有绝对的和严格的地形学的意义。上是天,下是地,地是吞纳的因素(坟墓、肚子)和生育、再生的因素(母亲的怀抱)。从宇宙方面来说,是上和下的地形意。从肉体本身来说,它决不能与宇宙明确切分开来,上,就是脸(头),下,就是生殖器官、腹部和臀部。怪诞现实,包括中世纪的戏仿作品在内,用的就是上和下的这种绝对的地形学意义。贬低化,在这里意味着世俗化,就是靠拢作为吸纳因素而同时又是生育因素的大地:贬低化同时又是埋葬,又是播种,置于死,就是为了更好地重新生育。贬低化还意味着靠拢人体下身的生活,靠拢肚子和生殖器官的生活,因而也就是靠拢诸如交媾、受胎、怀孕、分娩、消化、排泄这类行为。”巴赫金还对戏仿的不同形式作了进一步的细分,文学性戏仿正如一切戏仿形式一样,也是贬低化,但这种贬低化具有纯否定的价值,没有再生的双重性。需要说明的是,巴赫金的此段译文有点拗,好在意思还是明确的。

到了《应物兄》,作者不但扩张了作为"上"的言说之作为,而且涉及"下"的排泄之物也绝不收敛。例如,应物兄"本人有前列腺大的毛病。每次使用智能小便池,上面的冲水感应器都会构成对他的嘲弄,往往已经冲了两次水,他还没有尿出来,或尿了一半,另一半怎么也尿不出来"。明明是有病,到这里便成了言说的嬉戏;另外一次,"应物兄到洗手间去了一趟。这一次尿出来的点长了。哎哟,真有它的,它一点也不着急,还显得很无辜、毫不在乎、吊儿郎当。他只好发出'嘘嘘'的声音,以调动它的积极性。出其不意的,一股尿以菱形的形式滋了出来。尿口有些疼,火辣辣的。不是被朗月的突然出现给吓得吧?"这里尿成了对象客体,有形有态,还是主体的心理对应物。情节发展到了第71节"墙",和尿有关的尿盆便成了应物兄婚姻生活的记忆之场景。不只是应物兄,类似的叙说在小说中非常多。儒学是入世的,儒学家也有其与人相同的日常。每当我们读到为了让栾温氏享受至今还保有的蹲着解手的习惯,秘书邓林关于抽水马桶的创意;每当想起宠物木瓜被阉割之喜忧的情景,总能让人感受一种真实的无意义。它们能产生无意义的意义吗?

批评之所以对这些东西很少有反应是可以理解的,它们是身体自然的组成部分,是病理叙述的现象学,很难说其一定有什么意义,而意义又是阐释所要努力发掘的。一方面,阐释打碎了外表和显性话语的游戏,通过与隐性话语重建关系而释放意义;另一方面,阐释在解蔽中又总是忽视和忘却外表的意义;当本质和真理被解蔽和解放出来后,外表和现象总是被遗忘在思想的荒郊野地。我们不能"知情太多",一旦我们过于接近无意识之真相,我们的"自我"就会土崩瓦解。俄狄浦斯的悲剧就是揭示这种"心理现实":一旦获知自己"弑父娶母"的无意识之知,他的自我就会自行消解,他就只能抹除自己的身份符号,自我放逐。齐泽克所谓的"现实",即我们理解的"现实感"。现实感是有关现实的完整图景,包括人物、场景、事件还有其因果链。我们都有这样的经验:一旦遭遇创伤性经历,我们的现实感就会破灭。齐泽克常常举的一个例子是,我们生活在都市,一般都有完整的下水道系统,所以我们天天大便,只要用水一冲,大便就消失得无影无踪,我们就有了完整和谐的现实感。不幸那天马桶堵了,大便溢出了,流得满屋子都是,我们会立即丧失现实感,仿佛生活在噩梦里。齐泽克认为,现实之为现实,就在于大便之类的实在界已经被排除了出去。

十二

李洱是一个对言谈情有独钟的叙事者:受词语之蛊,逞口舌之快,潜沉默之语,让不同文体在记忆的纷争中解体,又在凭吊昨日之情感中有所建树;既有真言也有妄语,既有狂欢式的倾诉,也有冷峻的滑稽模仿,滔滔不绝演绎枝蔓横生,喋喋不休解读盘根错节,间接引述连接着间接引述,令人困惑的杂拌,蓄意中断的并置,不同文类的精心布局,对他者言语的随意一瞥,失去言语的潜伏,希望和绝望的沉思。他强调口述体的生命力,也不乏对书面语的推崇。言谈即描摹,肖像画和自画像兼而有之,正面、侧面与背影齐头并进。《应物兄》写下了众多人物,对叙事者而言,有些人是他推崇倾心的,甚至是心仪爱慕的;有些人是鄙视但不乏心中的恐惧;更多的人他的态度是暧昧的,他看他们的眼神是游移不定的。李洱的面部表情泄露了其叙述的风格特征,这使我们想起雨果对拉伯雷小说风格的看法:"严肃的前额下是一张嘲笑的脸。拉伯雷,他代表了游离于希腊风格的古代戏剧的一张生动面具,有着铜制的肉身,像人一样生动的面孔,在我们中间与我们一起嘲笑着我……"雨果甚至将莫里哀与拉伯雷加以对照,"在莫里哀那里只看到猴子,拉伯雷这里却看到半兽神"。

伴随着言谈的是声音,《应物兄》是李洱以前众多小说的回响和延续,而我们需要的是倾听,倾听那一直播放的《苏丽河》,那九曲黄河的涛声,一阵又一阵;那无数诗词的吟诵,不绝于耳。还有那双林院士和乔木先生一见面就抬杠,仿佛是永不休止的争执声,虽然小说最后以浓墨重彩写出他们之间惺惺相惜的共同情感,但争执之声真的消解了吗?抬杠和争执是永恒的对话,《应物兄》中充斥着对话,小说中更多的人物虽没有当面抬杠,但内心之间始终是争执的。代际的冲突不可避免,就是和谐大师程先生与儿子之间的冲突亦不可避免,那是因为每一代人都有责任赋予文化史以意义。对卡冈和巴赫金来说,人类的不朽与其说在于遗传和生物体上的代代相续,与其说在于假定的人死后灵魂继续存在,不如说在于当代融入文化史中去:对话一旦终结,人类也就不复存在。想想托尔斯泰和陀思妥耶夫斯基之间的分歧,巴赫金参与其中,终其一生,从未停息。

李洱的小说告诫我们,不要把思想错当现实,也不要把现实错当思想;不要把学识错当见识,更不要把书本误认为行动;既要有对理性的忠诚,也不能缺乏对非理性的迷恋。既然小说具有社会性,那么它也具有认识论的特征。这种艺术形式恰好诞生于人类恒定的现实感消亡之时。读李洱的小说,警钟长鸣的应是"虚构"一词,虚构是人类得以扩展自身的创造物,一种能从不同角度研究的状态。作者往镜子里看,却只能看到写作的东西。这是一种隐喻,它似乎要打消写作想要描绘成或反映出不是它本身的那种东西的雄心。值得注意的是,即便是装上索隐和考据的翅膀,也无法越过虚构的重围。与此同时,又要对隐喻的狡猾声音保持高度的警觉,如果我们从迷宫的入口处,被解开的"阿里阿德涅线团"一开始就是错的,那么离谱将离我们不远了。

动机在大量对话中起作用,但是没有证据表明他们一定起作用。动机依赖于听众对我们表示赞同的程度,即对人的一般特征的赞同程度,或依据一些相同的感受。动机看起来依赖于我们的情感或情绪,但情感和情绪就其表面来说无法得到证明,明亮眼睛和锃亮外套的行为学意义是不一样的。在道德之境中,我们究竟看到的是圣人还是妖魔。儒家的道德秩序、道家强调的天人合一,或斯多葛派的顺从天命,加上现代化的步伐和资本的期望值能否在"烧头香"中彼此兼容,还真是个问题。梦想过上令人尊敬的生活,在现实中却喜欢隐藏或否认自己的弱点。道德环境和道义说教彼此混杂,哲学家即使在思考伦理道德的时候,也不能摆脱伦理环境的影响。在凭吊二十世纪八十年代思想场景时的所言所思,在回顾已逝去二十年的文德能的精神遗产时的所想所记,在企图复活那过去的客厅议论和那具有象征意义的小饭店和旧书店时,不知乔木先生们做何反应,还有那远在海外的程先生们有没有感觉,更不用问的是几十年后陆续登上舞台的"70 后""80 后""90 后"了。

修辞没有理性的"启蒙"色彩,启蒙着重类比、联系、统一和复制,而修辞对应的是毁坏、颠倒、歧义或者歪曲。它们被用在时间(机会)和特定场所(面具)中,体现他者和他者的关系。用弗洛伊德的话来说,文学作品成了一面"镜子",它记录了历史的机缘巧合,以"扭曲"的方式表现特定的社会或语言系统。文德能的过早离世既是个人具体命运的真实故事,同时也是个隐喻,是一次反讽式的戏仿,它隐含着对一代学人过早夭折的无限感慨。文德能阅读中的芥川龙之介,并非我想象中的芥川龙之介。那个说过"人生还不如波德莱尔的一行诗"的伟大小说家,在其最后的小说《某阿呆的一生》中,最后的一句话是这样的:"他只有在黑暗中挨着时光,可以说是把刀刃破损的细剑当拐杖行。"在这部最后的小说中,芥川龙之介给出了自己的画像:"他想起自己的一生,感到泪水和冷笑的涌现。他的面前只有两条路:发疯或者自杀……"这也让我们联想到《应物兄》某些人最后的结局:发疯和死亡。

十三

漫长的《应物兄》全书四章，我们姑且把它看作是四季书，冬之卷可谓“山雨欲来风满楼”。几个月来，等待结尾让我一直处于焦虑的状态。好多个夜晚，我曾设想结局的种种可能，煞费周章但是无能为力。值得思考的是，在睡眠的边缘，那些依旧处于睡梦状态的东西转变成了现实，而我们认定为现实的东西回过头来却是一场梦。一个无法找到过去的过去主义者，最终也只能把孤独转化为联系。如果“现实”是无人述说的，它更有理由“永远不讲故事”。就是说，当我们涉及叙事时，我知道它不是现实。叙事是一个完成的话语，来自将一个时间性的事件段落非现实化。世界无始无终，相反，叙事是按照严密的决定论安排。叙事与“现实世界”相互对立，总是假设一个起点和一个终点。

好像是故意“找茬”似的，关于结尾，李洱自有其“洋葱式”的思考，这在前面已有所论及。而今风云突变，没有交代式的结局似乎无法圆满。《应物兄》中虽没有讨论结尾，却讨论了开头。第 94 节中，芸娘提醒文儿，“一部真正的书，常常是没有首页的。就像走进密林，所见树叶的声音，那声音又涌向树梢，涌向顶端”。走进森林的现象还出现在第 15 节中：“当一个人置身于森林中，你就会迷路，就会变成其中的一棵树，变成树下腐烂的枝叶。你会觉得，所有的一切，都是森林的一部分，包括天上的浮云。在黑暗中，必须有月亮的指引，你才能走出森林。因为月亮是变化的，所以你还要知道月亮运行的规律，以计算出自己的路线，这样才不会再次迷路。”师法自然固然是一种境界，但如何应对变化和防止迷路还是个问题。况且，我们在这里关心的依然是小说而非其他。

如果说，有始无终之境是一种追求，那么反对首页的书写又当如何？现象学的观察，也可权当“物的追问”。当你自以为“计算出自己的路线”时，结果总是为防止迷路而进入了更大的谜团。应物兄面对眼前的唇枪舌剑，远处购房者的烟花爆竹，四周重又浮起蛐蛐和蝈蝈的叫声，又能如何呢？人造济哥已死，华学明也疯了，重现人间的济哥连同病菌又一次挑战着人类的生态系统和免疫系统，如同这一次又一次的宴席，那一道又一道上不完的菜。这让我们想起文德能生前想写的书，“沙子，它曾经是高山上的岩石，现在它却在你的指间流淌，这样一部‘沙之书’，既是时间的缝隙中的回忆，也在空间的一隅流连；它包含着知识、故事和诗，同时又是弓手、箭和靶子；互相冲突又彼此和解，聚沙成塔和化渐无形；它是颂歌、挽歌和献词；里面的人既是过客又是香客……”我认为，这不仅是文德能的理解之书，也是《应物兄》书写之追求。

如同生命是有限的,《应物兄》也慢慢地走向它的终端。随着潮起潮落般的思想碎片、意象板块、沉思之光与情感片段,还有那大小宴请和上不完的美味佳肴;无论是儒家之情怀,还是道家之神韵,无论是何为老太太的“猫狗论”,还是张子房的“经济学”,其实讲的都是人的故事和故事中的人。人究其实质就是我们关于他的记忆。我们称之为生命的东西,归根结底就是一张由他人的记忆编成的织锦。死亡的到来,这织锦便破开了,人们面对的便仅为一些偶然松散的片段。一些碎片,记得约瑟夫·布罗茨基在《悲伤与理智》一书有这样的说辞。

随着时间的推移,双林院士因疾病不辞而别,长期生病卧床的何为老太太也留下遗嘱走了,不肯化疗不肯做手术的芸娘留下对文德斯和陆空谷的美好祝愿离开了我们,马老爷子也留下曲灯老人走了。他们离开了这个世界,却又以死亡唤醒了爱的记忆,又因死亡的周期而引发我们的思念和凭吊。从文化意义讲,死亡几乎可以无限地解释为:牺牲,宗教仪式献祭,摆脱尘世的痛苦,长期受苦的亲人快乐的自由,自然生命的终结,与宇宙的结合,去天堂与亲人团聚,最后的无效之象征等等。不过,虽然理解死亡的意义,我们依然会死亡,死亡是话语的极限,而不是它的产物。死亡也是自然的组成部分。死亡不是一种生活方式,只因我们想象看待死亡之时,它才充满各种各样的神秘色彩。

我们的应物兄或许也死了,死于车祸,死于过于蹊跷的意外。正因为死神将要降临,才有了应物兄和程先生的最后一次通话,才有了应物兄唯一一次听曲灯先生谈到程济世先生,才有了和张子房先生最后一次谈话。应物先生和我们告辞了,也带走了仁德路和仁德丸子的秘密。这位口若悬河的人物双重死亡了,不只因为他在故事中死去,还因为无论如何他只能是书中的言说,是用词语写成的血肉。但最让人悲哀的事实可能成为记忆和持续情感的胜利,成为静谧、长眠、和解、满足、阴冷、孤独黑暗中停留和产生爱的地方。

让我们记住李洱在谈及《花腔》时的那句话:“爱的诗篇和死亡的歌谣总在一起唱响。”

2018 年 8 月至 11 月写于上海

临界叙述及风及门及物事心事之关系[①]

王鸿生[②]

也许，孕育《应物兄》的最初一粒种子就是，某日，李洱忽然想知道：假如人到中年的贾宝玉，来到21世纪将会遭遇什么？

当然，这只是个灵感的契机。至于这粒种子落在哪里，如何破土，怎样生长，招什么风，唤什么雨，最后又变成什么样子，其实是由不得那最初一念的。但好种子就是好种子，无论休眠期长短，无论要抵御多少风险和不良条件，作品的系统发育和繁殖过程，其实从一开始就被这粒种子的生命特性预定了。

一晃，十三年过去。其间不知经历了多少次披阅增删，攥在手里的文字都快捏出水来了吧，修改仍是没完没了。正如河南人的格言——馒头不熟不揭锅，直到2018年11月底，在截稿的最后一刻，这部百万言左右的长篇小说才陆陆续续吐完，隔一阵吐一段，吐一段隔一阵，一副春蚕到死丝方尽的样子。

在今天，以无限的耐心对抗这速度的时代，算不算一种激进的写作？

自《花腔》(2001)、《石榴树上结樱桃》(2004)之后，李洱忙工作，忙孩子，忙着替人做嫁衣，忙着组织和参与各类文学活动，几乎没有发表过一篇小说。作为一位在海内外颇具声名的作家，正值盛年，又处在文学圈的旋涡里，这个人承受了多少难产的焦虑和被嘲笑的尴尬？我们不知道。一边在日常消耗里谈笑风生，一边默默运劲，吐丝结茧，他是如何应对外在的压力

---

① 原载于《收获》长篇专号(2018年卷)。

② 王鸿生(1950年—)，男，同济大学人文学院教授、博士生导师，中国作家协会会员、中国文艺理论学会常务理事。在《文学评论》《新华文摘》等刊物发表论文多篇，出版著作有《交往者自白》《态度的承诺》《无神的庙宇》《语言与世界》《叙事与中国经验》等。

和自我的分裂的？我们也不知道。

现在，李洱在憋一个“大炮仗”的风闻终于变成了事实。一部被坊间传说了多年，但谁也不知道葫芦里究竟装了什么药的作品，忽然摆在了读者的面前。还有人愿意读这么长的小说吗？文学界将如何评价《应物兄》？这不免令人好奇。至于我，一开始，还真有点蒙，有点读不进去。一旦进入了，便不时地发笑，然而笑着，笑着，却已身陷八卦阵中。半部读罢，惊叹珠玉满盘。二度拿起，始觉五味杂陈，悲从中来。待下半部陆续寄到，再连起来细细品味，我终于敢确认，自己当真是遇到一部奇书了。

李洱兄啊，“你没有亏欠这支笔”！

01　在时空一体的当下

回头检视，发现刚开始读不进去的原因不外乎两点：一是急性病遇上了慢郎中，快节奏的生活、阅读方式与细嚼慢咽犯冲；二是习惯成自然，被跌宕起伏、悬念丛生但可以迅速把握的故事惯坏了，乍一碰到这种完全吃不准走势的小说，难免会发蒙。

《应物兄》共四章，凡一百〇二节。故事框架简单得不能再简单，按传统文章的起、承、转、合，四句话便可以概括：第一章，济州大学拟引进海外儒学大师程济世，筹建儒学研究院，此事由程大师的访问学者、本校教授应物兄具体联络操办；第二章，趁程济世到北京讲学，栾副省长、葛校长、应物兄一行赴京拜会，双方洽谈成功，起院名为“太和”，院址就定在程济世儿时居住过的仁德路程家大院；第三章，被称为“子贡”的美国 GC 集团老总奉程先生之命到济州查勘、投资，济大“寻访仁德路课题小组”确址，工程上马，各种力量往研究院塞人，应物兄被边缘化；第四章，研究院建筑落成，地址却选错了，而程先生还没有来，应物兄则遭遇车祸，生死不明。

为何虚构出一所济州大学？盖因李洱的老家就在河南济源。不要小瞧这个济源，寓言《愚公移山》里的王屋山就坐落在这里。王屋山又是济水的发源地，而济水乃古代著名的“四渎”之一。“渎”特指能独立入海的河流，以此，济水曾与长江、黄河、淮河并称，所谓“江河淮济”。济水与黄河交错，过黄而不染，默默转入地下，一路清澈而去，故历来被称为君子之象征。济源即济水之源，山东济南、济宁、济阳，都因济水而得名。济水流域多仰韶、大汶口、龙山文化遗址，布满中原先民的足迹。借熟悉的、有着深厚华夏文明渊源的故乡想象出一所大学，想象这所大学在 21 世纪可能发生的事情，的确很有诱惑力。

问题是，如此简单的一件事，何以需要百万言来讲述，那么多的篇幅、文字将用到哪儿去呢？很显然，儒学研究院的故事只是一个过道、一个壳子，作者的心思和注意力根本没放在这儿。那么，小说的重心在哪里？且让我们以小说的时间问题为起点，一步步予以探寻，希望答案可以逐步明朗。

小说的故事时间不详。读者只能从某些边缘因素做出揣测。书中讲应物兄二十多年前一篇读《美的历程》的文字被贴到了网上，我们已知李泽厚这本书的初版时间是1981年；有一笔提到海昏侯墓葬，汉废帝海昏侯刘贺墓的发掘时间是2011年；书中广场舞大妈热衷的流行歌曲《小苹果》则发布于2014年。小说第一章有一节叫“春天从镜湖开始”，到第四章后面已大雪飞舞。通过诸如此类的蛛丝马迹，大致可以推断：从春到冬，故事时间最终被设置在21世纪第二个十年的某一年内。考虑到这部小说写了十三年（即从2005年开始动笔），加上不断地推翻、改写，又可以认为，故事的发生时间与作者的写作时间基本是同步的。这就是说，李洱必须眼睁睁地盯着瞬息万变的“当下”，不断想象着“以后”，回忆和筛选着“过去”，并将其编织、缝入流动的“现在”，而这样摇曳、动荡的内时间意识，将注定这部小说是难以终结的，是永远也写不完的。由于“以后”在不断涌入，“过去”在不断发酵，“当下”的摊子会越铺越大，写作的周期将越拉越长，一切事物自行跳将出来，纷纷扬扬，根本无法预测也难以按条理做出归拢。这正是考验结构化能力的时刻，也是孤注一掷的时刻。显然，所有人为的、定向的线性预设，哪怕是双线的、多线交织的叙述，都不能体现“当下”时间感知的真实性。因为这个“当下”，是急剧变幻的当下，是将稍纵即逝的事物定格于文字的当下，也是时空一体的当下，在写作过程中，它必须有能力把“将来”和“过去”同时摄入“现在”。

谭淳说：“喝茶的人喜欢谈过去，喝酒的人喜欢谈未来。”

程先生问：“那你喜欢谈过去，还是谈未来？”

谭淳说：“我喝咖啡。喝咖啡的人只谈现在。”

要呈现谭淳的咖啡式的“现在”，只有一个办法，那就是把故事时间虚化，甚至把故事时间变成空间故事，把历时性的书写变成共时性的书写，让应物兄“当下”的眼之所见、耳之所闻、心之所想共同在场。如此这般，其前提必须要打碎或断开时间的线性连续，至少让时间如草蛇灰线，若明若暗，即出即没，以弱化线性逻辑对叙述活动的限制，从而避免把各项叙述内容机械地挂在物理时间的链条上。所谓“观古今于须臾，抚四海于一瞬”（陆机《文赋》），我们的老祖宗就是这么教导的。由此诞生的叙事，乃是一种临界叙述，临界叙述摒弃了时间/空间、故事时间/叙述时间的二分法，它抓的是“须臾”“一瞬”间的整体性。在当代中国长篇小说已普遍接受西方叙事时间意识的情况下，这无疑是把一种传统的美学智慧带回了家。

于是,我们好像一脚踏入了全景式的《清明上河图》。打开卷轴,一组一组有机画面在生动流转。不同于西洋画法的焦点透视,《应物兄》的总体布局类似中国画的散点透视,其叙述机关是:移步换景,随物赋形。

他看到院子里还有几条狗。有一条高大却精瘦的狗,它在湖边的鹅卵石地上跑来跑去,姿势优雅,有如踩着舞步。有时它会用纤长的后腿直立起来,而把前爪搭在一只藤椅上,扭回头,朝这边张望。它的脑门上全是皱纹。他觉得,它是年轻身体与衰老大脑的混合物。这印象当然是不对的,但很顽固,无法消除。还有几条小狗,胖嘟嘟的,颜色棕黄,就像毛皮手套翻了过来,它们哼唧起来就像鸟叫。有两只小狗站了起来,互相扔着一只毽子,就像在打排球。不过那只毽子很快就被它们扔到了湖里。还有一只体形较大的狗,他认不出那是什么狗。它在近处散步。但它走着走着,就靠着一张木桌开始蹭痒痒,桌子上的笔筒、茶具、咖啡壶顿时摇晃起来。或许是经过了严格训练,它的分寸感掌握得很好:笔筒虽然摇摇欲坠,但终究没有倒下。于是那条狗得意地走开了,一时慢速,一时快速,惊飞了几只蝴蝶。哦,不是蝴蝶,而是蜻蜓,它们的翅膀有如碎银闪烁。

——《应物兄》

其实,在第一章的前十多节里,主要人物及其关系业已托出,但人物性格及其关系的面目、渊源依然是模糊的、即言即止的。小说从来不追着一条线讲述,而是不断地"埋线头",不断地丢下这个线头又岔开去捡起另一个线头。比如,应物兄与其妻子乔姗姗的关系何以会弄到长期分居、"见面吵,不见面在心里吵"的地步,要隔几十节,再隔几十节,才能一层一层见分晓。

而在别的小说里可能用力展开的情节,小说往往一跃而过。"太和"不仅指太和研究院,还指太和投资集团,后者是子贡、铁梳子和陈董三方共同出资组建的投资集团,目前任务是胡同区改造,以后还将参加旧城改造;太和研究院将简称"太研",太和投资集团将简称"太投"。像这类官学商相互借力的开发套路,以及随之而来的强拆纠纷,都是人们熟知的。小说对此类过程只做交代,不做叙述,仅借校长秘书乔引娣之口,几句话便告知了尚不知情的应物兄。倒是在即将被拆的胡同里,应物兄车窗玻璃遭袭的场景却刻画得令人悚然:

"咚——"

那声音就像源自梦境的最深处,并迅疾来到梦境与现实的交界地带,使他的整个身体都剧烈地摇晃起来。

…………

砸向玻璃的,其实不是砖头,而是一只猫,一只黑猫。

当他下车的时候,那只黑猫的一条腿还卡在雨刷器和碎掉的玻璃之前。

它没有死透,尾巴还在抖动。浑圆的脑袋,现在塌掉了一角,血就是从那个塌掉的地方涌出来的。血腥气很浓,似乎有点酸奶的味道。一根白色的骨头,反向地从后脑勺伸出来,从黑乎乎的皮毛中伸出来,骨头顶端是弯的,像鱼钩,钩着一块肉。肉色浅淡,像野桃花。

如何将同一时间的不同空间关联起来?自从有了电话和视频,技术上已不成问题。下面这段叙述就别出心裁地运用了现代传播工具:

应物兄隔着电话,能听见费鸣旁边有人说话,谈的是汽车后备厢被撬的事。有个人说,车放在停车场,可是早上起来,后备厢里的小冰箱却不见了。费鸣对那人说:“开豪车,不偷你偷谁?”听上去,他们已经开完会了。那人说,倒不是心疼那个冰箱,而是心疼小冰箱里的那两瓶红酒,正宗的拉菲啊。费鸣说:“活该。”那人急了:“你吃了火药了吧?”费鸣没有再回答那个人,而是对他说:“应老师,有什么事就在电话里讲嘛。”

东拉西扯,栩栩如生,但烟火气十足。在临界的当下,你根本不知道什么事情、什么声音、什么想法就忽然闪入了生活。无法逸出的存在的偶性。但存在的偶性怎么能讲述呢?不能,它只能显示,现象学还原意义上的显示。随物赋形。好吧,那叙事动力怎么办?好办。就像《红楼梦》一阵风刮进一个人,在《应物兄》里,这叙事动力居然就来自看不见的风:暖风,寒风,士风,政风,民风,时风,流风,世风,君子之风,草上之风,《诗经》《楚辞》里的风,唐诗、宋词里的风,各种不期而至的风,从四面八方来,从将来、过去、现在来,风吹过,满世界的树叶飒飒作响。

风向无定,但物有所感,所谓应物,又何尝不是应风?

不少人注意到,《应物兄》只以每节起首的二三字作标题,这种非标题的标题几乎闻所未闻。许多代词、关联词、语气词,如你、他、它、之所以、但是、哦、虽然、接下来等,全是莫名的、不起眼的、无暗示的,完全不具有“关键词”意义。把叙述的“眼”故意藏起来,也是为了顺应“风”,为了防止阅读者习惯性的提炼。试问:谁能够去提炼一阵风呢?风是随机的,也是无形的。一个粗线条的故事框架,无数难以预期的情境,一经“风”的吹拂、感染、点化、席卷,便散枝开叶,舞动起来,一切眼见的、耳听的、心想的,都纷纷涌入,旋转,世界在自我绽放,自行吐露,随风而来的人、事、物,挤挤攘攘,相互裹挟,小说的重心便落在对它们的捕捉上。

《应物兄》之所以显得枝蔓牵连,杂花生树,就是为了准确地写出这种流动的万物共生的状态,写出这个暧昧的、方生方死的“当下”,并去探索中西、古今、现实、心理相互交织的时空一体的秘密。这时空是如此廓大,借助小说人物的足迹、知识、传闻,纵向可溯至夏代二里头文化,横向则辐射到美国、墨西哥、英国、土耳其、印度、坦桑尼亚、新西兰、日本、韩国、蒙古、沙特阿拉伯，以及来自那里的文化信码。这时空又是如此细微，细微到不凝神谛听就难以觉察，大量的秘密消息，那些来自历史的、自然的、人心的、天道的消息，往往就藏在一只蚂蚁、一朵野花、一句闲言碎语里。

《应物兄》动感十足，但它俨然不是一部行动小说。虽然按现实主义成规，各种人物关系、各类事件脉络被照应得不露声色，虽然人、事、物都在动、在说、在做，但表达的活跃度，一点儿也没有推进故事进展的功能。在行动层面，毋宁说故事是静止的。由于情节长时间处在延宕之中，由于注意力不断被精湛的令人无法拒绝的局部描写所吸附，我们也只能听任八方来风，驻足于鸟兽鱼虫，动而未动，言而不言。

作者是怎么想的？这种非时间化的时间，这个将时空融为一体的当下，给现代汉语叙事学出的是什么难题？

02　一脚门内，一脚门外

叙事的“当下”性，小说的“移步换景、随物赋形”，毕竟与诗、画存在一定差异。诗、画的视角，就是作者的视角，作者与对象之间的关系是直接的；而小说的书写对象与作者之间，则夹着一个叙述人，小说的视角即叙述人的视角，哪怕这个叙述人是隐含的作者。

《应物兄》需要一个特别的叙述人，这个叙述人就是应物兄。作为叙述人的应物兄之所以显得特别，主要是因为：他既是作品里的一个人物，也是作者化入作品人物的“分身”之一；他既是一个非主人公的主人公，又是一个创造了隐含作者的作者；虽然小说的一切描写、对话、事件，或见或闻，或印象或记忆，或思索或感觉，都严格出自应物兄“在场”的有限视角，但这个叙述人却又具备在有限与无限之间收视返听的能力。既然叙事时空是临界的，叙述人在逻辑上必然也是临界的。一个临界的叙述人，只能是半个“局外人”，一脚门内，一脚门外，他必须学会在门槛上生存。

此之奇谬，盖因讲述世道人心，只有临界者才能既入乎其内，又出乎其外。于是，仿佛游走在时间与空间、梦境与现实、已知与未知相互接引的界面上，他边讲边看，边听边想，从而获得了一种“究天人，通古今”的超越性的自由。

应物兄本名应物，只是出书交稿时忘了署名，出版商季宗慈交代编辑说，这是应物兄的稿子，小编随手填上“应物兄”三字，这名字遂流行开来。一般来讲，作家起书名、人名往往非常讲究，除了上述“特别”的理由，李洱的小心思还在于，防止读者把应物兄完全当作他本人。就像在马路上立了一排有空隙的隔离带，李洱不用翻越路障，就能自由来回，穿梭而过。你们可以说我是应物兄,我也可以说我不是应物兄,一个人总不能称自己为"兄"吧?写到这里,我仿佛看见了李洱那种带着狡黠表情的嘎嘎大笑。要知道,应物兄额上的三道深皱,无意识地把别人的打火机装入自己口袋的积习,冲澡时用脚洗衣服,喜欢看"双脚交替着抬起、落下,就像棒槌捣衣",实在与生活里的李洱严丝合缝啊。

还是让我们对"应物"二字做点释义吧。应,有顺应、适应、响应、应对、应变、应付、照应等义。物,复杂一些:《周易·序卦》云"盈天地之间者唯万物",指具体实物;《荀子·正名》曰"物也者大共名也",指事物之共名;而《老子》的"道之为物,惟恍惟惚",则将物视为道一般的客观存在。《中庸》以己、物对举,《孟子》以心、物对举,明代大儒王阳明《传习录》的"物即事""心外无物"干脆认为,物就是心事。

由此可见,"应物"一词,在中国哲学传统中大有来头。"应物随心、应物通变"讲的是内在自由,"应物而无累于物"讲的是在世俗中超越世俗,"无常以应物为功,有常以执道为本"(欧阳修《道无常名说》),应物其实应的是"有无"之道。不管人与人之间的关系是否被物化,应物其实也是应人,而按最初给应物兄起名的乡村教师朱三根用典,应物还体现了"圣人之情"。应物,亦应人、应世、应事、应道、应己、应心,凡此皆说明,作者将书名、叙述者名、主要人物名统一于"应物",实有深意寄托焉。以一部书钩沉一个被埋在历史深处的词语,拂拭、擦亮,再将其所蕴含的古老思想之光折射于热闹而苍凉的现代社会,当代汉语长篇中我不记得有第二部了。

此话题且打住。从讨论叙述人的角度,《晋书》里"虚己应物,恕而后行"这句话,似乎更让人在意。虚己应物的待人处世之道,恕而后行的仁者行为准则(即恕道,即"己所不欲,勿施于人"),其实也是小说的叙事之道。充分主体化的叙述人,是傲慢的、自以为是的叙述人,它往往会依凭自己的意志和主观的好恶,来决定故事的走向,支配人物的形态、行为、命运,并指派一些有名、无名的人物来衬托主要人物。《应物兄》无疑提供了一个公正的叙述者,一个让事物自行自在的叙述者,一个内敛的、仁慈的、不对口中事物轻易臧否的叙述者。凡人凡物,无论尊卑、大小、长短,在《应物兄》中皆有其名。在它的讲述过程中,众声喧哗、众生平等,不仅体现于让人物按自己的身份、性格说话办事,让动植物以自己的姿态、色调活跃于大千世界,也体现在所述事物该占有的篇幅、位置,甚至还包括诸多人物、动物、植物、食物、器物的比重、出场频次。

应物亦尊物,亦周到地照应和善待物。以恕道对待每一个人、每一件事物,这个叙述人实在非常儒家。人到中年,与李洱早先写知识分子的中短篇小说相比,应物兄的自我姿态和声调显然都低了下来,作为叙述人,它不再那么自得、饶舌，像个精力充沛、无所不知的话痨。与李洱著名的长篇小说《花腔》相比，作者的注意力也不再执拗于寻找和探索个人（葛任）的存在。记得李洱曾说过，自己的写作是“泡咸肉”，是盐与盐的对话：“释放一点点自己，以激活更多的他人”。当叙述人同时也是故事人物的时候，虚己即及时地移位、让位、侧身，以便接纳更多的他者，释放更多的声音。这一弱化主体而不是突出或消解主体的方式，应看作当代中国思想对西方启蒙哲学和后现代哲学之紧张关系的疏解。虚己应物，具有特殊的叙事伦理意义，从这种叙事伦理意识的实践效果来看，作者已深谙叙述的德性，而创造出这样一个公正的、悲天悯人的叙述者，可谓当代中国小说一再向《红楼梦》致敬的重大收获之一。

相应地，作为书中的一个具体人物，应物兄虽然对全书至关紧要，但在作品中并不占有中心位置。他有思想、有学问但没有权力，有追求、有向往却无力遂愿，他不能把控任何事情，连仅有的两次“偷情”也是被动的、懊悔不已的。在结构上，他只是一个多功能的枢纽、通道——“他有三部手机，分别是华为、三星和苹果，应对着不同的人”，说明他时刻保持着与世界各方的联线；“乔木先生与别人谈话的时候，应物兄有时会充当润滑油，有时候会充当消防栓，有时候会充当垃圾桶或者痰盂，还有的时候会充当发电机”，是他在使用各种功能性的“招数”保证着话语活动的持续进行——这也是我将应物兄定义为“非主人公之主人公”的一大缘由。

除了抽象的叙述人和叙事功能上的枢纽、通道、润滑油、消防栓、发电机，应物兄当然也是书中的一个活人、一个当事者、一个有血有肉的观察者，一个谦抑、宽容的倾听者。应世、应事、应人、应己，他虽然内在反应极度活跃、灵敏，甚至忍不住腹诽，但在领导面前“诺诺”，在前辈面前“弟子服其劳”，在铸下大错的学生面前发个火却“把自己吓了一跳”，几乎把该忍不该忍的一切都“忍”了，这种性格是如何形成的呢？儒学修养自是一个方面，创伤记忆则是另一个方面。“知识分子的一个臭毛病就是逞口舌之快”，为此，应物兄差一点付出惨痛代价。小说在开卷第二节就提出了一个吃紧问题：如何管住舌头又不使精神喑哑？导师、岳父乔木先生早年告诫他：“记住，除了上课，要少说话。能讲不算什么本事。善讲也不算什么功夫。孔夫子最讨厌哪些人？讨厌的就是那些话多的人。孔子最喜欢哪些人？半天放不出一个屁来的闷葫芦。颜回就是个闷葫芦。”的确，“日发千言，不损自伤”。一旦遵从师教，他的思维却变得迟钝起来，一度还陷入了恐惧：自己真的变成一个傻子了？是不是提前患上了老年痴呆症？

但是有一天，在镜湖边散步的时候，他感到脑子又突然好使了。他发现，自己虽然并没有开口说话，脑子却在飞快地转动。那是初春，镜湖里的冰块正在融化,一小块,一小块的,浮光跃金……自己好像无师自通地找到了一个妥协的办法:我可以把一句话说出来,但又不让别人听到;舌头痛快了,脑子也飞快地转起来了;说话思考两不误。

伴随着只有他自己才能够听见的滔滔不绝的话,在以后的几天时间里,他又对这个现象进行了长驱直入的思考:只有说出来,只有感受到语言在舌面上的跳动、在唇齿之间出入,他才能够知道它的意思,他才能够在这句话和那句话之间建立起语义和逻辑上的关系。他还进一步发现,周围的人,那些原来把他当成刺头的人,慢慢地认为他不仅慎言,而且慎思。但只有他自己知道,他一句也没有少说。

与此相映成趣的一件事是小狗木瓜的被阉。

医生用一个比耳勺还小的刀子,在它的阴囊上剜了一下,又剜了一下,手指轻轻一捻,两只睾丸就像玻璃弹球一样跳了出来。那时候它还没有睡着呢,一下子坐了起来,抬着沉重的眼皮,盯着他和费鸣。

手术后的木瓜性情大变,变得温情脉脉,行为优雅……当它陪着乔木先生在镜湖边散步的时候,就是遇到母狗也从不失态。它目不斜视,步履端庄。

在"自己跟自己下棋"的相互博弈里,应物兄学会了与世界和平相处的独特方式:保持间距。记忆中的那段"冰舞",使应物兄理解了舞蹈者之间的间距:欲拒还迎。拒、迎之间形成了奇特的张力,这种"张力"或应有更具体、确切的命名?正如在诚实与撒谎之间,是否还有另一个词?在冷眼旁观与相拥而眠之间,有没有另一种状态?在清醒透彻与晕晕乎乎之间,会不会夹着别样的思维?在第一人称、第二人称、第三人称之间,是否另有奥妙?"之间",这个同时确证了存在之亲密与疏离的"之间",揭示了某种非距离的距离感,叙述者与被叙述者,应物兄和自己,乃至书中所有师生同事、上级下级、父女母子、朋友熟人,其交互关系多少都会透出亦拒亦迎的间距性。这种"间距性"几乎遍布于叙述的每一处夹层,使《应物兄》读起来,似乎每个局部都是踏实的、精准的,但整体感却是恍惚的、迷蒙的。李洱喜欢法国作家加缪不是个秘密,但他用"间距"的世界来置换加缪"脱节"的世界,把"局外人"莫尔索变成"半个局外人"应物兄,则意味深长,"满纸荒唐言,一把辛酸泪",《红楼梦》的荒唐感与西方存在主义的荒诞感,区别恰在于一个"情"字。一如书中程济世先生所言:一个儒家可以节欲、寡欲,但不能寡情、绝情,更不能无情。

"我们的应物兄",小说里反复出现的这一称谓,正体现着这种既亲密又疏离的间距特征。然而,这一声音源自于谁?究竟是谁在叫"我们的应物兄"?顺藤摸瓜,我们可以发现,原来作品设置了一种三层嵌入式的叙述视角:叙述者隐身在人物背后;隐含作者隐身在叙述人背后;还有一个“谁”,却隐身在隐含作者的背后。这个“谁”意味着他者的目光,还是文德能死前提到的那个奇怪单词“thirdxelf”(第三自我)?究竟是一个莫名的“他”在叫,抑或是一个更神秘的“我”在看?其实并不重要,重要的是设置了这一视点外的视点,我们就无法再自恋、再自欺了。

举头三尺有神明。知白守黑。《应物兄》的叙述人,当是一个懂敬畏、知进退、有情义的叙述人。

03 蹲在地上航拍,故事就膨胀开来了

现代人对物的态度:一是攫取,二是挥霍,三是遗忘。资本主义的竞争伦理、效率至上的功利主义逻辑,加速了把世界变成废墟的过程。现代人很忙,忙着占有,忙着消费,忙着丢弃。贪婪、急切、轻率,使现代人不再有“应物”的功夫,也不再能体会物之物性。如乔木先生所言,“心亡为忙”。《应物兄》动而未动,言而不言,有意识地让故事静止于当下,不啻是一个迫使加速度的现代性时间“停顿”下来的隐喻。为了唤醒人之初心,召回物之所是,“停顿”,把世界从一种同质化的进程中剥离出来,给我们带来了想象另一种生活的可能。

那些被无视、被废弃、被扔在某个角落里的事物,往往携有历史的体温和生活的密码。所以,本雅明把现代艺术家叫作“拾垃圾者”。记得小说里有个细节,一个被发配到济大附属医院处理医用垃圾的人,发现这是个不用怎么上班还有人送“红包”的美差,从此有了句口头禅:“一切都是垃圾,但垃圾是个好东西。”然而,说“垃圾”有价值是一回事,用“垃圾”、用一大堆“鸡毛蒜皮”去搭建一座文化大厦,却是另一回事。直观地想一想,就会觉得这简直是一系列恐怖的、无法开展的工程。当我斜靠在床头读到第四章的开头几行——“太和春煖”四个字,被风吹起了一个角。它抖动着,似乎想站起来,还要带动整张宣纸站起来。可它太软了,很快就委身于地了。它似乎有些不甘心,又抖动了起来——突然浑身一紧,我知道,太和儒学院要黄了,而一件不可思议的文化工程要成了。在这个南方的初冬之夜,我不禁对李洱肃然起敬,并感到了几分陌生。

除了前面所谈到的临界叙事、时空一体、当下、叙述动力、叙述人问题,作品的塑型方式不能不引发探讨的兴趣。一般来讲,叙述者站位越高,越容易导致作品朝概括的、抽象的方向走,就像高空航拍,影像在轮廓上可以非常清晰,但想让地上的万物纤毫毕现,像素再高的相机也是做不到的,而《应物兄》非常打眼的地方恰恰是:细节。满眼飞舞的细节,信手拈来的细

节，珠玉滚淌的细节，个个饱满、结实，神情毕肖。那么，既要俯瞰人间世，又要勾勒微物之神，怎么做到的呢？我只能把这种塑型方式叫作：蹲在地上航拍。

那应该是世界上最小的宠物了。葛道宏的办公室，也养了几只蚁狮，也放在玻璃坛子里，坛子里装着沙子。“小家伙是天生的阴谋家，天生的杀手。你看它挖的这些小坑，其实是陷阱。蚂蚁掉进去，没有活着出来的。在显微镜下，每当蚂蚁路过，它立即从沙子里钻出来，挥动着头顶的两只钳子，不停地扬沙，扬啊扬，将蚂蚁打晕，然后再咬住，一点点拖进小坑，慢慢享用。坛子里的蚂蚁没有能够逃脱的。用不了几天，沙子里就会有细碎的黑色碎片，那是蚂蚁尸体的碎片。小家伙的嘴很刁，只挑好吃的部分吃。”

应物兄还记得，葛道宏这么说的时候，有一只蚁狮就像得到了指令，及时地从土里钻出来做了个示范。它挥舞着两只钳子，就像李逵挥动着两把斧子。葛道宏用竹枝挑了一下它身边的土，它立即蜷曲着，一动不动，好像在装死。随后，只见它扑棱一下翻过身，非常敏捷地蠕动着身子，倒退着，很快就钻进了沙子。

——《应物兄》

作为新小说派大师，罗伯-格里耶是西方作家中写“物”的圣手。无限地逼近，客观地描摹，光打在静止的物上，洞幽发微，但心与物却被有意识地隔离开来，视线是冷的。与罗伯-格里耶漠然的“物”不同，李洱笔下的物充满了生命的动感、趣味和情性。李洱有天生的物感，他对物的好奇、惊叹、关切，给了他一个可变换焦距、可用来航拍的精度极高的光学镜头，宛如在无数随机出没的事物间旅行，一旦捕摄到什么，他就会突然地兴奋起来，但绝不会打扰事物的存在。让物呈现，也是让物的历史与意义自行在场。眼与物、物与词、词与心，对视、离析、交融，在物的节律和知觉的秩序中，世界的形态、质感和温度就留下了。

“有一只乌鸦，正要从树枝上起飞。它先是翅膀一收，向后一缩，以便获得足够的冲力，然后像个飞镖似的，突然射了出去。”

——《应物兄》

词语的落点，像神枪手打靶一样快捷、简练、精准。当然，也有拧巴的时候。

鹦鹉笼子旁边放着塑料盒，里面装的是通体发红的小虫子。华学明送来的，既是鹦鹉的口粮又是药品。它们密密麻麻纠结在一起，或者上下翻滚，或者摇晃着针头式的小脑袋。一看到它们，应物兄就感到头皮发麻，恶心，想吐。他有一种轻微的密集恐惧症，有时候看到蜂巢、莲蓬，也会感到不适。每次给鹦鹉喂食，对他都是一种痛苦的体验。他需要闭上眼睛，把一张硬纸板伸到小盒子里，等小虫子爬上了纸板再塞进笼子。这期间，他会感到头皮发麻，好像在放静电。

——《应物兄》

对小说的建构来讲，物的意义是非凡的、广袤的。如果拿掉作品里密集的、规模化存在的“鸡毛蒜皮”，就不是大厦里有没有装东西的问题，而是大厦本身还能不能存在的问题。作为不可或缺的叙事要素和支撑，《应物兄》对物近乎痴迷，李洱关于物的知识储备之丰富，令人叹为观止。这部作品细致地描写和提到了数十种植物，如松树、茶树、荇菜、玉米须、野兰花、菖蒲、楷木、猫薄荷、烟叶、皂荚、苜蓿、猕猴桃；近百种动物，有猫、狗、蝈蝈、驴、白马、鹦鹉、渡鸦、寒鸦、杜鹃、林蛙、土蜂、鸡、鱼；还有器物和玩具，如鼎、觚、爵、钟、鼓、伊斯拉莫羊肠琴弦、玳瑁高蒙心葫芦、铃铛、拨浪鼓；食物方面，则对仁德丸子、套五宝、鱼咬羊、羊腰子、羊双肠、羊杂碎、烤全羊等，给予了不厌其详的生动叙述。物有自己的故事。它们本是自足的存在，但一进入小说，便与人物特质、叙事环境发生了意义关联。

如果被遗忘的知识也是一种“物”，一种被丢弃的“垃圾”，那么，唤醒现代人的知识兴趣，重温那些尘封已久的词语或先贤的遗言，就是某种文化记忆上的反熵努力。我们无法不注意到，不算作者自己编造的假书、假报刊和一本正经的伪注，《应物兄》借对话、讲演、讨论、著述、回忆、联想，所引用和谈及的中外古今文献高达数百篇（种）。通过《诗经》《易经》《道德经》《论语》《礼记》《尔雅》《孟子》《墨子》《史记》《尚书》《华严经》《托拉》《十戒》等经史元典，《理想国》（柏拉图）、《诗学》（亚里士多德）、《五灯会元》（普济）、《梦溪笔谈》（沈括）、《周易本义》（朱熹）、《国富论》（亚当·斯密）、《哲学史讲演录》（黑格尔）、《共产党宣言》（马克思，恩格斯）、《仁学》（谭嗣同）、《朝霞》（尼采）、《释梦》（弗洛伊德）、《鲁迅全集》（鲁迅）、《人道主义书信》（海德格尔）、《江村经济》（费孝通）、《偶然、反讽与团结》（理查德·罗蒂）等中外名著，大致可看出作者的思考背景和阅读范围。至于书中或展示，或引用，或杜撰，或调侃的诗、词、曲、对联、书法、篆刻、绘画、音乐、戏剧、小说、影视、民谣、段子、避孕套广告、奥普拉式的综艺节目，以及巴士底狱病毒、X连锁隐性遗传病、性瘾症、艾滋病、脂肪肝等，兹不一一枚举。从这种百科全书式的追求中，读者可以感受到，作者在生物学、历史学、古典学、语言学、艺术学、医学，乃至堪舆风水、流行文化等领域，做了大量案头工作，其所积累和触碰到的知识堪称浩瀚。

如此繁富的物元素、知识元素，经细细咀嚼被吸纳入文本，故事自然就膨胀起来。但这决不意味着知识的堆砌和炫示。以小说的方式驾驭、整饬这些元素，而不是将之拼贴、组装、焊接，难度系数极高，知性能力和叙事天分一样都不能少。让形形色色的物在叙事中自然地穿插,让杂七杂八的知识话语像礼花一样绽放,让人、事、物、理、识、情卯榫相接,各抱地势,钩心斗角,相互映照、对质、发问,作品才能像有机生命一样呼吸吐纳。《应物兄》将知识元素化、元素意象化、意象历史化的叙事塑型方式,颇得《红楼梦》神韵,其功能是多方面的:增加了文学趣味,丰满了人物形象,聚合了丛生的疑惑;当然,更重要的是,立体地呈现了当代人知识生活的形态;摸住了不同校园知识分子的脉象;还有对知识存在论困境的揭示,比如,对知识的近乎无耻的利用,以及当知识分子完全被知识包裹起来时,他反而变得无能了。

在征用各类知识点的时候,作者显得敏锐而奔放,顺应文本的语境和世界的语境,通过人物之口,李洱屡有思想的挥洒。比如,围绕一只“觚”,不同的解释性话语就显示了完全不同的政治含义:礼的形制,名与实的关系,装饰品,封建主的奢侈,一般文物等。像李政道“时间子”(Timeon)假设的时光倒流,甘地奇怪的禁欲主义技巧,(与西方迫害/支持模式不同)儒家对同性恋一向不斥不倡的态度,书中都煞有介事地进行了论证。还有理学与道学、新“左”与新右、地球生物物种灭绝等哲学、政治学、生态学热点,一概都落在小说的视野之内,诸如谭嗣同与激进主义的评价,谭淳分别初遇姚鼐、程济世时,就爆发过两次激辩。关于中美关系,作品也忘不了拿来敲打,说“美国是需要敌人的国家”,因为敌人能警醒自我,柳宗元的《敌戒》才一百四十四字,便“讲透了中美博弈的实质”,等等。《应物兄》许多节段或只言片语,常令人捧腹又发人深省,看似天女散花,漫无边际,但综合起来,一个时代的精神图像,一些人类所纠结的现实困境,却切片般显影了。

04 听夫子们自道,悲悯感挥之不去

应物,主要还是应人。

已故名人如徐志摩、季羡林、亨廷顿、兰波、海子等,书中议论不避其长短。在世闻达如马云、比尔·盖茨、易中天、于丹、顾彬、张艺谋、刘晓庆等,小说也会或赞或嘲地捎带上几句。用到这些人物的“符号化”功能,大多没什么微言大义,只是随手拈来,以显示小说的时代特征和文化氛围。但也有用了心思的,如虚构李泽厚与程济世聊灵肉关系的场面,是为了突显李氏在这方面的真实想法;安排书商季宗慈与北岛在香港喝茶,是有意让北岛作为一个文化符码在书中出现;将余英时、杜维明称作程先生的朋友,则纯粹是为了防御,故意使用排除法,以防止读者将这二位与虚构的儒学大师程济世对号入座。

作为一部不分卷、部、回的超长篇小说,《应物兄》各色人等纷纭出没,仅

给予不同篇幅描写和勾勒的鲜明形象，不下七十余个。人物遍布政、商、学、媒体、寺院、江湖、市井，但主体仍是三代学院知识分子。老一代知识分子，除了程济世，都是新中国历史的参与者、见证者，其中不乏“文革”时期在桃花峪蹲过牛棚的过来人。所谓中生代学人，或早或晚，都在20世纪80年代接受了高等教育，与那个狂飙突进又难免“裸奔”的文化青春期脐带相连。晚生代则成长于改革开放时期，是全球化、互联网时代的产物。这类乎三个不同的“文化人种”。

抚遍历史沧桑，扛过了新生共和国最艰难的历史阶段，在一个和平崛起的民族发展时期，虽各种思潮或明或暗地汹涌，各种痼疾新症叠加丛生，但济大教授、学人们的生活总体是安定的、小康的或富足的。社会的动荡，不再来自强敌入侵、神州陆沉，也不再来自急风暴雨的革命和大规模的社会改造，知识分子无法割除的忧国忧民情怀和永远的不安分感，开始更多地内化为无穷无尽的“心事”。也许，一件心事可以写一个精湛的故事，但无数的“心事”怎么去写呢？西方现代小说发明了“意识流”。意识流固然是伟大的，《尤利西斯》《芬尼根守灵夜》尤其是伟大的，伟大如天书，但天书有个遗憾，就是一般读者根本无法问津。如何将许多人的许多心事，卤水点豆腐似的聚合成一个时代的心事，并使中国人感到亲切，《红楼梦》的东方式叙事智慧再度启迪了李洱。《应物兄》没有用曲折动人的情节，也没有用意识流手法，而是循日常的“言行举止”，即时的“所感所发”，来塑造三代知识分子群体的当下风貌，不仅有着充分的社会学和美学依据，而且推陈出新地将《红楼梦》每回都以“话说”“却说”起头的全知叙事，改造成了“他见”“我想”“后来才知道”等更为自然的有限叙事。

俗话说，知人知面不知心。这是讲“我”根本不知“他”。岳飞有词云，“欲将心事付瑶琴，知音少，弦断有谁听”，说的是“你”压根儿不懂“我”。这都是决绝之辞。一决绝，话就不必说也说不下去了。《应物兄》的叙述讲究的是“欲拒还迎”的间距，搭伴的舞者必须在相互运动中给对方留下缝隙。“间距”不可能那么决绝，它处在知与不知、懂与不懂之间，它必须借助语言自身的临界性质，让人与人、心与心、话与话，互相接着、赶着，有疏隔有亲密，有挤兑也有粘连与兼容，使叙述话语能随着自身的语境而上浮、下沉，不断流转。让差异性事物裂而不分、嵌而不合，是临界之思特有的伦理特征之一，因此，在《应物兄》里，知识与知识的拌嘴，心智与心智的碰撞，观念与观念的斗争，真理与真理的辩驳，便构成了知识生活本身的样态。

小说里三代夫子们自道所触及的心事，太值得琢磨。

孔子不做帝师做素王。书中的儒学大师程济世两者皆不做，却有人称之为“帝师的帝师”。就其学养、气度、眼界、心性而言，此人绝非浪得虚名。

听说应物兄的妻子、乔木先生的女儿乔姗姗是研究女权的,他立马便问,“她是西方女权主义者,还是儒家女权主义者”,随后解道,“若是西方女权主义者,她就应该生巫桃女士的气,觉得她不应该嫁给一个糟老头子。若是儒家女权主义者,她就应该生父亲的气,觉得他娶这么个年轻的女人,让她这个做女儿的,脸上挂不住”。程先生说话时大概忘了,自己所娶的谭淳,至少要小他一辈。当听闻何为教授对自己的揶揄,他还击道,“她说我在西方研究儒学,是穿露脐泳装拜祠堂。我让学生查了一下,原来她是研究古希腊哲学的。照她的逻辑,在中国研究古希腊哲学,是不是穿三寸金莲进神庙?”当有西方议员对中国计划生育制度予以指责,他教人这样回应,“儒家文化强调实用理性。孩子嘛,需要了就多生几个,不需要了就少生,甚至不生”“不要和他们多啰唆。只需说一件事,就让他们闭嘴了。孔夫子身强力壮,可只生了孔鲤,孔鲤也只生了孔伋。孔夫子是三代单传。世界上,最早实施计划生育的,就是孔子”。

尤其是他举重若轻的史识,不妨可视为作者读史的心得:

我们今天所说的中国人,不是春秋战国时期的中国人,也不是儒家意义上的传统的中国人。孔子此时站在你面前,你也认不出他。传统一直在变化,每个变化都是一次断裂,都是一次暂时的终结。传统的变化、断裂,如同诗歌的换韵。任何一首长诗,都需要不断换韵,两句一换,四句一换,六句一换。换韵就是暂时断裂,然后重新开始。换韵之后,它还会再次转成原韵,回到它的连续性,然后再次换韵,并最终形成历史的韵律。正是因为不停地换韵、换韵、换韵,诗歌才有了错落有致的风韵。每个中国人,都处于这种断裂和连续的历史韵律之中。

学问多的人,自然见什么都能说出个道道。比如,对力主引进他的葛道宏校长,程济世担心是个“草头王”,位子坐不稳。待二人见面,程先生却说:“这葛字从艸,曷声。这‘曷’有‘口’有‘匃’。‘匃’者何意?是举起手来,叫那些跑来跑去的人停下来:别跑了,别跑了。上面加个‘口’字,是劝说的意思。济世在海外奔走多年,跑来跑去的,也累了。如今相逢,能一见如故,是不是缘分?”

此刻,年少时便在解放军的炮火声中随家出走台湾的程先生,“叶落归根”的心愿自然是真切的,其“怀旧”情愫也是温馨的:

济哥叫,夏天到。我最喜欢听济哥的叫声。放下廊檐下的苇帘遮阳,躲在廊檐下,听济哥叫,真是好听。我喜欢的一只济哥,是父亲的一个朋友送我的。我是小心侍候着,用蛋黄、肉糜、肝粉喂养。我后来又见到过别的济哥,可都没有那一只好。听着济哥叫,很快就睡了过去。在廊下昼寝,粗使丫鬟和老妈子要垂手站在庭中,蝇子飞不过来的。秋天有小阳春,在廊下站站,也是好的。最有情趣的还是冬天,隆冬!鹅毛大雪,廊前的台阶叫雪给盖住了。扫了雪,雪是白的,地砖是黑的。到了夜间,你在屋里看书,能听见落雪。

但他不知道济哥已经绝迹。为了能让程先生听到故乡蝈蝈的叫声,生物学家华学明受命带一个团队,日夜奋战,竟用死去济哥的卵细胞复活了济哥的鸣唱。校长葛道宏在会上宣布:济哥的羽化是中国传统文化与现代科学的结晶,是生物学研究的重大突破;如果华学明教授哪天获得了诺贝尔奖,我们也不要吃惊。当然,读者后来知道,野生济哥并没有真的绝迹,这让欣喜若狂的华学明几乎崩溃。

看上下如此大动干戈引进程济世,乔木先生阴阳怪气地对应物兄讲,"济世先生是富家子弟啊","富家子弟做出的学问,好啊,好就好在有富贵气。钱书先生的学问,就有富贵气。至于与老百姓有多大关系,那就是另外一回事了"。乔木与考古学家姚鼐、柏拉图专家何为、经济学家张子房,并列济州大学堪称先生的四大博导。他散淡成性,无意功名,学术造诣莫测高深,还是个书法大家。他的名言是:"学问都是茶泡出来的,都是烟熏出来的,所谓'水深火热'是也。等到头发白了,牙齿黑了,学问自然也就有了,所谓'颠倒黑白'是也。"看久了世道人运,他感慨:

自古以来,杀人如麻,如砍瓜切菜者,佛家倒是鼓励他们放下屠刀,立地成佛。连一只猴子,都能成为斗战胜佛。那些行善的人,那些吃斋念佛的善男信女,成佛的机会反倒很小。这就像老师带学生。坏学生经常不交作业,偶尔完成一次,老师赶紧发个奖状给他。那些规规矩矩的好学生,老师顶多口头夸上两句。

有趣的是,这位乔木先生自己搞的是古典文学,最关心的却是女儿的英语成绩。

乔木的好友,前省报主编麦荞也是个人物。早年批林批孔时,他写的《新三字经》一度流传,20世纪80年代为时代精神激动,晚年信佛了,又念念不忘焦裕禄的泡桐树。他专门著文,谈泡桐树与佛教的关系。麦老说,桐树的"空心",最能说明佛教中"空"的概念:那个"空",既不是有,也不是无,但它统摄实体和虚无;那个"空",不生不灭,不常不断,不一不异,不来不去,简称八个"不"。

闻一多弟子姚鼐毕业于西南联大。80年代在家里开课,讲《离骚》,讲《春江花月夜》,讲乐府诗《公无渡河》,讲闻先生的《太阳吟》,激情一时无两。"时间重新开始了""历史从来不会浪费,历史从来就是得失相偿""人是历史的剧作者,又是历史的剧中人",那时是何等意气风发……如今,老先生还是像乃师一样抽烟斗,烟丝仍用那个老牌子,常被人簇拥着"从这个会议到那个会议,连开的什么会也不知道,也懒得知道”。一个“懒”字,活脱脱把个清醒的老糊涂点亮了。

哲学家何为先生独身一辈子。临终前不久,其弟子文德斯陪应物兄去医院探望,她开玩笑:“文儿胆大,把孔圣人的徒弟拽来了。”“应物兄,谢谢你来看我。你这个‘兄’字,占了我老太太的便宜了。”接着示意他靠近说:“出院了,我们合开个会。不搞耶儒对话。耶稣与孔子又不是同代人,差着辈分呢。要搞就搞孔孟与苏柏(苏格拉底、柏拉图)的对话”“让他们掰掰手腕子”。清清爽爽几句话,无一废字,每读每热泪盈眶,所谓不抒情的抒情,这大概就是极致了。

应物兄记得,多年前老太太在课堂上讲过一个关于善的故事,故事的主人公是张子房先生的母亲。当年,上面传达林彪叛逃的消息,张母竟然说,林彪火急火燎上了飞机,也不知道带干粮了没有?善而至此,夫复何言?何为最惦记的人就是张子房,遗嘱是只有张子房先生才能为她致悼词。但被传为疯子的张子房已久不现身。此人一生好辩,何为先生的遗体尚躺在医院里,大家以为他这次肯定会露面了,他还就是不去,应物兄猜想,这也许是他与世界的另一场辩论。事后,张子房自个儿去火化了这位“小姐姐”。笃信“礼失求诸野”的经济学家张子房,现在隐身于一个大杂院,让程济世念叨了一生的仁德丸子的始创者、会拉二胡的灯儿居然还活着,也住在这个大杂院里。从民间的吃喝用度出发,张子房立志写一部新的《国富论》,他给邻人题的一幅不装裱、不落款的字是:

凿破苍苔地

偷它一片天

相比之下,乔木的另一位好友,曾一同下放桃花峪荷锄、养猪的双林院士,更因质朴而显得珍稀。这位在猪圈旁也不忘用算盘计算导弹运行数据的物理学家,离开五七干校后即隐名大漠,长年与家人不通音讯,妻子死了、埋了也不知道。到了有孙子的时候,还没得到儿子双渐的谅解。他多次悄然潜入济大图书馆,只是为了看一眼可能来此查阅资料的儿子。他一直保持着读古诗、打算盘、用毛笔写字的习惯,与同代人用文言通信的习惯。乔木先生叫双林院士“导弹”,最爱和他抬杠,常拿他写的“出律”的旧体诗开玩笑。两人对下放劳动的看法也不同,双林院士居然认为:自己是在劳动中发现了自己的腿、手、肩、心脏,甚至发现了脚后跟的意义,到了五七干校,才知道脚后跟可以坐,蹲下吃饭的时候,它就是你的小板凳;当然啦,因为吃不饱,也发现了自己的胃。他说服孙子入党的理由是:“一个人啊,倘若没有坚定的信仰,早上清醒,并不能保证晚上不糊涂,所以你要入党。”晚年,他常到重孙女读书的那所小学,义务给孩子们讲有趣的算术知识,教孩子们读古

诗。他最喜欢的一首诗是李商隐的《天涯》:

春日在天涯,天涯日又斜。

莺啼如有泪,为湿最高花。

得知自己患前列腺癌后,他"失踪"了。妻子坟前倒伏的青草、未燃尽的香烛告诉寻找的人们,他来过。招待所服务员记得:双林院士说,人老了,记不住事了,早上起来转一圈,睡个回笼觉,就忘记吃过早餐了没有,也忘记洗漱了没有;为保险起见,他只好再次刷牙、洗脸。关于身后的遗产,他早已做出安排:两套房子,一套过户到孙子名下,一套卖了,把钱捐给当地小学,替失怙儿童交学费。

他编好了自己的诗集,单等着乔木作序。乔木先生对双渐说:

渐儿,你大概不知道,普天之下,也只有你们家老头子敢对我说,我比不上书法史上的那些大家、名家。他说得倒有道理,他说那些人写的时候,没有当书法来写……他说得对。古人读书写字,写信写告示,开药方,记账本,原本都没当书法来写。这次,我借这篇序,回忆了我与你们家老头子一辈子的交往。往事历历在目,搞得我血压都高了。昨天写了一整天。你来之前,我又看了看,才想起这是书法。好啊,忘了这是书法,就回到了"书"的本义……古人把写字说成生孩子。写这篇文字,就像生了个孩子。我走了十万八千里,又回来了,回到了"文、字、书"三者的真实关系当中。几十年来,这是我最好的一幅字。再写一遍、十遍,也写不了这么好。

这么好的一幅字,却没有盖章。乔木先生小孩子一样说:"我就是不给他盖章。他来了,我才给他盖章。"此言,此情,催人泪下。鲁迅先生曾有著名的"民族脊梁"一说,双林院士就是这样的脊梁,在需要的时候,这样的人会义无反顾,会挺身而出,默默扛起民族的重担。他身上所凝聚的罕见品质,和现下的许多人文知识者不同,乔木先生虽然生性散漫,但内心深处是懂得并敬重他这位老友的。在妙语如珠的文人雅士群里,作者特意塑造了这一赤子般晶莹、雕塑般肃穆的形象,使《应物兄》打开的这个变形的世界,突然有了光,也有了重量。

老一代去的去了,未去的也已是风烛残年。同辈之中,思想者文德能早逝,文德能的至交芸娘,应物兄大学时代的辅导员,人格纯正,思想如多切面晶体,由考古学而现象学、语言哲学,一路走来,现在也病故了。他们都是应物兄怀念和尊敬的友人,身上凝聚和承载着一代人的情怀与思绪。对他来讲,芸娘、文德能是作为一种时代精神历程的象征而存在的。遗憾的是,应物兄对他们的内在世界多少有点隔膜,他自己坦言,实在"没有能力描述芸娘"。

现在,活跃于儒学院筹建工作前台的,是善于钻营甚至不惜拉人下水以做把柄的吴镇教授，是副校长董松龄，一个滔滔不绝但说话像低烧的日本学专家：

我给道宏校长说，我怕自己做不好，还是让贤吧。道宏校长就讲了一番话，他说，那不是他的话，是程先生的话。程先生讲得好啊。程先生说，我们这些读书人，最大的毛病就是喜欢让。该让的让，不该让的也让。让来让去，天下没了，自己也没了。

啊，"死去的人是认真的，活着的人已经各奔东西"。

举目四望，晚生代中，宗教学教授宗仁府的弟子在跟着导师做法事挣钱，一手带出的博士孟昭华在中医院靠古籍的活学活用混得风生水起，自己的助手、乔木的关门弟子费鸣因看不惯现状提出辞职，留学生卡尔文因性乱患了艾滋病而被遣送回国，在读的研究生张明亮还在与同门易艺艺争着进儒学院，而易艺艺却已怀孕，胎儿的父亲竟是程大师已婚的儿子。

希望何在？尚未发力的文德斯，一闪而过的佛门弟子净心，不免让读者心生期许。那些真正的读书种子呢？被项目、发表、考评、接轨的游戏，给边缘化了，学官、大腕们压根儿就看不见他们。哦，不，还有那位"光着膀子穿西装"的王子，无人知晓其年龄、来路的天才小颜（姓朱，似赐名于"应物"的朱三根后人），正"亦古亦今"地游走于学府与民间。他的博客名叫"其鸣自詨"，他瞄一眼版本就说得出某句话在该本《论语》的哪一页，还知道鸟群从不在飞行中交配，莫扎特曾为一只紫翅椋鸟举行过盛大葬礼，叼开耶稣裹尸布的鸟是渡鸦，莎士比亚剧中出现过的鸟类应该是五十三种。他讲数据、用经典，能将儒学、杜鹃、禽言诗的含义与联系说得人一愣一愣的，也能把昆虫解剖与生物标本做得漂亮利索。他的理想是归化为鸟类：

当你仰望那些飞鸟，你会觉得它们来自另一个世界。它在我们之上，在我们这些凡夫俗子之上，高过所有的树梢。如果它们停留，那也只是为了给我们以启示。

造化弄人，大象无形。夹在陆续逝去的上一代和各怀心事的下一代之间，应物兄真正体会到了中年的沧桑。口力劳动者，伪币制造者，性瘾症患者，入史的冲动，被人遗忘的恐惧，活着时就想着后人对自己的考证。大学之殇啊。"在八十年代学术是个梦想，在九十年代学术是个事业，到二十一世纪，学术就是个饭碗。"应物兄实在心有不甘，他多么想通过儒学研究院把梦想、事业、饭碗统一起来。有时，他的思想目光极具历史穿透力，比如，面对现代世界的诸神之争与日益沉沦的文化现实，他从犹太教和儒学的相似底蕴中看到了某种希望，曾半开玩笑地说："在中国人之外，如果让我选择另一个身份，那么我愿意选择犹太人。"

这个人心事重重，如此复杂又如此单纯。他一直在上课，在开会，在奔波，在应对自身的情感困境。生活的摩擦系数越大，他的困惑就越多。一桩纯粹的学术事业怎么就变成了一项开发工程？为什么人们总是宁得罪君子而不得罪小人？以前都是老师告诉弟子不要太天真，而现在却是弟子告诉老师不要太天真？为什么自己连偶尔咆哮一下的力气和想法也消失了？这些都是小说的未问之问，也是小说的未答之答。唯一幸运的是，应物兄还保持着敏锐的羞耻心。在电视商店的屏幕里，当看到自己同时出现在不同频道里侃侃而谈，他禁不住"下意识地看了看周围"。这个微妙的细节，把应物兄与那些自鸣得意的出镜文人严格区别开来。作为一个不乏真诚的文化儒家，他深知"知行合一"之难。由自我语言的内外分裂现象，他甚至感受到了某种虚伪。有时也不免自卑，从热衷于西学的八十年代走来，自己其实和小狗木瓜一样，只是个"串儿"，是个血统不纯的文化混血儿。但他仍禁不住怀恋那个"当年"：

它的一砖一石重新聚拢，楼道盘旋着向上延伸，门窗和阳台各就各位，核桃树再次挂上青果，爬墙虎重新在水泥墙面蔓延，土褐色的原始生物一般的壁虎又悄悄地栖息在爬墙虎那暗红的枝条上，并张开嘴巴等待着蚊子飞过。当然，与此同时，文德能重返青春，文德斯重返童年，用沙子擦拭奶锅的阿姨重新回到素净的中年，而所有的朋友突然间又风华正茂。

应物兄内心是有大苦痛的。唯其有大苦痛，才会有大悲悯。维特根斯坦说：天才者最痛苦，因为他能感受到每一个人的痛苦；不过，他最痛苦却正是由于他理解了别人的痛苦。《应物兄》把夫子们的"心事"如此清晰地摊开来，人与事的来龙去脉丝丝入扣，每种话语、每个细节都精准入微，一切似乎都有存在的理由，都能够得到理解，但人们就是不知道世界怎么会变成这样。我们是不知情的读者，那个讲故事的人，仿佛是不知情的叙述者。知识分子在这里遇到了知识的宿命，因为世界本来就不是为了彰显人类的认知能力而存在的，所以我们被弹回去了。悲悯感，那个说不清、道不明的悲悯感啊，能否帮我们解脱？

"思想向着深沉的困惑斜视过去，而现实变得越来越模糊"。（鲍德里亚）

一切只能"退藏于密"。

05　反讽：从巴别到太和

李洱认同罗兰·巴特的一个说法：当代写作需要更多的知识，更多的趣味。接触过李洱的人，都领教过他的幽默感和俏皮劲儿。在《应物兄》里，这一点得到了尽情发挥，有时读着读着，就让人忍不住笑上一阵。

比如，一条小狗咬伤了另一条小狗，双方主人签署的赔偿协议简直正式得过分："若金毛 James Harden（詹姆斯·哈登，狗证：0037157311811）因为木瓜（品种不明；英文名，缺；狗证，缺）而传染上了 hydrophobia（狂犬病），木瓜的主人须赔偿金毛 James Harden 主人人民币 110000 元（大写：拾壹万元整），并负责支付所有医疗费用。若金毛 James Harden 不幸离世，其丧葬费（不含购买墓地费），由木瓜主人按实际花费支付……"亦学亦官的葛道宏校长声称从不愿讲废话，又认定福山的"历史终结论"是一句废话，但他却通过研究福山的废话，而滑稽地成了一个著名的学者。程济世的美国儿媳珍妮特别喜欢养驴，她认为驴子是最洁净、最节制、最不自恋的动物，驴子的耳朵很好看，驴子的嘴唇很性感，驴子谦恭、有耐心、安静，为此还写了篇论文，说驴子就是动物中的儒家，简称"儒驴"。

这都是摆在明面儿上的玩笑。在漫长的阅读过程中，它们纾解了疲劳的神经，调整着呼吸的节律，也让人对作者的机智和不羁的想象力感到惊讶。笑是门艺术。但反讽不仅是门艺术，还是一种哲学，一种体验世界的方式。除了双林院士这一"例外"，《应物兄》基本上采用的是总体性反讽。总体性反讽并不指向特定对象和个体，而是形而上地质疑人类的基本生存状况和历史活动的盲目性。对《应物兄》来说，更深刻的反讽其实是暗幽默，内敛的幽默，由于嘲讽变得模糊、间接，所引起的笑声也就暧昧、迟疑。当反讽的矛头在指向世界的同时又指向了自己，它带来的只能是尴尬，是"苦恼人的笑"。

应物兄舌尖上滚动的话不是口中说出来的话；乔木让弟子管住嘴巴自己却一句也不肯少说；程济世最担心"不孝有三，无后为大"，偏偏儿子因吸毒而生了个三条腿的怪胎；副省长栾庭玉夫妇精囊里有精子、卵巢里有卵子，就是无法孕育出一个健康的小孩；栾副省长的秘书邓林，一边强调干群关系的重要性，一边找着老百姓的茬子；京剧大师兰菊梅卖朋友是真的，哭朋友也是真的；神偷儿唐风居然"偷"成了易经大师；大院子弟雷山巴享用着一对姊妹花却不耽误朝圣。还有，时间得了病却让空间受罪；中式山水画下面装一个西式壁炉；崇尚鲁迅精神的人忽然成了基督徒；虚伪一时是小人，虚伪一世倒成了君子；西学进不去，中学回不来；在古典文献里游泳的不是鱼而是鱼雷；洋人看得起搞中学的汉人却看不起搞西学的汉人；有经天纬地之志、继往圣绝学之愿，却阴差阳错，一脚踏空；等等。诸如此类的窘迫和反差，林林总总，遍地可捡，渗入小说的肌理，塞满生活的夹缝。在这里，如同几乎没有完全"正确的一边"，也没有完全"错误的一边"。总体性反讽乃是一种临界的反讽，它揭示的是生活世界的基本矛盾和无可避免地悖谬：所有人物的行动都被自己所不知道的无意识力量支配，因而，他们既是被审视、嘲弄的对象,又是被同情、怜悯的对象;他们未必是无辜者,却一定是无助者。

让荒唐变得合情合理是一种本事。让"相反的念头互相撕咬,互相吐痰又互相献媚",是一种别样的智慧。言与行的错位,矛盾内涵的反常性、不确定性,沉浮于未终结之话语流程的各种格言、警句,此夫子之道与彼夫子之道的相互成全与相互抵消,以及意结的突然松弛或蒸发,让一切自负、自信、生机勃勃的言谈、教导都落入了临界叙述的反讽之中。临界的反讽是间距性反讽。它是适度的、宽容的,有分寸、掂斤两的反讽,它不会一下子把人、事、理撂倒、打翻。这颇合儒家的礼教:既用春秋笔法张批判讽喻之力,又不失温柔敦厚之古风。但与传统儒学大不相同的是,《应物兄》从头到尾,都没有提供明确的价值说教。一位叫米克的西方修辞学家曾说:"不带任何教诲目的的反讽精神,很可能从来没有人描述过;所以文学也很可能都是说教性的。"(《论反讽》)"很可能"? 这句判语终究还是留了些余地。这"余地"不妨就留给《应物兄》这类完全脱离了教诲目的的反讽小说吧,当故事奠基于反讽,当一切呈现、反思、启示由反讽而来,反讽就既是一种观察世界的方式,也是一种诗学的建构方式,它既是一种叙述调子,又是一种新的文学道德。

《应物兄》诞生于21世纪第二个十年。在这一时期,中国人民历经一个多甲子的探索和艰苦奋斗,终于跻身于世界民族之林,把一个四分五裂、贫穷衰弱的中国改造成了一个初步小康、生机盎然的中国,一个开始有能力、有胸怀致力于"人类命运共同体"建设的中国。儒家的大同理想也汇入了这一愿景。但世界却极不太平,资本流、信息流、人口流,往返密切而频繁,在造福人类的同时,也加剧了生活的格式化、单一化,以及各种"病毒"和"交流性疾病"的快速传播。全球化给新兴经济体和欠发达地区带来了新的发展机遇,也造成了各种不同的文化"排异反应",更出乎意料的是,它还反讽性地挑战了一直由西方主导的全球经济政治秩序。若不能合乎伦理地相处、共存,各大文明体的直接遭遇、碰撞,将导致更为严峻的冲突和危机,同时,人们惊愕地发现,现代技术飞速的、前所未有的发展和规模化运用,已将人类命运置于两难境地:一边是无法想象的福祉,另一边是无法确认其后果的风险。许多传统的经验、温暖的记忆和精神价值,如同融化的冰山一样,一块块掉落在物质进步的汪洋大海里,消失得无影无踪。前面之所以说李洱对物的打捞、对文化记忆的唤醒,乃是一种"反熵性努力",其背景盖出乎此。

这是人类文明的临界时刻,也是《应物兄》反讽语境的纵深。

巴别,即巴别塔。据《圣经·旧约》传说,古巴比伦人齐心协力建此通天塔,为扬自己的名,耶和华不愿意了,说我们下去,变乱他们的口音,使他们的言语彼此不通。在希伯来语中,巴别的意思就是“变乱”。在现代西方哲学里,“巴别”则是一个关于语言问题的基本原型。德里达认为,“巴别塔”并不纯粹是形容语言多样性的,还是展示语言本身的不充分性、不完全性以及完善的不可能性的。这就是说,“变乱”“言语不通”也发生在语言内部,不用上帝来干预,人类的交流、文明的沟通也是无比艰难的。

济州大学的学术报告厅,就取名“巴别”,来此演讲是一种“身份的标志”。莅临者大都年高德劭,何为教授就是在这里讲她的“亚特兰蒂斯文明”时滑了一跤,就此一躺不起。当发现双林院士暗中来了济大,校方执意邀请他做个报告,海报都贴出去了,结果,他根本没有上台。座位空了一多半的大厅,只有屏幕上放映着一部影像发黄的资料片:漠漠黄沙,深一脚浅一脚的足印,中山装,鹅卵石,一片青草,接着,风又卷起黄沙;然后是一份份摞上来的西方报纸,字幕上出现了“中国第一颗原子弹爆炸”的字样。银幕上没有声音,就像在放一部默片。

双老凭本能还是直觉拒绝了在“巴别”的演讲,我们无从知晓。但从他带来的这部褪色的资料片中,可以推想,他要让今天的学子们了解和记住些什么。济大建“巴别”演讲厅的时候,大概也是中国到处建罗马园、加州别墅、泰晤士小镇的时候。那个时候,校方大概根本没有想到“巴别”本身是个悖论:它既是文明的聚集之地,又是语言的不通之所。主事者更不知道的是,在《埃及亡灵书》里,“巴别”实际上还是个邪神。如果济大请一位埃及学者来此做讲演,他肯定会皱着眉头要求换一个报告厅的。“巴别”不是祥瑞之名,用在语言交流场所上更是南辕北辙。其反讽意味实在太强,可惜一干博学鸿儒毫无觉察,作者的构思可谓苦心孤诣。

比较之下,程济世先生将济大儒学院取名为“太和”,就高明多了。按《说文解字》:和,相应也。本指歌唱的人相互应和,后引申出平衡、相辅相成、多样性统一等意思。孔子最早看出“和”与“同”的差别,故有“君子和而不同”之说。所谓太和,就不是一般的“和”,而是最和、极和,《易传》首倡“太和”一词:“乾道变化,各正性命。保合太和,乃利贞。”程先生引的是朱熹“太和者,阴阳会合冲和之气也”。这说法颇合老子“冲气以为和”的本义,也算儒不逾道。但栾副省长、葛校长有所不知,这“太和”也常用作皇帝登基、改元的年号,著名的如三国时魏明帝曹睿,力主汉化的北魏孝文帝拓跋宏,还有唐太宗李世民,登基或亲政的元年,都是将年号称作“太和”的。程先生是否暗自类比,不好揣度,但其踌躇满志之态确乎是跃然纸上的。莫非“太和”这名字也暗藏机锋,也逃不脱反讽?《应物兄》里文德能留下的那个生造词“thirdxelf”,那个第三自我、第三只眼,难道不能消停一会儿,把眼闭上?

“巴别”与“太和”,是小说所喻指的两条道路,也是济州大学从文化自卑开始转向文化自觉的道路。然而，从巴别到太和，两条路能否相交？能否兼容？能否走得通？路漫漫其修远兮。应物兄在路上遭遇的"车祸"，只是一次意外的搁浅、卡顿，无论他活着还是死去，无论程济世大师最终来还是不来，其实都一样，都无碍于人们对这条道路的上下求索，哪怕一种反讽性目光日夜梭巡在桃都山、仁德路的上空，人们也不会终止探寻的脚步。在这个意义上，《应物兄》就不仅是一部呈现、批判、探索当代知识生活的百科全书，而且可以被视为一个关于当代文明困境的隐喻。这里，埋着当下人类的最深沉的心事。

苦恸之后有悲悯，反讽之上有仁慈。

"儒学救世是越救越好还是越救越坏？"著名儒学家应物兄教授好像在哪里自问过这个问题，还有一次，关于文明的思绪，他好像一下子飘得很远，"比起地球上有机生物的历史，人类五万年的历史只是相当于一天二十四小时中的最后两秒钟。按这个比例，人类文明史只占最后一小时最后一秒的最后五分之一"。

多么珍贵，多么令人惊叹的五分之一啊！在这奇迹般的五分之一里，请相信，"一切诚念终将相遇"；还要相信，《应物兄》里的这句话，绝不是反讽。

结语　让小说不可替代

我们记得，宗璞先生用四卷本《野葫芦引》全面描写了战乱时期颠沛流离的西南联大。长期以来，文学界也一直期待着，能有一部巨制，对 20 世纪与 21 世纪之交的当代士林和中国学院知识分子群体，做出类似规模的书写。现在，《应物兄》问世了，它是否意味着我们已如愿以偿？

它将经受来自各种目光的审视和解读。它极为丰富的精神义涵、叙事艺术上的中国智慧和泅墨无痕的小说手艺，也远不是一篇急就的评论就可以深入发掘的。但它结结实实的存在，的确已无法替代。至少，在汉语长篇叙事艺术和知识分子书写这两个方面，《应物兄》已挪动了现代中国文学地图的坐标。《围城》精明、促狭，《活动变人形》辩证、直露，《废都》沉痛、皮相，《风雅颂》因隔膜而近似狂乱。这些书写知识分子的经典杰作和非杰作，都可以作为《应物兄》的文学史参照。当然，也正是因为它们的成就、经验和教训，为《应物兄》的诞生提供了不可或缺的前提。

当代知识人总算有一部属于自己的"红楼梦"了。然而，万宝全书缺只角，当代"石头记"里少了个刘姥姥，这不免让人有点儿耿耿于怀。至于那个爱骂骂咧咧的邬学勤教授，充其量也只是半个焦大。因为他的怒气，仅来自必须用英文讲屈原、写屈赋教学大纲的无厘头规定。转念一想,又觉得李洱也许是对的:在今天,刘姥姥还进得了学院生活的大观园吗?

也许,另一个问题更需要回应。鲍德里亚说:"即将到来的这个社会,是文盲和计算机化的社会,这个社会也将没有文字,这是我们将来的原始社会。"他说,这就叫"记忆的种族清洗"。但像《应物兄》这种破茧化蝶的小说语言,会被人工智能语言取代吗?我认为不能。人工智能做不了应物兄的梦:

它的嘴巴处在水与叶的界面。

他摘了一片无花果树的叶子,把它捏了起来。他没有去惊扰那只正在吐丝的蚕。他怕影响它作茧,影响它化蝶,影响它做梦。

应物兄，你是李洱吗[①]

李宏伟[②]

应物兄：

28 日来信收到。你要我详细谈谈前信所言“三个李洱”，着实让人羞惭。本来是戏言，私下调侃一下我们这位云雾缭绕的“文学兄长”而已，再要细描，难免走样。况且，以你十数年与他朝夕相处，了解之深入透彻，我又如何可能说出点滴新意？但戏言既出自我口，你又这样坚持，再不像也少不得描上一描。

比不得你，我是先读到李洱的小说。也因此，先到眼前的，是小说家李洱。我先读了《花腔》，很是兴奋，它是这样的严丝合缝又闪转腾挪。戏仿的各种文体，拿捏的各色语调，活脱脱一幕口技历史大戏，一个人搞了一个戏班子。这样说，似乎只顾着它语言的热闹，仿佛把它言轻了。不是的。那字里行间隐藏着的冷眼，那原型在历史人物之间滑动但实指很容易令人心有戚戚的凉意，乃至由“葛任”想到“个人”的名字转而又自嘲“并没有这么简单吧”的读者心思，这些些念念、斑斑点点，都可见李洱的襟怀宽博、功力精湛——那惊艳感经久不去。再看了《石榴树上结樱桃》，惊艳落到了实处。不是说这村里围绕一场选举展开的斗争，乃至孔孟两个家族的角力多惊艳，而是李洱在这个小说展现出的结实，托住了《花腔》的闹与冷、密与深。记得当时给你来了万言长信，谈这两个小说，谈小说家李洱。你对我的很多话不以为然，但认可我说的这句：这两个小说展现的张力，对李洱是必要的，也是

---

① 原载于《扬子江评论》2019 年第 1 期。

② 李宏伟(1978 年—)，男，作家、诗人、作家出版社副编审。著有诗集《有关可能生活的十种想象》、长篇小说《平行蚀》《国王与抒情诗》《灰衣简史》、中篇小说集《假时间聚会》《暗经验》、对话集《深夜里交换秘密的人》等。

必然的。

然后就见到活人，现实中的李洱。想来只是两三年前的事，可我已不记得初次见他究竟是什么时候、因为什么——这确实很李洱。但我愿意把一次私下交往当作第一次见他，毕竟，这还和你有关。当时咱俩长途奔袭，去几百里外找他，就为喝一顿酒。他正在院子侍弄一地的茄子、辣椒，给它们除草、浇水、上肥，不知道为什么，挽起了一只裤脚，至少有七分农民模样。晚上，自然是他炒的小菜，你带去的老酒。我很快断了片儿，眼前只有灯光在晃，耳旁只有你们的声音在转。第二天，我打开手机，发现醉意中居然录了一段视频。原来你俩也高了，他还张罗着从院子后面的小河，捞起早就布下的网，网里还有八只虾米。灯光下，他晃着身子出了后院，走到河边，拿着网再回来。也许是酒的作用，也许是夜晚的缘故，他每一步都有点飘忽，像是要飞，可落脚又准确地踩在了自己的点上，稳稳当当。这过程让人担心，担心之后又笑自己瞎操心。自那以后，每想到李洱，每见到他，我都想起那要飞又落的步子。

第三个李洱，其实是你的李洱。十七八年前，你就来信，说总算说服李洱，写一本关于你的书，你还不介意书名就用你的名字——《应物》。我笑话过你，说你爹妈给你取这么经典的名字，就是为了等他的书。可我也是由你这番话，才去看他的小说，看完也就算认识了小说家李洱，禁不住好奇，他会把你写成什么样。左等右等，没有见到片言只语，只是偶尔从你的来信知道一点进度，还带着点儿传奇。一会儿完稿了百万字，还不到全书一半；一会儿已经定稿，八大文艺出版社为了争稿，社长、总编们特地开了个碰头会，最后决定只能抓阄；一会儿干脆连电脑都丢了，多亏某国大使馆退休的前勤务想的妙招。反正吧，要不是看过他的小说，要不是知道确有其人，我都要怀疑李洱只是你虚构的了。对了，有件事我此前没说，不忍打击你：在一个文学会议上，我曾听一从不打诳语的前辈言之凿凿——李洱的小说根本没写，他在玩儿行为艺术。

应物兄，这就是我所言的三个李洱。小说家李洱，每走一步都要飞的李洱，还有那个大半由你虚构的李洱。我知道，他的小说定了稿，答应的话作了数，你心里高兴，像刚认识新的知己，蜜浸的心着急听旁人的话来分外甜。也因此，我权且这么一说。能不能把三个人拼到一起，我就不负责任了。

不过，有必要提醒老兄。那晚捞了河虾回到厅里，你再三追问李洱小说的进度而不得，忍不住拍了桌子，说，他要再不写，你就要写一本《李洱》，彻彻底底把他搞成一个虚构的人物，看他今后怎么自证存在。李洱当时一愣，先甩了一句“事情是这么个事情，情况不是这么个情况”，然后央告道：“能不能等我的书出了，你再写？”——你要不信，视频我还没删。

写到这里，我忽然明白，他那话哪儿是告饶啊，分明就是激将，甚而是挑衅。现在，就等着老兄出手了。等你这部书面世，就不止三个李洱了，只怕五十万个都打不住。那时，咱们再来两本书对照，看看哪里是真，辨辨哪个是他，岂不是乐事一件？

话虽如此，我还是暂且打住，继续看他怎么写你。有会心处，再来信与老兄分享。

祝好！

李宏伟

9月4日

应物兄：

有些惊讶。相识以来，第一次见你如此纠结。你说，“拿到《收获》，回家的一路上目光都指着封面那三个黑字，终究没有翻开。到家即扔在书桌上。转过念，干脆塞入书架”。你又说，“譬如听到最亲近的友朋，影影绰绰，若有若无关涉自己的交谈，实在缺乏勇气上前几步，去听得真切”，“他们说得真，难免揭了老底，说得假，免不了流言掺杂”，“是我，不是我，都觉得不对，是与似之间，则让人恼怒”。我能够理解，却没法体会。说到底，并没人花这么大气力、篇幅来写我。何况，还是李洱这个量级的小说家。

也理解你现在不看的另一层意思。毕竟还是半部，没法一次来个痛快。夜中不能寐，起坐翻长篇，翻来覆去都“未完待续”，总归扫兴。我猜，你隐隐担忧，李洱未必能如期交出下部；又猜，你的不看暗含祈愿，希望以此抵消他临门一脚的踌躇——这可是应物兄本尊的亲自做法了。

无论如何，我是看了。你也知道我会第一时间读完，才有来信所言“不要剧透，给我说说它写了什么”的要求。前面拉扯这么多，是因为实在没想明白怎么完成这一任务。算了，我就依着感觉，以读完想到的三个词，略说一说。是否剧透，不能保证，在看之前，请权且当成我的虚构。

关系。《应物兄》写的是人与人之间夹缠、暧昧，欲说还休的关系。这不稀奇，广而言之，所有的小说写的都是关系。何况，早有“一切社会关系总和”的断语在前。可仍旧要说，关系是这小说的核心，关系的表现是其华彩。《应物兄》人物众多。数了一下，第一节三千余字，即出场/引出七个人，给出他们的关系略图。已刊两章，至少五十四人，有名有姓，棱角分明。还不算那些给了笔墨，匆匆来去的。以此节奏，全书得有上百人，除大部头的历史小说，这样的群像图算当代记录了。“此节奏”是说，《应物兄》的关系是流动的，为了一件事，主要人物总在移步换景，新人不断出场，旧人不断返场，仿若庞然移动的旋涡或龙卷风，越旋越快，越转越大，所及之处所及之物，不由自主被裹挟进来。所带动的人物关系又都得到熨帖细致的描摹与塑造。亦如旋涡或龙卷风，这流动的关系是有中心的，且是一切流动、旋转的力量所出，指归所系，它具体是什么，等你看后咱们再聊。

浸润。葛道宏、程济世、季宗慈、姚鼐、张光斗、郑象愚、程刚笃……忍不住列了几个人物的名字，所用字眼可见，《应物兄》以当代古典风的知识分子为主体。尽管还有铁梳子、卡尔文、石斧、樊冰冰、豆花等别具风味、别有联想的名字，但他们正是前者的补充，他们的生活也可视作前者生活的衍射。李洱毫无疑问是知识分子，他的举止、言行，他开玩笑的范围与方式，都是知识分子式的，他最有把握最能共情的，也是知识分子群体，因而写起来得心应手，鲜亮活泼。他笔下这些常年与知识打交道的人，如习于道如游于艺，完全为知识所浸润，被知识所规约。看他们在日常生活中抖搂各样已成为他们具体生活的知识，听他们的言谈中体现的学识修养，几乎亲炙几代精英常年浸泡在知识中，为知识涵养而生出的包浆一般的光芒。这光如此温润，以至于让人怀疑，自带这般光芒的人，行动如何可能。这光芒又是浸润而生的贼光，让人忍不住觑了又觑。

腔调。你当然早注意到，这个小说的名字不是李洱最初和你约定的《应物》，而多了一个“兄”字。如此变化，书中自有交代，暂且卖个关子。要说的是，正是这一字之变，带出了完全属于李洱的声口，一部如此体量的长篇，也应着这一个字，找到了独属于它、让它成立的腔调。还要说的是，这一个字的增加，由应物到应物兄，李洱说话时的眉飞色舞，他那让人听过就再难忘记的节奏稳定如同咳嗽的笑声，就此常居于整部作品，也定居于华语文学，再难拔除。不说得这么远大，仅仅落在叙述上，“应物兄”都让整部小说仿佛有了个第三方。这第三方既是听话人又是说话者，无处不在又时时游离，让《应物兄》具备了舞台所言的间离效果，既客观讲述又主观论辩。私下里说，这一腔调的发明，如此炉火纯青的应用，将成为作为小说家的李洱的标识，将从规则上改写后来者的叙述。但后来者需要注意的是，这腔调看似一种技巧，看似一念的发明，却必须与小说内部无处不在的准确相倚生相糅合。再形象一点，正是李洱那醉酒后的步子。

“不剧透”的前提下，《应物兄》写了什么，我能说的就是这三个词。自然，这些都是大而化之，这小说好到什么程度当然不由这些词语确定，而是由它精准的细节，由它对关系微妙地刻画，更由它对时代语境与精神的追摩而定，可惜这些现在没法说出来，也不忍说出来。忍不住要说的是，它在很多方面有集大成之效，什么知识分子小说、官场小说，甚至家庭伦理小说、情爱小说，都可以用来谈论《应物兄》，又都框不住它。

自然，这还只是半部。不过，这半部已然成为一种保证，那就是整部小说水准都不会低于已有,并非对李洱的迷信,而是已有腔调的约定。唯一的难题,是它究竟会怎样收煞。这将决定它的上限。忽然想,也许《应物兄》最好的结束就是"未完成",某种不可抗因素让它和那些杰作分享同一宿命。这当然太过残忍,现实中也不会获允。如果猜上一猜,我想不外乎三种可能:其一,就这样热闹着奔波着绸缪着,没完没了,戛然而止,所有的事情都只是在谋划,一朵花不须绽开;其二,一桩事了,又生一桩,一波未平一波又起,疲于应付是应物兄的宿命,也是他唯一可乐在其中、隐身其间的道路;其三,白茫茫一片大地真干净,笑声、话语、身影、事功,迎来送往,都散了,留下的余烬也终将散去。

先说这些。等着下部时,我会再翻翻、看看,有什么再与老兄交流。

祝好!

李宏伟

9月28日

应物兄:

手边事情烦心,一直拖着没回你国庆间来信。也是不知道怎么回,想着且等等吧,等下部出来再说。这段时间,断断续续跳跃着,《应物兄》又翻了几回。索性录两段话,作为回信。一段《应物兄》用了,一段翻小说忆起。

圣人茂于人者,神明也。同于人者,五情也。神明茂,故能体冲和以通无;五情同,故不能无哀乐以应物。然则,圣人之情,应物而无累于物者也。今以其无累,便谓不复应物,失之多矣。

大学之教也,时教必有正业,退息必有居学。不学操缦,不能安弦;不学博依,不能安诗;不学杂服,不能安礼;不兴其艺,不能乐学。故君子之于学也,藏焉修焉,息焉游焉。夫然,故安其学而亲其师,乐其友而信其道,虽离师辅而不反也。

祝好。

李宏伟

10月17日

应物兄:

半月前南宁见到李洱,聊了几句,自然谈到应物兄和《应物兄》。看意思,小说即将定稿,倒不是信他所言——"《收获》已将截稿期限一让再让,让到了黄浦江边。再不交稿,今后到巨鹿路只能踮起脚尖走路",而是看他的神态,疲累掩藏不住,却也兴奋由里及外,是大功将要告成的样子。几番转折,他还是问了你对小说怎么看。我说你还没看,问他为什么不直接问你,他默了默,说"我怕应物太高兴",然后就是一阵标志性的笑声。听到你想等全稿杀青一气看完,他又一皱眉,说,"那我为了他,得抓紧"。

果然。回来后不多久,就收到他微信发来的下部定稿,让我一定转你,又说"请应物不要不高兴",却不肯再做解释。因为这句话,我熬了几天,在电脑上把后半部过了一遍,又翻过来细看几处,再和上部对照,仍没明白他"太高兴"与"不高兴"的确切所指。不管怎么说,总算合璧,附件发来,还请踏实看去。因了先睹为快,容我再啰唆两句。

曾断言下部质量有保证,没说错。小说以哀而不伤的冷,维持着轻微的谐而不谑、热而不闹的喜剧基调,情绪的转折出入,话语的叠累辩驳,足可供人反复翻阅,乃至于把玩。四章都出色,内在气息与情感却又嗟叹跌宕,实可当作小说典范,拿来做技艺上的拆解、练习,用来行"基于历史的未来主义现实"观照。你看,不知道怎么,我居然拿出了写书评的架势。其实已不必再说《应物兄》有多好,尤其在你还没看之前。

想啰唆的是,看到最后,看到结束,冒出心里的另一个念头。如果它不叫《应物兄》,就按你俩最初说的,叫《应物》会怎样?腔调自然要变,那第三方的声音得调小,甚至,干脆没有。再也没法绕着走,只能迎面撞上去,撞到硬的冷的廓然无声的物上,再来看这个人这些人如何应。事情还是那些事情,看到的得到的已然不同,行到的抵达的也必是另一境域。也可断言,小说的篇幅都将迥异。想想真是醉心。不过这个念头似乎只可和李洱笑谈而不宜公开,怕有人误以为在批评。其实,不过是想象了一下黄药师如何使出降龙十八掌。

再玩笑一句。应物兄,有一点你和李洱都清楚,但一直在回避,对吗?当这个小说告成之日,当它通过种种方式、诸般手段热起来之时,"应物"与"应物兄"将超过"葛任"与"花腔",成为李洱的标签、面具,他终身摘除不下、辞让不得,那时候,你怎么办?换作他人,这是至高的荣誉、天许的报酬,可是我知道,你不只是这样。你会欣喜会甜蜜,可是你终究会疑惑,会恐惧,会执着于如何把自己从"应物兄"上分别出来。也许,那时候你会略有悔意,怎么会同意李洱用你名字的?也许李洱的"太高兴""不高兴"都是指这?

玩笑当然只是玩笑。假如说这算困境,李洱肯定早已想到,甚至咱们都能猜出,他想到这一点时,自顾发出的笑声。不过,他已用小说家的逻辑,对此予以超越。记得和你猜过《应物兄》如何收煞,很让我兴奋的是,他居然做到了,以一个结尾而兼领三种猜想,同时,他还超越了猜想,让你飞了起来。

是的。应物兄,以我的理解,李洱让你飞了起来,也许他只是想让你悬飞着,但我看到了你不由他的标靶——历经十三年的止歇与飞翔、磕绊与快意,你在厚密的阳光中,飞向李洱,趁他在文学馆路 45 号那个十字路口的西北角愣神的工夫。

但是,应物兄,在你靠向李洱的瞬间,在你准备扑入或者穿过他之前,请回一下头,请允许我借用小说结尾那一问,也问你一句。不管你答,还是不答,在那之后,我们再约上李洱一醉。这次,我来备酒。

问:应物兄,你是李洱吗?

李宏伟

12月8日

无限的敞开与缺席[①]

——李洱《应物兄》论

徐　勇[②]

暌违多年之后，李洱《应物兄》的发表让人充满了期待。其看似老套传统的写法，读完让人有“怀旧”[③]和重回现实主义的感觉。表面来看，这篇小说的故事情节很简单也很写实，讲的是应物兄主持筹备“太和研究院”的故事。小说开始，应物兄应葛道宏校长之命，参与筹备“太和研究院”，整部小说以筹备工作为聚焦，设置人物，展开故事情节。所谓三教九流，围绕儒学研究和儒学复兴，粉墨登场，其中有省长、海外新儒家、海外华裔巨商、海外汉学家、海外留学生、大学校长、大学教授、商人、和尚、明星、科学家、“风水大师”，以及各级官员等。小说以应物兄为核心主人公，每出现一个人物或一个事件，大都要先做一番来龙去脉的介绍。这当然有助于对故事情节的理解，即是说，小说的故事情节，脉络清晰，条理分明，不存在阅读上的障碍或“陷阱”，不像作者的另一部小说《花腔》那样“故弄玄虚”和花团锦簇。

但如果这样理解《应物兄》，显然是对李洱的误解和极大的不尊重。就像毛尖所说：“《应物兄》内在地有一个二重奏，有无数组对立概念和对应关系，它们彼此响应或不应，彼此否定或肯定，共同构筑了这个碎片化时代的一个总体性或总体性幻觉。”李洱写作此书并非要向传统致敬。或者可以说，他是借向传统的貌似回归，达到对传统的潜在颠覆。因为，我们知道了

---

① 原载于《中国当代文学研究》，2019 年第 3 期。

② 徐勇（1977 年—），男，北京大学中文系博士，浙江师范大学人文学院教授，中国现代文学馆客座研究员。主要从事现当代文学和电影艺术研究。在《文学评论》《文艺研究》等刊物发表文章 100 余篇，出版专著 3 部。

③ 黄平：《李洱长篇小说〈应物兄〉：像是怀旧，又像是召唤》，《文艺报》，2019 年 2 月 15 日。

来路，不禁产生另一种疑问：去路何在？这部小说，概括起来，就是以先锋的精神、反讽的语调和对话的体制，完成对“总体性幻觉”[①]的“构筑”。就是说，《应物兄》是以写实的传统手法，完成其先锋的探寻和追问。从这个角度看，这一小说与其早期作品诸如《花腔》，自有一以贯之的线索。

一

这部小说在传统的写实技法下其实暗藏着巨大的“陷阱”。这一陷阱就是“不可靠的叙述者”的设置，正如韦恩·布斯所言：“不可靠叙述者的历史，事实上对于毫无疑心的读者来说充满了陷阱。”[②]在韦恩·布斯那里，“不可靠叙述者”的重要表现，就是“叙述者暴露出错误”，让人真假难辨，疑虑重重。一般说来，对于故意明显“暴露”出的“错误”，读者一般都能做出判断，比如说简·奥斯汀的《爱玛》中主人公爱玛的“自我暴露”[③]，或如马原的“元小说”中的作者暴露。但有些“错误”，则很隐蔽，一般读者看不出。有时候，这种“错误”甚至是以正确的形式呈现出来，或被包裹在正确的形式中，这就更加具有迷惑性和误导性。《应物兄》无疑就属于这一类。

这一小说的主人公是应物兄，叙述视点也是落在他身上。小说采取的是一种第三人称限制叙事。但问题是，我们作为读者，通过阅读小说，能真正做到对应物兄这个人物的了解吗？显然未必。这种未必，某种程度上就是“不可靠的叙述”所造成的结果。小说中，李洱常用的一个句式就是“他（已经）听见自己说道”[④]。这一句式值得细细分析。首先这里存在两个自己：他和另一个说话的“自己”。其次，这里还有一个话语的接受者。可能是说话人自己，也可能另有其人。第三，这里存在一种对话交流关系。如果是自己，比如“‘就这么说，行吗？’他问自己”/“‘怎么不行？你就这么说。’他听见自己说道”[⑤]。这种对话，属于自言自语，但不能简单地理解为心理描写。因为，在前引的这段之前，小说中有这样的以叙述人语言呈现出来的主人公与费鸣虚拟中的对话：“不是我要你来的，是葛校长要你来的。他是担

① 毛尖：《为什么李洱能写出应物兄的纯洁和无耻》，《文汇报》，2019年1月15日。

② 韦恩·布斯：《小说修辞学》，华明，胡晓苏，周宪译，北京联合出版公司，2017年版，第220页。

③ 韦恩·布斯：《小说修辞学》，华明，胡晓苏，周宪译，北京联合出版公司，2017年版，第221页。

④ 李洱：《应物兄》，人民文学出版社，2018年版，第174页。

⑤ 李洱：《应物兄》，人民文学出版社，2018年版，第3页。

心我累着,让你过来帮忙。其实,筹办个研究院,又能累到哪去呢?”[①]如果说这一虚拟的对话表现出来的是应物兄看似真实的内心的话,那么这里两个自己之间的对话,则是一种辩驳斗争关系。如果这个接受者是第三者,这里就存在两个自己和他人这样一种三角关系了。就是说,这里有两重关系,一重是两个自己的对照对话关系,一重说话的自己和接受者的交流关系。前一重关系,构成对后一重关系的审视、旁观,甚至否定。我们洞悉应物兄的内心活动,甚至他的内心分析(即看待外界人和事的方法),但并不真正了解应物兄本人。因为,连他自己对自己都并不一定了解。他是一个善于分析、反省和自我提问的人,但并不代表他就真的了解自身,否则就不必自己和自己辩驳与说服自己了,更何况是我们?说服表明的是一种“以言取效的言语行为”,它“涉及产生某一效果”[②],而不是真正的“内心意向”。“言语行为”与内心意向的不一致,其彰显的就是这一小说的“不可靠叙述”。这样一种不可靠的叙述,最明显地表现在应物兄这个主人公身上。李洱塑造了应物兄这样一个主人公,以这样一个主人公的视角展开叙述,但这一叙述者是不可靠的。因为,他总是言不由衷。他心里想的与他所明确表达出来的并不一致,甚至有时候截然相反。为了改变自己的“多嘴多舌”的毛病,他学会了腹诽和自言自语,即隐藏自己的真实想法,而出之以与真实想法不一样的话。就是说,应物兄其实是一个“口是心非、表里不一”的人。这是其一。其二,这一腹诽,虽然有时候表明应物兄有清醒的意识和自觉。但更多的时候,他可能并不自知。就是说,他说的每一句话,做的每一件事,都可能违背自己的本心。小说中有一句话对于理解小说非常关键,但可能被很多人所忽略,那就是:“他的自言自语只有他自己能听到。你就是把耳朵贴到他的嘴巴上,也别想听见一个字。谁都别想听到,包括他肚子里的蛔虫,有时甚至包括他自己。”[③]可以看出,应物兄是一个喜欢同自己对话的人。其三,关于他说的话和做的事,与他的自言自语,两者之间,很多时候,很难区分哪一个更接近他的本心。其四,在主人公应物兄之上,还有一个旁观者存在。这一旁观者表面看冷静客观,但其实并不比主人公更清醒和冷静。他把应物兄的一言一行,甚至自我分析都一一记录下来,甚至在应物兄对事情与事态都不明了的情况下,解释事情的来龙去脉。小说中经常使用的另一个句式是“应物兄后来知道”[④],但这一叙述者充当的常常只是主人公的另一个自

---

① 李洱:《应物兄》,人民文学出版社,2018年版,第3页。

② [美]阿尔斯顿:《语言哲学》,牟博,刘鸿辉译,生活·读书·新知三联书店,1988年版,第77-78页。

③ 李洱:《应物兄》,人民文学出版社2018年版,第5页。

④ 李洱:《应物兄》,人民文学出版社,2018年版,第1008页。

己，就像黄平在他的那篇文章里所分析的“三重自我”①那样；即他记录的和看到的，都只是表面的和不可靠的存在，只是表象。

通过前面的分析，不难看出，这里存在着应物兄的四重形象：第一重是最表象性的，即表现为说话和行动中的外在型的应物兄。第二重是内心思想中的应物兄，在小说中，常常是以自言自语的形式出现。第三重是冷眼旁观的充满审视的应物兄，即小说中常用的那个句式“他听见自己说”中的“他”。第四重是潜藏在前面三种形象背后的不可知的本真（如果有本真存在的话）应物兄。可见，这里的应物兄形象是一个具有高度分裂的形象，几个形象之间，并不总是重叠。对于这本真的应物兄，是他自己都无法探究和了解的。如果非要探究这本真的自我，只能借用弗洛伊德的观点，本真的应物兄，往往只体现在无意识之中，因而也就是不可索解的和不可知的。应物兄的这种分裂，表明的正是这样一种困境，即个人对自我的失察和无力把握。这样也就能理解小说中文德能临终前自造的一个词“thirdxelf”（“第三自我”）的警示意义了。应物兄的第三重形象，有点接近这里的“第三自我”，但遗憾的是，这只是冷眼旁观的自我，而不是返诸自身的自我：应物兄缺少的正是对作为客体的自我（即把自己作为 third 的自我）的反省，所以他才会出现四重分裂。

应物兄的这种分裂，自然也就造成小说的内在分裂：以一个内在分裂的视角呈现出来的世界，自然也就是分裂的存在。小说其实内含反讽和张力关系，需要区分表面和内在两个层面。这种张力关系，是理解这一作品的关键与核心。就是说，尽管应物兄这个人“不可靠”，但作者却刻意制造出一种可靠的叙述效果来。这种表面的可靠的叙述效果，表现在小说中四处弥漫的知识表象，和知识所显示出的诚实性与真挚性：作者通过知识的表象企图告诉我们，他的刻画、思考和表现是严肃的和可信的。知识在这里，显示出来的是专业、庄重、严肃和认真。

但细细分析便会发现，这里也同样是裂痕处处。小说中的知识形态各异，显现方式也是各异。其中有人文知识、社会科学知识和自然科学知识。知识在这一小说中是以客观的和理性的以及阐释学的方式显示其存在，其显现的方式有多种，比如说，以答问或对话的形式出现。应物兄和留学生卡尔文在谈到“鸳鸯”的时候，应物兄解释道：“南朝萧统主编的《文选》里面，就有‘昔为鸳和鸯，今为参与辰’之句。晋人郑丰有一首诗叫《鸳鸯》，写的就

---

① 黄平：《李洱长篇小说〈应物兄〉：像是怀旧，又像是召唤》，《文艺报》，2019 年 2 月 15 日。

是陆机、陆云兄弟。"[①]此外，还以应物兄的内心分析的形式出现，比如应物兄听到《苏丽珂》这首歌时，他的内心分析是这样的："那歌词本身是忧伤的，但是唱出来的感觉却是欢快的。沈括在《梦溪笔谈》里说：'治世之音安以乐，则诗与志、声与曲，莫不安且乐；乱世之音怨以怒，则诗与志、声与曲，莫不怨且怒。'而眼下这首诗歌呢？则是以乐声而歌怨词，声与意不相谐也。"[②]还有一种形式就是以注释的形式出现的知识。小说中，很多古典文献，诸如《论语》《东征赋》《宋史》《梦溪笔谈》《景德传灯录》等，多以注释的形式标明。作者之所以要不厌其烦地通过注释的形式标明小说中的文献出处，无非是想表明，这些都是实有其书、实有其事。这些知识都是毋庸置疑的合法性存在，但它们又是"自为"的，而非"自在"的，因为所有这些知识，都是围绕着儒学展开、为儒学的复兴服务和衬托儒学的。这在某种程度上，使得儒学在小说中具有了崇高性和天然的合法性，成为一种类似于齐泽克意义上的"崇高客体"，或"物自体"式的先验存在形态。不难看出，李洱通过《应物兄》的写作，及其知识形象的塑造，制造出来的可靠效果即表现在儒学伟大复兴的追求这一宏大命题上。他的构想不可谓不宏阔。

但细细思索便会发现，其中充满了各种"陷阱"。且不说人文知识、社会科学知识和自然科学知识的差异，及其不稳定性。李洱的注释，及其小说中以"知识"的形式存在的文献，很多也都是虚构的和不可靠的。他通过把真假参半的注释混杂在一起，以迷惑读者。比如说第 605 页的注释《荞麦文集》条，这本书纯属子虚乌有，是作者虚构出来的。这种虚构书名的做法使我们想起了作者的《花腔》。再比如说第 605 页中，以注释的形式出现的如下文字："《济州卷烟厂厂史》：'红烟叶，品质优良，呈浅褐黄色，人称马尿烟叶。香气浓馥，细柔润泽，余味悠长……'"这里知识性介绍的文字，看似煞有其事，但其实都是虚构。小说中的济州城，既然是李洱虚构出来的城市（与古代的济州不是一回事），《济州卷烟厂厂史》这一文献自然是虚构。此外，其中的介绍文字，看似客观、准确，其实也是虚构。

虚构出来的东西，却要以注释的形式呈现，这是李洱在《花腔》中惯用的"伎俩"。此乃前面所说的"不可靠的叙述"中的"暴露错误"。这样一种暴露在小说第 658 页的注释中亦有呈现。其中在对日本的"月印精舍"作注时，提到了《花腔》，并引用了其中的一段话。且不说引用的那段话准不准确（引用文字有一定的加工），这里，其实是把《花腔》放在了同《应物兄》并置的位置上，让它们两者形成一种对话关系。如果说《花腔》是一个具有内在

① 李洱：《应物兄》，人民文学出版社，2018 年版，第 73 页。

② 李洱：《应物兄》，人民文学出版社，2018 年版，第 802 页。

颠覆和解构性的后现代式文本的话,那么一旦用《花腔》来解释《应物兄》,其实也就告诉我们,《应物兄》也应看成是具有内在反讽和解构性的后现代文本,而不是现实主义之作。这一暴露的错误,在这一页(即605页)还有诸如"著名的歌谣集《红旗飘扬》"。明眼人都知道,《红旗飘扬》显然是作者虚构,真实的书名当为《红旗歌谣》。

应该看到,《应物兄》中的这一"伎俩",虽有《花腔》的余绪,但又明显不同。在《花腔》中,作者是一本正经地"作假","试图"以学者的严谨姿态,和学术论文的论证逻辑展开叙事,其实是以假乱真,制造出真的效果;而在《应物兄》中,作者则时不时地暴露出"明显的错误":小说掺和了很多虚构的书名、人名和文章名。作者一方面通过写实的技法和知识的表象,制造出似真的效果,同时却又暗中打破这种真实。但作者写《应物兄》却是要塑造儒学的"崇高客体"形象,他是有意要以知识的正确性和可靠性来完成这种塑造的。这两者之间是否冲突?

就是说,应物兄极其尊崇儒学,时刻以复兴儒学为己任,当真是他的真实态度?应物兄的言行举止,是否他的内心的反映?显然,这些都大有可疑之处。其可疑首先表现在,小说以一千余页的篇幅讲述"太和研究院"的筹办,但到最后并没有建立,相反,筹办院长应物兄却在一场意外的车祸中丧生。其次,具有反讽的是,"太和研究院"院长海外新儒家代表程济世先生,他的儒学思想诚然庞大而精深,但这一思想其实是无力的,因为,他的思想并不能影响身边的人,比如说他儿子。与他儿子有性关系的两个准儿媳生出来两个怪胎(三条腿的婴儿)就是最具有症候性的隐喻。在这里,怪胎以它的非正常状态,构成了对儒学的反讽。即是说,大儒连自己身边的人都不能影响,这样的儒学复兴或者说建成之后的儒学研究院,其意义何在,体现在什么地方?这篇小说,其实是以怪胎和应物兄的意外死亡提出了上述命题。李洱当然无法解决这一命题,但他在小说结尾悬置了这一命题,并打上了问号。此外,程济世程家大院和仁德路的寻访与考证也极具反讽性。小说中一大帮权威专家学者通过严密的论证和考察,寻找到仁德路和程家大院的旧址。于是在这一旧址上,重建了程家大院。但是结尾,小说告诉我们,前面的努力通通都是白费。那些所谓专家学者论证出来的程家大院旧址和仁德路,其实是假的。真正的程家大院和仁德路另有其地。

如果说这里的应物兄具有四重形象,是一个分裂的存在的话,那么他参与"太和研究院"的筹备及其自己的儒学研究,他对程先生的崇拜,就变得可疑了。小说正是以分裂的应物兄,与可疑的儒学这一"崇高客体"遥相呼应和对应,两者间的内在张力及其反讽关系,构成了这一小说的独有魅力和耐人寻味之处。

二

这里之所以说应物兄与儒学遥相呼应,是因为“应物兄”的“应物”二字是联结二者的桥梁。“应物”当然有出处。沿用小说封面中的解释,就是“与时迁移,应物变化”,就是“虚己应物,恕而后行”,前者出自《史记》,后者出自《晋书》。这既是在命名“应物兄”,也是在试着重新理解阐释儒家,即必须顺应时代发展,更新自己,才能保持活力和生机。但问题是,“与时迁移”之后,还是原来的儒学吗?如是,儒学就成了为现实服务和解释现实的工具,而不是相反。这一小说,其实是提出了这一严峻的话题:作为有自身传统和系统的儒学,应以一种什么姿态存身于当世?这可能是儒学的最大问题。这当然不是我们,也不是李洱所能解决的问题,但李洱提出了这个问题,即儒学的伟大复兴及其与现实的关系问题。虽然应物兄这个形象有着其四重分裂,虽然小说具有内在的反讽和颠覆的可能,但不能因此而回避这个问题。成立“太和研究院”,是为了研究儒学,阐发儒学,还是为了服务现实,成为其工具?而事实上,小说中,各路“神仙”都只是借儒学和“太和研究院”说事和大谋其利。儒学在这里只是徒有其表,或者牟利的工具。虽然小说中到处充斥着儒家经典语录和对儒家思想的阐释,但儒学与现实的关系,仍旧是暧昧的和不明的。这是一个绕不过去的问题!同样,作为读者,我们也不能回避它,否则,李洱就没有必要耗费皇皇千页84余万字的篇幅围绕着它向它诉说了。

这样再来看应物兄这个人物形象就显得意味深长了。应物兄的身上,体现了巴赫金所说的杂语性及其内在分裂。就是说,应物兄的分裂,并不仅仅是他本人的分裂,而是社会上的杂语在他身上的呈现:他的分裂所显现的就是社会各种杂语并存共生与颉颃斗争的表征。诚如巴赫金所言:“杂语中的一切语言,不论根据什么原则区分出来的,都是观察世界的独特的视点,是通过语言理解世界的不同形式,是反映事物含义和价值的特殊视野。以这样的身份出现,它们全能互相比较,能够相互补充,相互对立,相互形成对话式的对应关系。”[①]简单说来,这一小说既然围绕儒学复兴和“太和研究院”的筹备而展开,我们就可以把这一杂语看成是围绕儒学的多种话语和不同看法的汇合,因此可以断定:应物兄的分裂,某种程度上可以看成是对待儒学的多重态度的分裂。

---

① [苏]M.巴赫金:《小说理论》,白春仁,晓河译,河北教育出版社,1998年版,第70页。

他自己是研究古代文学的，后来涉猎儒学，并浸淫其中。那么，他的真正态度呢？他是仅仅把儒学话语看成巴赫金所说的“客体性”[①]的客观存在，还是与之发生了“对话”，产生了共鸣并进而认同呢？关于这点，应物兄自己始终不明，他没有认真反思过这个问题。他喜欢自言自语，但自言自语并不是反思，而只表明了他的内心矛盾，就是说，他对儒学话语，也是态度复杂的。他想说服自己真心相信儒学，敬奉儒学，以复兴儒学为己任，于是紧靠程济世先生，热心“太和研究院”的筹备，但他一边表现出极大的热情，一边又显现出不由自主的犹豫不决，其表现就是行动上的被动状态：他是被推着走的，或者说顺着走，“心甘”但不一定“情愿”。他跟从的是一种可以称为“惯性”的东西。有犹豫，但不去追问为什么要这么走，也不表达自己的反对意见。

就是说，他没有自己的立场和自己的思想。但为了显示自己的这种无立场的合法性，于是给自己取名“应物”，借此，自己的无立场，在理论上也就具有了儒学中的中庸之道的理论支撑。他确实做到了“虚己应物，恕而后行”：他宽恕了妻子的背叛，容忍为人所不齿的学术骗子吴镇，甚至对权贵和富豪表现出了相当的媚骨。他同样也做到了“与时迁移，应物变化”：他很会随意改变自己，以适应社会。行动上，他以省长、校长的意志作为自己的意志；日常语言上，也尽量附和他们；他甚至以一种与现实对接的方式“互文性”地阐释儒学，比如那部《孔子是条“丧家狗”》，因此而博得知名儒学家的大名。《孔子是条“丧家狗”》严格说来不是一部学术专著，充其量只是非常不严谨的学术随笔；而且，书中复兴儒学的做法也很可疑。虽然美其名曰是借德国哲学家舍勒的现象学理论来重新阐释儒学，但其实充斥着低俗和媚俗的迎合。简言之，应物兄没有自己的立场，于是以他人的立场作为自己的立场，而这样的结果就是更加没有自己的立场。应物兄陷入了这种恶性循环之中，最后变成了不彻底、没立场和自欺欺人的人。比如说对妻子的出轨，其宽容看似是为了照顾恩师兼岳父乔木先生，但其实只是知识分子的自欺欺人，书中有一段描写很具有反讽效果：“我生气了吗？没有。我不生气。我确实不生气。其实那家伙做乔姗姗的情人也不错。据说女人长期不做爱，对子宫不好，对卵巢也不好，对乳腺也不好。我是不是应该感谢他，感谢他在百忙中对乔姗姗行使了妇科大夫的职能？哎，其实我还有些遗憾。如果他确实爱乔姗姗，我倒愿意玉成此事。”[②]

---

① ［苏］M. 巴赫金：《小说理论》，白春仁，晓河译，河北教育出版社，1998 年版，第 78 页。

② 李洱：《应物兄》，人民文学出版社，2018 年版，第 615 页。

但这样也带来一个问题，那就是各种立场在应物兄那里并不是真正和谐的。表面看起来，似乎相安无事，但在内心里却是始终充满矛盾的，这种矛盾就表现在他的自言自语和言不由衷上。这既是言与意的矛盾，也是对无法抵达之意的困惑的表征。他的自言自语，并不能简单看成是他的真正内心的表现，而只能说是他的矛盾的表征。因为自言自语表明的是他的无所适从中的内心不安，是内心不安的一种移情式转移。就是说，他潜在的内心里，是对这些充满了怀疑和犹豫的。所以，他才会被推着走，由着"惯性"随波逐流。

这可能就是李洱的"诡计"了。他一方面肯定应物兄，一方面又采用一种戏谑的方式颠覆了应物兄的形象；一方面推崇儒学，一方面又让人觉得儒学的可疑与虚妄，而这些，都是通过"不可靠的叙述者"，及其看似传统的先锋技巧所完成的。但终究，这时的李洱，早已经不是写作《花腔》时的李洱了。这时的李洱，有其建设性的思考，他一方面想复兴儒学，或对儒学充满了期待和敬畏，但随着他的写作的慢慢推进，他不由自主地改变了自己最初或表面的想法，他的写作真正实现或完成了对自己的颠覆。他变得对自己充满了怀疑、犹豫和质疑。这样一种态度，都反映或者说落实到应物兄这个人物形象身上。

但没有立场，并不意味着应物兄就是一个本真缺失的"空心人"。他一方面服从或做着领导（比如栾庭玉省长和葛道宏校长）或恩师（乔木先生和程济世先生）要他去做的事，一方面又不免疑惑、游移和不安。所以才会有他的自言自语。他的对话只发生在内心，甚至内心里真正想什么，他都不清楚不明白。或许也正是因为如此，作者才会在最后，让应物兄在一场突如其来的车祸中丧生。毕竟，死亡以一种应物兄式的戏谑的方式结束了他那茫然而又游移的人生。如果说这也是一种选择的话，那应该就是应物兄所能和愿意做出的选择：以被迫的方式做出自己的选择和表明自己的态度。应物兄一生几乎很少做出自己的选择，最终也以被动的方式结束了自己的生命。这是何其反讽的结局啊！

三

这里说应物兄没有自己的立场，并不代表作者李洱就没有自己的立场。李洱本人肯定对儒学有自己的深刻思考，他也在认真对待儒学的复兴这一伟大命题——写出皇皇巨著就是证明，并不意味着李洱就认同程济世、葛道宏等人的做法。如果说小说塑造应物兄这样一个多重分裂的主人公表现出来的是"不可靠的叙述""诡计"的话，那么小说中其实也有很多地方是"可靠的叙述”。它们也大都以应物兄的视角呈现,但与应物兄的大多数所见所闻皆有内在的反讽距离存在。内在反讽距离的存在,是我们判断小说可靠与否的重要标志。比如说乔木先生对程济世先生“太和春暖”的改写(改成“太和春煖”),就是一种内在的反讽距离的表征。这是以“不可靠的叙述”的反面形象呈现出来的画面。就人物形象而言,有民间哲学家思想家文德能,或处于自我放逐状态的双林院士、乔木先生、芸娘和张子房等边缘知识分子。这些人与程济世、应物兄、葛道宏等人不一样,他们不立言(不以通常意义上的出版为其标志),不立身。曲灯和她的先生自不必说,他们都是“粗人”,而即使像文德能和张子房等知识分子,他们也不以立言、立身为己任。乔木是大学问家,但他却不是通常意义上的著作等身,几无“像样”的专著出版。他们是那样的看似“异端”,但又是那样的严肃。他们对于程济世、栾庭玉、葛道宏等人的行止言论,有一种近乎本然的戏谑(小说中乔木先生改写“太和春暖”和教官员书法一事就是例证),但对于他们所思考的事情和所从事的事业,却又是那样的严肃。他们是以行动展示自己,其行动本身就是一种言说。从这点来说,所谓复兴儒学,或者说儒学的伟力,其实更多体现在民间,他们以无言无声表明了所谓高头讲章的虚妄和虚伪。这就像儒圣孔子所说“礼失而求诸野”。我们更应该从民间,而不是知识分子或庙堂上去寻求儒学所推崇的“礼”及其精神所在。

小说临近结尾的地方有一段极有症候性:

那是他(指应物兄——引注)和子房先生最后一次谈话。

子房先生说,他正在写一本书,但愿死前能够写完。

那本书与他早年翻译的亚当·斯密的名著同名,也叫《国富论》。子房先生说:“只有住在这里,我才能够写出中国版的《国富论》。只有在这里,你才能够看见那些‘看不见的手’。”①

之所以说这段话很有症候性,因为这里使用了巴赫金意义上的他人话语的转述方式。这里既有直接引语,又有间接转述。这里之所以要在后半部分用直接引用,显然是想增加话语本身的客观性和客体性,其中并不含有转述人(应物兄,甚至叙述人或作者)自己的语意语气和情感意向。张子房本是“济州大学”教授,但他后来佯疯失踪了。他从一个体制内的知识分子,转变为民间知识分子。他在葛道宏等人眼里,确实是疯子,是因为他表现出了叛逆性和不合作的态度。但他并非真疯。他有缜密的思考,小说结尾处,街坊邻居捐款给曲灯的先生马老爷子去世做“头七”那件事,张子房准确地推算出具体的钱数就是明证。前面直接引语中张子房所说的“这里”毫无疑

---

① 李洱:《应物兄》,人民文学出版社,2018 年版,第 1037-1038 页。

问指的是民间。他之所以要自我放逐,无非是想表明自己的民间立场。在他眼里,民间有最为朴素而简洁的礼数,而这,是任何宗教,包括高头讲章中或以高头讲章的形式显现出来的基督教和儒学都不具备的。小说中宗仁府的弟子郝建华形象所表明的正是这点:高头讲章式的宗教外衣包裹着的,是对个人利益的追逐。如果说这也是道德的话,这只是虚伪的道德,真正的道德隐藏在混沌的民间。叙述者(也有可能是应物兄)在这里提到亚当·斯密可能还有另一重含义,毕竟,亚当·斯密除了写过《国富论》,还写过《道德情操论》,两者之间并不是没有关联的。李洱以这一幕作为应物兄意外车祸前的陪衬,某种程度上正是为了警醒应物兄,或者说推动应物兄从自我分裂中走出。如果说,自我分裂是现实的隐喻式形态,即所谓"应物""与时",要想从分裂中走出且保持清醒,只有两条路可走,一条就是"张子房道路",佯装疯癫,实则是另一种思考,一条就是彻底拒绝,但这似乎不可能,特别是对应物兄这样一个无立场和不彻底的人而言尤其如此。那么剩下的就只有一条可走,那就是死亡了。这可能就是最大的悲哀和反讽吧。某种程度上,李洱以应物兄的意外车祸表达了这一最大的反讽。

就《应物兄》而论,李洱的思考或者说意图可能更多在于提出问题,表明困惑,而不在于解决问题。小说中应物兄的自我分裂及其意外的结局就是困惑的表征。小说以表明困惑的方式提出问题,即儒学和现实的关系问题。儒学在今天是否仍然具有阐释力,与当今中国的现实能否对接,能否用来指导今天的人们,或提供和带来精神上的自足与救赎?这当然是李洱无法回答的,也是我们所无力解答的,但也是无法绕开的。但其有一点却是明确的:就小说的叙述来看,儒学的影响力,在当今时代其实是很有限的。当今大儒程济世影响不了身边的人,同样,儒学教授应物兄也是如此。小说中,特别具有反讽的地方在于,卡尔文学习中国文化,却只是为了更好地玩弄中国女人。李洱以这样一种反讽提醒我们,如果这就是儒学的现实影响及其影响的方向的话,这样的儒学显然是有问题的和需要我们反思的。程济世的华裔私淑弟子黄兴,虽取名或自命为孔子门生子贡,但他本质上是一个商人。儒学虽然倡导现实精神,倾向"实用理性",但儒家传统向来重农抑商。这里的儒学与商业精神能否"耦合",似乎也是一个问题。仅仅因为黄兴是富商,又是慈善家,乐意资助儒学大师程济世,就可以称为"子贡"吗?显然,这里是不具备对等关系的。李洱把这个问题提出来了,他想引起人们的思考,甚至可以说讨论。黄平在谈到《应物兄》时以无限抒情式的口吻说道:"小说在光怪陆离的讥讽下,对于'第三自我'的追寻,带有浪漫派反讽的抒情,荒谬而感伤。应物兄念叨着20世纪80年代的朋友们,像是怀旧,又像是召唤。"[1]有理由认为,这同样也是对作为读者的"我们"的"召唤":加入进来,加入进来。因此不妨说,这是一部具有无限的敞开性和未完成性的小说。小说以其具有无限丰富性和迷宫一样的叙述矗立在那里,像是诱惑,又像是言说。

① 黄平:《李洱长篇小说〈应物兄〉:像是怀旧,又像是召唤》,《文艺报》,2019年2月15日。

当下生活的“沙之书”[①]

——评李洱长篇小说《应物兄》

邵　部[②]

李洱曾在20世纪90年代中后期迸发出惊人的创作热情，写出了迄今为止的大部分中短篇小说。不过，这种现场式的高强度写作似乎并不适合他。言尽矣，一个新的小说家从自我的余烬中涅槃。新世纪以来，他进入另一种写作境界——慢节奏、少而精，小说不再是源于才情的冲动，更多地依靠知识和理性，而且每一次出手都野心勃勃，总要挑战写作的难度和时代的难题。在这样的境界中，他写出了一部《花腔》、一部《石榴树上结樱桃》，而在2018年，他交出了磨砺13年之久的《应物兄》。

《应物兄》首先在《收获》长篇专号秋、冬卷连载，单行本由人民文学出版社于2018年12月出版（后记所署日期为同年11月27日）。虽已是年终岁尾，一经推出却立即成为文学界一个备受关注的事件。本年度几项重要文学评奖中，《应物兄》获评“2018年《当代》长篇小说年度最佳作品”，列于“收获文学排行榜”“新浪好书榜十大好书”之首，以及中国小说学会年度小说排行榜的第二名。评奖只是现象的一个方面。批评家面对作品时的兴奋、投注于批评文章中的热情，让我们看到，一部小说在今天依然可以成为具有通约性的公共话题。

究其原因，或许是因为在总体性理论崩溃的时代，批评家总要依靠文本发出自己的声音，而《应物兄》以其新的诗学建构为他们提供了对象，无论褒

---

① 原载于《中国当代文学研究》2019年第3期。

② 邵部（1993年—），男，文学博士，现任职于山东大学文学院。主要从事中国当代文学史研究以及文学批评，近年集中关注萧也牧、浩然和李洱的创作与研究。在《中国现代文学研究丛刊》《当代作家评论》《文艺争鸣》《南方文坛》《小说评论》等重要学术期刊上发表论文十余篇，多篇文章被中国人民大学复印报刊资料全文转载。

贬,小说已经提前准备好了充足的论据。它似乎包含了很多难以被固有的批评范式所消化的东西,也许要拉开时间的距离才能看得清楚。对于文学批评,这既是一种挑战,也是一种诱惑。

就我的感受而言,《应物兄》博杂、模糊,亦正亦邪、亦俗亦雅,是一个充满了悖论和矛盾的文本。反讽无处不在,却不能完全消解掉文字背后涌动的历史情感与作家概括当下生活的愿望。扑面而来的是日常生活的碎片,但在表面的零散之下,却可以清晰地感到有一种坚固的东西使它们黏连为一个整体。反映到形式上来,就在结构、技巧和文体上呈现出李洱一贯的先锋性。不过,我以为,这种先锋性早已溢出了20世纪80年代先锋文学的范畴,有待于放置在一个更广阔的知识谱系中理解。作为一种尝试,我试图以古代文论传统为参照,理解这种先锋性的产生,进而探究形式之下把各种矛盾统合起来的整体结构。

一、那辗:《应物兄》的章法

小说开篇写应物兄准备按照校长葛道宏的意思,劝说费鸣加入即将筹建的儒学研究院。费鸣是应物兄的弟子,但应物兄却觉得没有比他更糟糕的人选。为什么呢? 这里没有写下去,忽然一个电话进来,却是乔木先生让他去宠物医院送狗证。第二节荡开一笔,由这个电话引出应物兄回忆自己与乔木先生的往事。随后,赶到宠物医院的应物兄被铁梳子手下关在卫生间里,听到门外费鸣发狠话让对方等着瞧。由这一句话他联想到费鸣与他的嫌隙,回忆中出版人季宗慈、电台主持人朗月等人物粉墨登场,经由这些枝杈又牵引出姚鼐先生、文德斯兄弟、栾庭玉等诸多人物。直到第十节才通过费鸣咒骂卡尔文的一句话,将应物兄拉回到动物医院里。

时光流转,众相迭生,应物兄还是那个被关在卫生间的应物兄,但读者却追随他认识了太多的人,经历了太多的事。再回到小说中的情境,已经看山不是山,看水不是水了。仅十节,那些构成这部80余万字长篇小说的基本要素已初现轮廓。再把眼光放远一点,应物兄与费鸣的谈话最终在第24节实现,伏下的赴京谒见儒学大师程济世一线,迤逦至第38节才做了结。程济世回国与否、儒学研究院能否建成直到小说结尾仍是未知数。

这就使得《应物兄》呈现出一种根系式的样态:主线曲折孱弱,触须却繁茂,蓬蓬的一团,伸向四面八方——历史、现实、美学、哲学,一切看似不协调的知识彼此打了个照面,握手言和。面对这部小说,那种已经习惯了的故事型读法注定要受到挑战。金圣叹评点《水浒传》,称"吾最恨人家子弟,凡遇读书,都不理会文字,只记得若干事迹,便算读过一部书了"。这句话用在

《应物兄》上再契合不过。它提醒读者,事件之外衍生的枝蔓,那些荡开一笔的“闲话”,才是真正值得留意的地方。如何认识这样一种我们并不熟悉的结构小说的方法呢？笔者联想到金圣叹评点《西厢记》时提到的一个概念:“那辗”。

《西厢记》里,《琴心》写莺莺与红娘散步,隔墙听得张生调弦,已是心意相通。接下来的《前候》一节,所叙之事不过是红娘回复张生,张生央告她代转信件罢了。事属平常,本难出彩,但这一节却写了洋洋六七百言一大篇,让金圣叹手不释卷,“取而再四读之”。其间奥妙何在？金圣叹苦思良久,方悟到友人陈豫叔谈论双陆(古代的一种博弈类棋盘游戏)时提到的那辗一说亦是做文章的妙门。

陈豫叔认为双陆之道,不出“那辗”二字,“‘那’之言搓那,‘辗’之言辗开也”[1]。解释过来,“搓那就是不急于说破本题,而故意摇曳之、擒纵之;辗开就是在快接触到本题时,忽然又停住,再从其他方面加以烘托和渲染”[2]。金圣叹以此思路复观《前候》一节,《点绛唇》《混江龙》详叙前事、《油葫芦》写两人一样相思、《村里迓鼓》写红娘欲敲门而又止……因数番那辗之故,方使一段平常事写得妙笔生花。在《读第六才子书西厢法》中,更有一段极为精彩的文字可以说明那辗的技法:

文章最妙,是先觑定阿堵一处已,却于阿堵一处之四面,将笔来左盘右旋,右盘左旋,再不放脱,却不擒住。分明如狮子滚球相似,本只是一个球,却教狮子放出通身解数,一时满棚人看狮子,眼都看花了,狮子却是并没交涉,人眼自射狮子,狮子眼自射球,盖滚者是狮子,而狮子之所以如此滚如彼滚,实都为球也。《左传》《史记》便纯是用此一方法,《西厢记》亦纯是此一方法[3]。

同样地,《应物兄》亦可谓纯是此一方法。应物兄筹建儒学研究院正如狮子滚球一般。他辗转腾挪、疲于奔命,穿梭于儒释道、官商学、海内外,汲汲于应对各路人马以及其间交错的人际关系。盘旋之间,枝节横生,横生处复引出其他丝蔓。总是目注此处,手写彼处,将近即止,看似走入了一条岔道,展现在面前的却是一个广阔天地。如此一来,一本书仿佛具有了无限展开的可能。小说中的人与事因此可以超越一时一地的局限,被植入更广阔

---

① 金圣叹:《金圣叹批本西厢记》,张国光校注,上海古籍出版社,1986 年版,第 147 页。

② 傅懋勉:《金圣叹论“那辗”》,《边疆文艺》,1962 年第 11 期。

③ 金圣叹:《金圣叹批本西厢记》,张国光校注,上海古籍出版社,1986 年版,第 13 页。

的时空容量。

应物兄去美国拜访程济世，程济世回济州之事已经在二人初次见面时谈妥，第二次谈话开始得无关痛痒。话题始于郑象愚的改名，接着问及应物兄的改名和"应物"二字的来历。这就触及了应物兄命名的秘密，一问一答自然流动的对话，被心理描写所打断。他忆起本草镇充满神秘色彩的班主任"朱三根"，这位表情总是又喜又悲的"右派"，写下何劭《王弼传》中的一段话，"圣人茂于人者，神明也；同于人者，五情也。神明茂，故能体冲和以通无；五情同，故不能无哀乐以应物。然则圣人之情，应物而无累于物者也。今以其无累，便谓不复应物。失之多矣"，为应物兄起名。研究生面试时，凭借背诵这段话，应物兄被乔木先生收为弟子。他拿着通知书回到本草，第一件事便是去朱老师的坟前祭奠。应物兄显然极想把这段故事告诉程先生，可程先生不能像读者一样体察应物兄的心理，只是轻描淡写地说了一句"代我问他好"便转开了话题。

命名是塑造人物最直接和最经济的方式，在筹备研究院的整个过程中，应物兄展现出来的状态是应物而为物所累，实则名实相反。解释命名的这段话本是全书的题眼，但却在极不起眼的地方点出来，而且，谈话间隙中插入的这段回忆，包含了足以撬动整本书的设计，应物兄的来历、作为"原乡"的本草，直至结尾都没有揭示的小颜与朱三根的关系之谜。这些在下卷中愈加重要的话题都可溯源于此，或许还可以从这里进一步对程先生与应物兄的关系做些解读。程先生问起"应物"二字只是闲聊，并非真正关心背后的故事，也即并不真正在意应物兄。两人相对，中间隔着两种不同的人生经验。所以，后来太和研究院变成了太和投资集团，程先生从容地在视频会议现场写一副"太和投资"，而真正对研究院倾尽心血的应物兄对此却毫不知情。葛道宏的秘书小乔说程先生的字"有骨，有筋，有媚态，也飘逸"，是评字，也是在评人。

这样的设置贯彻在每一小节乃至整本书中，直至完全消解了支撑着叙述型小说的故事结构。作为小说家的李洱，同他笔下的人物一样，都有一种深刻的自省意识。在他看来，作为创作资源的"生活"已经发生了变化，讲一个完整的故事不再是小说的第一要务。"当代生活中发生的最重要的故事就是故事的消失。故事实际上是一种传奇，是对奇迹性生活的传说。在漫长的小说史当中，故事就是小说的生命，没有故事就等于死亡。但是现在，因为当代生活的急剧变化，以前被称作奇迹的事件成了司空见惯的日常生活。"①作为作家文学观的反映，《应物兄》并非一部叙事型的小说，而是一部

① 李洱：《问答录》，上海文艺出版社，2013年版，第115页。

情节线索不断被纷至沓来的人物、事件、知识打断，最终以碎片的形式达致总体性的小说。

二、起于极微，归于虚无

如果说讲故事不再是使小说成为小说的艺术法则，那么要拿什么来填充故事退场后留下的空白呢？

《午后的诗学》有这样一段描写。费边为了报复靳以年，到处收集他的生活细节，然后贴到一个缎面笔记本里，“就像一个收集到了许多弹片的士兵”。对于《应物兄》来说，正是那些充盈饱满、俯拾皆是的细节被李洱拿来取代故事的作用。李洱是一位迷恋细节的作家，直言喜欢用细节的弹片，击碎前辈作家在故事中营造的历史结构，“使小说从线性的叙事中暂时游离出来，从那种必须的、非如此不可的叙述逻辑中脱离出来，从那种约定俗成的、文本的强权政治中逃离出来”“使小说恢复它的活力，或者说有一种特殊的穿透力”①。《应物兄》常可见到从日常事务的“极微”处发现文学性，进而颠覆感受惯性的细节。做完电台节目之后，应物兄同朗月来到粥店，朗月靴筒上的雪融化了，滴到应物兄的脚脖子上。应物兄感到一阵冰凉，李洱的形容是“就像被烫了一下”。一个“烫”字，就再现了那种冬日融化的雪水滴在皮肤上的鲜活感觉。这使我联想起《百年孤独》里小奥雷良诺第一次用手触摸冰块，然后叫道“它在烧”的情形。冰的烧与雪水的烫，这种有悖常识的表述，才会使读者感到语言的活力。

“极微”也是金圣叹的说法。他认为“夫娑婆世界，大至无量由延，而其故乃起于极微。以致娑婆世界中间之一切所有，其故无不一一起于极微”。有此种眼光和手笔，极微之小，亦可通于宇宙之大。何为极微？他用形象的语言做了推演。野鸭的腹毛如云层般鳞鳞排列，“相去乃至为逼迮”，以极微之心方得“观其轻妙若縠”。草木之花，“一瓣虽微，其自瓣根行而至于瓣末，其起此尽彼，筋转脉摇，朝浅暮深，粉稚香老，人自视之，一瓣之大，如指顶耳”。又有如灯火之焰，由淡碧入淡白，由淡白入淡赤，由淡赤入乾红，由乾红入黑烟，相际相分在其间。有此极微之心，方能察人所未察，道人所未道。如若能够推此及彼，则“操笔而书乡党馈壶浆之一辞，必有文也；书人妇姑勃谿之一声，必有文也；书途之人一揖遂别，必有文也。何也？其间皆有极微，

① 李洱：《问答录》，上海文艺出版社，2013 年版，第 98 页。

他人以粗心处之,则无如何,因遂废然以阁笔耳”[①]。

这其实是一种高难度系数的写作,它要求作家做到如陈豫叔所说的“气平、心细、眼到”,如此一来,“一黍之大,必能分本分末;一刻之响,必能辨声辨音。人之所不睹,彼则瞻瞩之;人之所不存,彼则盘旋之;人之所不悉,彼则入而抉剔,出而敷布之。一刻之景,至彼可以如年;一尘之空,至彼可以立国……”[②]以“极微”的眼光看待日常生活,一只濒死的蜜蜂也大有文章可做。应物兄在生命科学院基地,看到被华学明斩首的蜜蜂扑向自己的头:

它扑得太猛了,身体跑到了前面,脑袋却从它的腿间溜了出去。失望不能够写在它的脸上,但能够表现在它的形体动作上。只见它的身体俯仰不息,似乎是在捶胸顿足。然后,它定了定神,慢慢地扭身,徐徐走向自己的头,伸出前腿,搂住了那个头。其动作之温柔,之缠绵,令人心有戚戚焉。应物兄觉得自己的脖颈儿有些冷……[③]

从蜜蜂的动作、神态到观者的心理,作家手持放大镜做了条分缕析的描述,同时,在这个过程本身以外,它还呼应着一个更大的层次。这段描写是为了说明任何动物的首身分离并不意味着死亡,它们在意念中仍然在寻找一个整体感,隐秘而曲折地通向结尾的应物兄之死。它为一部现实主义的小说预设了超现实描写的逻辑基础。应物兄发生车祸,灵魂与肉体分离,一个声音在问:你是应物兄吗?他听到回答,说“他是应物兄”。这段堪称经典的问答以肯定性的回答确认了应物兄的整体感,也为这个悲情的文学人物落下幕布。

《应物兄》摹形状物如工笔细描,不吝笔墨,收束起来却朗朗疏阔,如秋风冬雪,簌簌纷纷,一片萧飒与虚无的景象。

黄兴(子贡)来济州是小说的一大转折。此后,应物兄被边缘化,对于事件的发展,他降低到与读者同一层次上,更多给人一种后知后觉的无力感。与董松龄的一段对话写得极为精彩。董松龄迂回曲折,攻城略地,应物兄毫无招架之力。转瞬间,窦医生成了程先生的健康顾问、吴镇当了副院长、陈董也参与到太和的投资计划中来。应物兄终于意识到研究院并不像自己预想的那样简单。小说的节奏开始加快。应物兄反思自己是不是因为此事过于亢奋,又因为这种亢奋生出了沮丧。于是,那些边缘人,像芸娘、陆空谷、文德斯、双林父子、子房先生、曲灯老人,进入了他生活的中心位置。他也注

---

① 金圣叹:《金圣叹批本西厢记》,张国光校注,上海古籍出版社,1986年版,第63页。

② 金圣叹:《金圣叹批本西厢记》,张国光校注,上海古籍出版社,1986年版,第147页。

③ 李洱:《应物兄》,人民文学出版社,2018年版,第994页。

定了要和这个群体一起撤离现场。

应物兄接到陆空谷与文德斯结婚的消息时，那天正下着雪，路边的麦地里，绿色被白色覆盖，鸦群散落在麦秸垛上，背是白的。雪落黄河寂无声，风抛雪浪向天际，已经预示了那种“白茫茫大地真干净”的结局。费鸣提出辞职；豆花死了，栾庭玉被双规；葛道宏调离济州大学，董松龄代理校长，吴镇取代应物兄任常务副院长；珍妮扼死了新生的畸形儿；芸娘去世，应物兄出了车祸……声色过后，繁华落幕。

“生如生叶生花，扫如扫花扫叶”。若没有开篇应物兄的那句“想好了没有，来还是不来？”便不会有这一大段故事，这是把“一切世间太虚空中本无有事，而忽然有之”，而结局也如扫花扫叶般，将“一切世间妄想颠倒有若干事而忽然还无”①。从有还无，当下生活中的虚无感力透纸背。再回头望去，那些通古今、致中外的学识，那些机敏的俏皮话、严肃的警言警句，以及那些碌碌于世的操劳，都变得缥缈起来。

一代人正在撤离现场，一个时代也随着这代人的撤离落下幕布。《应物兄》正是以这种不免悲伤的心态向文学的“八〇”年代告别。告别之后，留下的是什么呢？一个不确定能不能落成的研究院、一个未及展开的投资计划，更具有象征意义的则是那个前途未卜的新生儿——混沌。

三、现代小说与记言传统

近年来，将当下文学创作接续到某种古典传统的脉络不再是新鲜的做法了。传统渐成新锐，世情、传奇、章回、志怪……作为理论话语转换的符号，开始出现在批评文章中。不过，面对一个被放大的古典传统，在当下创作中找到某一个方面的回应总是容易的。批评对此不能止步于指认的层面。古代文论如何进入批评实践，需要带着今天的问题意识，发掘它解释当下文学创作的能力，使之“成为可以理解和价值估量的理论遗产，向我们开放，和我们对话”②。前面的论述中，我试图以金圣叹的评点为参照系，阐释《应物兄》谋篇布局的章法和摹形状物的技法。对于《应物兄》的文体革新，则需要另谋出路，放置在讲究“通而能辨”的大文观的观念体系下来理解③。

---

① 金圣叹：《金圣叹批本西厢记》，张国光校注，上海古籍出版社，1986年版，第195页。

② 蒋寅、孟繁华：《中国古代文论的当代价值与意义》，《中国当代文学研究》，2019年第1期。

③ 左东龄：《大文观与中国文论精神》，《文学遗产》，2017年第1期。

李洱是一位擅长写"说"的作家。他笔下的人物大多染有喋喋不休的"话痨症",既是费边(《午后的诗学》)、孙良(《喑哑的声音》)职业病的外在症候,也是他们面对日常生活时无所适从的病根所在。口若悬河反而是失语的最无望的状态,这是独属于李洱的关于"话语"的辩证法。这样的设计进入《应物兄》里就表现为大段的对话和议论,以至于使我在某些时候心生恍惚之感,怀疑自己正在阅读的是不是小说。

在《应物兄》里,"说"被赋予了多种表现形式和意义内涵。讲学论道、日常谈话、新闻报道、学术著作、诗词唱和、会议报告甚至是灵签上的谶言、字画中的题字……很难想象,在一部小说里,我们竟然会遭遇如此多的"双引号"与"书名号"。《应物兄》以这种方式间隔故事,调节叙事的节奏,外观上,不断出现的分隔符好像撕裂了文本,使叙事主线变得凌乱;内在里,这些自成一体的形式却赋予了文本重组的可能,使凌乱的部分有其意义且可以互相沟通。它们将话语权由叙述者转移到人物手中,划定出独属于"知识"的疆域,形成了众声喧哗的内在对话性。梁鸿以"百科全书式的小说"为这种写作模式命名,指出知识之间通过关联性进入叙事话语,结果是"故事逐渐模糊,事实不断衍生,细节淹没了一切,淹没了小说时间、情节,取而代之的是不断衍生的意外、关联与不断庞杂的结构空间"①。这种认识可谓切中肯綮,指出了李洱实现文本意义增值的秘法。

这些溢出来的"知识"营造氛围、塑造人物,却无意承载推进叙事的功能,因此,它们的载体是"言",而非"事"。可以说,在李洱建构的诗学世界里,"言"的篇幅和地位都超过了"事"。语言形式的多样,使得读者稍不留意就会在文本中迷失方向,陷入语词的迷宫。以最规范的学术体例论证并不存在的虚假之物是李洱常用的"诡计"。如关于济州蝈蝈的叙述。这是程济世念念不忘的儿时玩物。在华学明的论文里,它具有一切使人信以为真的外在特征。起源地、习性、发生频率,甚至最后一只蝈蝈"末代皇帝"的灭绝都被清晰地考证出来。所有的语言都是真实的,唯有语言对应的事物是虚假的。这种设计模糊了真实与虚构的关系。它们就像李洱在《花腔》中培育的"巴士底病毒",潜伏在文本中,伺机寻觅读者免疫系统的漏洞。最严谨的语词,导向空洞无物。反而是俏皮话和不经意的清谈,越是荒诞不经,越可能闪现出看透真相的睿智。

详于记言而略于记事,从这个意义上,我们或许可以将《应物兄》称为记言体小说。《应物兄》的每一节由首句两三个字为标题,正是应物兄言必称之的《论语》所用的方式。李洱或许是以此向语录体著作,也即古典文学的

① 李洱:《问答录》,上海文艺出版社,2013年版,第147页。

记言传统致敬。当谈到现代小说的古典传统时,我们往往将之指认为史传传统和诗骚传统,亦不外乎叙事和抒情两端,而《应物兄》所做的,正是消解叙事和抒情在小说中的作用。在笔者看来,它的体例与趣味离《史记》和《离骚》较远,更接近于记言体的《国语》。小说里有应物兄审读范郁夫博士论文开题报告的场景,以叙述者的口吻讲到《国语》与《左传》的对比,"《国语》偏于记言,记录的大都是贵族之间讽谏、辩说以及应对之辞,主要通过对话来刻画人物"①。这不正是《应物兄》所具有的特点吗?

小说通常的法则,是在从生到死或从"平衡—失衡—再平衡"的结构中,书写一个人的爱恨情仇和事功行止。小说里始终是一个在"动"的人,要么是行动,要么是情动。与此对应,"说"在塑造人物、架构小说的过程中所起的只是辅助作用。《应物兄》则颠倒了这重关系,转化了记言体的形式,在"双引号"内拓展文学的表现空间。

需要注意的是,"双引号"所隔开的内容,往往自成一种界限明确的文体。诸如以上提到的新闻、讲话、词条、论文等,当这些很少被当代小说吸收进来的文体,尤其是古代文体和当下的应用性文体蜂拥而至的时候,作为小说的《应物兄》实际上在很大程度上变成了文体的综合。

小说由"传统"而"现代",是一个筛选的过程,也是一个转化其他文体的过程。古代文论中有高度的辩体意识,《文心雕龙》论文章写作,共涉及81种文体,徐师曾《文体明辨》共收录辨析文体127种。但同时又有一种通观精神,审美性、应用性的文体都被纳入文论的视野中。具体到"小说"的定义来看,《四库全书总目提要》将小说别为三派,叙述杂事、记录异闻、缀缉琐语。"杂""异""琐"之说,表明古代小说是要容纳从其他文体中剔除出来的部分,带有综合的色彩,也就是说,就文体而言,"传统"的口径宽,而"现代"的口径窄。陈平原先生也曾选择笑话、轶闻、答问、游记、日记和书信六种内涵明晰的文体概念,谈论传统的现代化转化在小说演进中的作用;反过来说,更多的文体样态则没能经过这个转化,被阻挡在小说门外。

在"小说"的知识谱系中,后来者也在创造着它的起源。"记事"接近现代小说的理念,可以轻易地完成现代转换,从"史传"进入"小说"。在今天面对《史记》,我们能够无障碍地以"小说"作为前理解去阅读它。但"记言"呢?面对魏晋文人的清谈、明清文人的笔记时,这种自然的阅读机制就受到了冲击。我们面对的是什么?它们为什么能或者不能被看作小说?似是而非之间,是一片模糊的灰色地带。也许,这正是《应物兄》在文体上的意义所在。

---

① 李洱:《应物兄》,人民文学出版社,2018年版,第1015页。

四、沙之书:关于经验世界的互文性

学识渊博却不幸早逝的文德能生前最想写的是一部"沙之书"。这本想象中的书"既是在时间的缝隙中回忆,也是在空间的一隅留恋。它包含着知识、故事和诗,同时又是弓手、箭和靶子;互相冲突又彼此和解,聚沙成塔又化渐无形;它是颂歌、挽歌与献词;里面的人既是过客又是香客……"[①]这段话多少有些夫子自道的味道。《应物兄》何尝不是这样一部"沙之书"? 文德能没有完成这本神秘的书,但他预设的目标决定了"沙之书"必然是一部游走于知识之间,打通历史与现实的互文之书。

互文之于李洱,不是简单的后结构主义的叙事策略,而是文本内部凌驾于技巧之上的游戏规则,是把碎片黏着为整体的深层结构。它意味着对话、联系、辩证,一瞬可以如年,一尘可以立国。当下不仅是此刻,更是在时空脉络里的一个原点,向任何方向走去,都可以到达希望之地。它是历史累积层的浅表地面,叠加了所有过往留下的痕迹。只要稍一留意,就能于静默之中听见久远的回音。据说,《应物兄》里出现的中外典籍多达五百多部(篇)[②]。在这个文学世界里,二里头、孔子可以和 21 世纪大洋彼岸新新人类共生,儒释道的教义可以与动物、植物、器物的知识并存……万物有常,并行不悖。

同时,互文的吸附力也将作家的创作史黏合在这个新的结构中。费边、葛任、本草镇……这些符号的出现意味着此前的创作并没有随着最后一个句号完结,而是在文本之外继续生长。谈到日本的月印精舍时,李洱甚至会在脚注中引用《花腔》中的段落。程济世是一个远在大洋彼岸的符号,国内形形色色的人物因他而"动"起来,是一个《斯蒂芬又来了》的结构;应物兄的阐幽发微、面对现实的无力感,是一个《午后的诗学》一脉小说里关于当下知识分子日常生活的结构;程家历史的讲述、探寻和改写,是一个《花腔》式的历史结构。以互文的观念看,"任何一篇文本的写成都如同一幅语录彩图的拼成,任何一篇文本都吸收和转换了别的文本"[③]。互文使历史文本、个人创作以及现实生活的连接在《应物兄》中成为可能。

"伟大的小说家们都有一个自己的世界,人们可以从中看出这一世界和

---

① 李洱:《应物兄》,人民文学出版社,2018 年版,第 880 页。

② 《且看应物兄如何进入文学史画廊——李洱长篇〈应物兄〉研讨会实录》,搜狐网。

③ [法]蒂费纳·萨莫瓦约:《互文性研究》,邵炜译,天津人民出版社,2003 年版,第 4 页。

经验世界的重合部分,但是从它的自我连贯的可理解性来说它又是一个与经验世界不同的独特的世界。"①如果说李洱创造了一个独特的世界,那么他的独创之处或许就在于对经验世界互文性的发现。他以此对经验世界进行摹写与过滤。那些被前辈作家当作支点的大事件,在这个文学世界里烟消云散,反倒是那些柔软的东西比如器物、生物、著作能够躲过历史的暴风骤雨,而成为后来人理解过去的坐标系。面对知识碎片取代了故事结构,而且已经不可逆转地卷入全球化进程中的当下生活,《应物兄》试图找到一种可以与之相匹配的文学样态,并以这种方式为一代人的生命做一个注脚。

① [美]勒内·韦勒克、奥斯汀·沃伦:《文学理论》,刘象愚,邢培明,陈圣生,等译,浙江人民出版社,2017 年版,第 208 页。

声音、沉默与雾中风景

——《应物兄》[1]

项　静[2]

当代写作最大的困难是别具一格，好的作品不是创立一种风格，就是消解一种风格。无论对《应物兄》具有怎样的阅读感受，都无法否认它以具有冒犯性的现实准星、叙事语调、知识与历史的想象、游戏精神、幽默感，逾越了各种我们耳熟能详的写作成规。《应物兄》后记中李洱介绍了这部作品的写作始末，写于2005年春天，2006年4月完成了18万字，作家本人对于完结小说充满信心，相较于设想中的25万字的篇幅，可能已经完成了它的精神雏形，但是作家又继续书写了12年，“仿佛有着自己的意志，不断地生长着，顽强地生长着”，以至篇幅达到两百多万字。

13年的继续写作和难以结束，作家的无力感和沉默，象征着当代写作的某种困难。不断生长、巨大的篇幅、不断地重写，悖逆着速食时代的文学需求，这种小说似乎只能属于19世纪长篇小说的黄金时代或者波澜壮阔的20世纪初期，《应物兄》由此释放出一种孤独者的声音。

一

小说由一个自言自语的孤独声音开始，应物兄问“想好了吗？来还是不

---

① 原载于《南方文坛》2019年第3期。

② 项静（1981年—），女，文学博士，现就职于上海市作家协会理论研究室，中国现代文学馆客座研究员。在《中国现代文学研究丛刊》《南方文坛》《文艺理论与批评》等刊物上发表论文多篇，出版评论集《肚腹中的旅行者》《我们这个时代的表情》等。

来”[①],除了淅淅沥沥的水声,周围空无一人,是自己对自己的发问。小说在问号中跃入生活的巨流,在一个庸常的生活悬念中诞生,带着日常的蛮力进入生活的巨大岩层:哈佛大学东亚系教授程济世先生,应物兄在哈佛大学访学时的导师,应清华大学的邀请将回国讲学。程济世先生是济州人,在济州度过了童年和少年时代,曾多次表示要叶落归根。济州大学校长葛道宏求贤若渴,想借这个机会与程济世先生签订一个协议,把程先生回济大任教一事敲定下来,成立儒学研究院,进而创立太和研究院。小说最重要的贯穿始终的人物是应物兄,他是邀请程济世回国的重要参与者,整部小说是在他的限制视角之下叙述出来的。他有一个特殊技能——可以隐藏自己的声音,创造了只有自己才能够听到的滔滔不绝,有效地解决了他喜欢发表意见,但又怕闯祸和得罪人的问题,周围的人认为他慎言慎思,但只有他自己知道,他一句话也没少说。

本雅明说:“普鲁斯特的作品有一种居于中心地位的孤独,它以巨大的力量将世界拖进自己的旋涡。”[②]《应物兄》以应物兄被阉割的舌头(因犯禁而获得了自言自语的功能)而牵引着各种各样的嘈杂声:各种鱼贯而入的人物标志自我的谈话声,他们的沉默和独语的声音,他们的交锋、思考和表情,字里行间不由自主的笑声,等等。小说中充斥着的空洞而无聊的闲谈,它们是无尽的谈话,煞有介事地构筑着一个庞然大物的时代主体性(引进儒学大家,建设儒学院,发出济州市的声音,打造地方文化和形象,改造城区布局),尽管它岌岌可危或者虚假地存在,但它获得了生活洪流本身的形式,也正是靠着这股洪流小说的叙事和故事才得以踝躞延进。

近年建立起来的一个根深蒂固的观念是在当代的中国,小说已经赶不上现实精彩。《应物兄》逃离了这个乏味的对比游戏,它略微调整了蠡测真实和生活的准星,在这个调整的过程中,我们可以看到世界文学与中国现当代文学的众多坐标。我们可以把这部作品放在拉伯雷和左拉、福楼拜、普鲁斯特们的身影之下,也可以放在中国20世纪80年代以来的先锋派小说与宏大现实主义的角力场中。它能够唤起人们对于讽刺幽默小说的记忆,比如中国的吴趼人、赵树理、钱锺书、王小波等,这部小说以多种话语空间使得自己处于一个中间物的状态上,一个跟过去和未来的小说对话的位置上,是昆德拉意义上的“将小说艺术全部的历史经验给予它作为基础”[③]。

---

① 本文作品内容均引自李洱:《应物兄》,《收获》,2018年秋卷、冬卷,下略。

② [德]本雅明:《写作与救赎:本雅明文选》,李茂增,苏仲乐译,东方出版中心,2017年版,第231页。

③ [法]米兰·昆德拉:《被背叛的遗嘱》,孟湄译,牛津大学出版社,上海人民出版社,1995年版,第68页。

很多读者会因为《应物兄》中俯拾皆是的学术知识而把它看成一部讨好评论家的知识型小说,它的确在知识含量上创造了当代小说界的记录;或者看成一部学院题材的知识分子小说,它的确到处是学院大厦的影子;也可能被作品中的女性描述所触怒,男作家们的窠臼他也没那么容易逃脱;我们还可能被喜剧性讲述所引领而四处踌躇和精神发慌,被儒学的幌子吸引去寻找思想体系和意义的巨柱等,《应物兄》埋藏了众多的线头和路径,坐实了任何一个就是掉进了陷阱。笑声是最好的黏合剂,它抹平了不同主题之间的沟壑,让它们建立起形貌得宜的和谐家园。《应物兄》中的笑声不是刺耳的尖刻的,不是把这个世界捧到天上去,它也不愿意把这个世界摔到地上,摔碎的风险会让作家伤心不已。从事儒学研究的学院知识分子群体,他们严肃认真、博学而滑稽,在反讽的叙事中,作家并没有显而易见的反感,对任何一个人物叙事者都没有建立自己的优越感,他们众生平等,因为汇聚而拥有生活本身的力量,而小说正是因为他们随时随地的加入和集结,建立起整饬而绝妙的宇宙,以整体性的臃肿身姿,漫卷生活泛起尘土落叶,树立起当代长篇小说的一面奇异的镜子。

《应物兄》中讲述郑象愚跟程济世相遇之时,插播了黄兴的身世,他当时是香港海运大王的马仔,既负责接送海运大王的女儿看戏、逛商场、打台球、跳舞,也负责接送海运大王的客人。海运大王虽然是吝啬鬼,但却热衷于赞助学术活动,蒯子鹏教授主持的谢列学术讲座,就是这个海运大王资助的。再比如小说中有个房地产富豪,热衷于登山,并经常上电视节目,有一个富豪喜欢在臭烘烘的猪圈中养猪,他们都喜欢唱《一无所有》。小说中经常提及季羡林、刘再复、李零、李泽厚、于丹、易中天等各种名人,被《应物兄》扫射到范围之内的人与事,是当代中国社会新闻中经常会出现的耳熟能详的人物形象和性状。小说用似真似假的知识和我们心领神会的真人真事真情,以诸多我们熟悉的情感和神经反射路径,造就了一种现实的装置,这个装置是物自体式的现实,它自成体系,可以不与我们所期待的现实发生关系,但是它又发生了所有一切可能的形式上的关系。李洱所描写的世界,夹杂着实际中发生的真人真事,它似真似假,以智慧的争吵,修辞和引用,隐喻和讽刺,轶事和思索,纯粹卖弄唇舌的离题和格物致知,组成绝妙混杂的宇宙,被插播在小说中的真实故事,一如世说新语,三言两语,攀附和营造着那个叫作"现实"的文学装置。

《应物兄》的现实不是批判现实主义意义上的现实,也不是一般小说中急于模仿和代入的那个鲜活的热气腾腾的现实。本雅明形容普鲁斯特散漫巨大的作品是陷入孤独深渊的社会所发出的声音,《应物兄》创造的不断自我生长的物自体的现实,人们之间喋喋不休一本正经的闲谈,他们所费心经营的文以载道、修身养性和帝师大业、人情世故，也是一个陷入孤独深渊的社会的身影和声音。

二

如果硬要为《应物兄》寻找一个小说标本，奥地利作家穆齐尔的《没有个性的人》可能是最具有可比性的作品。两部作品都是以事件为幌子、篇幅庞大的小说，《应物兄》是引进儒学大师建立儒学研究院，《没有个性的人》是为了跟德国庆祝威廉二世皇帝执政三十周年相抗衡，奥地利发起庆祝奥皇登基八十年庆典的“平行行动”，此事成为小说重要的牵动力。在为“平行行动”举办的无数次聚会中，插入的都是离题万里的人物、故事和叙事者喋喋不休的陈述、评论、煞有介事的观点，大多数时候谈论的都是与“平行行动”无关的事，直至小说结束，事件也没有什么实质性的进展。《没有个性的人》借着作家阿恩海姆的口说艺术的现状是，普遍的支离破碎，没有关联的极端，“在本世纪初，司汤达、巴尔扎克和福楼拜就已经为新的、机械化了的社会和情感生活创造了史诗，陀思妥耶夫斯基、斯特林堡和弗洛伊德则揭示了底层的魔力：我们这些今天活着的人深深感到在各方面已经没有留下什么要我们去做的事了”①。“假定我们有一个新荷马：扪心自问吧，我们压根儿有没有能力去听他吟唱呢？我以为必须做出否定的回答”②。《应物兄》在儒学和主体性的期望视野中所应对的也是普遍的支离破碎，程济世跟提问者交流的时候说：“我们今天所说的中国人，不是春秋战国时期的中国人，也不是儒家意义上的传统的中国人，孔子此时站在你面前，你也认不出他。”《没有个性的人》《应物兄》在这个意义上都是迷茫而聒噪的现代叙事，它们无法识别出自己的新荷马和孔子，无功而返，只能返诸具体的叙事。这部作品对于片段、细节、知识的钟爱都可以看作是从统一性上滑落的标志。

这个独特的属性既属于那个被挪动了基准的“现实”，又隶属于从先锋文学中回归的现实主义，“一部作品的道德重点体现在它记录物质世界时一丝不苟的态度以及明晰的条理上，也在于它对幻想镇痛剂和暧昧感伤的坚

---

① ［奥］罗伯特·穆齐尔：《没有个性的人》，张荣昌译，上海译文出版社，2015 年版，第 182 页。

② ［奥］罗伯特·穆齐尔：《没有个性的人》，张荣昌译，上海译文出版社，2015 年版，第 183 页。

定拒绝。在现实主义文学当中,忠于生活本身就是一种道德价值”[①]。《应物兄》的道德价值来自福楼拜式的以全部的视觉的方式呈现细节。王鸿生在《临界叙述及风及门及物事心事之关系》[②]中说应物兄既是作品里的一个人物,也是作者化入作品人物的“分身”之一,它既是一个非主人公的主人公,又是一个创造了隐含作者的作者。小说的一切描写、对话、事件,或见或闻,或印象或记忆,或思索或感觉,都严格出自应物兄“在场”的有限视角,这个叙述人却又具备在有限与无限之间收视返听的能力,游走在时间与空间、梦境与现实、已知与未知相互接引的界面上,边讲边看,边听边想的超越性自由。《应物兄》是一部“目睹”性的叙事作品,整部作品编织的紧凑严密的织物,是谨严的宇宙世界。披阅十载以前是形容《红楼梦》的,现在它真实地成为《应物兄》的注脚,这不是行为艺术,而是小说的另外属性。这种小说是无法一次写就的,在才华、激情和灵感却步的地方,他为这个庞大的躯体不断塞进合情合理的日常性、知识性、自由的分子和原子。小说中的人物很多是学者,他们的日常即是无尽的谈话,观点、看法、真理被引用成口语和对话,谈话中的人情、幽微褶皱做成中式雅致的周全。即使是这个虚构的校园和研究院,李洱也给予了足够的细致和精心,他让程济世的讲座的门票有七十二张,对应孔子的七十二弟子,巴别塔的座位是三百个,对接“诗三百”,程济世在博雅国际酒店入住,首选九楼,所谓“九思”,应承《周易》《楚辞》《管子》。作家使用了农业文明的叙事伦理和语法,从史诗思维和心理现实主义的架构中跳出来,讲究实在、具体、琐碎和叠床架屋。小说里有很多关于猫、狗、马、驴的知识,津津乐道于羊杂碎、仁德丸子、男女关系、人情世故、清谈对弈,这种叙事跟小说的整体框架关系是疏远的,但是它们不断蔓延膨胀,去弥补和填充小说中的大量空间,带着设计、手工劳作、装饰术的特点。

在农业文明时代,本雅明把讲故事也当作一种手工,“在劳作——乡村劳作、海上劳作、城镇劳作——的氛围中长盛不衰地讲故事,作为一种交流形式,本身也是手工的。它不像信息或者新闻报道那样,意在传达纯粹的‘事情本身’或者思维的精髓。它先把事情侵入到讲故事的人的生活之中,然后再从那里取出来,因此,讲故事的人会在故事中打上自己的印记,正如陶工的手纹会留在陶器上一样”[③]。《应物兄》中到处是打上作家个人印记的典故寓言,比如雪桃的故事,“雪”指的是“擦拭”,孔子陪鲁哀公说话,鲁哀公

---

① [英]特里·伊格尔顿:《文学事件》,阴志科译,河南大学出版社,2017年版,第81页。

② 《收获》长篇专号,2018年冬卷。

③ [德]本雅明:《写作与救赎:本雅明文选》,李茂增,苏仲乐译,东方出版中心,2017年版,第129页。

赐给孔子桃子与黍子,孔子先吃黍子,后吃桃子。旁人都笑,鲁哀公说黍子是用来擦去桃毛的,不是用来吃的。孔子说自己知道,黍子是五谷之首,是祭祀的时候最好的贡品,而桃子在瓜果蔬菜中只能排在末端,以上等的东西去擦拭下等的东西,妨于教,害于义。程济世在随意的讲述中悲哀的是济州大学校长葛道宏的学识与政治地位,各怀心事在谈笑之间隐约呈现。再比如当代的李泽厚来上海讲学的轶事和情状,人们为了抢座激动地凭空做出跨栏的动作,滑倒在地。因为怀疑李先生用的是蜂花牌洗发水,学校小卖铺的蜂花洗发水第二天脱销。为了证明文化积淀,李先生开玩笑要把脑袋留下来,三五百年后让后人去寻访文化的遗迹。

故事能被接受的前提条件是讲故事的人与听众之间的放松状态,无所事事是精神放松的极致。"无所事事乃梦幻之鸟,它孵生经验之卵。"①《应物兄》整体氛围就是一种无所事事失去整体想象之后的状态,再次回到虚构的意义,"人们总有一种冲动,或者说愿望:看到历史的另一种可能。这种冲动或者说愿望,对应物兄来说不仅存在,而且很强烈,因为他也是他自己的历史"。应物兄的历史就是重新回到经验的世界,回到目睹和见闻的琐碎和片段、故事、轶事、寓言。整部小说看起来就像是众人出发去寻找宝藏而又迷了路,看到的都是雾中风景,在文本之内不断完成自我的解构,并以解构的方式建立起文本的独特属性。

三

小说中现代的儒学研究本身就是一个巨大的悖论,也是这个虚构故事的起点,用古老的典范和知识来满足现代的雄心和精神寻索。《应物兄》有一个巨大的延宕,小说一开始就在宣告儒学大师程济世要来,儒学研究院要成立,作品中一切人事都是为这个将来未来的人和事在铺垫,历史、政治、经济、文化、人情世故搅进这个磁场中来,延宕变形成一个庞然大物的中国特色的场域。从逻辑上讲,现代儒学研究的核心是什么应该是小说的一个重要基础,但作家避而不论,儒学转化为一个由文辞和谈话、机锋组成的世界,应物兄、程济世、姚鼎、乔木等几乎每一个人都在儒学的世界里引申和生产着言辞,构造着他们的人生和欲望。言辞的世界镶嵌进行动的世界,那是消费主义和欲望化、权力资本加速运转的现实,这个世界赤裸裸地分享利益、毫不掩饰欲望和庸俗,从商人铁梳子、雷山巴到栾庭玉副省长,他们实际地

---

① [德]本雅明:《写作与救赎:本雅明文选》,李茂增,苏仲乐译,东方出版中心,2017年版,第128页。

控制着那个世界的运转。两个世界看起来不在一个轨道上，却在不断涌现的人物群体勾连中紧紧啃噬在一起，在小说不断的延进中滚成巨大的雪球。

阅读小说的上半部，在现实主义的外形之下，挟裹着繁复的经验和故事，众多的古典掌故和现代轶事，在生活的知识型的狂欢化的叙事中，会特别担心整部作品一路滑行，写成滑稽的喜剧或者占据优越感的反讽，毕竟对历史或者现实最难的呈现方式是正剧，单纯的喜剧和悲剧都是相对容易的。后半部分随着双林院士、芸娘、文德斯、张子房、曲灯老人这几个人物的出现，我们看到了生活正剧的部分，小说增加了不同的声部。

《应物兄》出现了几个诗意的时刻。应物兄在旧宅里见到的曲灯老人和子房先生，让他想到火苗映在猫眼中的样子：它们在猫眼中变成无数的火苗，静静地燃烧。他们的谈话持续到晚上，应物兄知道曲灯老人即程先生经常提到的灯儿，而他现在所待的地方，就是真正的程家大院。他们来时走过的那条只能侧身通过的小路，那道缝隙，就是原来的仁德路。子房先生正在写一本书，他希望死前能够写完，那本书与他早年翻译的亚当·斯密的名著同叫《国富论》，子房先生说只有在这里，才能够体会到原汁原味的经济、哲学、政治和社会实践，只有在这里，才能够看见那些“看不见的手”。应物兄有一次做梦，梦到过世的母亲，他极为悲痛，他说如果妈妈知道我在做一件多么重要的事情该多好。这个重要的事到底是什么？小说一直没有揭晓，但它像小说的一口气一直维系着越来越稀薄的生命气息。

与此同时，应物兄本人的形象越来越孱弱，从一个难以控制舌头的爱说话的人变成真正的沉默者，离那个没有降临的事业越来越远，应物兄在济州负责为程济世寻找老宅和打造童年记忆，奔赴程楼村替程先生看望程家待产的母子。华学明，一个生物学家，为了程济世先生的童年梦想，而去把灭绝的济哥复活，最后发疯。应物兄这个人物形象是21世纪中国当代语境下的独特产物，他是80年代的启蒙之子，浸润了那个时代的思想风雨，也习得了那个年代的天真与梦想、雄心与诉说的欲望，经历了90年代的人文精神大讨论、中国市场经济的崛起、左派右派的论争，在21世纪的中国他演练成一个熟透了的混迹于学界、政界、商界、媒体、宗教等领域的成名知识分子，是一个中国时间中的中国人物。借着应物兄，我们可以简单串联起小说的“时间”线索，80年代的学术梦想，90年代的学术事业，21世纪的饭碗，应物兄身上体现了三个年代的杂烩。

与应物兄对时间的敏感不同，程济世先生一直在寻找的是空间，他在美国时心系的是济州的山水，回到中国寻找的是程家老宅、仁德丸子、曲灯老人的二胡声、济哥的叫声等，它们是逝去的中国和童年家园。万千宠爱系于一身的大师程济世先生，他念兹在兹的童年家园，借以在权力、学术、经济中交换的代码一直都是另外搭建和复活的赝品。与他的博学和德高望重相对照的是不肖之子的婚外恋和因吸毒而导致的畸形后代。

世界越来越撑不住言辞的修饰,呈现出它滑稽的面相,但作为程先生家园修复的执行人,应物兄再次陷入真正的失语和沉默,“有那么一会儿,应物兄有一种冲动,就是告诉程先生,他现在就待在他童年时代生活的那个院子里。他也想告诉程先生,他见到了灯儿。但这些话他都没有说”。感情错置时宜,无处安放,它们尽付沉默和空白,《应物兄》从无尽的谈话走向了疲倦与沉默,是对时间无能为力的创伤性反刍,是在喧哗、游戏、自由万象中彻底迷失了自我和家园。在小说的结尾,应物兄再次问道:“你是应物兄吗?”这次,他清晰地听到了回答:“他是应物兄。”这个来自抽离者的声音,可能就是梦中跟母亲诉说的那件重要的事儿,也是延宕中终于降临的“死亡”对自我和主体的确认。

本雅明说:“所谓写小说,就意味着在表征人类存在之时把不可测度的一面推向极端。”[①]《应物兄》可以看作是用引文写成的作品,借着古往今来人们的嘴巴说话,孔子与儒学只是一个拐杖,是一个生活的线头,它指向世界不可测度的维度。《应物兄》对于当代知识分子和社会生活的呈现方式,几乎是一种绝响,它以一种极致性拒绝着可模仿性和类似的形象。当代学院派知识分子和由他们牵动的社会生活,以对中国时间和地点的构筑表达着一种整体性的关照。在《应物兄》写作的十三年里,中国当代文学以每年数千部长篇的生产速度,不断生产着我们时代的面貌轮廓和精神镜像,《应物兄》以它们为背景,攫取世界的声音,面对时代的沉默和空白,像被一场大雾笼罩,表征着书写的困难,它注定是一个巨大的矛盾体:悲剧与喜剧,现实主义的装置性与具体的细节的严谨性,反讽与抒情,从喜剧开始以悲剧结束。

---

① [德]本雅明:《写作与救赎:本雅明文选》,李茂增、苏仲乐译,上海东方出版中心,2017年版,第94页。

应物象形与伟大的文学传统

——评李洱的长篇小说《应物兄》[①]

孟繁华[②]

这是一部写了13年的小说，是一部与时代有同构关系的小说，是一部关于知识阶层的小说，是知识阶层人物的博物馆，也是一部具有百科全书意味的小说。小说以儒学院的具体筹建人、儒学大师程济世归国联系人应物兄为主角，将他这一过程中的心理和行为遭遇跃然纸上，将各色人等的心机、算计以及冲突、矛盾或明争暗斗、尔虞我诈，汇集于儒学大业的复兴中。知识界与历史、与当下、与利益的各种复杂关系，通过不同的行为和表情一览无余。这是我们期待已久的小说，它的文学价值将在众声喧哗的不同阐释中逐渐得到揭示。

《应物兄》发表之后，首先在上海批评界引发了近乎海啸般的震动。除了郜元宝温和地提出了少许质疑和批评之外，上海几乎众口一词地给予了极高的评价。应该说，《应物兄》承担得起这样的评价。据统计，小说涉及典籍著作四百余种，真实的历史人物近二百个，植物五十余种，动物近百种、疾病四十余种，小说人物近百个，涉及各种学说和理论五十余种，各种空间场景和自然地理环境二百余处，这种将密集的知识镶嵌于小说中的写法，在当代文学界几乎是空前的。满篇飞扬的知识符号遮天蔽日、目不暇接，它新奇

---

① 原载于《当代作家评论》2019年第3期。

② 孟繁华(1951年—)，男，北京大学文学博士，沈阳师范大学特聘教授、博士生导师，现任沈阳师范大学中国文化与文学研究所所长，北京文艺批评家协会主席。在《中国社会科学》《文学评论》《文艺研究》等国内外重要刊物发表论文500余篇。著有《众神狂欢》《1978：激情岁月》《传媒与文化领导权》《游牧的文学时代》《坚韧的叙事》《文学革命终结之后》《新世纪文学论稿》(三部六卷台湾繁体版)等30余部以及《孟繁华文集》十卷。

又熟悉,绚丽又陌生。这是批评界对这部小说倍感亲切的原因之一,于是大家跃跃欲试又莫衷一是,“热议”一词几乎是所有报道这部小说使用频率最高的词汇。作为一部百科全书式的小说,这种效果大概早在作家李洱的预料之中,也应该是李洱最为得意之处。想到这里,耳边就会响起李洱那狡黠又天真的嘿嘿笑声。

小说封面有一句寄语曰:虚己应物,恕而后行,出自《晋书·外戚传·王濛》,意在说待人接物应有的态度和要求,顺应事物谨慎行事。这是作家对个人叙事和处理人物的自我提示,但我更愿意从创作的方法上理解“应物”的含义。“应物”,原指画家的描绘要与反映的对象形似,就是应物象形。其说法出自南齐谢赫的《画品》。《画品》提出了谢赫六法,包括气韵生动、骨法用笔、应物象形、随类赋彩、经营位置、传移摹写。应物象形,就是画家在描绘对象时,要顺应事物的本来面貌,用造型手段把它表现出来,描绘事物要有一定的客观事物作为依托,作为凭借,不能随意主观臆造,也就是客观地反映事物,描绘对象。但是,作为艺术,也可以在尊重客观事物的前提下进行取舍、概括、想象和夸张。这可以说是一种创作态度和方法,也可以理解为中国最早的朴素的“现实主义”。我理解这是解读《应物兄》的钥匙和入口。或者说,李洱在塑造摹写应物兄等一干人物及其关系的时候,其主观愿望是力求达到应物象形,真实准确。当然,今天对应物象形的理解和文学实践早已超越了谢赫的时代,对各种艺术手法的综合运用已经成为常识,因此,今天“应物象形”显然也具有了它的时代性,在这样的意义上李洱将小说命名为“应物兄”,而“应物”对小说而言,不只是一个人物,也是他的方法和自我期许。

在“应物象形”的旨归和追求下,他真实、生动、神似地写出当下知识阶层的众生相,写出这个时代知识阶层总体的精神面貌、心理状况和日常生活。应该说,这是一个文学难题。进入21世纪之后,各种文学潮流和题材风起云涌、此起彼伏,但是,知识分子题材还是一个稀缺之物。或者说,正确处理和准确描述当下的知识阶层,作家作为这个阶层的一员,也感到困难。这一状况,与以往经验的比较中会看得更清楚。现代知识阶层文化信念和方向的选择,经历了一个从总体性的认同到文化游击战的过程。知识阶层在中国不是一个独立的阶层,他们在社会历史发展过程中,总要面临文化方向和信念的选择。五四时期似乎表达了这个阶层的先知先觉,他们振臂一呼,“德”“赛”二先生引领了那个时代的思想风尚和文化潮流,展示了这个阶层耀眼的风采。但是,“文化革命”如剪辫、易服、放脚,早已在民间完成,更无须说在西方现代性压力下改制的大势所趋“没有晚清,何来五四”的被发现,现当代研究界在一个时期里津津乐道就不是空穴来风。但是,通过百年来关于知识分子题材小说我们会看到,知识分子的文化方向和文化信念的选择,同中国的现代性是一个同构关系,就是不确定性。启蒙、革命、救亡、思想改造、多元文化追求等,是这一题材在不同历史时期的文学回响。其间虽然有激进主义、保守主义以及其他观念旁逸斜出,但是,大体总有一个"总体性"的存在,与社会历史潮流的发展构成了推波助澜的关系,形象地表达或顺应了"总体性"的要求。"狂人"的"呐喊""零余者"的彷徨、茅盾的《蚀》三部曲、钱锺书的《围城》、师陀的《结婚》、李劼人的《天魔舞》、路翎的《财主的儿女们》、杨沫的《青春之歌》、张扬的《第二次握手》、靳凡的《公开的情书》、戴厚英的《人啊,人》、谌容的《人到中年》、宗璞的《野葫芦引》、从维熙的《雪落黄河静无声》、张贤亮的《绿化树》、王蒙的《布礼》、鲁彦周的《天云山传奇》、叶楠的《巴山夜雨》、张承志的《黑骏马》《北方的河》等,构成了知识分子小说庞大而激越的交响。90 年代以后,情况发生了变化,贾平凹的《废都》、王家达的《所谓教授》、阎真的《沧浪之水》、张者的《桃李》、李晓华的《世纪病人》等,书写了知识阶层令人惊悚的蜕变和分化。知识阶层再也难以找到能够认同的文化总体性。这与五四时期一直到二十世纪八十年代是大不相同的。

《应物兄》诞生的 2018 年,院校知识阶层百年来所有的冲动业已平息,他们中高层的"学术人物"已经成为既得利益集团的成员。他们占据了绝大部分学院资源,有庞杂的人脉关系,有巨额研究经费等。他们在这个时代如鱼得水、游刃有余。他们走进掌控学术资本和话语权力的相关部门,其他教授和教员,不仅要受到现行教育制度的挤压,也要受到这些超级教授和学阀的挤压,因此,如何描摹这个阶层的精神状况、生存状态和创造具有概括力的文学人物,对作家构成了巨大的挑战。这时应物兄款款走来了,应物兄真是恰逢其时啊。应物兄有多重身份:济州大学的著名学者、教授,济州大学学术权威乔木先生的弟子兼乘龙快婿,济州大学筹备儒学研究院的负责人,还是济州大学欲引进的哈佛大学儒学泰斗程济世的联络人。但是,应物兄一出场,就注定了他是一个与现代知识分子无缘的人物,他自说自话、欲言又止,更多的话是憋在自己的肚子里,这是一种处事方式。这种方式是他的导师兼岳父乔木先生亲授的:不要接话太快,人长大的标志是能憋住尿,成熟的标志是能憋住话;孔子最讨厌话多的人,君子讷于言而敏于行。于是,应物兄就有了自己和自己说话、自问自答的习惯,他的内心就是黑格尔意义上的"避难所"。他在应对日常工作的同时,也不免与商业利益瓜田李下。他的学术著作《〈论语〉与当代人的精神处境》,出版时被出版人季宗慈改为《孔子是条丧家狗》,应物兄大闹一场无济于事也只好不了了之,但因此他却惹上了不小的麻烦。先是师弟费鸣的"隔空打劫",在"午夜访谈"节目中假借出租车司机“砸场子”，让应物兄节节败退颜面尽失。佯装司机的费鸣步步紧逼，不依不饶；应物兄则已经“满头大汗”了。这是小说最为精彩的场景之一。那位不知深浅的主持人“朗月当空”还说“什么样的听众都有。上次说的那个嘉宾，被听众训得心脏病都犯了。从此我们都不得不准备速效救心丸。但我相信您能够挺住”。听了这不明事理的胡言乱语，应物兄说“人家说得也有道理”。有了这句话，应物兄本质上还不是一个坏人，他还是一个足够机灵、不够精明的人。但这不是坏人的应物兄，却又陷进另一个进退维谷的场景：后来与“朗月当空”纠缠不清的风月事。起初应该说应物兄是被季宗慈绑架的，但是，应物兄微弱的反抗也表达了他半推半就之后就随波逐流的内心潜在欲望。

应物兄是小说的主角，小说中的所有人物几乎都与他有关系。

首先是三代知识分子：研究柏拉图的女博导何为，经济系研究亚当·斯密的张子房，文学院的乔木，闻一多的学生考古学教授姚鼐，还有物理学教授双林；第二代即应物兄这一代，包括与应物兄明争暗斗的费鸣、性取向特殊的郏象愚、研究屈原的伯庸、研究鲁迅的郑树森、“三分之一儒学家”的大学校长葛道宏、文学院长张光斗，教授邬学勤、汪居常、华学明等；第三代，如“儒学天才”小颜等人，其中不乏“精致的利己主义者”。与学院相关的人物在小说中其实不足三分之一。其他人物如险些被老婆扣成肛漏的栾副省长，黄金海岸集团的董事长、程济世的弟子黄兴，桃都山集团老板铁梳子，戏剧表演艺术家兰菊梅以及电视台主持人“朗月当空”等。这些人物都与济州大学、与应物兄有千丝万缕的联系，这是小说被认为是学院知识分子小说的重要原因。如果没有这些学院之外各色人等的关系，学院知识阶层的“应物象形”在艺术上就失去了依托，只有通过与社会各阶层千丝万缕的关系，“知识分子”们的面相才能得以完整塑造。如果从这个方面看，《应物兄》又不只写了大学，而是通过知识阶层写了整个社会。

儒家思想是中国传统文化的核心思想，它绵延不绝两千余年，以主流的形式对后世尤其对传统文人和近现代知识分子产生了根本性的影响。它的博大精深显示了东方的智慧，以其独特性在世界文化总体格局中发出悠长而久远的回响。儒家思想自创立始，便为传统文人设计了理想的人生道路，这一理想的设计成为中国传统文人终生向往与奋斗的目标，它的实现与否标示了人生的成败和自我价值的是否实现。在儒家看来，要有“以天下为己任”的宏大抱负，“修身齐家治国平天下”是最理想的人生选择，也是天经地义的分内事。要实现这一理想，通过仕途跻身于官僚集团是唯一的通道，“学而优则仕”是两千余年传统文人根深蒂固的观念。历代官制经由任命、“辟地”“胜敌”“九品中正制”等各种形式逐渐过渡到隋唐以降的“试策”取士和“科举”取士，积极从政的传统文人便纷纷踏上了通往理想的狭窄道路，一个个儒生满怀神圣与建功立业的梦想从四面八方向科举圣地走来，终生追逐而乐此不疲，因此，中国读书明理的传统文人们便自觉地充当了国家官僚机构整装待命的庞大的预备队。一旦金榜题名，儒生的命运便即刻改变，它不仅光宗耀祖、辉映乡里，同时使儒生的心态焕然一新，所谓“春风得意马蹄疾，一朝看遍长安花”，正是成功者心态的写照。因此，科举取士聚集了文人的目光和内心欲望。唐代虽出现过“野无遗贤”奸佞弄权的把戏，在元代也曾废止科举 80 年，但这丝毫没有影响后来文人参加科举的热情和终生锲而不舍的努力。

儒家理想的人生道路和唯一实现途径，严格地规约了传统文人的心态模型和行为模式。对现实的态度，儒家倡导积极的入世精神和参与意识，把对公共事务的关心看作是个人义不容辞的责任，把国家、民族的命运与个人命运紧密地联系在一起，自视身负使命，有救世明道的天然义务。既要积极入世，对社会生活发生作用，只有走为官入仕的实用政治道路，通过自己的努力创造出一个太平盛世“为生民立命”“为万世开太平”成为历代儒生的共识。这些原始教义始终激荡点燃着历代“士”的内心冲动。儒学创立时代，“士”们便积极投身于社会实践和政治旋涡，或创立学派提出治国平天下的理论，或投入君王怀抱充当幕僚，或投笔从戎参与诸侯征战。孔子仕途受挫才不得不做了中国第一位“教授”，因此“兼济天下”的入世思想是世代儒生的普遍心态，“事事关心”的参与意识一直延续至今不衰，在当代知识分子的心中依然会引起强烈的震荡。

以天下为己任的入世精神面对战乱不断、矛盾丛生、君王昏庸、奸佞当道的现实社会，必然会产生一种深切的忧患情怀，即便是处于安乐之中，也会“居安思危”。它因世代相通而成为中国传统文人或现代知识分子一个普遍的精神特征。两千多年来，传统文人无论从政或治学，他们留传下来的诗文，多为感时忧国之作，自屈原始，司马迁、杜甫、陆游、辛弃疾，一直到近代的龚自珍、梁启超等，无不心忧天下，为民族兴亡忧患不已。

与忧患情怀相连的是传统文人的批判意识。“士志于道”集中体现了传统文人的信念和终极价值关怀，因此，传统文人在封建社会同样也具有“社会良知”的功能。当“士”以“道”的承担者自居时，其客观身份已经不重要，而重要的是其“社会良知监护人”的社会功能。这是入世精神和忧患情怀在价值层面的体现。以正义的捍卫者和基本价值的守护者的身份自我定位，是传统文人理想的道德和人格境界。人生实践中是否都努力实现这一境界另当别论，但古代文学中揭露腐败荒淫、抨击时事政治、同情底层人民、抒发愤懑不平的作品层出不穷却是文学史实。那“知其不可而为之”的刚正顽强心态一直延续至今不衰,也正是传统文人和现代知识分子的最为动人之处。新文化运动之后,儒学受到重创,但在不同的历史时期仍不时有它的回响,作为中国文化的元话语之一,它有巨大而顽强的生命力。

但是,以应物兄为核心的正在筹备的儒学研究院及其周边的"儒生们",他们的行为方式和情感方式,并没有在与儒家思想有关的层面展开,他们是情怀和理想尽失的一个群体,当然也不是这个时代的清流。他们与红尘滚滚的世风沆瀣一气,甚至有过之无不及。所以鲁迅说:我觉得文人的性质,是颇不好的。因为他们智识思想都较为复杂,而且可以处在东倒西歪的地位,所以坚定的人是不多的。鲁迅的锐利、深刻和一针见血无人能敌。面对这样的"儒学家",外来学习儒学的学生们甚至也敢公然地挑战儒学。卡尔文是小说中一个来自坦桑尼亚的黑人留学生。这个人物的设置意味深长:作为一个弱势国家的留学生,他是来中国学习儒学的。但是这又是一个气焰嚣张的学生。他不仅寻花问柳、声色犬马,而且可以公然挑战儒学。他曾经问应物兄,《论语》中说,有朋自远方来,不亦乐乎,可随后孔子又提到父母在,不远游。"自远方"来的那个"朋",是不是已经父母双亡了?一个如此不孝之人,孔子怎么能把他当成志同道合的朋友呢。卡尔文的问题确实刁钻。应物兄回答的是下半句"游必有方"。但是卡尔文毕竟是卡尔文,他不理解的是,这是《论语》开篇的"学而篇"。学是指学习礼乐诗书,那个有朋自远方来的"朋",不是来游玩的,是来问学、讨论礼乐诗书的。这与孔子并不反对一个人为正当的目标可以外出奋斗是不矛盾的。但是,儒学受到外来文化的挑战,在这里就是一个隐喻性的事件。难怪程济世儿子程刚笃的美国太太珍妮写的儒学论文将题目定为"儒驴",其嘲讽意味也算是没有辜负济州大学儒学院了。

因此,在我看来,济州大学的"儒生们"虽然没有忧患、没有情怀,但是,作为小说创作,这是全新的经验。李洱面对这一新经验,为他进入创作带来了巨大冲动,但小说总体表达的是李洱苦心经营的一部未名的忧伤之书,一部不着痕迹的充满了忧患意识的小说。小说通过无数具体的细节,呈现了以济州大学为中心的知识阶层在做什么、想什么、关注什么。关于"儒驴"的那堂讨论课,再形象不过地呈现了当代"儒生们"的荒诞和丑陋,他们如果不是"儒驴",也与他们讨论涉及的"黔之驴"相差无几了。面对"儒生们"的所作所为,李洱不是强颜欢笑,他是强颜苦笑。特别是当他提到的历史,提到西南联大一代人时说"一代人正在撤离现场";提到80年代时说"求知曾是一个时代的风尚"。显然不是随意的联系,这是李洱面对"应物兄们"发出的感伤又不免苍凉的慨叹。他写到李泽厚到大学演讲的场景,不免让我们潸然泪下,我们就是从那个年代走过的一代。当年的我们是何等的意气风发,那些历史片段至今仍储存在不同的文化记忆中，只要听听80年代的校园歌曲，读读80年代风靡一时的诗歌，我们偶尔还会闪回到那英姿勃发的青春岁月，一如应物兄在网上看到他多年前的文章《人的觉醒》的感叹。

时过境迁，我们或许也是应物兄的同道，起码相差无几了吧。大学是一个国家民族的精神堡垒和思想高地，而“应物兄们”一步步正在走向万劫不复的境地，这是我们时代思想和精神深处最为惨烈和触目惊心的场景。如果是这样的话，那么，《应物兄》就是一部充满了忧患感的大书。作家毕飞宇在写南帆的一篇文章中说：我曾经拜读过保罗·约翰逊的《知识分子》。这本书给我留下了惨痛的记忆，我的小说至今没有留下“知识分子”的记录，足以证明保罗对我的刺激有多大。但是，我热爱知识分子，我指的是社会学意义上的“知识分子”这一概念。我曾经鼓足了勇气说过这样一句话：“我愿意通过写作最终让自己成为一个知识分子。”我说这番话的时候，“知识分子”与“公共知识分子”正在臭大街。我有些赌气：我欠抽还不行么？虽然我配不上知识分子这个称号。我有一个一厢情愿的愿望，“知识分子”这个概念不应该臭大街，我甚至还愿意套用一句伏尔泰的话：没有知识分子也要创造出一个知识分子来。一个好的社会怎么能容不下“知识分子”呢，一个好的社会怎么能离得开“知识分子”呢？有原罪的“知识分子”那也是“知识分子”①。

遗憾的是，济大的“儒生们”没有一个人愿意思考自己如何在思想和行为方式上成为一个知识分子，我们时代的精神困境正在肆虐地蔓延。

关于章节命名，大家都注意到每个章节都取自章节的前两三个字，感到新鲜奇妙。这种题目的命名方式古已有之，比如《诗经》中的《螽斯》：螽斯羽，诜诜兮。宜尔子孙，振振兮；螽斯羽，薨薨兮。宜尔子孙，绳绳兮。螽斯羽，揖揖兮。宜尔子孙，蛰蛰兮。比如《麟之趾》：“麟之趾，振振公子，于嗟麟兮。麟之定，振振公姓，于嗟麟兮。麟之角，振振公族，于嗟麟兮。”《诗经》中类似的命题方式比比皆是。当然，最著名的可能还是唐代大诗人李商隐的《锦瑟》诗：锦瑟无端五十弦，一弦一柱思华年。锦瑟：瑟的美称。无端：没来由的。古代诗歌研究专家认为这种命题方式也是一种“没有来由”的“无理”命名，但又有“无理之妙”的美学效果。《应物兄》同样取得了这一效果。小说的结构，是以济州大学成立太和儒学院为中心，通过这一建院过程，各色人物粉墨登场。引进哈佛大学东亚系教授、儒学大师程济世来济州大学儒学研究院任院长，本身就是一件虚妄的事情。研究儒学的这些知识分子的所作所为，或者说他们的职业化，早已不把儒学当回事，儒学只是一个饭碗

① 毕飞宇：《南帆的生动与理性》，《当代作家评论》，2019年第2期。

而已。程济世即便做了济州大学儒学研究院院长，又能如何？我们也见到了这位声名显赫的“儒学大师”，他也可以做《儒学与中国的“另一种现代性”》的极具当下性的报告，而且让省长和老教授们听得“血脉膨胀”，上了年纪的人甚至往嘴里塞着药丸，预防高血压或冠心病。因为他们事先就预料到自己会激动不已。但是，当程先生举具体例子比如人的体味、包饺子、价值观之后，将儒学抬到了至高无上甚至无所不能的地位时，他可能就剑走偏锋自以为是了，更何况，与其说他来济大是对济州儒学院的情感，毋宁说他更多地还是源于对济哥、仁德丸子的感情。在81节《螽斯》中，张明亮从程先生录音剪辑出来的关于济哥的言谈，再清楚不过地表达了程济世对螽斯也就是蝈蝈的一往情深：“程先生的声音，在会贤堂回荡。低沉，缓慢，苍老，令人动容。在程先生那里，济哥已经不仅仅是鸣虫了，而是他的乡愁。”在101节《仁德丸子》中，应物兄记得很清楚——程先生认为，仁德丸子，天下第一。北京的四喜丸子，别人都说好，他却吃不出个好来。首先名字他就不喜欢。四喜者，一喜金榜题名；二喜成家完婚；三喜做了乘龙快婿；四喜阖家团圆，全是沾沾自喜。儒家、儒学家，何时何地，都不得沾沾自喜。何谓沾沾自喜？见贤不思齐，见不贤则讥之，是谓沾沾自喜。五十步笑百步，是谓沾沾自喜。还是仁德丸子好，名字好，味道也好。仁德丸子要放在荷叶上，清香可口。食不厌精，脍不厌细，精细莫过仁德丸子。

程先生说“奔着仁德丸子，老夫也要回到济州。”程先生对济州的情感具体而温馨，但因螽斯和仁德丸子信誓旦旦的程先生就是迟迟不临，一再延宕，他来研究院成为一个遥遥无期“等待戈多”的事件。这一后叙事视角的设定，恰好契合了小说叙事的需要——这漫长或不可及的等待，既是隐喻，也为小说叙事赢得了时间和空间：建太和儒学院，风乍起，搅起满天风尘。自第三章起，黄兴的GC集团开始到济州实地调查、投资，工程上马；然后是各色人等向太和研究院拥塞，应物兄的好日子也到头了。但是当研究院终于落成的时候，济大“寻访仁德路课题小组”确定的地址却选错了。而程先生大驾仍然没有踪影。事实是，程济世是否回来一点都不重要，无论对济州大学的儒学研究院，还是对当代中国的儒学研究，一个“出口转内销”的儒学，还能怎么样呢？因此，程济世只是小说叙事的需要，与儒学没什么关系。学，不在有用无用。人文学科如果从实用的角度评价，当然是无用之学。但是，看到应物兄和太和研究院的老爷少爷们，真实的感受不是学的有用无用，而真的是一无是处了。

如果从文学谱系来讨论《应物兄》的话，这个庞然大物几乎是难以厘清的。但是，起码这样几个方面还看得清楚：小说的章节安排，有“史传传统”的遗风流韵。小说虽然每节题目是按照每节第一行前几个字命名，但是，李洱刻意让小说中的主要人物都在每个小节中作为题目出现,使这些人物相对独立、完整而给人留下深刻印象;在描摹这些人物的时候,他们与现实真实人物的语言、行为、名字等多有戏仿,某些著作、言论、行为等,我们大体知道来自哪里,这一挪移嫁接给人亦真亦幻的感觉,更加强化了小说的真实性和当代性,而整体上反讽、荒诞等先锋文学的技法,不仅彰显了作家李洱的文学胎记,同时也与他试图总体性地描绘当下知识阶层面相的期许有关;小说以多种方法艺术地真实塑造了当下知识阶层的诸多形象,但也有抑制不住的嘲讽戏谑和荒诞;笔法当然也有《儒林外史》以及《围城》的传统,应物兄、费鸣、伯庸等,几乎就是三间大学方鸿渐、赵辛嵋和李梅亭的同事。就像《围城》中的三间大学,对原型学校有诸多猜测,《应物兄》发表后,也难怪对济州大学原型也有了诸多猜测;如果再往大了看,从应物兄个人命运来说,他从一个成功的中年教授到一个学术明星,上街都要戴墨镜,街头电视里播映着他的演讲,他出入楼堂馆所,接触“上流”各界。但他最后还是遭遇车祸生死未卜;栾庭玉副省长面临着被双规,为繁殖济州蝈蝈呕心沥血的华学明疯了,双林院士、何为老太太逝世了,应物兄最尊重的芸娘长病不起……正所谓“眼见他起高楼,眼见他宴宾客,眼见他楼塌了”。从这个意义上,《应物兄》显然又不只是写院校知识阶层,不只是写这个阶层的堕落和分崩离析,而是对人生悠长的唱叹和感伤,人生终归是大梦一场。这样,小说无论在细节的铺排上,还是整体的象征意味上,它接续的又是《红楼梦》的传统,是《红楼梦》这部伟大作品的当代回响。儒学的传统在太和研究院化为乌有,但李洱却用他的小说实现了对伟大文学传统的继承和弘扬。伟大的文学传统,是一个不断发展、不断构建的传统,它在扬弃中也不断吸纳。它是由中国古代文学、现代文学和西方优秀文学遗产合流形成的一种“守正创新”的、对当下文学具有支配性向心力的文学观念。《应物兄》的创作践行的正是这一传统。

《应物兄》是几十年中国当代文学发展中的一部重要作品,是一部属于中国文学荣誉的高端小说。长久以来,我们祝愿祈祷中国文学能够有一部足以让世人刮目相看的小说,能够有一部不负我们伟大文学传统、不负我们百年来对中外文学经验积累的小说,经过如此漫长的等待,现在,它终于如期而至。

应物兄的不思之思①

贺绍俊②

《应物兄》是一部关于当代知识分子的小说，这一点大致上说得过去。李洱一直关注着知识分子，他对知识分子相当熟悉，写知识分子自然如囊中取物。小说写了各种类型的知识分子，有在大学当教授的，有在学术机构当学者的，也有在政府部门当专业官员的，也有在公司企业出谋划策的；既有体制内的，也有体制外的；既有从事人文社会科学研究的所谓文人，也有从事科学研究或技术研发工作的所谓科学家，可以说是当下知识分子的群像。小说充满着反讽的笔法，由此可见，李洱并不是要为知识分子们评功摆好，更不像是要为知识分子树碑立传，他对知识分子的反思、不满、批评，乃至嘲讽，在小说中俯拾皆是。但不要以为这就是一部当代的《儒林外史》，不要以为李洱只是在以揭露和批判为快事，在反讽、嘲弄、戏谑的叙述之下，完全可以体会到一位作家的赤子之心。他在批评知识分子的同时，又以知识分子自许，因此他的批评也可以视为他的自责和自省。粗略一看，《应物兄》中所写的知识分子形象我们并不陌生，这些年来知识分子题材成为一个热门题材，许多作家都在为知识分子画像，我们从其他作家的小说中也能找到相似的知识分子面孔。但是，还没有一位作家能够像李洱这样对知识分子安身立命的东西——思想，进行了如此透彻的批判性反思。

---

① 原载于《当代作家评论》2019 年第 3 期。

② 贺绍俊(1951 年—)，男，沈阳师范大学特聘教授、博士生导师，现任沈阳师范大学中国文化与文学研究所副所长。主要从事当代小说研究和批评，以及中国现当代文学史研究。在《文学评论》《文艺研究》《文艺争鸣》以及《人民日报》《光明日报》《文艺报》上发表论文 180 余篇。著有《文学的尊严》《建设性姿态下的精神重建》《批评双打——八十年代文学现场》《当代文学新空间》《“文学湘军”的跨世纪转型》等 15 部。

所谓知识分子问题，最终归结到人文知识分子的问题上。因为我们强调知识分子的社会功能，突出知识分子在社会活动中的作用，也是从这一点出发，提出了知识分子的使命感和责任意识，而这一社会责任主要是由人文知识分子来承担的。《应物兄》主要写的也是一群人文知识分子。小说以济大成立儒学研究院为核心情节来书写这些知识分子的行状。以孔子为代表的儒学虽然只是先秦诸子百家学说之一，但后来成为中国传统文化的主流，不仅是中国古代的主流意识，也对世界产生过深远影响。中国开启现代化进程以来，知识分子一直在寻找自己的思想原动力，新儒学的兴起与此有关。新儒学的优势就在于它抓住了中国文化的本土资源，济大的校长葛道宏具有高度的学术敏感，因此他要在济大成立儒学研究院，并且还要聘请世界最有影响力的儒学大师、哈佛大学的教授程济世来当儒学研究院的院长。李洱在写到儒学时，他的态度多少有些暧昧，但他分明对儒学进行了一番研究。他知道，新儒学的倡导者们期待儒家思想能够像古代造就出一代文人的风范那样，也塑造出当今知识分子的文化品格，从而使知识分子能够担当起现代化建设的历史使命。李洱大概就是从这样的思路出发，为程济世在北京大学设计了“儒教与中国的‘另一种现代性’”演讲题目。程济世的演讲毫无悬念地获得了极大的成功。李洱显然通过程济世这一形象表达了他对儒家思想的理解。小说中提到应物兄写过一篇论文讨论了程济世对儒学的历史性贡献。应物兄在这篇论文中是从道统、学统、政统三个角度来讨论程济世对儒学的历史性贡献的。道统、学统和政统是所谓的儒学“新三统论”，这是现代新儒家的重要代表性人物牟宗三提出来的。李洱将牟宗三的思想观点挪移至小说人物程济世身上，一方面使得程济世的世界级的儒学大师称号可以成立，另一方面，也说明李洱本人是高度认同新儒家的思想见解的。李洱选择儒学而不是其他学科来观察当代知识分子，还出于这样一层考虑，即儒家思想与中国文化乃至中国人的思维方式和生活方式有着密切的关系。小说就让程济世表达了这样的观点：“在历史上的任何一个时代，儒学研究从来都跟日常化的中国密切联系在一起，跟中国发生的变革密切联系在一起。儒学从来不是象牙塔里的学问。”因此从儒学的言论出发，更容易揭示出当代知识分子在社会中处于一种什么状态。不妨这样来解读李洱构思《应物兄》的思路：“新三统论”对现代知识分子提出了更高的要求，因此就以道统、学统和政统这三个层面来考察一下知识分子的表现吧。《应物兄》在此思路下，绘制出了一张对比鲜明的图画，小说情节围绕济大筹建儒学研究院而展开，建立儒学研究院显然是一桩庄严的学术建设，但筹建过程完全演变成了一场喜剧和闹剧。一方面是儒学思想的庄严性，另一方面则是现实中尊儒学为圭臬的知识分子们言行不一、趋炎附势、争名夺利的表演。

围绕着筹建儒学研究院,小说大致讲述了四段故事,第一段是应物兄奉济大之命专程去美国诚恳邀请程济世出任儒学研究院的院长。第二段是程济世来北京大学演讲,济州的官员和济大的校长、领导们如何去游说程济世。第三段是为程济世提供经济援助的美国 GC 集团的大老板黄兴来济州考察和商谈建儒学研究院之事。第四段是济州市隆重地将建立儒学研究院作为一件大事来抓,提供最好的地段,给以优惠的政策,筹建工作进行得轰轰烈烈。但具有讽刺意味的是,在这个过程中,我们感受不到儒学的道德力量,而是发现了人们都在争相借助儒学这一平台,来达到各自的私欲。我们看到的是,这些知识分子肚子里确实装着渊博的知识,嘴上对儒学思想也如数家珍,但是道统在他们身上只是一系列精彩的警句而已;学统对于他们来说不过是可以将学术转化为资本而已;政统则成为学术与权力相互利用和勾结的方式。无须一一举出小说中的具体描写,只要读了小说,相信人们就会得出这一阅读结论,因为几乎每一个牵涉进来的人物都处于这种状态。我同时特别注意到,李洱完全没有采取戏剧化的方式来处理情节,一切仿佛都是一种生活常态。有人说李洱这是有意学习《红楼梦》的风格,李洱喜欢《红楼梦》不假,但与其说他刻意学习其风格,不如说他意识到唯有放弃戏剧化的手段,像《红楼梦》那样写日常生活的琐事,才能更真实地表现出他对这个世界的认知,也就是说,李洱揭示了我们这个时代学术产业化、思想实用化已经成为生活常态的尴尬局面。《应物兄》看上去轻松书写着日常生活中知识分子们的交往应酬,但在这日常生活背后分明是这个时代的大悲剧:虽然我们有着儒家思想这么一个好东西,虽然几代学人经过努力指出了一条将儒学与现实密切结合的新途径,但一旦进入学术体制内,一旦与现实相接触,再伟大的思想也会被产业化和实用化所吞噬。这也许不是这些知识分子或大学者们的错,因为我们这个社会经过经济和资本数百年来洗礼,已经将"物"供奉为最高的神灵(李洱给小说主人公取名为应物兄,其实也包含着他试图挑战这一神灵的意愿)。孔子是讲仁讲德的,仁和德可以说是儒家的核心概念。当代的儒学大师程济世自然在多种场合都讲到了仁和德,但为了迎接程济世来济大,最终仁德就转化为"物"的仁德——一条街道"仁德路"和一种食物"仁德丸子"。寻找已在城市版图上消失了的仁德路和寻找在济州餐桌上从来没有听说过的仁德丸子,竟然成为济州市筹建儒学研究所的重要工作。读到这些叙事后,我的感觉就是,那些把儒学看得非常重要的人们,无论是商人黄兴,还是官员栾庭玉,当然也包括济大校长葛宏道,等等,其实并不在意在程济世的头脑里是否有一个精神的"仁德",对他们来说,只要有了"物"的"仁德"就大功告成了。这真是巨大的讽刺。

这不仅是儒学的问题，而且是整个社会在对待知识和思想上存在的问题，知识和思想失去了自己的独立品格，沦为资本与权力附庸风雅、装腔作势的摆设和面具。最说明这一点的情节是，慈恩寺的大和尚释延安附庸风雅写书法，当乔木先生评价他的草书有点像唐末书法家杨凝式时，释延安竟然茫然地问此人是在北京还是在上海。出了这样的丑后，释延安并无不安，反而大言不惭地宣称自己在临摹杨凝式的帖。释延安写书法还有一绝活是把毛笔绑在“那话儿”上，“既是书法艺术，也是行为艺术”，却因此使他的润格特别高。而大省长的秘书邓林竟然煞有介事地评价释延安的书法是“疏可跑马，密不透风”。我读到这里，暗自感叹李洱的嘲讽真是不露痕迹之犀利。神圣的佛教也挡不住物欲的邪风往寺庙里吹呀，就连小说中同在慈恩寺修行的释延源都动了还俗的念头，因为他“看到僧人丑恶而退失信心”了，因此《应物兄》是以儒学为切入点，以知识分子为视角，辐射至整个社会，深刻反映了当今社会思想缺失的严重性。

《应物兄》的思想价值还不止于此。最让我欣赏的是，李洱揭露了当今知识分子的窘态，但他并没有满足于揭露和批判。他认为，当今社会思想缺失，不应该仅仅把责任推到社会对物质和欲望的崇拜，还应该从思想本身找找原因。由此他提出了一个“不思”的概念。我以为，“不思”，恰是这部小说最大的亮点。“不思”一词出现在第 15 节《巴别》里。双林院士拒绝在济大的讲坛上做讲座，但葛宏道仍然将海报贴了出去。即使这样，双林院士在讲厅也不愿意上讲坛，主办方只好播放一些关于双林院士的视频。一些人在对双林院士的演讲发表议论。议论的人显然看不起双林院士，他们很轻蔑地说双林院士的问题是“不思考”，说的都是大白话，即使上台讲了也讲不出什么东西来。在一旁的应物兄听到这些议论，便想起了自己曾经参与过的一场讨论，在这场讨论中大家认为古代科学家当中虽然也有从事艺术活动的，但他们却从未形成自己的思想。文德斯听了之后便嘲讽道：“在我们这个激发思的时代，最激发思的，是我们尚不会思。”文德斯进一步阐释了自己关于“思”的观点：“确实有一种观点，认为‘科学并不思’。科学不像人文那样‘思’，是因为科学的活动方式规定了它不能像人文那样‘思’。这不是它的短处，而是它的长处。只有这样，才能保证科学以研究的方式进入对象的内部并深居简出。科学的‘思’是因对象的召唤而舍身投入，而人文的‘思’则是因物外的召唤而抽身离去。”李洱在这里强调了科学与人文在认识世界的方式上是有区别的，人文的特点是“思”，而科学的特点恰恰相反，是“不思”。李洱强调，“不思”正是科学的长处，它能够“保证科学以研究的方式进入对象的内部并深居简出”。我以为，李洱在这里戳到了人文知识分子的痛处。人文知识分子的武器就是他们的思想，他们要用最先进的思想来改造社会的弊端,以最完美的思想来设计人类未来美好的蓝图。人文知识分子的思想是照亮黑暗的一盏灯,是给迷茫的人们指明方向的指南针。但是,今天的人文知识分子却已经“不会思”了。“不会思”也就意味着人文知识分子的功能衰退。当人文知识分子在“不会思”的状态下还继续“思”的话,我们还能指望“不会思”的知识分子成为照亮黑暗的灯和指明方向的指南针吗?如果要我来概括《应物兄》的内容,其实很简单,它就是在表现李洱对人文知识分子功能的最大质疑。当人文知识分子“不会思”了,那么他们以思想为武器作用于社会的功能也就消失了。以儒学为例,儒学之所以成为历代文人的圣学,就因为它强调要“为天地立心,为生民立命,为往圣继绝学,为万世开太平”。以往历来儒学思想家都是这样做的。程济世应该也是朝着这方面努力的,因此他被人们誉为儒学大师,在应物兄看来,这突出体现在程济世多年前就提出,21世纪中国最重要的目标是构建和谐社会。但尽管如此,当程济世出现在小说中时,我们已经看不到他的思想活力了。面对济大一再来邀请他领衔儒学学科建设,他似乎对学科建设提不出什么新的思想见解,于是他只好不断地倾诉他的乡愁和旧情。

第91节《譬如》是非常重要的一节。这一节是主管文化教育的副省长栾庭玉听取济大汇报筹建儒学研究院的情况。济大在筹建上真是煞费苦心,但他们并不是将精力耗费在学术上,而是考虑如何在任何细节都不放过的程度上恢复程济世记忆中的济州场景。在这一节里,栾副省长亲自和大家一起落实重建程家大院。济大搜罗到程济世所有与济州有关的文字,并制作了一个沙盘,要“核对沙盘上的一山一石、一草一木”。比如栾庭玉看到沙盘上的堂屋前有一丛花,就问这是什么花,听到汇报说是杜鹃花时,马上说要挖掉,改种太平花,因为小册子上程济世提到的是太平花。其工作之细致和认真,实在令人叹服。但仔细想想我们就会发现问题,这个程家大院将成为儒学研究院,然而人们连要在院里安排一名胖丫头、要在门槛上挖一个猫道等这样的琐碎细节都考虑到了,却似乎从来没有考虑一下要在哪里安放儒学。问题还不止于此,接下来我们更会发现,尽管儒学在儒学研究院里消失了,另一门传统学问却在这里大显身手,这就是风水学。唐风不仅从风水的角度给程家大院提了重要建议,还充分论证了风水不是迷信,而是国学,它的祖师爷就是孔子。栾副省长不由得称唐风为大师,济大校长则表示要在儒学研究院开设风水学课程。这一节关于程家大院重建的具体描述,完全可以看作是李洱对思想学术界整体状况的暗喻式书写。儒学缺位,风水流行,这寓意着在我们的思想学术界,真正的学术思想难以存在下去,而那些虚假的学术则因为现实的需要可以打扮得冠冕堂皇登堂入室。这一节的最后所引用的应物兄关于“觚不觚”的一段话则将这一暗喻式书写做了更深刻的阐释。应物兄认为,孔子发出“觚不觚”的感叹,是因为觚的形制发生了改变,“所以‘觚不觚’不仅仅是酒壶的问题,‘觚不觚’与‘君不君,臣不臣,父不父,子不子’是相通的,是相同的。进一步说,看上去孔子说的是觚,其实说的是国家的法度。”而发生在济大的“儒学缺位,风水流行”,说到底就是一个“觚不觚”的问题。李洱是在谈一个具体的物件“觚”吗?非也。我以为他是要借谈觚来谈国家的法度;来谈亚里士多德的“道德习惯”;来谈朱熹的“失其制而不为棱也”,亦即“礼”的丧失。如前所述,我将《应物兄》的内容概括为讲述人文知识分子丧失功能后的“不会思”的情景,而这一节通过寓意的方式点明了知识分子“不会思”的根本原因是我们这个时代发生了根本性的变化,我们的形制变了,我们已经没有“礼”的规约了,整个社会的“道德习惯”也发生了变异。李洱要寻求那只被孔子念念不忘的“觚”。尽管我们身边还遇见各种觚,但它们“都已经与‘礼’、与国家法度,没有关系了。它变成了装饰品,变成了摆设,变成了花瓶。”李洱对“觚”的感慨分明是针对今天的思想学术的。第91节是全书的核心,读懂了这一节的象征和寓意,也就读懂了全书,也许可以说,《应物兄》就是李洱面对当今人文知识分子颓势而发出的“觚不觚”的喟叹。

李洱一方面揭露了人文知识分子的“不会思”,另一方面也设想应该用科学的“不思”来拯救人文知识分子。为此他塑造了一个善于运用“不思”之长的科学家双林院士。李洱对双林院士的夸赞是无以复加的。他是一名物理学家,当年曾参与了中国的原子弹试验工作。“不思”在他身上的表现首先是言语上的,他被人称为“闷葫芦”“沉默的石头”。当他在进行原子弹试验的科研工作时,他的“不思”是一名科学家纯粹的“不思”,即他要“保证科学以研究的方式进入对象的内部并深居简出。”后来他和众多中国知识分子一样遭遇到“文革”的厄运,和济大的几位老教授乔木、何为、张子房等关在同一个牛棚里。这时候他的“不思”体现在他对内心信念的坚守,因此他仍保持着用毛笔写字的习惯,仍然要用文言与友人通信,在猪圈旁还在用算盘计算着导弹运行的数据。“不思”还体现在他忠实于对生活的直接体验。比如他说他在牛棚劳动时发现了自己的腿、手、肩甚至发现了脚后跟的意义——蹲下吃饭时,脚后跟就是你的小板凳。因为吃不饱,也发现了自己的胃。这显然与我们平时习惯于从批判和控诉的角度总结牛棚生活大不一样,这正是“不思”的特点——不让自己的思想被习惯所绑架。“不思”还体现在把自己的思想收藏在行动里,因此双林院士从牛棚回到北京后就去了甘肃玉门,那里有一个隐秘的核生产基地。双林院士这一形象初看起来与我们平时所倡导的英模人物有相似之处,比如他的自我牺牲精神,他对事业的执着,等等。不妨说,这是科学家的共性。因为双林具有科学家的共性,所以我们会觉得他与那些被宣传的英模人物有相似之处。但不同之处就在于李洱激活了双林身上的“不思”基因,从而让我们看到一名科学家如何将科学的“不思”带入人文领域。双林是一位有着坚定信仰的知识分子,他的信仰体现在他的行动之中,晚年的双林像一座沉默的石头,他不言语,但他始终处在行动之中。他自己也写古诗。对于双林院士而言,他写古诗与其说是执着于一种文类,不如说是执着于一种道德理想,其中涌动着缅怀和仁慈。当他意识到自己时日不多,便只身去了西北的核工业基地,他要在那里祭奠英灵。历史沉淀在双林院士的“不思”之中,他会对历史做出清晰的判断。因为他知道:“科学家首先是要面对事实,要找到事物之间的因果关系。”双林院士当然看到了知识分子功能衰退的事实,因此他只能走出知识圈另辟行动的路径。这就是关注孩子的教育。因为希望寄托在下一代人的身上。他编了一本《适合中国儿童古诗词》,他对入选的诗词非常挑剔,他认为给孩子看的应是那些有益于他们成长的诗。这就是一位善于发挥“不思”之长的双林院士,在他身上,我们真正看到了儒家之道统。

所谓“不思”,不是不要“思”,不是否认“思”,也就是说“不思”不是“无思”。在“不思”里,“思”仍存在着,只是因为要解决“不会思”的问题而暂时被悬置了起来。这说明,“不会思”既是思想者自身的问题,也是思想者外部环境的问题,当思想者处在一个扭曲思想的环境里时就有可能导致“不会思”的情景发生。双林在晚年曾以错发短信的方式委婉地提醒作为生物学家的儿子双渐。他在短信中说,马克思提出一门包含自然史和人类史的“历史科学”,历史是自然界向人生成的历史,自然史是人类史的延伸。马克思批判了西方观念中自然和历史二元对立的传统。“自然”的概念是理解马克思科学发展观的一把钥匙。李洱显然看到了思想传统中将自然与历史截然对立的弊端。这一点在中国文化传统中表现得尤为突出。我们过去的文史哲是完全无视自然与科学的。李洱或许是认识到,今天人文科学必须有自然科学的参与才能走出困境,人文知识分子也必须向自然科学家学习观察和认识世界的方式。我们一般认为人类具有两种思维,一种是哲学思维,一种是数学思维。哲学思维是人文科学的根基,数学思维是自然科学的根基。现在有一种趋势是强调两种思维的融合。李洱注意到了这种趋势,他在小说中多次提到了这种趋势,比如他写到程济世喜欢与自然科学家交朋友,他认为儒学的发生、发展也是一种物理现象。在小说中,李政道成为程济世来往很密切的朋友。他们两人也一起讨论过人文科学与自然科学的关系问题,并一致认为,它们可以互相影响。李政道有一个生活习惯对程济世的影响很大,他的这个生活习惯就是自己给自己理发,在他看来,给自己理发很简单:“只要有两只手,一把剪子,就可以完成了。”程济世后来也试着给自己理发,但他差点把耳尖剪出豁口,也许这就是人文知识分子与科学家的差异。科学家不仅要思考,而且要行动;不仅有赖于头脑,也有赖于手。但李洱讲述这个故事还有更深的用意。他让程济世对李政道给自己理发做了一番“强制阐释”,认为它体现的是君子固穷的美德,体现的是孔子的躬行践履精神,等等。其实这些阐释要点并不是关键,关键是程济世通过强制阐释这一行为,强调了这把剪子的象征意义远远大于物件本身。因此程济世手上经常握着一把剪子。他给他的所有弟子赠送的纪念品也是一把剪子。程济世手中的剪子以及他送给弟子们的剪子,显然不是用来剪自己头发的,而是用来修剪自己的思想的。李洱要用剪子来暗喻科学家的“不思”精神,正是这种“不思”精神,使得他们具备了“深入对象内部”的行动能力。但并非程济世的每一位弟子都明白这把剪子的寓意。应物兄的可敬和可爱之处就在于他懂得这把剪子的用途,他一直在努力用这把剪子剪去“不会思”的累赘。

这就是李洱的“不思”之思。它涉及历史与现实,也涉及学制与观念,值得探讨的话题还有很多,但这些话题都有可能汇集到“不思”之思上。应物兄就是李洱的代言者,有人猜测应物兄就是李洱以自我原型写的,但李洱已经否定了这种猜测。尽管如此,李洱将自己的想法完全赋予了应物兄,却是不言自明的。李洱最后让应物兄遭遇到一场车祸从而结束了小说。应物兄是生是死,他故意不明确地告诉读者。这似乎也表明了李洱的基本姿态:既不乐观也不悲观。这也是双林院士的姿态。程济世说他是既悲观也乐观。这大概是因为程济世还少了一点“不思”。从这个角度说,说如此结束很好。因为无论应物兄是生是死,也无论儒学研究院是建立了还是没建立,也无论程济世是来了还是没来,这都不会阻止李洱的“不思”之思继续进行下去。

知识分子价值观念的蜕变与现实困境

——李洱《应物兄》对当代学人的代际书写①

熊 辉②

李洱先生的《应物兄》面世后迎来了八方好评，作品中各色知识分子的鲜活个性给人们留下了深刻印象。因为该小说的情节是在21世纪复杂而变幻的社会环境下展开，所以出现了三代知识分子共生的状况，主要包括从20世纪四五十年代走来的老一代学人、改革开放之后成长起来的中生代学人以及在21世纪开始接触学术的新生代学人。“文变染乎世情”，知识分子为人为学也难免受到现实语境的影响与制约，各时代的价值观念不可避免地在每一代学人身上刻下烙印。周大新先生说《应物兄》“把中国现在的三代知识分子写得活灵活现”“可以和《围城》一比”，③而纵观这部作品中的三代知识分子，总体上我们会发现其价值观念呈现出明显的退化趋势，即老一代学人大都能够坚守知识分子的价值观，在学术领域精心耕耘；中生代学人的价值观逐渐转向世俗的现实社会，开始关注并钻营个人利益；新生代学人的价值观则完全被现实捆绑，他们为着私欲甚至甘愿冲破伦理道德的制约。

---

① 原载于《当代作家评论》2019年第3期。

② 熊辉（1976年—），男，文学博士，教授，博士生导师，西南大学中国新诗研究所所长，主要从事翻译文学及中国现代诗歌研究。在CSSCI期刊发表学术论文60余篇，出版专著《五四译诗与早期中国新诗》《外国诗歌的翻译与中国现代新诗的文体建构》《抗战大后方社团翻译文学研究》《中国当代翻译诗歌概览》等十余部。

③ 舒晋瑜：《周大新：李洱〈应物兄〉堪比〈围城〉》，《中华读书报》，2019年1月16日。

一、老一代学人的价值坚守

在中国当前知识分子群体中，最年长的一辈经历了战争岁月的磨砺或中华人民共和国成立初期各种政策的调适，他们十分珍惜改革开放以来的学术环境，孜孜不倦地在自己擅长的领域里为国家的发展默默奉献。这代知识分子有扎实的专业知识，有坚定的理想信念和奉献精神，比如《应物兄》中的双林、张子房、何为、芸娘、姚鼐以及海外的程济世等。

老一代知识分子坚持原则，具有大爱精神而又生活简单。何为教授应该是这类知识分子的代表，她做事严谨认真，即便是在食不果腹的年代也不会私吞公粮。何为在五七干校的时候负责喂鸡，大家以为她能够吃饱，但她连老鼠拖走的鸡蛋都要追回来登记入账，哪会背地里偷吃公家的鸡蛋呢，所以她饿得比大家都瘦。何为是哲学系教授，乃国内柏拉图研究的权威，曾在济州大学图书馆的巴别塔学术报告厅做过关于亚特兰蒂斯文明的演讲。何为去世前留下遗言要让张子房给她致悼词，根本原因还是她希望丧事从简，她知道作为经济学家的张子房会以什么样的方式给她致悼词，会怎样处理安排她的后事。在众人筹划着如何请回张子房的时候，他却将尸体领出来，在殡仪馆工作人员的陪同下送入了火化炉，然后让她入土为安，也许在我们看来，当初那个以校长为主任的治丧委员会才配得上何为的身份和学术，也只有在哲学系主任的主持下开一个隆重的追悼会才算是对何为的尊重，但此类活动顶多是做给活着的人看，对死者而言，这一切都失去了意义。何为最在意的是张子房致悼词，然后将骨灰安放在母亲的墓旁，后者选择了一个合适的时间，逐一完成了前者的心愿，如此这般便已足够，何须那些无用的排场？

老一代知识分子敢于为了国家和民族利益牺牲个人的一切，哪怕抛妻离子过着与世隔绝的艰苦生活。当年从桃花峪“改造”回京之后，双林就去了甘肃玉门隐秘的核生产基地，他们曾对党宣誓，不将基地和个人情况告知父母和妻儿，致使他和双渐的母亲从此无缘再见；等到中国第一颗原子弹试验成功之后，双林给妻子写来一封信，不过妻子去世已经两年了，八岁的儿子双渐成了孤儿。在封闭而艰苦的环境中奋斗了几十年，双林与儿子很难谋面，即便是中途有过一面之缘，也在儿子的抱怨和猜忌中不欢而散。在生命垂危之际，双林跋山涉水，到济州寻找儿子的下落，凡是与儿子有关的信息，都被他视为珍宝反复咀嚼和回味。双林从不计较个人名利，他为新中国的核武事业奉献了毕生心血，作为知名院士，济州大学邀请他做讲座，他却不愿意上台抛头露面，无奈之下济大只能放映声像资料。从玉门回京之后，双林投入了新一轮的奉献事业中,那就是关心承载着民族希望的孩子们。他曾到北京的小学给孩子义务讲课,并将变卖一套房子的钱捐赠给桃都山小学,替失怙儿童交学费。他秉着“不悲不喜”的生活态度泰然自若地活着,虽然为国家和民族奉献了一生,等到老来疾病缠身并患上癌症之后,他也不给政府增加负担,毅然离开医院,在寻访亲人和“战友”的旅途中安然离世。

老一代知识分子视国家和民族利益高于一切,从不顾及个人私利。张子房是20世纪90年代初的经济学家,后来大家都说他“疯”了,甚至有人说他去世了。如此奇怪之人,乔木却称赞他有如闲云野鹤般自由潇洒。张子房对知识分子的历史使命有深刻的认识。他能跳出自我世俗的物质利益追求,将毕生所为与国家和人民的利益联系起来,抛却暂时的名利,不追求现世的浮华,正是鲁迅所谓“中国的脊梁。”①张子房曾翻译了亚当·斯密的《国富论》,他的译后记《再论“看不见的手”》是20世纪80年代中国经济学界的宏文,何为因此称他为“亚当”。双林认为子房是“既单纯又善良”的人,当有人认为他疯了或者死了的时候,双林、乔木以及何为均对此加以否定。事实上,张子房这样的人是不大会得到社会褒扬的,如同杀人如麻的恶棍可以放下屠刀立地成佛,那些成天吃素念经的善男信女反而不会成佛,张子房这类一直坚持真理和正义的人,反而得不到真理和正义的保护,只能逃遁于世,被视为“死人”或“疯子”。世界很奇怪,《应物兄》中像释延安这种花和尚,会获得去皂荚庙当住持的机会,而德行高远的释延源只能苦苦念经,一无所获。

老一代学者远离现实生活的名利场,清心寡欲地“冷眼”观看世界,能更客观理性地把握自己的研究对象。应物兄和张子房、老更头一起喝酒,了解到子房正在写一本书,希望有生之年能完成一本《国富论》,这个书名与他早年翻译亚当·斯密的书相同。应物兄从张子房口中终于得知他离开济大并“疯掉”的根本原因,那就是他认为只有远离虚伪和浮躁的现实生活,回归无人关注的角色,祛除各种纷扰和世故,才可以充分了解这个世界。用住在贫民窟般杂乱院子里的张子房自己的话说“只有住在这里,我才能够写出中国版的《国富论》。只有在这里,你才能够体会到原汁原味的经济、哲学、政治和社会实践。只有在这里,你才能够看见那些‘看不见的手’。”②张子房虽是在说自己做学问时的生活状态,却是对当下很多学者行为的无情鞭挞。很多学者不仅没有与现实生活保持距离,还主动要求获取功名,主动介入现实名利的旋涡中,完全不能客观冷静地观照研究对象,所做学问的质量也就可

① 鲁迅:《且介亭杂文》,天津人民出版社,1999年版,第139页。

② 李洱:《应物兄》,人民文学出版社,2018年版,第1038页。

想而知。

老一代知识分子具有开阔的胸怀和包容的气度。程济世是美国哈佛大学儒学研究专家。他的父亲程会贤将军在1948年离开济州逃亡台湾时,是济州市市长兼济州大学校长。程济世有赤诚的家乡情怀,他不仅打算回济州工作,还要把弟子黄兴带到老家发展经济。程济世看人观物总是带着温润的眼光,他对乔木没有任何成见,反而怀有先天的好感。比如乔姗姗和女儿应波曾去程先生家里取应物兄的书籍,他们算是见过一面,但程先生却评价乔姗姗"秀外慧中",说乔木先生的女儿是"大家闺秀","家教很严"。透过程济世对乔姗姗的评价,我们可以看出他对乔木的印象是积极而正面的。二人虽未谋面,也没在一起共事,但乔木对程济世的主观臆测与程济世对乔木的间接赞许形成了鲜明的对比,谁更具有包容心理和学者风范不言而喻。程先生在日常生活中从不论人所短,在他看来,凡是"论人是非者,定为是非人"①。

老一代知识分子除了具有以上优秀品质之外,也不乏像乔木那种个性复杂的学术权威。乔木先生是一个"卫道士",具有较高的学术威望,但在对待儿女的婚事上却略显武断。他把唯一的女儿乔珊珊许配给了自己的博士生应物兄,看似继承了孔子将女儿或侄女嫁给自己弟子的传统,将师生关系变成父子关系;但实际上却毁掉了两个年轻人的幸福,也毁掉了纯洁美好的师生情谊。乔木先生为了维护自己在济州大学的学术权威,抑或是他带着"阶级"的偏见,对校方引进程济世表示反对,而其反对之声并不是在公开场合发表的,而是在与弟子应物兄的对话中流露出来的。乔木先生说程济世是富家子弟,做出的学问具有富贵气,而如果他回济大担任儒学研究院院长,应物兄做他的副手就会很累,用他的话说"给富贵人做事,够累的"②。

乔木从骨子里看不起程济世的学问。应物兄在美国访学结束后,程济世曾题写了一首诗送给乔木,而乔木也吟出了两句诗送给程济世,妻子巫桃示意他写下来送给对方的时候,他有些温恼地问道"写下来,写下来给谁?"进而说道"他用一张狗皮,就想换我一张貂皮?"③"狗皮"与"貂皮"的差别,足以见出乔木心中济州大学花费大力气引进的程济世与自己的学问和地位的不同,在乔木的内心,他的学问和书法比程济世高出了不知多少个档次。

乔木身上有传统文人相轻和党同伐异的陋习。当以倪德卫(David S. Nivison)为首的美国汉学家对乔木和姚鼐主持的夏商周历史研究课题普遍

① 李洱:《应物兄》,人民文学出版社,2018年版,第161页。

② 李洱:《应物兄》,人民文学出版社,2018年版,第63页。

③ 李洱:《应物兄》,人民文学出版社,2018年版,第64页。

"喝倒彩"的时候，身在哈佛的程济世则在《纽约时报》上发文《错简》，批驳倪德卫以伪造的《竹书纪年》为起点的学术思路。此文后来被乔木和姚鼐所阅，作为"夏商周工程"的负责人之一，姚先生专门写信给难得的海外学术声援者程济世，而程先生在收悉来信后也复信姚鼐和乔木，说回国后一定前来拜访二位大师。可在乔木先生看来，程济世是在跟他"套近乎，也跟姚先生套近乎"①，为他回济州大学工作铺路。乔木先生对程济世回国的推断完全是主观臆想，并不符合后者的初衷和行事方法。当然，乔木先生这样推断程济世的行为时，他其实是把自己和姚鼐一起置于济州大学乃至国学权威的地位，程先生对他们的"拜访"就是我们常说的"拜码头"，言下之意无非是认为，只有与他们二位拉近了关系，程济世才能在济大立足。乔木对学者之关系的理解，受中国几千年学术发展的影响，把学术争鸣视为派系之争，认为在倪德卫攻击他和姚鼐的时候，而程济世发文攻击倪德卫，其目的就是要与他们站在一起，共同对付美国汉学界对中国历史研究的抨击，最终达到与二位"套近乎"的目的。

而站在程济世一端来讲，回国任教是他长年漂泊在外所产生的思乡之情的折射，而依据他在国际汉学界的地位和学术成就，他几乎可以选择在国内任何一家高校落户，完全不用巴结和讨好任何人。程济世之所以选择回济大，是因为济州是他的家乡，他对童年生活的追溯和渴望让他有了叶落归根的想法，他是独立的个体和有实力的学者，不需要依附任何人，也不想为复杂的人际关系所累。程济世回济大不掺杂其他世俗的因素，就是建立儒学研究院的经费，他也不需要求助于国内的任何人和机构。栾庭玉表态说省政府将提供一切便利办好儒学研究院，尽快拨付启动资金。不想程先生却说"济世去济州，花不着济州的钱。建个研究院，又能花几个子儿……子贡掏钱！这点钱，对他来讲，就是几个碎银子。"②

作为学术权威，乔木内心也有自私和独断的一面。他一方面从情感上抵触程济世回济大建立儒学研究院，另一方面却想利用儒学研究院来解决家庭难题。当乔姗姗从美国回来之后，在没有征求她意见的情况下，乔木私自找女婿应物兄，希望把女儿安排到儒学研究院工作。这件事看起来是乔木为女儿乔姗姗的后半生谋出路，但却反映出两个层面的问题：首先，乔木有独断专行的品性，他不但没有征得当事人的同意，也不清楚当事人是否能胜任儒学研究的工作，毕竟从新闻传媒领域转到古典文化领域是一个不小的跨度；第二，乔木没有学者的"清高"之气和洁身自好之品，在自己的女婿

---

① 李洱：《应物兄》，人民文学出版社，2018年版，第67页。

② 李洱：《应物兄》，人民文学出版社，2018年版，第340页。

在组织筹建儒学研究院的过程中,乔木非但不顾及应物兄工作的难度,还硬要把女儿塞进研究院,倘若如此,在旁人看来就是应物兄以权谋私,把自己的夫人也调进了儒学研究院。

在对待个人情感问题上,乔木有"见异思迁"之嫌。双林院士读到乔木出版的诗词集《闲情偶拾》时,一直唠叨"就差一首"。该集子是乔木的第二任妻子巫桃编选的,起初乔木以为双林说的是赠他那首诗没有收进去,但即便巫桃在书中翻到了那首《浪淘沙·送友人》,双林还是说"差了一首",乔木又猜测是写兰梅菊的那首诗,因写得过于油滑而没有收入,最后双林院士才点明是"差了一首悼亡诗"。在如此重要的一部记录乔木情感和心迹的作品中,居然没有一首写给风雨同舟几十载的前妻,这不能不让双林这样的读者感到奇怪。乔木说"没必要写",他给出的理由是"我每天醒来,她都开始干活了,熬粥,煎药,扫地,洗尿布,这些东西能入诗吗?"如此贤能勤勉的妻子,居然不能入乔木的作品集,理由是她干的是日常家务杂活,难怪双林批评乔木说"过日子,你是浪漫主义者。写诗,你却说自己是现实主义者。"乔姗姗站在女儿和读者的角度,也拿"猪圈"可以入诗而为何家务不能入诗之对比来反驳乔木,批判他对自己母亲的"薄情寡义"。在旁人看来,乔木娶巫桃为妻多少有些不合常理,比如应物兄到美国拜见程济世,谈起乔木以及他的现任夫人的时候,黄兴则认为83岁高龄的老者有年轻貌美的新妻子,未免有些出人意料,因此一直没有说话的他脱口而出:"见到那个乔木先生,我可以劝他再装个肾。"这句话虽然冒失无礼,却反映出一个旁观者对乔木个人生活的诟病。

综上所述,老一辈知识分子虽然有很多优秀的品质,但因为他们"脱胎"于中国社会文化新旧更替的特殊时期,所以部分人也难免会沾染上文人的旧习气。

二、中生代学人的价值蜕变

中生代知识分子在迈向新世纪的过程中,经历了新时期的思想解放和学术自由,也经历了市场经济和经商潮流,并在新世纪全球化语境中经历了文化和价值观念认同的焦虑。因此这代学人的分化最为严重,他们的价值观念也呈现出多元化特征。比如《应物兄》中的文德能、应物兄、华学明以及吴镇便是这代人中的典型,他们个性鲜明且性格各异,在不同价值观念的指引下处于迥然有别的生活状态,而且为达到自己的目的选择了不同的手段。

有的中生代学人博览古今中外群书,具有扎实的专业基础和开阔的学术眼光,他们在理想主义光芒的照耀下钟情于形而上的学术探讨。文德能与应物兄、费鸣之兄长费边等是同学,他家里的客厅是热闹的学术讨论场所,因为他最早买录像机,并且拥有独立的书房,这自然吸引了很多年轻人前往聚会。文德能生前没有发表过单篇论文,但文德斯整理他的遗作却有五百多页,足见其阅读的广泛和思想的深邃。文德能看了很多书,但总觉得书中的知识没有内化成自己的经验,所以无法动笔写文章。一个人喜欢阅读的书籍总是和自身内在经验相契合的,文德能所谓的"述而不作"其实也包含了"作",因为任何"述"都含有阐述,是开启"幽隐之物"的门径,在个人经验和传统之间总是存在着阐释的可能性。而文德能所做的一切就是通过阅读和自我体验去敞亮隐秘的言说空间,从而将传统与个人相衔接或相背离,达到传承或创新知识的目的。当下学者群体庞大,时代助推了我们这代人的"学术大跃进","十年磨一剑"的严谨学者根本不能获得正式的入职资格,"述而不作"或者"厚积薄发"的良好作风早已不适合当代学者的生存状态。

文德能是一位受人尊重的青年学者,他的所作所为代表了20世纪八九十年代中国知识青年的梦想与追求,代表了那个时代对人文精神和民族命运的追问。文德能和文德斯兄弟曾经居住的地方被划入了胡同改造范围,在一夜之间被爆破成了废墟,那个在20世纪朋友聚会且思想迸溅出火花的地方消失了。李洱先生一直在作品中间穿插着对文德能的追述。这个早早去世的人物背负着作者年轻时的理想知识分子形象,他的英年早逝意味着某种类型的知识分子之消失,而他居住地的拆除也意味着某种公开化的私人聚会的消失,意味着志同道合的朋友在一起激扬文字的思想盛宴的消失,而这也是李洱先生在作品中最关心和在意的地方,那是他青春的记忆,随着文德能的去世和旧屋的轰然倒塌,一切关于那个时代的印迹都荡然无存了。李洱先生借用文德能的视角发出疑问:"照片上的文德能微微蹙眉,目光中有探询,嘴半张着。他似乎向他们打听到底发生了什么。"①对于生活在20世纪80年代的青年人来说,他们完全无法预料今天的生活会发生哪些变化,而这些变化也是他们无法接受和共情的。文德能是一个符号,代表了一代人的青春,而这代人的青春也随着文德能的死而消逝不见了,他们即便活着,也如同文德能一样已经死去,而文德能虽然死去,但他永远活在青春时代。从这个角度来讲,早逝的文德能是幸运而幸福的,活着的人反而无法直面残酷的变迁,如同死人一样苟且在世,行尸走肉般地为物质欲望忙碌奔波。

按理说,应物兄应该是《应物兄》这部作品的主角,但他在小说中更多的

---

① 李洱:《应物兄》,人民文学出版社,2018年版,第876页。

是发挥了叙事者的功能。故事叙述者和小说作者之间既相联系又相区别，通常是作者通过小说创作的方式来记录叙述者讲述的故事："叙述者只是一个叙述学上的功能，一个'纸面上的存在'。是作者'偷听'到这个叙述者讲的故事，写到纸上成为叙述文本。实际上这个叙述者是作者创造的作品中的一个人物，一个特殊的人物。"①从这个角度来看，叙述者之于故事的讲述具有十分重要的主体性地位，小说作者相对而言倒成了一个机械的记录者，故事如何展开和结束全赖叙述者的掌控能力，作者不能进入故事中去发表议论或阐发自我观点，他必须将自己的所思所想托付给叙述者完成，因而叙述者成了作者在小说中的代言人。李洱正是借助"应物兄"这样一位特殊的角色完成了他的叙事，故应物兄具有叙事学上的功能，也有文本意义上的功能。作为中生代学者，应物兄兼具了专业能力和处事能力的长处，而他处事能力的提高得益于乔木先生的点拨：他只有忍住一些话不说，才能成为一个成熟的人。因此应物兄有了"腹语"这种特殊的表达方式，也就是那些他忍住没说出口的话，只有他自己能够听见，那是真实的应物兄；而他说出口的话，则是碍于说话对象和场景的需要做出的调整，有时并不能表达他的真实想法。应物兄是分裂型的人格，而这种分裂能让他更好地适应现实，但同时也增加了他的痛苦，因为他长期处于"口是心非"的矛盾状态中。总体而言，应物兄虽然恪守"与时迁移，应物变化"的行事原则，但他在关系复杂而充满各种利益的现实社会里过得并不如意。首先从家庭的角度来讲，他和乔姗姗的婚姻因为对方的婚外情而名存实亡；再从事业上讲，太和研究院本来是应物兄在筹备建设，但院舍修在哪里以及修得怎么样了，他都毫不知情；就连研究院人员的选择他也没有主动权，甚至吴镇要当副院长了他也一无所知，他在现实生活中遭到了彻底的排斥和冷落。

在量化考评学者的当下，能产出创新性成果是很多中生代学者梦寐以求的目标，他们往往可以借助突破性科研成果获得现实利益，比如高额奖金、评聘各种学术头衔以及官职的升迁等，因此，中生代知识分子从事科学研究的目的并不完全在于学术本身，其价值取向已经发生明显改变，很多学人埋头苦干，把科研和学术看得重于一切，以至于忽视了家庭的经营和孩子的管教；而一旦他们将生命的所有希望维系在学术上，失败带来的沉重打击便可想而知了。他们不但失去了近在咫尺的丰厚利益，有的甚至为此牺牲了正常的生活乃至精神崩溃。《应物兄》中的华学明就是这类学者的真实写照，为满足程济世倾听济哥鸣叫的乡愿，济州大学决定发动生物学家华学明

① 赵毅衡：《苦恼的叙述者：中国小说的叙述形式与中国文化》，北京十月文艺出版社，1994年版，第25页。

培育好几年不见的济哥。在华学明团队的努力下，济哥终于在济州大地上“复活”了。济州大学动用多方人力来证明济哥已经灭绝，然后华学明实验室里济哥的诞生才有科学史意义，才能证明济大的科研成果具有划时代的价值。正如校长葛道宏所说，济哥的研究具有方法论意义，国际上很多科学家都想把已经灭绝的生物复活，比如剑齿虎、猛犸象、恐龙，甚至尼安德特人，但基本上还是停留在通过基因组去复原远古生物的阶段。而华学明的研究则提供了另一种可能性，其价值不逊于克隆技术的出现，即便是他获得诺贝尔奖也不是一件让人意外的事情。但大自然赐予物种生命的力量是伟大的，济哥在自然条件下繁衍生息的能力远远强于实验室的“温床”。与华学明从素净大师的墓地中寻得济哥虫卵孵化出济哥一样，随着慈恩寺墓塔的重建和胡同片区改造工程的开展，被隐藏多年的济哥虫卵得以重见天日，华学明无法接受野生济哥羽化的现实，精神遭受了沉重的打击，因为再造济哥是华学明毕生的荣誉和成就所在，他一直在整理材料，试图向联合国环境规划署证明济哥已经灭绝。在很多人看来，华学明有急功近利的做法，对于一个从事生物学研究的人来说，一个物种50年不见都不能断定它灭绝了，更何况像济哥这种繁殖能力超强的昆虫呢？但他偏偏要打破常规，把一个1994年之后再没有见过的物种断定为灭绝物种，其用意何在？当人们向黄兴展示济哥复活的时候，首席科学家华学明却住进了医院，学术研究的名利观念对他的毒害实在太深。

也有些中生代知识分子佯装成高级专家，依靠并不专业的知识在社会上骗取钱财。唐风不是严格意义上的知识分子，说他是江湖骗子也不为过。当年郏象愚与乔姗姗分开后一路南逃，在列车上遇到了衣冠楚楚、博闻强识的唐风。唐风因为偷自行车被清华大学开除，后来摇身一变成为风水大师，他对人宣称自己有爱国热情，虽然取得了美国国籍，但还是愿意回中国生活，而且他要把中国的风水学发扬光大，还美其名曰堪舆学。唐风说美国这样的发达国家也相信风水，他炫耀自己在国际堪舆学研讨会上舌战韩国同行专家的无限风光，说韩国想把风水学拿去申请世界非物质文化遗产，因此呼吁中国将风水学上升到国家战略文化的高度。唐风是否取得美国国籍并不重要，重要的是他故弄玄虚的骗人本领使他在国内如鱼得水，从政界到商界，从达官贵人到普通百姓都求着他这类风水大师，何乐而不为呢？唐风从未见过程家院子，却说程宅风水不好，应物兄问他原因何在。他从《红楼梦》中大观园的风水不好说起，再根据程济世说程家宅院是“大观园”的说法，推导出自古以来中国有钱人家的大院风水都不好的结论。唐风在太和研究院建立的过程中发挥了两个作用：一是附和汪居常“确定”了仁德路的具体位置，并拔高朱颜根据寒鸦推测程宅位置的准确性；二是在太和研究院设计图纸上改变了厕所的位置，并为男女厕所设计出长颈鹿和大象的图案。如同偏爱日本文化的董松龄建议要在太和研究院的厕所安装日本的马桶盖一样，唐风对建设太和的作用无非是凭着个人的趣味，再辅以降服“鬼怪神力”的能力和消灾保平安的心理战术，这些务虚的花架子对太和的建设起不到任何实质性作用，唯独借此骗取政府和校方大量金钱而已。

有些中生代知识分子的价值观明显扭曲，他们不学无术却在学术圈子里混得风生水起，俨然学术大师的派头。这类人往往有非凡的处事能力，他们要么与官商勾结，要么利用学者的心理弱点，在学术界逐渐把自己打造成“大师”。《应物兄》中的吴镇本是研究两宋文学、《水浒传》以及鲁迅，后来在学校开设了一门研究鬼的课程。很显然，吴镇的研究兴趣与儒学有很大的差异，甚至与儒学是背道而驰的，毕竟“子不语怪力乱神”，而他偏要谈“鬼”。吴镇在应物兄的引荐下认识了程济世，他循此机会迅速与程先生建立起密切的关系，转眼间就变成了著名的儒学研究专家，并通过多种途径获得了在太和儒学研究院当副院长的机会。吴镇不仅是一个在国内“混”学术的人，而且积极主动地参加各种国际学术会议。他在会议前的冷餐会上为年纪大的各国学者尽心服务，甚至日本学者的眼镜摔碎了，他也能“变戏法似的”从身上掏出一副与之匹配的老花镜。从这些细节可以看出，吴镇对会议期间的人际交往做了精心准备，他要通过参加国际会议来与各国学者建立学术联系，由此抬高自己的学术声望。吴镇在德国杜塞尔多夫期间，与应物兄、蒯子鹏以及清华大学和复旦大学的两位朋友一起共进晚餐，最让人不可思议的是，饭后他们经过红灯区时，吴镇鼓动每个人带走一个白种女人，而清华仁兄和复旦仁兄均表示这样有损他们与太太的关系，所以拒绝在红灯区消费。吴镇这时候摆出狭隘的民族情结，说八国联军当年在北京城无恶不作，我们这样做就是为了讨伐八国联军的恶行。最无耻的是，吴镇把清华仁兄和复旦仁兄推向妓女的怀抱，还拿出手机拍摄了一段二人与妓女“亲密接触”的视频。

后来事情的发展却让我们认清了吴镇卑鄙无耻的面孔，他充分发挥了在杜塞尔多夫红灯区录制之视频的功能，为自己的学术“声望”赢得了长足的提升空间。吴镇首先以这个视频要挟清华大学的仁兄，要求清华大学国学院聘请他为客座教授。清华仁兄被吴镇的要求吓破了胆，虽没有满足他的要求，却不得不在清华大学国学院举办的东亚儒学研究会上安排他做重点发言，同时在复旦大学中日韩三国儒学会议上竭力吹捧他《“儒与侠”关系在近现代的演变》的发言，认为吴镇首次提出了儒与侠的关系问题。吴镇以此视频要挟复旦大学的仁兄，迫使复旦大学国学院聘请他为客座教授，安排他在国际会议上做重要发言。吴镇为了自己在国内乃至国际儒学界的地位和声望，不惜牺牲人格和道义，采用黑社会要挟的手段来达到自己的目的。但更为可悲的是，洞悉一切的应物兄却不能将此事向济州大学的领导汇报，倘若如此，他将被视为嫉贤妒能的小人，被认为是害怕吴镇的能力盖过自己而采取的打压手段，也正因为如此，吴镇这种真正的小人在学术界才能顺风顺水，被认为是国内王牌大学的客座教授，国际儒学界的著名学者，俨然大师派头，如此方能被济州大学作为人才引进，并许以"官职"。

中生代知识分子处于比较尴尬的境地，他们与老一代知识分子相比缺少理想信念，与新生代相比则显得迂腐愚笨，他们是分裂而矛盾的一代：一方面保留了20世纪八九十年代知识青年的理想情怀，另一方面又被经济浪潮毫不留情地卷入物欲的追逐中，其价值观念也出现了严重的分化。

三、新生代学人的价值沦陷

目前中国的新生代知识分子大都出生在如火如荼的经济建设大潮中，对物质的渴望几乎成为他们与生俱来的本能诉求，很多人的价值观念扭曲到为达目的而不择手段的地步。学术研究完全失去了严肃的神圣性，成为这代人追求现实利益的跳板，为了获得欲望的满足可随时放弃学术，比如《应物兄》中的易艺艺、张明亮以及海外学者珍妮、达尔文等；当然，李洱也刻画了文德斯这样具有学术敬畏之心的新生代学人，为学术的发展保留了希望的火种。

《应物兄》中涉及年轻一代人的生活现状，他们是务实而迷茫的一代，其价值观念完全被现实利益攻陷。所谓"务实"，并不是说他们敢于面对现实而后勇于进取，而是说他们没有止境地追求现实生活中的物质享受，采取各种手段来满足金钱和肉体的欲望，而所谓"迷茫"，不是指他们在现实生活中深刻地思考并理解社会和人生的价值，终因个人力量的薄弱而无法对抗现实《应物兄》中的年轻人的迷茫是他们主动选择的生活状态，虽然无可避免地会受到时代语境的影响，但他们从来没有积极的进取姿态，也没有形而上学的精神和思想，全然是在一种不自知的盲目状态下迷茫地活着。比如程济世的儿子程刚笃，虽为名门之后，但没有丝毫书卷气，只会用砸钱的方式去赢得女性的感情。程刚笃追求美国汽车大亨的女儿珍妮时，就是以香车为道具设计了一个浪漫的场景。珍妮非常喜欢驴，在陪程先生回国演讲期间，打算亲自去贵州考察，因为柳宗元写过一篇《黔之驴》的文章。但后来她取消了贵州之行，改道去西安看兵马俑。尽管如此，珍妮还是写出了一篇论文《儒驴》。文章的质量姑且不论，但是她与程刚笃回到中国之后与易艺艺三人一起吸毒，并追求肉体欲望满足的行为，真可谓放浪形骸。

新生代学人中毫无道德感和羞耻感的不在少数，只要能得到他们想要的利益，一切手段均被视为“合理”。比如应物兄的博士生易艺艺，她原本就不是做学问的苗子，无论是参加学术讨论还是做其他事情，她几乎都是“边缘人物”或错漏百出的典型。但易艺艺却借机和程刚笃发生了错位关系，并不顾吸毒对胎儿的影响而坚持生下孩子，其目的不是对腹中胎儿的怜悯，而是想借助生下程济世的孙子之机，获得在太和研究院工作的机会。用应物兄的观点来讲，易艺艺“好像天生就是给别人当情妇的。道德感、羞耻感、贞操观念，在她那里都快成负数了。”[①]与此相应，华学明教授的儿子华纪生活在父母离异的家庭，小小年纪就带着女生浪迹三亚，走到哪里都是手机不离身地玩着手游，他后来决定出家去慈恩寺当和尚。本来就没有佛教信仰的人，也没有因人生大风大浪而看破红尘的曲折经历，小小年纪就萌生了出家为僧的想法，固然是受了释延安和尚逍遥自在生活的影响，但也与他在现实生活中没有理想和人生目标有关，真是丧失理想信仰的一代。

有些新生代学人为了留在理想的地方工作，不惜抛弃之前对学术的热爱之情，也不顾及现实的人伦关系，只注重自我的感受和需求。应物兄的博士生张明亮念的是在职博士，读书期间领着原单位的工资，毕业后应该是要回去工作，但他却执意想留在济州大学工作。他为了达到留校的目的，竟然不顾自己博士的身份，愿意天天照顾黄兴的宠物马，愿意替程济世喂养蝈蝈，愿意抛妻别子并丢下父母。张明亮的学术思维严密，但为满足结论而不惜歪曲事实，比如说明柳宗元《黔之驴》中的驴为何是头“儒驴”便是一例：驴起初奉行的是“恕”道，后来有节制地还击奉行的是“仁”道。老虎最后“断其喉，尽其肉”并不是驴子无能，而是其天性善良和无防人之心所致。在结尾处，张明亮补充说“师弟师妹们如果现在赴黔，老虎已经看不到了，但驴子还是随处可见。为什么呢？哈，孔夫子早就说过了嘛，攻乎异端，斯害也已。”[②]这个发言，活生生地把外强中干的无能之驴说成了儒家思想的践行者，完全颠覆了人们对黔之驴的一贯印象，也许这就是当下学术研究的症候，人们为了创新和求异，扭曲了事物的本来面目，丢失了基本的价值判断。张明亮曾有远大的学术理想，也对古时士人的气节有崇拜之情，但他从曾经洒扫天下的高大英雄蜕变为洒扫庭除的低矮杂役，完全把文人的清高和年轻人的理想情怀抛到了九霄云外，为了现实利益而放逐了尊严。

与年轻一代相比，双林、张子房、乔木、何为、芸娘及姚鼐等老一辈人身上体现出的精神却是积极向上的，他们是“意志的完美无缺的化身”，就如李

① 李洱：《应物兄》，人民文学出版社，2018 年版，第 853 页。

② 李洱：《应物兄》，人民文学出版社，2018 年版，第 363 页。

洱先生在作品中所说："双林院士和他的同伴们，都是这个民族的功臣。他们在荒漠中，在无边的旷野中，在凛冽的天宇下，为了那蘑菇云升腾于天地间而奋不顾身。"①换作今天年轻一辈，恐怕没有人能在与世隔绝的情况下坚守在大西北的沙漠中，也没有人能够在物质匮乏和生活单调中坚持很多年，他们被迫失去了家庭和妻儿，最终换来的是民族军事力量的强大。所以，李洱要不断地写双林院士，不断地跟着双林院士的足迹去追思那段悲壮的生活历程，其目的除了诉说一代人无法表达的悲楚情感之外，还要颂扬他们的大我情怀和奉献精神，而这些也正是今天的青年人所缺乏的。

在中国版图上生活的新生代学人中还包括大量的留学生，很多留学生的价值观念也是非常现实的，他们甚至为了获得物质利益而不惜出卖色相。卡尔文作为非洲籍留学生，他在中国学习东方传统文化，却被训练成老道世故又油嘴滑舌的浪荡之徒。卡尔文在济州大学留学期间，因为选修了应物兄的《<论语>精读》而成为他的学生。在儒学热的带动下，应物兄的课堂可谓人满为患，有很多留学生也选修了这门课程，因此他不得不把课堂上的很多关键词翻译成英语。卡尔文主动找应物兄讨论《论语》，应物兄为感谢卡尔文不失其体面的翻译纠错而邀请他共进晚餐，二人的关系超越了一般的师生情谊。卡尔文在校期间结交了不少女孩子，但也做过一些正经事；在校园外，他因为黑人的嘴脸而多次被列为国际会议的外国专家参与发言；毕业后他去了美国一家公司做矿石生意，采矿点设在他的祖国坦桑尼亚，但不久他回到了济州，和"铁梳子"居住在一起。因为生活作风混乱，卡尔文最终因传播艾滋病的罪名被中国政府遣返回国，流浪到美国后开始攻击中国，从中国人的"朋友"演变为中国人的"敌人"。

当然，李洱先生并没有让读者彻底绝望，他为我们这个民族文化之复兴保留了火种，也即《应物兄》里描写的新生代学人并非个个利欲熏心而没有正面的价值观念，其中也有像文德斯这样正直且对学术怀有敬畏之心的年轻人。文德斯很敬重自己的导师何为教授，在导师住院期间不但经常到医院陪护，还会照顾好她视为己命的黑猫。不仅如此，他对导师的尊重更体现在学术上，当出版商季宗慈想出版何为的"精选集"，包括主要著作、讲稿、读书笔记、学术访谈及部分日记时，文德斯却坚决反对把导师的书交给季宗慈出版，理由是他出的书从版式到纸张都俗不可耐，言下之意是糟蹋了何为教授的学术思想。文德能的同学费边工作的网站成立了出版部，他可以利用自己负责出版部工作的权力为文德能出一本书，可当他写信告知文德斯的时候，他却说哥哥没有遗稿。文德斯估计早已看出费边出书的商业目的，费

① 李洱：《应物兄》，人民文学出版社，2018年版，第947页。

边要求应物兄写序，用他的话说是希望能多卖出几本书，以减轻他的经济压力。文德斯绝不会将哥哥的遗稿交给费边这样的人出版，恰如应物兄说只有文德斯能为文德能的书写序一样，也只有文德斯能替哥哥整理出版他的遗作。

经济体制转型给中国社会带来了深刻而全面的影响，它不仅改变了人们的精神信仰、思维方式和价值取向，还给知识界创设了新的话语环境。《应物兄》庞杂而精深，为解读和研究作品营造了广阔的空间和多种可能性，抛开人们惯常从叙事学和思想情感等维度做出的理性分析，单就中国当代知识分子的代际思考而言，李洱先生在作品中的思考也足以在创作界和学界开辟先河。

塔楼小说

——关于李洱《应物兄》的读解[①]

阎晶明[②]

《应物兄》是一部奇异之书。按说李洱早已在长篇小说上有《花腔》声名远播，他的策略应该是以有频率的长篇小说不断问世，作为自己保持着创作活力的证明。可是，据说他已有多年没有新作出版了，接续之作就是写了13年的这部《应物兄》。我一向不以为创作时间的长度与作品的质量有着怎样的必然联系。生活就是小说的话，每个人穷其一生都在完成一部属于自己的长篇小说。但《应物兄》是值得期待的，值得李洱为她付出13年时光，尽管这13年里，李洱也未必是废寝忘食只写这部长篇。他还四处游走，经历了很多生活的、工作的、创作的起伏更迭。即使在文学活动的场所，李洱也时而会露面并说个不停。只有当《应物兄》问世后我们才知道，他这些年所有的经历，其实都是在为这部长篇做准备，假如他无法很好地完成某事，一定是因为他心里只装着他的《应物兄》。他即使偶尔也会口无遮拦，说不定是刻意扮演某个《应物兄》里的角色，看看周围的反应，以为自己积累素材或校正写法。《应物兄》正是高蹈的书生气与世俗的烟火气的结晶，是二者生出来的一个可爱的怪胎。事实证明，这十多年，与其说李洱在消费《花腔》和《石榴树上结樱桃》的不大不小的荣誉，不如说他在处心积虑地准备着《应物兄》。对李洱而言，这是一次非常巨大的冒险，读过之后都会为他后怕，万一写不下去，万一写得不成样子，万一写出来无人喝彩，那可就没办法拿13年作励志的说头了。

---

① 原载于《扬子江评论》2019年第5期。

② 阎晶明（1961年—），男，中国文学评论家，现任中国作家协会副主席。主要从事中国现当代文学研究与评论。出版有《批评的策略》《独白与对话》《鲁迅的文化视野》《鲁迅与陈西滢》《文字的微光》等著作。

一

假如一部作品是一幢建筑的话,《应物兄》是什么,四合院,摩天大楼,华而不实的现代派造型?不知道为什么,我想到的是当代城市里最常见的塔楼。这样的楼做不到南北通透,朝向也各不相同,人们出入同一个门庭,却不一定乘坐同一部电梯上下,陌生化远远超过那些住在板楼里的人,但似曾相识的感觉又很突出,所以你根本无法判断一个电梯里的陌生人是邻居,是迁居者,还是临时访客,而且,这样的建筑因为稳定性好,貌似可以一直加盖上去,可以在20层封顶,也可以一直向上推去,直至翻倍。《应物兄》就是一栋容积率极高的塔楼式小说建筑。小说在用完第96万块文字之砖后戛然而止。应物兄在小说的封顶处翻车了,或者因为他的翻车,小说封顶了。车祸现场,"头朝向大地,脚踩向天空"的应物兄,显然要走到生命尽头了。他意识到那是血在涌向头部。他听见一个人说:"我还活着。""他""一个人""我",其实都是应物兄本人。

他再次问道:"是应物兄吗?"

这次,他清晰地听到了回答:"他是应物兄。"

人称是混乱的,但这不是车祸以及现场的混乱造成的语无伦次,这是《应物兄》的叙述策略,应物兄经常会用第三人称思考和回应,这种不经意的、不刻意说明的身份游离,在小说里有着特殊的佐料味道。

二

在讨论小说的叙述策略特别是人称混用之前,我想先说一下《应物兄》的这个结尾。读完作品才会悟到,整部《应物兄》其实是一个巨大的虚无,千呼万唤的"太和儒学研究院"终于没有成立,直到小说的结尾,其筹备程度和开头时是一样的,这正如同一幢塔楼,一层和顶层除了层高没有差别。巨大的虚无,但没有虚无感。所有的过程都是认真的,人们认真地筹备着、张罗着,认真地讨论着、争辩着,假如太和儒学研究院是个漏斗,所有的沙子都向它填埋,假如这个研究院是个高楼,所有的元素又都是它的砖石、泥瓦,假如"太研院"是一颗钻石吊坠,众多的环节构成了它的链条。但研究院终究没有成立,资金没有到位,人才没有引进,希望带动的产业没有落地,一群人为它忙了96万字,非常认真而充实,却什么也没有见到。有人为它倒了,有人为它死了,它却连挂个招牌都没让我们见到。我甚至联想到,李洱是河南济源人。济源豫北的一座小城市,那里有太行山,也有王屋山,是寓言愚公移山故事的发生地。愚公移山是一个理想，是一种精神，但也是看不见终点的行动，在愚公移山面前，你不能问最后那山搬动了没有，搬动了多少。那是一种精神，是一种精神的象征，智叟的话是最值得记住的，就是挖山不止。

三

还是回到《应物兄》。那个结尾，应物兄死在道路上，他应该是在生命的最后时刻听到世界的反应。一切因为他的这一意外而终止了，小说由他开始，也因他结束，但他是小说的主角么，那些跑来跑去、唾沫四溅的人们当中，应物兄是“主唱”还是看客？一时还真说不明白。应物兄其实是个串接式的人物，所有的角色登场，都得“通过”他来“介绍”，但一旦对方出场，他就在旁边听着、想着、观察着，并不抢戏。整部《应物兄》通篇具有这样的特点，人物是穿梭的，故事是推进的，悬念一环套一环，但整个场景又让人感觉是平面的。动感的、嘈杂的平面图，我不想比附什么《清明上河图》，创作的目标不一样。应物兄死了，太和儒学研究院怎么办，还成立吗，这个虚设的院长之后，是不是研究院也只成为一个话题而已？本来，我想说的是，《应物兄》这个结尾有点硬，有点突然刹车，有点用偶然性代替必然性。应物兄的死与不死，与一个大学要不要成立国学院并没有致命关系。也就是说，当李洱用车祸让“我们的应物兄”头朝地脚朝天，这个结尾的处理按理说有点不对。用偶然性替代必然性不应该是小说收束的最佳选择，比起鲁迅趁编辑不在就让阿 Q 被砍头，让连载的故事无法继续下去，应物兄的死似乎没有在前面的情节中推导出来。但写到此处，我又觉得，这其实也是个合适的选择，至少并不过分。因为李洱并没有打算让研究院挂牌，并没有设计过敲锣打鼓式的剪彩仪式。虚无，或者说幻灭，就应当戛然而止。偶然性在此处是有力量的，当它嵌合在整个故事当中的时候，正当其时，因为所有的表演都已尽兴，没有成立的研究院未必值得期待，这种不期待正是小说要表达的。一切重在过程，小说的意义已经在过程中尽情释放了，事实的有无似乎并不那么重要。

四

再回到小说的开头。围绕着太和儒学研究院，小说发生了很多故事。在一个大学成立一个国学研究院，这太不稀奇了，由它支撑一部近百万字的小说，可能吗，这就是小说家的抱负，13 年精力写一个大学研究院的故事，而且结果还是虚无？然而小说却真的做到了，认真的“闲笔”成为小说的主体，太和儒学研究院的成立随着故事的推进渐行渐远，甚至，由于闲笔的精彩，至少我这样的读者都不希望它成立了。

济州大学，名不见经传的普通大学吧，因为小说里的其他大学都是实有的中外知名大学。作家设想的济州是哪里，济源，郑州？我以为或许是这两座城市的合体。这也是李洱先后生活过最长时间的城市，文化上有差异但也有一致性。从地理方位和风土人情上，济州应该是济源，但从城市规模和济州大学要办的学术事业上，从它是一座有着800万人口的城市，它应该是一座省会级城市。小说除了济州、济州大学，其他很多物象都是有现实依凭的，而且作者尽量显得真实，以增强小说的逼真性。

尽管人物有随意穿梭的印象，但仍然能看出李洱的精心设计，弄清楚围绕太和儒学研究院的人物关系网络图，就差不多能还原作家构思时的思路。将要成立的太和儒学研究院，隶属于济州大学，全校上下尤其"高层"十分重视研究院的设立。校长葛道宏允诺大力支持。他已口头任命应物兄为将来的院长，现在的筹备组组长，为了加强力量，他又硬把费鸣塞到其中，或为助手，或为耳目，而费鸣又是应物兄的同门师弟，区别是，应物兄还成了导师乔木先生的女婿，费鸣则是其关门弟子。研究院成立的目标是研究儒学，而要想使研究院一炮走红，必须有一个学科带头人。这时，就在济州大学高层中出现一个虽未现身却炙手可热的人物：哈佛大学东亚系的济州籍著名学者程济世。引进程济世成了小说全部的核心、最大的悬念。一切可能性，研究院的规格、影响力、"招商引资"的机会，甚至研究院要不要成立，都系于程济世一身。

五

《应物兄》的奇特在于，小说写了近百个人物，李洱却在第一节就甩出了所有的关键人物。应物兄、葛道宏、费鸣、乔木，以及传奇人物程济世（当然是传说中的）几乎同时在第一时间登场，也就是说，假如近百万字的规模注定是一场漫长的恶战的话，作者却在一出手就打出了所有的大牌，完全不考虑长篇画卷所应具有的循序渐进，不像成竹在胸。但这又是一种十分自信的写法，主角一开场就登场，是对所有其他后续支撑情节充满自信的表达。客观上，也让我产生这样的想法，这是一幅既立体又平面的画卷，是一种塔楼式的结构。正是由于重要人物的率先闪亮登场，才能带出后续的众多角色，鉴于结局的虚无，这些角色无所谓主次，也无所谓大小，在济州大学的这个舞台上，所有人都可以来表演、来议论。

政商文三界在小说中形成纠缠。作为主体空间，济州大学聚集了一批看上去学富五车的才子、名家。为了应景儒学而穿起唐装的校长葛道宏，考古学家姚鼐教授是闻一多先生的弟子，乔木先生是饱学之士，他的得意门生应物兄和费鸣正在肩担国学大任，郑树森是言必称鲁迅的学者，女教授何为是研究古希腊哲学的专家，双林院士是冷不丁会来济大“宣讲”的著名学者。围绕在他们周边的，还有一些我们习见的“文化人”，他们几乎就是一些学术掮客，如出版商、哲学博士季宗慈，电台主持人朗月以及清空，这些人在小说里发挥了连接“雅”“俗”，直让儒学浑身冒出世俗气、铜臭气的作用。

《应物兄》的政界人物以副省长栾庭玉为代表，加上他的秘书邓林，以及梁招尘和他的秘书小李，等等。他们还带出了向上向下多个政界人物。他们附庸风雅，但又似乎对学术颇有诚意，愿意和学者们厮混在一起插科打诨，愿意为他们尽力做事，既严肃又滑稽。

《应物兄》里还有一些商界人物。如济州的商界名人，桃都山的主人铁梳子铁总，她的助手金彧，还有那个在美国追随着程济世，似乎有花不完的美元的黄兴，也即子贡。这些人一样是程济世、应物兄的追随者、崇拜者，说到底是文化的狂热爱好者，他们对学术和学者的尊崇有点盲目的味道。

文化，或者说学术，在《应物兄》里具有至高无上的地位。这是李洱为自己的小说营造出的乌托邦式的氛围，学术界也许是世俗社会最陌生也最高冷的领域，却更让名利场中的人们趋之若鹜。能获得与名流学者在一起清谈的机会，是满足虚荣心的捷径。济州大学之于济州，儒学之于济大，都可谓是高冷的巅峰。这些人愿意相伴左右，愿意出钱沽名，也是可想而知、见惯不怪的事。

《应物兄》写了若干女性。女教授、女商人、女主持、女助手、女粉丝，这些女性有在学术上有自己的成就，有在商战中不让须眉者，也有在权力与情色之间游走者，为小说故事的推动和人物关系的错综复杂，起到了不可剥离的作用。

《应物兄》的人物当然不止以上这些。作为一部塔楼式的小说，人员穿梭，时入时出正是常态。《应物兄》里有一些闪现式的人物，也有在后半程才出现的角色。但这并没有影响小说的整体感，这种效果的补足，原因正在于，小说从一开始就抛出了中心人物，后面再有角色出现，并不显得突兀，也并非是为了拉长故事的影子而为。这同样是《应物兄》在叙事上带来的启示。

六

李洱是怎么把这些三教九流们黏合到一起的，靠学术吗？也对也不对。

从第一章开始，我们就可以看到，《应物兄》里这些高人们一一扑到我们面前，一个个还不古板，挺生动，靠的居然不是正经学问，也不是谈吐，而是一只狗，一只流浪狗，一只并非纯种的“串儿”。可是这只狗又自有它的“学术背景”，它被应物兄捡回，又被乔木先生收养，乔木先生又为它改了一个很有国学出处的名字：“木瓜”。小说的前三节的主角几乎就是这只狗，并由它牵出了铁梳子等校门外的社会人士，打开了故事的界面。紧接着，又牵扯出另一只牲畜：驴。尽管这时的驴还只是在应物兄们嘴上转着，但它与人物之间的关系已绝非闲笔。因为流浪狗而牵出论著《孔子是条“丧家狗”》的争辩，因为驴蹄到底分几瓣的竞猜而引出学术著作的宣传炒作。李洱就这样让那最高冷的和最低俗的莫名其妙地粘连到一起。可以说，《应物兄》在叙述上处处都是迷惑人的陷阱，你以为你要面对高深的经史子集，却不料真正面对的是世俗层面的种种，是这种种怪力乱神与振振有词的学问之间不可剥离的奇妙结合。李洱的笔力就体现在这种带人入沟的本领上。

阅读《应物兄》，难点很多。李洱让不同学科的学者们济济一堂，各自用自己的专业术语解读着不知所云的事项。先不要惊讶于李洱的学问和知识面。如果《应物兄》是一座塔楼，学问就是构成它的钢筋、水泥、砖瓦，但让这些建筑材料逐一垒加的，不是别的，是世俗中的烟火，是这些烟火中与人相对应的动物。是的，正是动物在《应物兄》里把所有的学问，把掌握这些学问的学者、大师们勾连到了一起。从一只狗一头驴出现以后，整部《应物兄》最出彩的有两类形象，一类是侃侃而谈的学者文人，官商高人，海外人士，电台主持，另一类就是形形色色的动物，写到最多的是狗，其次是驴，然后是马，还要加上随笔一写的其他各种鸟兽昆虫。这是《应物兄》最具喜感的部分，它们的存在让一切认真严肃夸张、变形，煞有介事中的漫画化成了小说看似不协调，其实又相当吻合的花絮。在《应物兄》里，可以说所有读者感受到的漫画式讽刺都让位给了动物或者说牲畜的出现。在人物的一本正经和矜持中，各类动物的出现陡增喜感。这是李洱的叙述策略，不得不说他运用得非常圆熟。济大的博导乔木先生养宠物狗，哲学家博士季宗慈养藏獒，也养草狗，而且乔木先生的“木瓜”和季宗慈的“草偃”都与应物兄有关，而且这两只狗在博导、博士的名下都有了具有“儒学背景的名字”。小说还煞有介事地为这两个名字的来历做了引经据典的说明。其他如研究哲学的何为教授喜欢养猫，从美国来的程济世的追随者黄兴喜欢驴，曾经为济大捐过巨款的董事长喜欢养猪，留美归来做了处长的梁招尘喜欢养蚯蚓，等等。

七

从故事层面上讲,《应物兄》可以分成上下部,上部是推出“太和儒学研究院”将要成立,引进大师程济世的紧张繁忙。下部是以程济世的影子代表、金钱苦主黄兴的隆重到来为起点。如果说上部是用狗作“药引”,那么下部的“药引”就是驴和马。因为黄兴就是在硅谷牵驴上班上市,自成一景的。他到济州来,据说也要与驴同行。这也就让人联想到小说第一节为什么会写到驴。虽然只是空谈,但已经对应物兄的学问构成某种不经意、不专门的讽刺,而且它还呼应了下半部里黄兴的出场。与其说济大的人们为了迎接程济世的“先导”黄兴忙乎着,不如说他们是在为了迎接一头驴焦虑着。然而,随黄兴来到济州的却并非是一头驴,而是一匹马,一匹白马。一写到动物,李洱就显得格外兴奋,下笔有神。当一匹白马出现在小说里的时候,黄兴也变成了子贡,这匹从乌兰巴托来到济州的白马,也有血统,也有历史,也有文化,说道中也有学问。它被考证得头头是道,而且同许多名人大事扯上了关系。就像狗有“儒学背景的名字”一样,驴和马与学问也有了某种奇葩式的联系。这既是一幅让人忍俊不禁的漫画,在小说里又颇有写实感。

在《应物兄》里,动物,或者说牲畜,也或者说宠物,兴笔就来。为迎接程济世的到来,宾主还讨论过鸽子;青年学者小颜还在博客里回答过网友的各种各样关于鸟类的刁钻问题,而且华彩迭出,比如大雁里就有豆雁、灰雁、斑头雁、红胸黑雁、白额雁、雪雁、白额黑雁之分,其他如寒鸦、雨燕、杜鹃鸟、布谷鸟,等等,用李洱在叙事中所说的,小颜的知识“太广博了”。古今中外,信手拈来,“中学”为本,“西学”佐证,看得人乱花迷眼。如果加上在小说里同程济世如影随形、一样千呼万唤不出来的蟋蟀绝品“济哥”,鸟兽昆虫简直要占全部《应物兄》的“半壁江山”了,文字上肯定没达到,但从效果上这么讲也并不过分。

动物在小说里发挥着打破正经刻板、讽刺正襟危坐的作用,但你不会感觉到它们与学问家们的说道是两张皮,李洱在二者之间搭建了一个奇妙的“沟通”平台。宠物狗都是“儒学背景的名字”,鸟类知识的传播靠的是《诗经》到唐诗再到莎士比亚戏剧的引用。其他的动物出场一样都要先白话一番国学道理。比如黄兴来到济州带来一匹白马。为什么由驴变马,这本是一个漫画式的无厘头玩笑,济大的学者们却为之寻找着国学道理。葛道宏就引用了《论语》里的句子,证明由驴变马实是主人表达“雪中送炭”之意,可见其欲得赞助之急切。

对于黄兴的一系列荒唐、低俗之举,应物兄早已看在眼中,但他不能表示不屑的原因,既是出于对“太研院”的前途考虑,还因为与程济世看似一本正经地说道有关。因为“程先生说,俗气,就是烟火气。做生意的俗气,做研究的文气。俗气似乎落后于文气,但也没有落后太多”。程济世还举了在中国听音乐,现场混乱,“有人流泪有人笑,大人叹息小孩闹”“这就是人间。看着很俗气,却很有趣”。不能说他说得没道理。问题是,本来说的是驴和马,说的是黄兴的没文化的低俗,却绕来绕去变成了中西艺术欣赏之比较。这种驴唇不对马嘴、猴子和狗和人暗度陈仓的笔法,简直就是整部《应物兄》的套路。狗、驴、马们在小说中所起到的是破坏性作用,将一切认真放下神坛,让所有学问变形。它们与本来的故事朝向反向奔跑,而且产生分离感。但阅读中又不觉得是硬塞。这就好像一场聊天,无主题变奏就是主题。把读者带到沟里,关注点被作者牵引着不断转换,但你又心甘情愿受此引诱,掉到李洱的叙事陷阱里。阅读《应物兄》于是变成了掺杂着陌生人的聊天,旅行路上的偶遇,东家出西家进的嗑瓜子串门儿,厅堂厨房来回穿梭的热闹。

八

程济世是全部故事的关键,他要回来的愿望被不断加强,他真正回到济州却始终是一场奢望。由于他的归来无法实现,“太研院”的成立就遥遥无期,最终变成一场虚无。你可以说这是一种讽刺,但又如此逼真和似曾相识。程济世的归与不归,并不是程济世摆架子、要条件,小说把所有焦点都集中到一点上,即程济世要回到的是童年记忆中的济州,是父辈祖辈生活过的济州,是一切带着老济州风物标识的济州城,这一切诉求都与他的学术背景有着深刻的文化关联。然而,如此简单的要求却很难满足,几乎一条都做不到。围绕程济世提及的一切济州风物似乎均已消失,无从寻找确认,无法还原复活,让程济世念念不忘的蟋蟀“济哥”被说得神乎其神,最终却无法找到哪怕一个样本,程济世引以为傲的济州名吃仁德丸子也无法再现地道,程济世的世居程家大院不知方位,连他口中所说的仁德路也考察无果。围绕让程济世回来的济州标志性物象,没有一件在小说里成为真实,都是传说,也是寻找,更多时是嘴上贪欢,现实幻灭。最后,它们和儒学院的成立,和程济世的回归,和硅谷的引入一起,皆成虚无,都是幻影。但你不能说它们是笑话,失传变成佳话,奢望变成神话,当它们与现实的诉求相协调时,变得更加生动,更加值得期待。小说建立在由无尽的言辞累加起来的语言世界的基础上,但到最后,即使是海市蜃楼,也只能在言辞的交织中去想象它们的幻影。从事实层面上讲,《应物兄》所要推动的一切,都付笑谈中,或者说,谈笑间,一切实有最终都已灰飞烟灭。但没有实现的事物并不会在小说意义上消散，它们的没有实现，只是让故事增添了另外的更加复杂的情愫。

九

《应物兄》是写实的，同时又有着强烈的现代主义色彩，它是现实主义与现代主义的奇妙融合，这样的小说，正是当代小说的潮流，也是中国小说发展到21世纪之后出现的新的艺术气象。它没有直抒胸臆地歌颂什么，也没有明火执仗地批判什么，但绵密的叙事过程中，又分明具有强烈的价值追求和立场判断，它是有态度的，在看似平和的叙述中，《应物兄》有如剥洋葱似的，剖开现世的表象，开掘精神的内核，最后呈现的不是一个完整的事物，却是作家本人强烈的渴求：如何在纷乱的表象下寻找精神的安放之所，如何在烟火气中保持知识与文化的纯洁，无用的知识如何真正影响到世人的心灵而不是只为他们涂抹表面的光泽。

正因此，必须要评析一下《应物兄》的小说品质。这无疑是一部充满讽喻的作品，但如果认为这是一部讽刺小说，却不应该被看作是一种完备的解释。《应物兄》是知识分子题材，中国现代文学史上的知识分子题材小说，有一个讽喻性传统，而且知识分子本身经常会成为讽喻对象，或自嘲，或互讽。从鲁迅的《故事新编》到钱锺书的《围城》，从王朔的《顽主》到王小波的《红拂夜奔》，角度不同，态度不一，各怀诉求，各有入口，但不乏轻度的、善意的、自嘲的味道，有时这种讽喻里还散发着知识分子群体才会具有，只有这个群体才能感受到的文化优越感。在所有的讽刺对象里，虚伪是最大最集中的目标。就这些特点而言，《应物兄》同样没有例外。《应物兄》里可以见到的是认真的讽刺，自己认真，却遭别人讽刺，即使面对讽刺也依然保持认真，有时是自己的认真被误解，有时是一个人自嘲自己的认真，这样的冲突和吊诡在小说里俯拾皆是，几乎可以说是弥散在作品中最强烈的气息。《应物兄》里，被讽刺的缘由或来自利益，或产生于忽悠，或因为某种自命不凡，但它们看上去并不致命，只是某种附庸风雅和逢场作戏的苟合，是某种执迷不悟和自以为是的勾兑，是心有所念却口是心非的扭曲。当政商文三界相聚相交，当国内国外往来交流，当人与牲畜同台表演，当知识学问与世俗场景奇怪组合，讽刺的火焰无需作者去点燃即可闪光。它们通常是轻度的，也是善意的，其中还包含着作家对所有这一切人与事的理解和同情，但又对其囧境表达着适度的“怒其不争”。

程济世，他出场了吗，这个在小说故事里没有到过济州的人却是最重要的角色。他身上既有乡愁，还有学问，还代表着济州大学的地位，影响着带动济州发展的因素。与其说小说是要成立儒学院，不如说是在等待程济世的到来。程济世是济大学术名声的希望，是济州经济社会的增长点，学术搭台、经济唱戏是共同的愿望，然而最终却成了一场等待戈多的故事。然而这个等待的故事，既有现代主义的先锋意味，更重要的是具有现实的关切，他的来与不来，简直就是一面哈哈镜。

十

《应物兄》是博杂的学术之书。孔子、《论语》，儒学、考古，哲学、历史，鲁研、莎学，古诗、英语，学问在人们的口中传递着，他们在客厅里、餐桌上显露着学问的冰山一角。学问在其中的调适作用，所有的知识点都津津乐道却自有来头，既感染读者，也确实彰显着知识的魅力，同时具有讽刺意味，一石三鸟，旁敲侧击，随意点染的学问知识有如一幢建筑的外墙涂料和勾缝剂，在丛林般的塔式建筑中，生生地突显出可供识别的“个性”。关于《应物兄》的学问渗入，肯定会成为人们阅读和评价小说的重要看点，我这里不想也难以全面评说，只想提示一下，这些溢出故事又深入故事内里的要素，在小说叙事上具有怎样的意义和价值。

十一

还要特别谈一下《应物兄》的叙述策略。整部《应物兄》基本上是以应物兄本人为叙述视角，但小说叙事的不单一，得自于李洱的一种独有的叙述方法，应物兄的叙述人称是混用的，第一人称是基本点，有时会用第三人称，还有时会用第二人称。比如小说的结尾处处理的那样。其实在小说的开头，就一再向读者强调了这种人称混用将成常态的做法。

应物兄是一个小说人物，但又有如小说里故事频道的遥控器。他心里的一个念头就能成为故事的起点，他的一个想法就可以让情节转折。他看着不动声色，却可以任意调动人物出场，他就好像有特异功能一样，来去自如，千回百转。这不是一部描写应物兄个人命运的小说，以“应物兄”命名小说的合理性在于，他掌控着所有的人物，调动着所有的故事，调试着故事的颜色，在小说叙事意义上讲，应物兄是全知全能的，他代替作者成为这样的叙事者。举个简单的例子，程济世始终没有回到济州，但他又占据着小说的中心地位，原因就是，每当应物兄遇到大事难事，纠缠不清、莫衷一是的事，总会想到程济世，想到与他曾经在一起的场景，于是这种回忆就立刻变成一段故事的展开，舒适、贴切地成为小说叙事的环节而并不外在。《应物兄》里，类似于“前天下午”“那是四年前的事了”这样的句式，并不是故事的旁证和枝杈，它就是主体叙事中的一种起头方式。以《应物兄》所述的故事格局和篇幅规模，这样的叙事方式似乎是一种必要的、聪明的选择。

《应物兄》叙事上的另一个明显的策略，是针对应物兄的话语，打破了话语与心声的界限。说与不说，并不是说话与心理活动的区别，他的心理活动与他说出来的话之间，故意制造界线的模糊。小说里经常会出现这样的表述，“他听见自己说道”“他对自己说”，也会出现“他会不由自主地用第三人称发问”“然后是第二人称”“然后才是第一人称”。人称上的混用，说与不说的模糊，成了应物兄在小说里存在的突出标识。应物兄看似口若悬河，口无遮拦，但实际上他并没有说那么多话，打破心口界线，让言为心声变成言与心声并置，让整部《应物兄》具有别样的生气和奇怪的节奏。越轨的笔致，生生地合到小说情节当中，与人物故事紧紧地联系在一起。这点小小的“创意”，同时也让人看到作者对笔下人物始终处于把控状态的自觉。《应物兄》还用小标题来标识起承转合，小标题的原则是选取正文开头的一个词语或一个短语。这种统一的设定与叙述的随意出入之间也有某种微妙的联系。正是有了这种统一设定，让小说故事的转接过程必须具有直接性的特点，让拎出来的词语或短语有一种不经意的“关键词”味道，确保小说故事朝着既定的方向行进。

十二

《应物兄》是一部以知识分子为表现对象的小说，讽喻性和轻度喜感是小说的基本面貌，博杂的知识与无尽的枝蔓是小说的独特风姿。但李洱的写作并非是理性至上，也非是冷调严肃。小说中时而会出现抒情段落，而这种抒情，从文字上可以读出精彩，情绪上也颇具深沉的印象。这是李洱最认真的一面，他是带着乡愁来写这个庞大故事的。对于济州以及所拥有的风物，虽然程济世什么也没看到，但李洱却充满深情地面对着它。比如第85节“九曲”的开头段落，这里不妨全部引出感受一下：

九曲黄河，在这里拐了个弯。

但只有在万米高空，你才能看见这个弯。

缓慢，浑浊，寥廓，你看不见它的波涛，却能听见它的涛声。这是黄河，这是九曲黄河中下游的分界点。黄河自此汤汤东去，渐成地上悬河。如前所述，它的南边是嵩岳，那是地球上最早从海水中露出的陆地，后来成了儒释道三教荟萃之处，香客麇集之所。这是黄河，它的涛声如此深沉，如大提琴在天地之间缓缓奏响，如巨石在梦境的最深处滚动。这是黄河，它从莽莽昆仑走来，从斑斓的《山海经》神话中走来，它穿过《诗经》的十五国风，向大海奔去。因为它穿越了乐府、汉赋、唐诗、宋词和散曲，所以如果侧耳细听，你就能在波浪翻腾的声音中，听到宫商角徵羽的韵律。这是黄河，它让所有的时间都悠久，比所有的空间都寥廓。但那涌动着的浑厚和磅礴中，仿佛又有着无以言说的孤独和寂寞。

应物兄突然想哭。

连应物兄都被自己感动得哭了。我一点都不感到这是随意的一笔或刻意的矫情，如果读下去，你一定能读出应物兄灵魂深处的感动和忧伤。

就写作本身来讲，《应物兄》无所谓高潮，也没有冲突的了结，所以它可以随时打住，也可以一直蔓延下去。即使只是一场幻灭，一晌贪欢，李洱似乎也不应该借一场车祸让故事停下来。我愿意看到他让笔下的人物一直说下去，说到筋疲力尽，说到重复自己，说到江郎才尽，甚至读者都感叹李洱也江郎才尽了，卖不出什么东西了，让我们看到路的尽头，或者他还有我们视线不及的路在走也无所谓。但李洱还是为读者提供了一个严整的小说，它看上去有头有尾，十分完整。

《应物兄》留给读者无尽的想象和感慨。小说故事有最后的句号，但人生的况味却没有终点。李洱已经很好地完成了自己的任务，他可以等待和准备下一个13年的写作计划了。

偶然、反讽与“团结”
——论李洱《应物兄》①

丛治辰②

一、偶然与必然:“杂乱有章”的日常生活叙事

应物兄问:“想好了吗,来还是不来?”这是应物兄用他那著名的腹语术,自己对自己说的话,但问话的真正对象是费鸣。那时应物兄和师弟费鸣正有些龃龉,偏偏校长葛道宏提出要让自己的这位秘书来协助应物兄筹办儒学研究院。应物兄为此踌躇头疼了很久,直到小说的25节,才在腹中反复演练该如何得体地向费鸣发出邀请。不过,这置于《应物兄》开篇,打开了整部小说的问句,难道不同时也是对读者的邀请和询问吗?亲爱的读者,你做好准备了吗,要不要打开这部长达一千余页的小说?

此种邀请或许会让人略感矫情,但对于《应物兄》这样的作品却极为必要。一名有水准的读者一定会精心挑选他(她)的读物,而一部有尊严的小说也同样会选择它的读者。何况阅读李洱的小说从来都不是一件容易的事,梁鸿很早就指出,李洱的小说呼唤的是那些经过了充分准备的读者:“阅读你的小说,不仅需要有关哲学、美学、历史等方面专业知识的储备,还需要具备充分的理性思维和与之对话的能力,需要一种对于复杂性的理解能力

---

① 原载于《中国现代文学丛刊》2019年第11期。

② 丛治辰(1983年—),男,北京大学文学博士,北京大学中文系副教授,主要从事中国现当代文学与文化研究、当代文学批评等。在国内外期刊报纸发表研究论文及文学评论百余篇,著有《世界两侧:想象与真实》等。

和辨析能力,否则,你很难碰触到作品中的机智、幽默和反讽的核心地带。"①

而《应物兄》无疑是李洱迄今为止用功最深的作品,在长达13年的沉默、酝酿、写作和删改当中,李洱赋予它前所未有的复杂性,因此也必然对读者提出更高的要求。然而尽管现代小说已经发展出极为复杂的技艺和形态,但相信仍有很多读者在面对《应物兄》时会感到错愕甚至愤怒:在这部80余万字的鸿篇巨制当中,人物关系错综复杂,故事情节枝蔓杂生,前因后果难以梳理,故事主线因而显得漫漶不清,似乎缺乏集中连贯的脉络和引人入胜的悬念。对此,早有论者表达过怨言:"作品在沿着主干推动故事情节发展的过程中,时常旁逸斜出,枝枝蔓蔓繁密芜杂,给人以密不透风之感。据作者自己说,原来曾写到了200万字,后来删到80多万字,充分说明作者的写作计划太庞大了,即使做了大幅删减,仍然呈现出芜杂纷乱之状。小说看到一多半了,许多人物的故事好像才起了个头。"②这一评价大概代表了不少读者的不满:读了这么长一部小说,你总得给我讲个完整的故事吧?故事在哪儿呢?

问题在于,在当前的时代下,小说中有头有尾的完整故事究竟有多大的意义,甚至,是否还是可能的?在和梁鸿的交谈中,李洱曾经论及这一问题。他承认:"……叙事的统一性消失了。小说不再去讲述一个完整的故事,各种分解式的力量、碎片式的经验、鸡毛蒜皮式的细节,填充了小说的文本。小说不再有标准意义上的起首、高潮和结局,凤头、猪肚和豹尾。在叙事时间的安排上,好像全都乱套了,即便是顺时针叙述,也是不断地旁逸斜出。"③何以如此呢?首先,根本而言是现实世界已经发生了变化。"当代生活是没有故事的生活,当代生活中发生的最重要的故事就是故事的消失。故事实际上是一种传奇,是对奇迹性生活的传说。在漫长的小说史当中,故事就是小说的生命,没有故事就等于死亡。但是现在,因为当代生活的急剧变化,以前被称作奇迹的事件成了司空见惯的日常生活。"④而其次,身在当代生活中的作家的处境,当然也随之发生了变化。"作家被深深搅入了当代生活,被淹没在普通人的命运之中,以致他感觉不到那是命运,他感觉到的只是日常生活。……作家置身其中的知识体系,是一种空前复杂的、含混的知识体系。'体系'这个词用在这里,甚至有点不恰当,不如说那是各种知识的聚集。以前说到土匪和农民起义军的时候,常常用到一个词,叫'啸聚山林'。如果借用一下这个词,来形容现在的知识状况,那就不妨说是'啸聚书房'。

① 李洱:《问答录》,上海文艺出版社,2017年版,第164页。
② 刘江滨:《〈应物兄〉求疵》,《文学自由谈》,2019年第2期。
③ 李洱:《问答录》,上海文艺出版社,2017年版,第125页。
④ 李洱:《问答录》,上海文艺出版社,2017年版,第131页。

一个作家怎么能知道,哪个知识是对的,哪个知识是错的?生活在这个状况之中,他的困惑和迷惘,一如普通人。所以,我常常感到,现在的作家,他的小说其实主要是在表达他的困惑和迷惘,他小心翼翼地怀疑,对各种知识的怀疑。"[1]面对现实世界已然发生的巨大变化,李洱在此反复表达的,与其说是对于通过"故事"书写"总体生活"的无能为力,不如说是对此深深的怀疑。尽管他也愿意肯定,有些作家依然可以通过某种方式讲出故事来,但他本人显然更信任那个无法被总结、提炼与规约的"日常生活"。或者说,他相信每一个"故事"都在奇迹般有限的起因与结果之外,隐藏着复杂而隐秘的不确定因素。

因此,如果我们仔细阅读这部小说,将会很容易发现,《应物兄》当中绝不缺少故事。恰恰相反,它可供讲述的故事太多,太拥挤了。但是李洱有意地使用各种手段,削弱它们的奇迹感和传奇性,没有把它们讲成"故事"。葛道宏与乔引娣、栾庭玉与金彧,乃至于梁招尘与柴火妞,每组关系都足以写出一整本官场小说,但李洱却把它们变成几个眼神、几个动作、几句撒娇;张子房母亲的故事,稍加添补,就是一个极为动人的短篇小说,可是李洱三言两语带过,让它成为张子房的一个遥远背景[2];在应物兄和费鸣正闹别扭的时候,费鸣母亲去世,应物兄作为费鸣哥哥的好友必然出现在葬礼上,这里有多么复杂的戏剧性可做文章,李洱却只写了两个意味深长的拥抱和两句耐人寻味的慰问[3]。小说中当然也有支撑性的大事件:劝纳费鸣、游说程济世、接待黄兴、寻找仁德路,然后一个接一个离场……《应物兄》中的故事其实此起彼伏,密不透风,但李洱一再打扰了它们的起承转合,将前述那些被削弱了的故事穿插进去,用碎片切割出新的碎片。这样的叙事方式的确难免令人困惑,但这恰恰是李洱自觉追求的效果:"我知道有人会说,你这种写作,最后呈现出来的主题会很暧昧,很含混。但我并不担心。我倒确实希望,通过细节,通过一些比较次要的情节,通过对一些物象的描述,使小说从线性的叙事中暂时游离出来,从那种必须的、非如此不可的叙述逻辑中脱离出来,从那种约定俗成的、文本的强权政治中逃离出来。"[4]如果说,"故事"意味着一种必需的、非如此不可的线性叙事逻辑,那么,不仅在李洱所说的"当代生活"中,其实在任何情境下,那种必然性都必然只是一种想象和建构。影响事件进程的绝不会仅仅是那些可见可闻可以指称的有限因果,一定还

---

① 李洱:《问答录》,上海文艺出版社,2017年版,第126-127页。
② 李洱:《问答录》,上海文艺出版社,2017年版,第271页。
③ 李洱:《问答录》,上海文艺出版社,2017年版,第56页。
④ 李洱:《问答录》,上海文艺出版社,2017年版,第111页。

有某些幽微不可知的因素,因此李洱才选择将那些必然的故事,打碎成为偶然的细节。诚如梁鸿所指出的,在李洱的小说中,"细节控制了一切……具有更为本质的意义",偶然性的细节在李洱手中已经成为一种具有创造性的独立叙事元素[①]。

这大概就是为什么,李敬泽会觉得这部小说有如一座大园子,"从正门进去也行,从侧门也行,从后门还行,你是正着转、倒着转、哪转都行,都能让你坐下,都能让你觉得有意思。……有时候甚至中间任意翻开往下看,看上几十页就很有意思,走走停停,兴之所至,自然得趣……"[②]《应物兄》的那些细节的确丰盛饱满,每一处都值得细细咀嚼。小说里乔引娣第一次出场,就冲着一群扎堆嚼舌头的历史系老师说了句很不客气的话:"小点声。不说话,能死啊?"而她这时不过是校长办公室的一名实习生,正式身份是历史系没有毕业的博士研究生。一个学生能够对老师们如此不尊重(当然也可以理解为亲昵),这就很值得玩味了。驱走闲人之后,乔引娣不动声色地向应物兄问起她最关心的问题:葛道宏要调走费鸣,好腾出职位留她做秘书,那么费鸣到底答应去儒学研究院没有啊?事儿是这么个事儿,乔引娣可不是这么问的。她问的是:"对了,我怎么听说您想把费鸣挖到您那里去?"在应物兄模棱两可的回答之后,她立刻就扮可爱闭了嘴。但旋即再有机会提起费鸣,却是话里有话:"我这个兄长啊,什么都好,就是嘴巴不严。不过,他对您,那是没说的。你们不是师徒吗?"——费鸣是兄长,兄长也有缺点,这缺点恐怕不大适合在领导身边工作,但这位兄长跟您应物兄亲近,是师弟也是弟子,到您身边工作再合适不过了。说完这话,小乔继续忙碌:

她像只蝴蝶一样,在房间里飘着。她心情愉快,因为她不由自主地哼着小曲。有那么一会儿,小乔擦拭着玻璃杯,歪头看着他,闪动着眼睫毛。作为一个有充足教学经验的人,他知道她是想问个问题。但她终究没有问。

心情如此愉快,让人疑心葛道宏必然向她透露了什么甚或承诺了什么,那么承诺了什么,又是在什么情境下承诺的?这就打开了一个丰富的想象空间。尽管得了承诺,但还是急于知道结果,因此想问应物兄,不过终究忍住没问,这种分寸感叫人敬畏。虽然没问,却知道应物兄是事情的关键,于是借了擦杯子,闪着眼睫毛歪头看他。这既表达了问的意思,期待应物兄或许会主动说出来;又显然有一种本能的讨好。到将要离开办公室时,讨好的意思更加直接,乔引娣再次不动声色地告诉应物兄:"你知道吗,那间办公室还是我劝葛校长腾给您的。够酷的吧?那么大的露台。"一个实习学生,能

---

① 李洱:《问答录》,上海文艺出版社,2017年版,第110-112页。

② 《〈应物兄〉:建构新的小说美学》,《湖南日报》,2019年1月11日。

在办公室分配问题上左右校长意见，其中的暗示显而易见。这暗示不仅是李洱递给读者的，也是乔引娣递给应物兄的，这有邀功，似乎更隐隐有威胁。所以应物兄大概的确很不安："君子不夺人所好啊。"乔引娣的话接得一语双关："君子也成人之美。"这君子，乔引娣做了一次了，现在该轮到你应物兄了——什么时候把费鸣弄走啊①？

如前所述，李洱并没有把乔引娣写成多么重要的人物，在小说中女性角色里肯定排不进前五，而且一个还没毕业的女学生，再有心机又能多复杂？而上述这样的细节，在全书当中比比皆是。真正好看的其实是那些久经世事的老江湖们凑在一起彼此交锋：葛道宏办家庭聚会、栾庭玉招呼吃饭、程济世接待乡党……在这些场景里，几乎每句话每个字乃至于字里行间的语气，都言此及彼，意味深远，耐人琢磨，但那已经是一篇评论文章难以容纳的丰盛了。——一部由偶然性的细节构成的小说，从根本上是拒绝被现代评论文章依照某种必然性的线性逻辑加以评述的，或许只有中国传统的小说批点，才能够将那些散落在小说中的精彩之处一一照应②。

但是，对细节的暧昧与含混高度认可，绝不意味着李洱的小说因此就混乱而无从把握。梁鸿曾经谈及，她阅读李洱的小说感到"非常困难"，认为李洱是"致力于把世界表现为一个结子，一团乱麻"。尽管这里"非常困难"的意思显然是指具有阅读难度，并且梁鸿也高度肯定了李洱乱中取胜的表达方式的确是呈现出了"这个世界无法摆脱的复杂性"，但李洱依然感到有些局促："把世界表现为一团乱麻，是容易的。你这么说，其实让我有一种失败感。我不愿意只让人看到乱麻。……就小说的表现方式而言，我还是试图做到乱中有序，杂乱有章。"③承认必然性的故事在当代生活中已然失效，并不代表小说家因此就放弃了对必然性的追求。何况实际上小说也不可能真正再现偶然性的日常生活现场：任何艺术都不可能完整地复制现实，而必然以某种艺术形式对现实加以选择和重新组合，这选择重组的过程必然是逻辑化的过程，也必然是将偶然性的世界必然化的过程。因此至少在小说形式的层面，偶然性只能是一种假象。

因而李洱那些庞杂丰富的细节，尽管看似不能还原成为传统叙事中因果逻辑分明的故事，但其实却由极为精密的结构组织在一起。譬如应物兄最终的结局，似乎是猝然遭遇一场车祸，生死不明，令小说戛然而止——这

---

① 李洱：《应物兄》，人民文学出版社，2018 年版，第 113-119 页。

② 在主持《莽原》杂志时，李洱就曾开设用传统形式批点现代小说的栏目，可见他对于这样的小说方和批评方法，早有自觉。

③ 李洱：《问答录》，上海文艺出版社，2017 年版，第 114-115 页。

当然是一次偶然，以此收束小说，未免有些不能服人。但实际上这场车祸在小说中早有预示：在应物兄参加电台节目直播时，朗月就插播了一条车祸新闻[①]；在叙及应物兄和卡尔文的交情时，也提到应物兄曾在高速公路遭遇一场车祸，险些死掉[②]；而在应物兄赴美拜见程济世，黄兴接他从机场去哈佛的路上，也曾驶过一个车祸现场。对第三次车祸，小说描写得相当详细：那是和小说结尾时一样的下雪天，死者从车里抬出来，不远处交警正带着微笑接电话。这一幕让应物兄产生了相当复杂的心理活动：

以前的人死在亲人的怀里，现在的人死于高速公路。一种非正常的死亡，无法预料的死。但因为死得多了，也就成了正常的死。一种正常的非正常，一种可以预料的无法预料。[③]

在应物兄如此感慨时，一定不知道那正是作者李洱为他提前敬致的悼词。尽管在“故事”的必然性层面，这几次车祸显然和应物兄最终的结局没有任何因果关联，但在小说形式层面却足以构成预兆，令应物兄那无法预料的非正常结局，即便没有变得正常和可以预料，也至少显得不那么突兀了。其实还不仅如此：应物兄死于运煤车，而在邓林帮忙夺取敬香权的时候，小说就已经告诉了我们这些运煤车存在着怎样的安全隐患[④]。《应物兄》当中类似笔法所在多有，真有如脂砚斋所说，“……叙得有间架，有曲折，有顺逆，有映带，有隐有现，有正有闰，以至草蛇灰线，空谷传声，一击两鸣；明修栈道，暗度陈仓；云龙雾雨，两山对峙；烘云托月、背面敷粉；千皴万染诸奇……”[⑤]李洱就是这样，以小说形式的必然性，对抗着当代生活总体性的缺失。或者说，其实他从来不相信当代生活缺乏总体性，他只是说在当代生活已然发生如此巨变的情况下，把握其总体性变得非常困难，总体性被复杂性遮蔽了，因此在小说中构造那种线索明晰的必然性故事也就变得可疑。小说家当前的任务或许不再是建构可疑的必然性，而是艺术地创造出一个世界，以众多有意味的偶然性细节呈现当代生活之复杂。所以在《应物兄》当中，其实也并不缺乏悬念，只不过李洱的悬念并不表现为线性叙事逻辑当中被抑制的情节推进，而是隐藏在那些细节之间极为繁复隐秘的交织联络关系中。若要捕捉此种悬念的趣味，读者就必须如梁鸿所说，以足够的知识储

---

① 李洱：《应物兄》，人民文学出版社，2018 年版，第 33 页。

② 李洱：《应物兄》，人民文学出版社，2018 年版，第 75 页。

③ 李洱：《应物兄》，人民文学出版社，2018 年版，第 151 页。

④ 李洱：《应物兄》，人民文学出版社，2018 年版，第 470-472 页。

⑤ 曹雪芹：《〈红楼梦〉脂汇本》，脂砚斋评，岳仁整理辑校，岳麓书社，2011 年版，第 4 页。

备和理性思维与小说对话，参与到李洱所创造的世界中进行创造性阅读与阐释，否则难免会感觉堕入混乱纠缠之中。

《应物兄》中最迫切需要读者以充分的积极性投入读解、参与创造的，大概首先是那些由浩如烟海般的知识所构成的细节。据说有人做过统计，“小说涉及的典籍著作四百余种，真实的历史人物近二百个，植物五十余种，动物近百种，疾病四十余种，小说人物近百个，涉及各种学说和理论五十余种，各种空间场景和自然地理环境二百余处，这种将密集的知识镶嵌于小说中的写法，在当代文学中几乎是空前的”①。对于一部以知识分子群体为表现对象的小说而言，大量的知识啸聚似乎无可厚非，但是过分密集的知识穿插在小说当中，是否也会给阅读造成困难？即便是那些以文学为业的专业读者，在对李洱的渊博表示钦佩之余，也难免流露狐疑：“作为一个读书人，这些知识点都易成为我的兴奋点，而且十步一楼，五步一阁，十分繁密，需驻足欣赏，这也是我读得慢的原因之一。但是，小说毕竟不是学术著作，‘百科全书式’也不见得就是成功的标尺。”②“这些溢出来的‘知识’营造氛围、塑造人物，却无意承载推进叙事的功能。”③——但真是这样吗？

小说中第一次较为详细地谈论知识，是在乔木的宠物狗木瓜咬伤了铁梳子的金毛之后。金彧认出了应物兄，但出于对铁梳子的忠心，依然不肯让步。两人在交涉过程中谈起了孔子。金彧把孔子视为一个养生大师，应物兄因势利导，从养生谈到养性，谈到修身、克己、仁者寿，正准备引经据典谈谈“得饶人处且饶人”的道理，被金彧截住了话茬儿：“您是不是要讲什么忠恕之道，以德报怨？是不是请求我们老板宽恕您？”应物兄也不恼，顺着金彧的话继续谈忠恕之道：“孔子所说的‘恕’，并非‘宽恕’，而是‘将心比心’，是‘己所不欲，勿施于人’。我们不妨做个换位思考。如果是金毛咬了木瓜，你会不会赔我们九十九万元？”在这番谈话中，如果没有知识的参与，对话便会陷入死局：宽恕是非理性的个人意志，难以讨论；但转换到“恕”的本意，就可以讲讲道理了。尽管真正令金彧犹疑并最终屈服的，恐怕仍是切己的利益判断（应物兄说：“如果我在上面签了字，那就是陷你于不义。这事要是张扬出去，老板会把责任推得一干二净的。她会说她不知道，都是你干的。这种事我见得太多了。所以，我不能害你。”），但有关忠恕之道的辨析，的确在谈

---

① 孟繁华：《应物象形与伟大的文学传统——评李洱的长篇小说〈应物兄〉》，《当代作家评论》，2019 年第 3 期。

② 刘江滨：《〈应物兄〉求疵》，《文学自由谈》，2019 年第 2 期。

③ 邵部：《当下生活的“沙之书”——评李洱长篇小说〈应物兄〉》，《中国当代文学研究》，2019 年第 3 期。

话中起到了承上启下的关键作用①。

如果说这不过是表现了应物兄谈话技术之巧妙，在叙述上起到的作用也相当基本，那么栾庭玉第一次会见黄兴时的谈话，在叙事层面起到的作用就更加复杂。栾庭玉对黄兴资助大学生换肾的善举表示赞赏，称许他的确可以与子贡相提并论。这位连陈寅恪都不知道的副省长，此处引述的典故"显然是邓林准备的"。刻意准备材料，当然不会只是闲谈，而必有所图。栾庭玉讲的是《吕氏春秋·先识览·察微篇》里的故事：

鲁国之法，鲁人为人臣妾于诸侯，有能赎之者，取其金于府。子贡赎鲁人于诸侯，来而让不取其金。孔子曰："赐失之矣。自今以往，鲁人不赎人矣。取其金则无损于行，不取其金则不复赎人矣。"

栾庭玉借此强调："如果做了慈善领不到奖励，得不到称赞，那么做慈善的人就会越来越少。人嘛，人性嘛。物质奖励还是需要的。马克思说得好，物质基础决定上层建筑。所以孔子认为，子贡的做法，实际上是把别人做慈善的路给堵死了。悠悠万事，'义利'二字，所谓精神文明和物质文明两手都要硬，上层建筑和经济基础相互作用，供给侧和需求侧双向互动。没有'利'，只讲'义'，那个'义'迟早行不通。"②既然做慈善该有些物质奖励，那么栾庭玉就给黄兴物质奖励："我有个想法，《慈善法》正式公布实施之前，有两点可以先做起来。一是加大宣传力度，让慈善家美名远扬；二是在经贸合作方面，政策可以适当倾斜。并且来说，黄先生，这次你又是做慈善，又是捐助太和，功德无量啊。如果黄先生在济州投资，我们也得给你让利啊。"③这就为后来栾庭玉鼓动黄兴投资建设济州的"硅谷"，未果又继而拉黄兴参与胡同改造工程做了充分铺垫——尽管建设"硅谷"是为了栾庭玉自己的政绩，胡同改造工程似乎也确因遭遇资金困难而难以推进，但黄兴势必从中大大获利，仍是事实，而事情大概又远不止这么简单：黄兴做了慈善，栾庭玉投桃报李；那么黄兴得了偌肥的项目，等于栾庭玉也做了"慈善"，这个"义"要不要"利"来回报呢？关于黄兴和栾庭玉的来往，李洱只在小说将要收束时，让邓林看似不经意地告诉应物兄：黄兴为安全套命名应该提供的一百万美元奖金，早已打入金彧所在的济民中医院账户。但此事的来龙去脉，以及其他可能发生的钱权交易，其实在栾庭玉这次难得的知识调动里，已经说尽了。

卡尔维诺早已指出："现代小说是一种百科全书，一种求知方法，尤其是

---

① 李洱：《应物兄》，人民文学出版社，2018年版，第22-23页。

② 李洱：《应物兄》，人民文学出版社，2018年版，第484页。

③ 李洱：《应物兄》，人民文学出版社，2018年版，第485页。

世界上各种事体、人物和事物之间的一种关系网。”[①]福楼拜也曾花费“近十年时间，看了将近一千五百本书，涉及历史、化学、医学、地质、考古等多门专业知识，只完成了《布瓦尔与佩居谢》的草稿”[②]。所以小说中充斥大量知识并不是问题，问题在于知识仅仅是作为一种装饰风格，还是被转化为小说的叙事元件。知识是突兀而倔强地存在着，还是能够融洽地消失在叙述当中？至少在李洱笔下，知识作为细节之一种，已经被足够充分地小说化了。小说中的知识分子、商人、官员和江湖术士们，总是要不可避免或附庸风雅地借用知识来传递自己的言外之意。知识指向权力，知识指向利益，知识指向情欲，知识指向一切不宜直接说出的目的，指向李洱不愿武断表述却隐然存在于偶然性细节之下的，那暗流涌动的必然事实。这些知识和李洱其他类型的细节一样，总是从原有意义的位置上挪动，穿过诸多偶然性构成的迷阵，准确地与另外一个或多个细节亲切握手，构造出一种并非线性的，而是网状的，非如此不可的必然性叙事形态。

二、反讽与反思：知识分子的困境与责任

当李洱运转他精熟的小说技术和强大的控制力，有意在遥远的偶然性细节之间建立起某种必然性联系，使那些细节的原有意义发生位移，或产生新的意义，那就必然会产生一种现代小说中早已常见却难得如此普遍的艺术效果：反讽。

若依照李洱式小说对读者的要求审慎阅读《应物兄》，我们会惊讶地发现，书中那些琳琅满目的知识，几乎没有一次是在适宜的语境下被使用。即以程济世为例，这位济州大学筹建儒学研究院的关键人物和志在必得的引进目标，在相当程度上构成这部情节推进并不急促的小说里少有的叙述驱动力。作为哈佛大学东亚系教授、世界知名的儒学大师，他的每一次出场，或仅仅被他人提及，都必然伴随着大量的知识。但那是些什么样的知识？又是如何被使用的呢？

小说里程济世第一次谈经论道，是在应物兄的回忆当中。那时季宗慈正游说应物兄去参加电台直播节目，告诉他主持人清风是个美女。应物兄由此想到程济世对“美女”和“美人”的辨析：

程先生是在谈到子夏与孔子的一段对话的时候，提到美女和美人的区别的。子夏问：“巧笑倩兮，美目盼兮，素以为绚兮，何谓也？”孔子说：“绘事

① 李洱：《问答录》，上海文艺出版社，2017 年版，第 163 页。

② 李洱：《问答录》，上海文艺出版社，2017 年版，第 168 页。

后素。”子夏问:“礼后乎?”孔子回答说:“起予者商也!始可与言诗已矣。”程先生提醒他,这段话里面提到了“美目”一词,也提到了《诗经》。随后,程先生吟诵了一句诗:“匪女之为美,美人之贻。”然后,程先生就对“美女”和“美人”做了区分。首先是声调上的区分。程先生说:“美女的声调是仄仄,多难听啊。美人呢,仄平,多么稳当。‘残月出门时,美人和泪辞’,意境、声调多么优美。换成美女,则是境界全无,俗不可耐。厩有肥马,宫有美女。美女者,以色事人者也。以色事人者,能有几日好?”①

程济世的这次亮相表演看似阐发精微,实则莫名其妙。他讲解的《论语》那一章固然提到“美目”,但核心义理却和“美目”并无关系。由美目而及于《诗经·静女》,再及于美人,及于“美女”“美人”之辨——若非要说这和子夏的举一反三可以等量齐观,孔子大概很难表示同意吧,而若联系他和谭淳之间的一夜风流,以及五十五岁再次结婚(这是小说中唯一一次对程济世的正式婚姻关系有所透露,可惜也未说明是第几次婚姻),则“以色事人者,能有几日好”的感慨就格外具有反讽意味,而谈到谭淳,程济世当年在香港,明知是谭淳这位女士担任翻译,却一定要跟东方学教授大谈性爱,大段引述《素女经》原文印证男根与“仁义礼智信”的关系,实在令人大开眼界,再次让我们见识了这位儒学大师对“食色,性也”的格外关注,也不知是因为他对此钻研尤精,还是眼前美丽的女士让他有所感发,抑或是找到了什么铁证,可以说明《素女经》和儒学之间存在着密切的关系②。

程济世当然也认真谈过学问的。应物兄赴美敲定程济世回国事,在波士顿程济世家中,程一边调着琴轴,一边和应物兄谈论他以为最有功于当下全球化境遇的儒家理念。但他似乎对现代社会的某些基本诉求毫无认同,而以尊卑左右为最要紧之事③。1984 年程济世在新亚书院演讲,尽管李洱未能让我们有缘聆听高见,但从演讲的题目看,谈的恐怕也就是这一套,结果当场遭到谭淳狙击。这次狙击大概给程济世留下了深刻印象(尽管对自己和狙击者的旖旎往事早已忘得一干二净),七年之后再次赴港演讲,就相当合乎时宜地将谭嗣同批判为不伦不类不三不四之徒。一个致力于将儒学现代化的大师,对努力融汇儒释耶、贯通中外古今的谭嗣同如此敌视,也难怪

---

① 李洱:《应物兄》,人民文学出版社,2018 年版,第 30 页。这段话里,其实还隐藏着一个小巧而精致的反讽元件。“残月出门时,美人和泪辞”出自韦庄《菩萨蛮》,韦庄生逢晚唐末世,这首词写的也是“惓惓故国之思”(陈廷焯《白雨斋词话》),若联系程济世南逃渡海的童年,则显然程氏随口吟来的词句是别有怀抱。与程济世还乡团式“回归”过程中种种细节相比照,则此处在历史的层面,李洱或有另外的反讽指向。

② 李洱:《应物兄》,人民文学出版社,2018 年版,第 862-863 页。

③ 李洱:《应物兄》,人民文学出版社,2018 年版,156 页。

谭淳面斥其为腐儒[①]，而除了在现代社会实难堂而皇之复活的君父思想之外，程济世最感兴趣的儒家思想恐怕倒是孝道。只是他所谓孝道的重点不在于向上侍奉父母，更在于向下绵延子孙。谈及郑象愚（敬修己）的同性婚姻问题时，程济世颇为激动地大规模使用了知识，从卫灵公与弥子瑕谈到汉哀帝与董贤，乃至于西门大官人，并进而举出公为与汪锜的故事，证明“儒家是宽容的，是以道德人品而不是以性取向来评判人的”，高度符合美国所谓的“政治正确”。但问题在于，程济世这番论述当中的论据和论证严重脱节，在证明自己掌握了大量材料的同时，他也同时证明了自己严重缺乏西方学术的逻辑训练——不管儒家对同性恋者是何等宽容，程济世依然不能认同同性婚姻。关于这一毫无逻辑可言的顽固立场，恐怕唯一的解释便是：儒家（程济世）认为，“婚姻的神圣功能就是‘继万世之嗣’”[②]。基于这样的理念，则男女平权的现代思想，程济世想必也断然不能认同。在和栾庭玉讨论计划生育问题的时候[③]，程济世说：“孔夫子身强力壮，可只生了孔鲤，孔鲤也只生了孔伋。孔夫子是三代单传。世界上最早实施计划生育的，就是孔子。”[④]这位理应精通《论语》的儒学家大概忘记了，孔子其实并不符合计划生育政策，他还至少有一个女儿，嫁给了公冶长（《论语·公冶长第五》），又或者程济世根本没有把女儿算成是人，从而对计划生育政策有所误解，而在另一部他理应精通的儒家经典《诗经》中，他以为最重要的一首诗乃是《螽斯》。程济世以为，《螽斯》的好处在于写的虽然是“妻妾成群，彼此之间却不嫉妒，不吃醋，不搞窝里斗”，这倒确实是《毛序》的意思——当然大概更符合程济世的某种隐秘理想——但这诗的重点其实更在于，不妒忌能够使子孙繁多[⑤]。且不说程济世本人的子嗣状况，和程济世“不孝有三无后为大”的执念构成了怎样有趣的反讽效果，将君父尊卑和“继万世之嗣”作为儒学最重要的价值，已经让我们对于程济世儒学现代化的事业感到忧虑了。但其实程济世也可以非常灵活，在栾庭玉面前将孔子树为计划生育第一人，已经向我们证明了这一点。不止于此，他还可以用柳宗元的《敌戒》来阐释冷战，使自己在后冷战时代的东西大国之间游刃有余，两面讨好[⑥]；用“君子不以饰，红紫不

---

① 李洱：《应物兄》，人民文学出版社，2018 年版，860-865 页。

② 李洱：《应物兄》，人民文学出版社，2018 年版，第 177-178 页。

③ 在主管计划生育的官员面前，程济世倒也很愿意灵活地表示，儒家并没说一定要生很多。如果需要，甚至可以不生。只是他举的血腥例子与他的儒学家身份之间，他的表态和他的行止之间，存在着太过明显的反讽。

④ 李洱：《应物兄》，人民文学出版社，2018 年版，第 337 页。

⑤ 李洱：《应物兄》，人民文学出版社，2018 年版，第 241 页。

⑥ 李洱：《应物兄》，人民文学出版社，2018 年版，第 352 页。

以为亵服……”(《论语·乡党第十》)来为黄兴的宠物产品开发项目提供合法性[①];用礼乐教化对黄兴“赞助”的香港女演员表示赞同[②];而黄兴这位私淑弟子跟随他学习多年,最大的成果也不过就是懂得用几个词牌名为自己生产的安全套命名而已[③]。程济世在北京大学的那场演讲,甚至连学问都不怎么谈了,除了吹嘘包括自己在内的海内外儒学家如何努力将革命的红色中国改造成了儒教中国,便是讲讲自己散文里写的那些小故事,倒是回答提问者的一段话颇具文学性,被诸多论者提及。程济世富有诗意地肯定了“变”的意义,告诉大家:“变”是正常的,不要怕。他说,“知者动,仁者静”:如前所述,他“静”的一面大概便是对君父尊卑和多子多孙的认同了,至于算不算是“仁”,就难以判定;不过他因应国际关系与资本的灵活性,倒的确称得上“知(智)”[④]。无怪乎何为会认为,“程先生身在海外,有着广阔的话语空间,但程先生却浪费了这个话语空间”[⑤];也无怪乎乔木虽然承认程济世“著名”,却不承认他有多好的学问,甚至认为他根本不够格做自己论战的对手[⑥];就连陆空谷都说出了“大师不是大师,只是扮演大师”这样的话[⑦];而只有猥琐如吴镇,才真正是程济世的同道,看透他是处理儒学与现实关系的老手[⑧]。乔木曾暗示西方文化有点“外方内圆”的意思[⑨],这个特点用在以儒学传承者自居的程济世身上,居然最为妥帖。

---

① 李洱:《应物兄》,人民文学出版社,2018年版,第778页。

② 李洱:《应物兄》,人民文学出版社,2018年版,第962页

③ 李洱:《应物兄》,人民文学出版社,2018年版,第399页。

④ 应物兄以为芸娘和程济世在这一问题上有着类似的看法,细品却大不相同。程济世看上去是守护传统,实则是“无常以应物为功”;芸娘看上去是在不断努力发现新的价值和精神力量,实际上反而是“有常以执道为本”。程济世的回答只描述了客观事实,反而像是为随“变”而放弃原韵寻找托词;而芸娘则详细说明了在“变”中如何坚持执道、如何转回原韵的方法。芸娘借闻一多的话说明自己的志向是做“杀蠹的芸香”,以此比附,则程济世显然是养蠹以自重了。参见李洱《应物兄》,人民文学出版社,2018年版,第841-844页。

⑤ 李洱:《应物兄》,人民文学出版社,2018年版,第301页。何为先生所论或许不只在学术,但显然包括了学术。

⑥ 李洱:《应物兄》,人民文学出版社,2018年版,第390-392页。何为先生所论或许不只在学术,但显然包括了学术。

⑦ 李洱:《应物兄》,人民文学出版社,2018年版,第413页。何为先生所论或许不只在学术,但显然包括了学术。

⑧ 李洱:《应物兄》,人民文学出版社,2018年版,第631页。何为先生所论或许不只在学术,但显然包括了学术。

⑨ 李洱:《应物兄》,人民文学出版社,2018年版,第1029页。何为先生所论或许不只在学术,但显然包括了学术。

程济世作为小说当中那些密集知识最为合理的代言人,向我们呈现的却是知识性细节浓重的反讽意味,而其他知识性细节也的确大多如此:即便知识本身并不构成反讽性,或与其语境并无悖反关系,李洱也必然将之与细节相对照,构造出反讽效果,而知识性细节之外,小说当中其他类型的细节也处处埋伏反讽:乔引娣的得体和周到背后,隐藏着她急于赶走费鸣的心机,这当然是一种反讽;应物兄面对种种线索和预兆,却浑然不知自己的归宿,这当然也是一种反讽。迄今为止几乎所有论及《应物兄》的文章,都无法绕过反讽,甚至有论者专门以此作为讨论的焦点,这实在不是英雄所见略同,而是由评论的对象所决定的。实际上,不仅仅是那些琐碎的细节在争相发出反讽的冷笑,这部小说最宏观层面的情节主线本身,就是一个巨大的反讽。

"《应物兄》的中心情节是济州大学儒学研究院筹备成立和迎接儒学大师程济世'落叶归根'。"①这大致概括了所有论者对情节主线的认识②。关于后者,前文谈及知识性细节时对程济世的讨论,相信已充分说明了其反讽性,且引进程济世一事其实依附于儒学研究院的成立,所以在此将主要以儒学研究院的筹备成立作为小说的情节主线予以关注。小说开始处,积雪尚未融化,应物兄在乍暖还寒的季节踌躇满志地要把儒学研究院打造成(金)饭碗、事业和梦想,他对费鸣的游说之词实在令人血脉贲张③;但是还未到小说结束雪花再次纷飞的时候,儒学研究院已经成了太和投资集团,没有人关心学术、知识和思想,而是拼命地塞人、拆迁、寻找新的投资项目。动机和结局之间的巨大差异,当然已经构成宏观意义上的反讽。但自始至终,何曾有人关心过这个儒学研究院的学术意义呢?对于葛道宏来说,重要的是以最高性价比的投资吸引名师,建成名校,提升济州大学的国内排名④;而栾庭玉

---

① 李季:《勾勒一幅浩瀚的时代星图》,《河北日报》,2019年4月12日。

② 有人以为主线围绕程济世展开,如姚瑞洋《"无物"以应物:论〈应物兄〉的生命哲学》,《当代文坛》,2019年第4期,"小说围绕如何把蜚声中外的儒学大师程济世先生引回济州大学任教而展开";有人以为主线围绕儒学研究院展开,如王婕妤《当语言卡入时间之缝——李洱〈应物兄〉阅读札记》,《上海文化》,2019年第7期,"《应物兄》的故事并不曲折,说的是中国内陆一所高校——济州大学——预备筹建儒学研究院的事情"。

③ 李洱:《应物兄》,人民文学出版社,2018年版,第196页。

④ "建一个与国外相媲美的自然科学的实验室,往往要花费巨资,所以,人文领域的研究院可以先建一两个。总而言之,有名师方为名校,名师为名校之本,堂堂济大岂可无本?"参见李洱《应物兄》,人民文学出版社,2018年版,第135-140页。

在没有见到黄兴之前最为关心的，恐怕是程济世到底和上级领导有没有关系[①]；至于程济世，他关心的是能否满足他主要由“济哥”、灯儿、仁德丸子、仁德路、“大观园”和青铜觚构成的奇怪乡愁[②]。所以或许儒学研究院从来就不曾是儒学研究院，一直至小说结束仍未正式建成的机构，具有一种内在的反讽性。

而程济世真是因那化不开的乡愁而决心落叶归根吗，一个人会因为担心流感就取消故国之行，能有多浓烈的乡愁？有趣的是，和程济世还乡始终相伴随的，除了被反复言说却无从取证的所谓乡愁，还有黄兴。应物兄赴美见到程济世，程济世第一句话就讲黄兴劝他做个兼职院长便好，不要真回去——这已然把回国与黄兴联系在一起；第二句话再次申明自己回是一定要回的；第三句话则劝黄兴一起回去，投资济州。三句话讲完，黄兴和济州之间就凭空建立了深刻的联系。趁程济世去“嘘嘘”，黄兴跟应物兄讲：“应物兄，我会鼓动先生尽早回大陆的。我也回去瞧瞧。你说得对，那里商机无限。”顷刻之间，程济世口中的劝阻者就变成了鼓动者；而“那里商机无限”的话，不知应物兄在从洛根机场到程宅的路上是否真的讲过，至少李洱并未让我们读到，于是至少在阅读感受上，这就成了黄兴自发的判断。四句话放在一起看，总让人觉得可疑。但无论如何，程济世还乡与黄兴投资，自此就已经变成了一回事[③]。至于投资的标的，铁梳子早为他们准备好了：儒学研究院后来成为胡同改造工程的幌子，而这一工程的最初承包者正是铁梳子[④]；铁梳子是小说当中第一个提及程济世祖业的人（尽管只是别墅）[⑤]；铁梳子也很早就与黄兴认识[⑥]；铁梳子甚至还曾专程飞到蒙古和黄兴见面[⑦]——他们谈了些什么，何以黄兴从蒙古赶到济州之后，一切事情就全变了味道？当诸

① 早在应物兄赴美邀请程济世之前，栾庭玉就向应物兄打听过这方面情况；在北京即将和程济世见面前，栾庭玉在饭桌上再次提起这一话题；程济世将见面时间约在晚上十点，栾庭玉原本有些不悦，听说程济世十点之前是见高层领导去了，情绪立刻转为感动而敬畏，而程济世显然平素也很喜欢放出相关信号，协助栾庭玉这样的人制造幻觉——在美国见应物兄时，程济世看似无意提起的两处采摘桃花的地点，就颇可玩味。参见李洱《应物兄》，人民文学出版社，2018 年版，第 129、284、332、154 页。

② 在应物兄第一次和程济世见面，谈及《鑫斯》时，程其实已暗示对济哥的怀念，后又反复提起。可参见李洱《应物兄》，人民文学出版社，2018 年版，第 241-242 页。其余人或物，可参见第 334-335 页。

③ 李洱：《应物兄》，人民文学出版社，2018 年版，第 144-153 页。

④ 李洱：《应物兄》，人民文学出版社，2018 年版，第 623 页。

⑤ 李洱：《应物兄》，人民文学出版社，2018 年版，第 142 页。

⑥ 李洱：《应物兄》，人民文学出版社，2018 年版，第 93-95 页。

⑦ 李洱：《应物兄》，人民文学出版社，2018 年版，第 422 页。

多细节拼凑到一起，程济世在其中所扮演的角色便显得极为暧昧。如果这样的猜测还不足以令人信服，我们还可以继续追问：何以如此渴望落叶归根的程济世，难得回国却不留些时间返乡，而非要黄兴先打前站呢，行程当真必须如此紧凑吗，一句轻飘飘的"近乡情更怯"便足以解释吗？[①] 而虽然略有作态，但对栾庭玉这位地方大员还是表现出了足够尊重的他，又何以一涉及儒学研究院的选址问题，就那么坚持[②]？旧屋情深，或可理解，但那种急迫不像是落叶归根，倒有点还乡团的意思了，难怪时人以"胡汉三"视之[③]，而既然情深，何以提供老宅线索时，又那么语焉不详，只讲些彼时大户人家院落常见的景致[④]，像军马场这样具辨识度的坐标，非得待人从谈话录音里查到，是童年幼稚，记忆模糊，还是有意为黄兴选择地块保留余地呢？再从黄兴这一方面考虑：其举止行状实在不像是对儒学有多么心向往之；而如同大部分企业家一样，黄兴拍起胸脯，确实铿锵作响，真要花钱，却相当谨慎。则何以他对程济世如此鞍前马后，义无反顾，完全违背了一个资本家的基本理性呢？凭空诬陷一个儒学大师与商人合谋固然不智，但两相参照，若说程济世难免有意回报一下他这位"子贡"的多年追随，则大概无可厚非——毕竟圣人也是主张子贡领些赏钱的。

因此，《应物兄》的情节主线或许并非是随事态变化才逐渐趋向反讽性的结局，而是从一开始，反讽就环绕着这条主线，在每一个细节的表象之下，都隐藏着意义近乎相反的真相。这让小说在整体上就表现出一种顽强的反讽性：在李洱精心创造的这个世界里，知识与理性不过是幌子，欲望才是本质，而如果说，李洱之所以放弃传统的线性逻辑叙事，转而以大量细节作为其想象世界的基石，乃是为了因应当代生活的变化。那么《应物兄》当中这个反讽性世界的面貌，一定代表了李洱对于当代生活的判断。我们由此知道，之前谈及当代生活时，李洱已经足够克制。他尽量中性客观地描述当代生活的复杂性，而避免就其表象与实质的脱节表明态度。实际上，面对这世界，他深感忧虑。早在二十年前，李洱就明确表达过作为一名作家应当如何处理这样的忧虑："日常生活对作家来说是一个基本挑战，就是你怎么处理现实，处理现实的能力怎么样，如何赋予平庸的现实一种形式感。……我觉

---

① 李洱：《应物兄》，人民文学出版社，2018 年版，第 339 页。

② 李洱：《应物兄》，人民文学出版社，2018 年版，第 334 页。

③ 李洱：《应物兄》，人民文学出版社，2018 年版，第 335-336 页。

④ "以前的高门大户，哪家门前没有两株歪脖子树，哪家屋后没有一株蟠龙槐？"在乔木提醒下，回看程济世对祖宅的描述，基本讲的都是内部摆设，却不谈方位，而且果真提到了歪脖树，则此处恐非闲笔。参看李洱《应物兄》，人民文学出版社，2018 年版，第 951、345-346 页。

得应该非常警惕,写日常生活,但不应该沉迷于日常生活;写日常生活的一个基本手法是观察,从自我观察,也从外部观察,使它具备一种批判性,这种批判性很容易丧失。可能他无法明确地指出意义,但意义肯定是建立在基本的批判上面的。有批判才有意义,而我们非常容易失去批判性。”①尽管李洱确曾表达过当代作家面对当代生活所遭遇的困难,但显然他以为作家们仍然必须以积极的态度去处理现实。这种处理其实表现在两个方面:其一是赋予当代生活以艺术形式,即前文已经讨论过的,以更具创造性的方式去书写日益变动而复杂的现实;其二则是赋予当代生活以价值判断,作为知识分子之一种,批判地观察现实理应是作家的责任。李洱用那些偶然性的细节完成了第一个任务,并从中发现了内在的反讽因素,可供他去完成第二个任务。

但若因此就将李洱视为一个愤世嫉俗者,只不过表达方式更为曲折复杂,则显然是不公正的。李洱提出了两种观察日常生活的角度:其一是从自我观察,这是一般批判者的做法,不足为奇;而《应物兄》之难能可贵,恰在于主要采取了第二种视角,即从外部观察。所谓从外部观察,一定包含一个重要方面,就是超越一己限度,由外观内,首先认识到自身的破碎和悖谬。那正是孟子所谓“行有不得者,皆反求诸己,其身正而天下归之”(《孟子·离娄章句上》):唯有首先具备反省的能力,其批判才是有效的,缺乏自我批判的批判同时也缺乏合理性。所以李洱在发现当代生活的反讽性时,首先发现的是反讽者——知识分子群体——自身的反讽性。程济世这一代表性人物当然已充分说明了这一点,除此之外,李洱还塑造了一大批面目可疑的知识分子形象:葛道宏、汪居常、董松龄、吴镇……他们是那么虚伪、猥琐和分裂,使得李洱对他们的书写几乎已不是反讽,而近于讽刺了。作为文明的传承者,他们是这个反讽性世界的结果,恐怕也是造成这一世界的重要因素。

而在李洱塑造的反讽性知识分子群像中,尤其不应该被忘记的,是应物兄本人。应物兄几乎是小说当中怀着真挚热情去推动儒学研究院建立的唯一的人,在所有人物当中,他大概最晚发现此事业的内在反讽性,因此他越是努力地去促成这一事业,这一事业就越是无可挽回地加速奔向其反面,这使得应物兄成为小说当中最为反讽的存在,也因此,尽管应物兄始终不知疲倦地在行动,事实上却是小说里最不具备行动能力的人,以至有论者认为不宜将其视为小说的主角,而应看作线索人物或“容器式人物设置”②,甚或就

---

① 马兵:《“在纵欲与虚无之上”——〈应物兄〉论札》,《南方文坛》,2019年第3期。

② 俞耕耘:《生活实在感被知性和学识削弱了——评李洱的最新长篇小说〈应物兄〉》,《文汇报》,2019年3月28日。

是故事的叙述者。小说当中的叙述视角的确略显复杂，应物兄的第一人称叙述不时出现，占据不少篇幅，而第三人称叙述也基本从应物兄的限知视角出发，这让应物兄始终处于故事讲述的核心位置。论者据此认为，整部小说完全可以视为结尾处应物兄车祸之后的记忆返还，也就是说，正是应物兄意识模糊之际所听到的那个天上飘来的遥远声音，他出窍的灵魂，在向我们诉说此前一年的往事①。这样的解读极具创造性地照亮了文本，令一些细节闪烁出特别的趣味，也让应物兄这一人物所携有的反讽性层次更加丰富了。但其实除结尾处的神秘对白以外，小说中所有人称转换都可以用最简单的方式加以理解。对此，李洱很早就做出了说明：在乔木的教诲下，留校任教后的应物兄在公开场合尽量少说话甚至不说话，却很快发现，自己的思维也伴随语言趋于停转，于是他只能“无师自通地找到了一个妥协的办法：我可以把一句话说出来，但又不让别人听到；舌头痛快了，脑子也飞快地转起来了；说话思考两不误”②。尽管看似神秘，其实应物兄的办法不过是一种心理活动，因此基本可以将《应物兄》看作一部纯粹以第三人称叙事的小说，只是心理描写太多了些。那些抑制不住的心理活动和外在事件之间构成即时而直接的对话关系，让我们得以了解那个被乔木的谆谆教导压抑掉的应物兄到底是什么面目，面对这个世界又会是什么反应。第三人称叙述当中的应物兄，也就是那个人人都可以看到的应物兄，总是谨言慎行，举止得体，好一派知名学者的风范；而在第一人称叙述当中，那个连他自己可能都不再认识的应物兄会自恋③，会愤怒④，会刻薄⑤，会不由自主透露自己的欲望想象⑥，

---

① 黄平：《李洱长篇小说〈应物兄〉：像是怀旧，又像是召唤》，《文艺报》，2019年2月15日。王婕妤：《当语言卡入时间之缝——李洱〈应物兄〉阅读札记》，《上海文化》，2019年第7期。

② 李洱：《应物兄》，人民文学出版社，2018年版，第7页。

③ “鸣儿，我已经准备好了，将自己的后半生献给儒学，献给研究院。这不是豪言壮语，这是我的真实想法。我没有说出来，是怕吓着你。我是担心你会觉得配不上我应物兄啊。”参见李洱《应物兄》，人民文学出版社，2018年版，第193页。

④ “世上还有这样的女人？不仅往自己头上扣屎盆子，还要往男友头上扣屎盆子！这样的女人，不要也罢！……费鸣，你不仅不应该恨我，还应该感谢我呢。”参见李洱《应物兄》，人民文学出版社，2018年版，第28页。

⑤ “串儿就是杂种，和你一样，它也是个杂种。”参见李洱《应物兄》，人民文学出版社，2018年版，第79页。

⑥ “欲盖弥彰？那我还是多抱一会儿吧，以示我们的关系并无特殊之处。”参见李洱《应物兄》，人民文学出版社，2018年版，第211页。

会情不自禁坦承自己何以委曲求全[①],也会为了不可知的心理为他人勉强辩护[②]……凡此种种,无不与他的外在表现形成强烈反差,从而让应物兄不仅因小说的整体反讽而成为俄狄浦斯式的反讽性角色,且在自身的道德、人格层面也呈现出内在的撕扯与分裂。应物兄所具有的这后一种反讽性,揭示了该人物之复杂和多种可能性:尽管应物兄已然是应物兄,但他也完全有可能成为葛道宏、吴镇,或成为郑象愚(敬修己)、文德斯——反之亦然,葛、吴、郑、文当然也可能成为应物兄。在此意义上我仍愿意承认应物兄是这部小说的主角:既然因果推进的线性逻辑叙事已无可能,那么行动力的强弱便不宜作为评判人物重要性的标准;更为重要的应该是,人物能否聚拢更多细节,提供更多意义,指向更多可能性。即便让这部 80 余万字的作品篇幅加倍,李洱也无法剖开每个人物的内面,应物兄因此便作为所有知识分子的代表,成为李洱反求诸己的省察对象。

就此而言,"记忆返还"的解读的确颇有见地,只是对既有记忆加以反思性追溯的未必一定得是灵魂出窍而又归来的应物兄,还可以是洞悉一切细节的小说作者李洱。小说结尾,那书中唯一一处难以用第三人称限知叙事(只是心理描写过多)来加以解释的人称乱局[③],是否正是始终冷眼旁观的省察者李洱,终于忍不住要探出身子来回应乃至于拥抱他可怜的小说人物?而一旦暗探与疑犯相见,省察与被省察的关系难以为继,小说自然猝然结束。更何况,或许跨越现实与虚构的界限,应物兄与李洱两相对望,都会看到一张酷肖自己的脸庞。——就在小说结尾的下一页,后记中那场发生在作者李洱身上的车祸,和小说中的车祸难道毫无关系[④]?其实,因为应物兄额上的三道深皱,早有人疑心应物兄正是李洱本人。尽管李洱矢口否认,辩解说"如果应物兄是我,那么书中的文德能兄弟也是我,芸娘也是我,甚至书

---

① "郑树森!你就是这样看我的?我的问题比你复杂多了。我没跟乔姗姗离婚,不是要娶鸡随鸡,而是因为那鸡不是一般的鸡,是乔木先生养的鸡。当然,这话他没讲。他只是指着郑树森,哆嗦着手指,代表自己生气了。"参见李洱《应物兄》,人民文学出版社,2018 年版,第 746 页。

② "现在谈论这样的问题未免太早了。葛道宏也可能是随口那么一说。三杯酒下肚,随口答应一件事情,但过后又不认账,这是常见的事。"参见李洱《应物兄》,人民文学出版社,2018 年版,第 95 页。

③ 李洱:《应物兄》,人民文学出版社,2018 年版,第 1040 页。

④ 李洱:《应物兄》,人民文学出版社,2018 年版,第 1041 页。

中出现的动植物也是我”[①]，但不可否认，应物兄与李洱年龄相仿，在同样的时代度过了大体相似的校园生活，毕业后同样跻身在知识分子群体当中，他们一定共享了同样的历史体验和精神资源，因此在某种意义上无限接近，而且如前所述，应物兄主观反讽性当中所包含的无限可能，本来就代表了文德能兄弟，也代表了芸娘，那么李洱的辩解与其说是否认，不如说是提醒我们将他和应物兄的关系理解得更加丰富而紧密，而当李洱和应物兄的面庞逐渐重叠在一起，李洱的勇气和《应物兄》的严肃性更加令人叹服地表现出来：面对当代生活，小说家看似戏谑实则冷峻的批判眼光，首先不是投向外物，而是他自己。

三、抒情与“团结”：对抗反讽性现实的可能性

《应物兄》第84节其实是相当关键的一节。在这一节当中，邓林驾车载应物兄同去桃花峪寻找癌症确诊的双林院士。他们带着读者奔向双林等人一起下放劳动的过往，也奔向双林即将到来的死亡，而在途中，邓林一反常态地喋喋不休，几乎和盘托出有关栾庭玉家庭、工作乃至于儒学研究院的诸多秘密。这些秘密与此前此后的大量细节相互印证，集中而急剧地产生出反讽效果，因此也正是在这一节，小说自觉而明确地指出了反讽的存在：“声与意不相谐也”，这节的第一句话在应物兄的脑海中一再盘旋重复，堪称对反讽最好的定义[②]，而同时萦绕于整节文字的，还有苏联名曲《苏丽珂》：

《苏丽珂》一直在播放着，就像背景音乐，就像在给邓林的话伴奏。邓林突然笑了起来，笑得没有道理。那笑声初听上去是粗放的，但又戛然而止，随后又笑了起来。那笑意又在邓林脸上停留了一会儿，有点苦，还带着一点腼腆。《苏丽珂》还在低声回响。因为邓林的笑声，他觉得，乐词与怨词、哀声和乐声，突然间显得相悖又相谐，简直难分彼此[③]。

---

① 此处“动植物也是我”未必是李洱玩笑。《应物兄》大量谈及狗、猫、鸟、驴及植物，显然都和知识分子构成复杂的隐喻和反讽关系。甚至连死去的动植物，都能为小说提供趣味和动力。如小说行将结束的时候，朱颜将何为的猫做成标本，“最困难的部分是猫嘴，须将猫嘴与骨头小心地分开。有些人认为这很残忍，但也有人认为这是给它第二次生命。”又如朱颜明显将鸟视为知识分子某种精神的象征，但是早在小说开头，李洱就写道：“窗外原来倒是有只野鸡，但它现在已经成了博物架上的标本，看上去还在引吭高歌，其实已经死透了。”参见李洱《应物兄》，人民文学出版社，2018年版，第999、516、1页。

② 李洱：《应物兄》，人民文学出版社，2018年版，第802-818页。

③ 李洱：《应物兄》，人民文学出版社，2018年版，第817页。

通往旧时光的乐曲和触目惊心的现实真相缠绕在一起，这样的"声与意不相谐"，当然是一种反讽。但奇怪的是，正如《苏丽珂》的忧伤歌词与带给应物兄的欢快感受之间那种悖反效果并未影响到歌曲之动人，这一节里集中而急剧的反讽，同样未能驱散《苏丽珂》所带来的强烈抒情。某种意义上，这也代表了《应物兄》这部小说整体给人的阅读感受：尽管《应物兄》由大量反讽性细节构成，我们却很难将其视为一部玩世不恭的作品。其实自20世纪90年代以来，以知识分子为表现对象的文学作品并不罕见，其中所揭示的这一群体之反讽性已触目惊心，甚至有时到了污名化的程度。但《应物兄》却显然与众不同：小说对于它所表现的世界未必尽以为然，但其态度不是解构的，而是建构的，是严肃的，也是抒情的，并且随着事态发展，表象剥落，那种抒情意味非但没有渐趋消散，反而愈加强烈。

结合前文论述，《应物兄》的这种严肃性和抒情性其实不难理解：既然小说中的应物兄，乃至于每一个知识分子（或许不仅仅是李洱所承认的文德能兄弟和芸娘，也包括葛道宏、吴镇，甚至张明亮、孟昭华等学生辈），都同时也映有李洱的影子，那么除非颓废到极致，有谁会以轻率的态度作践自己呢？反思自我是残酷的刑讯过程，考虑到李洱所采用的这种漫长而繁复的行刑方式，我们甚至可以称许他超人的坚忍和毅力，但无论如何，这样的刑具总不至于滥杀无辜，而行刑所带来的那种痛感，当然会呼唤切肤入骨的抒情与之伴随——只要我们不是仅仅将"抒情"限定为轻盈和浪漫的。近年来，经过王德威的不断论说与鼓呼，因为被一再滥用而几乎耗尽理论内涵的"抒情"一词终于复活了它本来应有的复杂性和立体感。王德威指出，将"抒情"与极端个人主义挂钩，其实是相当晚且而片面的，"一般论述对'抒情'早有成见，或视为无关宏旨的遐想，或归诸主观情绪的耽溺；左翼传统里，'抒情'更带出唯心走资等联想。论者对'抒情'的轻视固然显示对国族、政教大叙述不敢须臾稍离，也同时暴露一己的无知：他们多半仍不脱简化了的西方浪漫主义说法，外加晚明'情教'论以来的泛泛之辞"①，而实际上，"抒情"与宏大命题毫无抵牾，正可用以追问"知识分子和文化人面对这个时代做出了什么选择，他们怎么定义自己？然后他用什么样的媒介来表明他们自己跟时代的关系？"②尽管王德威在此关注的时代节点与所据立场与李洱并不相同，

---

① 王德威：《抒情传统与中国现代性：在北大的八堂课》，生活·读书·新知三联书店，2010年版，第3页。

② 王德威：《史诗时代的抒情声音》，转引自郑文惠、颜健富主编《革命·启蒙·抒情：中国近现代文学与文化研究学思录》，生活·读书·新知三联书店，2014年版，第22页。

但在探究个人与世界之关系方面，王德威致力论述的“抒情”概念所能包容的议题，却和李洱直面当代生活的写作完全吻合。如此说来，《应物兄》当中奇异而萦绕不止的抒情性，实在是这部小说的题中应有之义。

如前所述，抒情在《应物兄》当中的分布并不均衡。小说的前半部，应物兄疲于奔命地在济州、北京和波士顿之间往返，周旋于栾庭玉、葛道宏、程济世、费鸣和黄兴等诸多人物当中，面对密不透风的现实网络，应物兄以第三人称和第一人称两个声道喧闹地诉说着，却似乎缺乏足够的余暇去抒情，而抒情由弱转强的分界线倒也清晰可见，那是在济州大学的学者们讨论仁德路及程家老宅方位所在的座谈会上。在此之前尽管已有种种预兆，但应物兄仍是筹建儒学研究院相关事宜的主导者；这次座谈会上他却赫然发现，他所参加的已经是第二次会议，显然有不少工作早已热火朝天地展开，而他竟一无所知。此后这样的事情将一再发生，新的人事变动、新的利益输送，乃至于新的“太和”，都在他的预料之外，直至吴镇被任命为常务副院长，而他对儒学研究院彻底失去控制为止。一直以来，葛道宏尽管相当强势，对程济世在中国大陆最为信任的代言人应物兄，却始终表现出足够的礼遇，也是在这次会上，葛道宏断然否定了应物兄合乎道理的质疑，这无疑是一个重要的转折点——李洱甚至不怀好意地让邬学勤在此时恰到好处地无理取闹，以此作为对应物兄的警示。因而就在这一时刻，来自个人历史幽暗空间当中的某种强烈感觉倏然向他袭来，攫住了他的神志，一场大雪在他的脑海中洋洋洒洒地飘落。抒情开始了[①]。

在那一刻，应物兄回想起自己目睹乔姗姗与邻居偷情的那个雪天，个人生活失去控制的记忆和公共生活失去控制的现场交叠在一起，让他的失败感更加强烈。他要如何抵抗这样残忍的反讽性现实呢？在婚姻名存实亡的岁月里，应物兄身体上的慰藉来自朗月，但那只能给应物兄带来更加深重的羞耻感[②]，真正让他感到充实和温暖的，或许反而是郎有情妾无意的陆空谷[③]。感情的需索一度填补了婚姻的裂痕，则在意识到现实的巨大反讽性之后，小说和应物兄共同选择了抒情作为抵抗方式，也就顺理成章。从这时开

---

① 李洱：《应物兄》，人民文学出版社，2018年版，第588-610页。

② “她上了趟洗手间。在绝对的安静中，他听见了她嘶嘶撒尿的声音。哦不，置身于冰天雪地，你会感到清冽、洁净，而我现在感受到的只是龌龊。”参见李洱《应物兄》，人民文学出版社，2018年版，第47页。

③ “他抱着她，就像拥抱着被省略掉的生活，被省略掉的另一种可能性。随后，他突然伤感起来。那伤感如此真实。他觉得，此时此刻的自己，就像困在一具中年人身体里的孩子，一个青春期的毛孩子。”参见李洱《应物兄》，人民文学出版社，2018年版，第771页。

始,应物兄的行动力越来越弱,听任儒学研究院以加速度走向败坏的结局但是情感却愈加丰富,他开始频繁地回到自己的青年时代,和那些20世纪80年代遗落的人们重新建立联系。

在此之前,小说并非没有提及20世纪80年代,但却始终带有一种可疑的反讽语气。1988年深秋济州大学那场万人空巷的演讲,是小说第一次浓墨重彩地讲述20世纪80年代。但其中几乎所有人都显得虚张声势,尤其是当我们想到郑象愚、小尼采、郑树森、伯庸这些20世纪80年代校园风云人物们后来的人生轨迹,反讽的意味就更加浓烈①。而较之热闹的礼堂表演,文德能相对安静的家庭沙龙或许更能容纳20世纪80年代那种独特的知识友谊,但即便在沙龙上,人们依然有些装腔作势,何况文德能的一句话陡然间就撕破了这优雅的记忆空间,将气氛再次转向反讽——文德能说:"你们要先行到失败中去,你们以后不要去当什么资产阶级。"警示最终变成了谶语,大家后来确实都走向了不同意义的失败,但并非主动而是被迫,甚或是因为太想成为资产阶级②。就连应物兄自己,那时似乎也对20世纪80年代怀有某种悔意:"在八十年代又有谁拥有一个真正的自我呢?那并不是真正的自我,那只是一种不管不顾的情绪,就像裸奔。"③应物兄的这一评判或许不能说毫无道理,这也恰恰向我们证明,李洱即便在最容易深情款款的时刻,也没有丧失探究复杂性的理智与担当。但即便在当时,应物兄也承认,他并没有背叛自己,20世纪80年代依然是他精神世界的重要构成。何况发出这番议论时应物兄正在风光得意,自以为经过十数年的努力克己,他已经能够圆融而有底线地应对这个世界,而一旦自信变为幻觉,他才会觉悟到,曾经那不管不顾的情绪,裸奔中的真实自我,毕竟是那么美好,或许值得再次返还。所以我们会看到,在应物兄座谈会上的启悟时刻之前,华学明是那么可笑,这位生物学教授甚至自告奋勇要为资本家养驴,唯恐落于人后——在资本面前,科学家颓败的速度可一点也不输给人文学者;而在启悟之后,应物兄突然有机会回忆起和华学明比邻而居的日子,那时的华学明也曾在斗室当中拥抱着爱人谈论宇宙,谈论地球不过是一粒尘埃,那么微不足道,却又气象万千。应物兄在这动人的回忆里突然意识到:"地球是一粒尘埃,而这个细节,这个爱的细节,却大于尘埃。"④应物兄发现了抒情的力量,也发现了20世纪80年代对自己的重要性,正是在和华学明的过去猝不及防重逢时,应物

① 李洱:《应物兄》,人民文学出版社,2018年版,第226-239页。
② 李洱:《应物兄》,人民文学出版社,2018年版,第245-250页。
③ 李洱:《应物兄》,人民文学出版社,2018年版,第53页。
④ 李洱:《应物兄》,人民文学出版社,2018年版,第694页。

兄将自己和华学明所面临的困境,上升为一代人的命题①。

所以应物兄一定得见到芸娘。或许因为这个名字太多次在小说中出现,我们甚至很难意识到,其实一直到小说的第86节,这一年已经入秋,李洱才安排应物兄和芸娘第一次见面。在应物兄为之奔波劳碌的那些琐碎细节所构成的世界里,芸娘既在场又不在场,因为不论和世界的关系发生怎样的变化——把家从人民广场搬到市郊,搬到更远的田野和树林,又搬回市中心②——芸娘始终如应物兄所说,“凝聚着一代人的情怀”③。她不是像郏象愚那样热烈亢奋以致浮夸的,而是深沉稳定的。正是从这种稳定性,及其与当下世界构成的巨大反差当中,生成了足以绵延至当下的抒情可能。芸娘的确是小说当中20世纪80年代知识分子大浪淘沙之后所遗存的唯一一个未曾生锈的符号了,只有她有足够的能量带领应物兄重新返还那些认真地思索、恳切的讨论,那一个个理性而浪漫的夜晚,那众多因时间的累积而愈显深情的时刻。应物兄因此得以再度和英年早逝的文德能重逢,因此再次翻开文德能残缺不全的笔记,也因此再度回忆起自己,并重新调整自己和世界的关系——至少,如果没有芸娘,我们不能想象那个周旋于政商学三界之间的应物兄,会从狭窄到难以容人的夹道中穿过,找到张子房④。不要忘记,当初他终于抽出时间去探望病中的何为,只不过是因为担心郏象愚(敬修己)会阻挠自己邀请程济世而已⑤。

何为、张子房,尤其是双林,这是《应物兄》当中除芸娘以外,屈指可数的几个至少自身并不具备反讽性的人物。尽管何为言必称柏拉图,坚持用古希腊哲学来解释一切的迂阔,看似可以和程济世对待孔子的态度相映成趣,但是她不谙世事的执拗和对私德近乎苛刻的自我要求⑥,令她的知识和人格浑然一体并无分裂,从而成为与程济世完全不同的形象。张子房是一名经济学教授,却热衷于翻垃圾桶,在小说中很长的篇幅里从未露面,而以“疯子”的形象在人们的口中流传。就常理而言,这应该是最具反讽性的人物。但是在小说行将结束的时候,他在那个被世界遗忘的大杂院里出现,他的理性、敏锐,以及矢志要在最平民的生活中发现经济学的情怀,完美地将此前

---

① 李洱:《应物兄》,人民文学出版社,2018年版,第704页。

② 李洱:《应物兄》,人民文学出版社,2018年版,第848-849页。

③ 李洱:《应物兄》,人民文学出版社,2018年版,第844页。

④ 李洱:《应物兄》,人民文学出版社,2018年版,第1018-1038页。

⑤ 李洱:《应物兄》,人民文学出版社,2018年版,第258页。

⑥ “大家都饿得要命,几个月不见荤腥,何为先生当年是负责喂鸡的。都以为她能吃饱的,可她饿得比谁都瘦。她连老鼠运到鼠洞里的鸡蛋,都要挖出来,如数登记。”见李洱《应物兄》,人民文学出版社,2018年版,第941页。

分裂的形象缝补起来了。应物兄甚至在那个空间里又一次想起了母亲:“想到了母亲,他就听见了自己的呻吟。母亲,我们再也回不到那个时候了。”①这是否意味着,除芸娘之外,这些同样并未在自身当中呈现反讽特征的人物,也构成了抒情的重要根据,构成应物兄回返自我,寻找立身之道的重要通道?就自身经验而言,李洱当然对20世纪80年代满怀深情,他和文德能、芸娘,有着共同的情感经验和文化记忆,因此在借由应物兄进行自我省察的过程中,无论是出于潜在的情感惯性,还是为寻求抵抗之道,返还20世纪80年代都是理所当然的。但如前所述,李洱绝没有将20世纪80年代置于他的省察之外,因而也不会将之视为最终或唯一的精神家园。他一路往上,去时间的更深处寻求抒情的旨归。实际上在小说当中,反而是较应物兄更长一辈的那一代知识分子,提供了更为充沛的抒情动力。

其中最为动人的形象,当然是双林。在应物兄的评价当中,双林的地位居然高过了程济世,也高过了他的恩师兼岳丈乔木:“与程济世先生的‘既悲观又乐观’相比,双林院士的‘不悲不喜’,似乎更为超然。……(与乔木)相比较而言,双林似乎反应更快。他觉得双林院士着实令人羡慕。考虑到双林院士的丰功伟绩,他觉得双林院士更像是一个范例,一个寓言,一个传说,就像经书中的一个章节。”②但是作为范例,这位为共和国“两弹一星”事业做出过卓越贡献的科学家在小说中的形象并不僵化刻板,而始终是“有情”的。他第一次出场是在济州大学逸夫楼阅览室,被人发现之后他拒绝去做什么演讲,他到这里来只是为了看一眼自己的儿子③;在和老朋友乔木聊天的时候,他会看似不近人情地当着巫桃的面,指责乔木居然没有为自己的亡妻写一首悼怀的诗④;而他对李商隐的《天涯》耿耿于怀而又念念不忘,也是因为自己对妻子、儿子和孙辈的愧疚与牵挂⑤。我们当然知道,双林之所以对自己的家庭如此深情,其实是因为曾经为事业抛妻别子,错过了为夫为父的责

① 李洱:《应物兄》,人民文学出版社,2018年版,第1028页。

② 李洱:《应物兄》,人民文学出版社,2018年版,第121页。

③ 李洱:《应物兄》,人民文学出版社,2018年版,第125-126页。

④ 李洱:《应物兄》,人民文学出版社,2018年版,第121-124页。

⑤ 乔木曾跟应物兄解释,双林因为自己的儿子小时读过这首诗,后来却远去天涯,因而觉得此诗不祥,不愿将其选入自己编选的《适合中国儿童的古诗词》一书。若参照小说后来所述双林和儿子的关系,则这一解释显然有些简单了。但双林珍视此诗,的确与自己的家庭有关:尽管在李商隐的作品中,《天涯》并非晦涩难解之作,但对这首诗的解读也存在分歧,可以将之视为羁旅乡思之作,也可以看作对韶华易逝的感慨,甚至有人从中读出了大唐帝国的末日,而双林则认定,这首诗乃是“诗人思念妻子儿女之作”。参见李洱《应物兄》,人民文学出版社,2018年版,第125-126、822页。

任，以致儿子双渐始终不能够原谅他——双林“有情”的形象并非没有裂痕。但是再一次，这一人物内在的异质因素并没有构成反讽。如果一定要将“事功”和“抒情”对立起来，就不能理解这种奇异的效果。谁说“事功”当中不能同时生发强烈的“抒情”呢？双林对于家庭的挂怀当然是真挚的，而他对科学与家国的奉献热忱也是真挚的：在桃花峪和乔木、兰梅菊一起参加“改造”时，双林也会偷懒，也会积极争取立功；但他偷懒是为了演算导弹运行数据，他立功是为了早点回去参与导弹技术的研发。两种同样真挚的情感并置，不但不反讽，反而像《天涯》中“春日”和“天涯”的反差那样，生成一种更为复杂的抒情效果。同何为、张子房一样，双林的人格及其人生实践、知识及其价值实现，并不相互抵牾，而是圆融一体。多年之后，双林通过反思他与张子房的争论，自觉地将个体与整体、个人与世界之间的矛盾转化成为联系：“现实生活中的任何一点、任何一件事，都是历史演变的结果，背景有着无限的牵连。”①如果说芸娘的稳定性能够给予启悟之后的应物兄以极大的慰藉，那么何为、张子房和双林的整一性，或许带给应物兄更大的感触与启发。因此当应物兄在深入了解了双林院士之后，对他和他的伙伴们为这个民族所做出的贡献发出由衷的礼赞，无论言辞多么宏大，放在这部放弃了总体性和必然性诉求的小说里，也丝毫不显得违和，丝毫不带有反讽的意味。②而在和双渐一起来到桃花峪，在九曲黄河岸边与双林“事功”而“抒情”的一生狠狠地正面撞击之后，应物兄似乎终于——至少暂时地——和反讽性的现实达成了和解③。

但是，双林等老一辈知识分子内在的整一性难道不是来自那个时代单纯的总体性吗？时至今日，它所提供的抒情力量是否真的还能解决应物兄的精神困境，而且，双林不是死了吗？何为也死了。稍微晚近的20世纪80年代同样烟消云散：文德能英年早逝，芸娘也未能活到第二年春天到来。尽

① 李洱：《应物兄》，人民文学出版社，2018年版，第948-949页。

② 他们在荒漠中，在无边的旷野中，在凛冽的天空下，为了那蘑菇云升腾于天地之间而奋不顾身。他觉得，他们是意志的完美无缺的化身。与他们当年的付出相比，用语言对他们表示赞美，你甚至会觉得语言本身有一种失重感。参见李洱《应物兄》，人民文学出版社，2018年版，第947页。

③ 夜晚，应物兄看到古老的月亮，看到古老月亮所照耀的一切事物，都想到双林：“此刻，双林院士也看着这月亮吗？”然后，他将他的烦恼忘却了，心情归于宁静，那段描写更像是在讲述新生：“他赤条条地躺着。无论平躺，还是侧身，还是肚皮朝下，他都能感到月光照着他。在睡梦中，月亮，那荏苒的烟球，向西边飘去。黎明的微风吹着他，凌晨的霞光洒向他。在半梦半醒之间，他真想就这么躺下去，忘却‘太研’的一切。”参见李洱《应物兄》，人民文学出版社，2018年版，第840页。

管李洱有意将芸娘之死提早插叙，但稍微留意便不难发现，就在芸娘去世的三天之后，应物兄便遭遇车祸，生死不知——大概是死了。这是否意味着，其实抒情只是绝望的悼念，并不具备对抗反讽性现实的力量？的确，如论者早已指出的，文德能笔记中那个由自造单词构成的标题"thirdxelf"，或许正是自具反讽性的应物兄蜕化为"新人"的道路，那也是应物兄回返抒情的20世纪80年代所寻得的重要关键词。然而"x"本就意味着不确定，何况还有一个代表未完成的"，"。这条道路显然并未建成，而抒情的回返也因此看上去毫无斩获[①]。但这大概与时代变迁、人世轮转并无关系。考察反讽这一概念，我们会发现存在一种"总体反讽"，指向个人与世界之间不能解决的根本性矛盾。这一根本性矛盾似乎永恒存在，因此从古希腊到今天，我们总能在各类文献中发现总体反讽。唯有在中世纪，总体反讽销声匿迹——"由于基督教神学否认在人和自然之间（人是创造的主宰）或者在人和上帝之间（人是慈爱的天父的儿子），存在着任何根本性的冲突，因此毫不奇怪，直到这种神学的封闭世界失去说服力时，总体反讽才在近代欧洲出现"[②]。——但那并不意味着中世纪的现实当中不存在根本性矛盾，而很可能只是不被允许表达。因此尽管其实不止一位现代小说家像李洱一样认定当代生活已失去其必然性，因而必须用更复杂的小说技术加以表现，但很可能他们都犯了因果倒置的错误。——或许并不是当代生活在呼唤小说的革新，而是日益革新的小说发现甚至可以说是发明了当代生活。每一代人都必然面临处理个人与世界关系的永恒难题，因而应物兄向过往与前辈的返还，就绝不会没有意义。不同代际的知识分子之间，不仅应当传承知识，也需要彼此砥砺。至少在回访过往的行程中，应物兄通过"共情"，和旧的自我以及曾经的伙伴，和尽管身处不同时代却同样无法辨别其必然性的前辈学者（何为、张子房、双林，甚至经由芸娘和姚鼐上溯至闻一多和梁启超[③]），结成了紧密的情感共同体——还有什么比情感的共鸣更有助于产生有关共同体的想象？理查德·罗蒂在否定了普遍人性之后，指出若想将公共的正义和私人的完美统合起来，每个人就"都有一项道德的义务，去感受我们和所有其他人类之间的团结感"，而这"团结感在于想象地认同他人生命的细枝末节，而不在于承

---

① 黄平：《李洱长篇小说〈应物兄〉：像是怀旧，又像是召唤》，《文艺报》，2019年2月15日。

② ［英］D. C. 米克：《论反讽》，周发祥译，昆仑出版社，1992年版，第104页。

③ 李洱：《应物兄》，人民文学出版社，2018年版，第856-857页。

认某种原先共有的东西"[①]。这不正是李洱在写作《应物兄》时所采取的手段？而这里所说的"团结"，不正是可供弥合应物兄和反讽性现实之间紧张关系的方案？——尽管或许仍然只是一种可能。

更何况，李洱还是非常体贴地为我们留下了一座诺亚方舟：在芸娘的安排下，文德斯和陆空谷结婚了[②]。婚姻难道不是人一生当中最具有反讽性同时又最为抒情的时刻？它是终结，也是开始，它敞开无限的可能性。李洱曾经表达过他对《红楼梦》的极大兴趣，在他看来，贾宝玉这一人物的核心问题就是个人与世界遭遇的问题。很可惜，《红楼梦》里的贾宝玉年纪太小了，而他始终想要追问：贾宝玉长大之后怎么办[③]？而在《应物兄》当中，芸娘明确指出了文德斯和贾宝玉之间的联系："宝玉这个人，置诸千万人中，其聪俊灵秀之气，则在千万人之上；其乖僻邪谬不近人情之态，又在千万人之下。用大白话说，就是确实够聪明，但不近人情。文儿就有点这个劲。"[④]那么或者，文德斯才是长大之后的贾宝玉，才是李洱写作《应物兄》真正的关切所在？李洱没有让他出家，而是让他结婚了。或许有一天他会子孙满堂，像程济世念兹在兹的那样，"继万世之嗣"。

四、解题与结语：或难解之题与未完待续

最后，必须谈谈"应物兄"这个名字了。"物"好理解，指的是自己以外的一切物和人，实际上包含了与主体相对的所有客体。"应"就令人颇费踌躇。《说文》解释说："应，当也。"那么"应"该是中性的，表示主体与客体相面对的情形，大致可以翻译为"应对"。但是《国语·襄王不许请隧》有"其叔父实应且憎"的句子，注曰"犹受也"，那么"应"和"物"搭配在一起，就该翻译成"顺应"。这二者的意思大相径庭，给我们造成了极大麻烦：应物兄是预先并不抱定某种立场地和外在世界相面对，还是准备好了顺应他所面对的世界，意义可大不相同。

小说中有四处直接对"应物"二字加以讨论。第一次是说明"应物"这个名字的由来，应物兄的初中班主任朱山是个下放右派，根据《王弼传》把应物兄的名字从"应小五"改成了"应物"。小说引述的那段《王弼传》原文，实际

① [美]理查德·罗蒂：《偶然、反讽与团结》，徐文瑞译，商务印书馆，2003 年版，第 270 页。

② 李洱：《应物兄》，人民文学出版社，2018 年版，第 977–979 页。

③ 李洱：《贾宝玉长大之后怎么办——二〇一五年十一月十八日在香港科技大学的演讲》，收录于李洱《问答录》，上海文艺出版社，2017 年版。

④ 李洱：《应物兄》，人民文学出版社，2018 年版，第 256 页。

上是王弼对何晏“圣人无喜怒哀乐”论的反驳，大概是说：圣人和常人一样有五情，那么就不可能不带喜怒哀乐地去“应物”，只不过圣人可以不受外物的牵累，所以大概看不出喜怒哀乐，但却不能因此以为圣人没有“应物”。既然圣人不受外物牵累，这里的“应”似乎理解为“应对”更加合适①。第二次讨论“应物”，是释延源以为这个名字出自欧阳修《道无常名说》②。有学者指出，欧阳修这里说的道，是指万物之外具有总体性意义的一贯之道，此一贯之道必须和万物相遇，化成多元之道，才能发生效应，可见这里的“应”也该理解为“应对”③。第三次是芸娘与应物兄讨论传统内部断裂和连续的历史韵律，引用的也是欧阳修《道无常名说》，姑且搁置不论。④ 第四次是芸娘引用《晋书·外戚·王濛传》中“虚己应物，恕而后行”来评价谭淳，芸娘解释这八个字的意思是“面向事实本身”，则这里的“应”当然也是“应对”的意思。⑤如此看来，则“应物”二字的意思，就是和外物相面对，非但不是放低姿态、顺应外物，甚至还隐隐包含了一种积极的态度，鼓励人去面对世界。这实际上说的也正是《应物兄》或一切小说理应处理的主题：个人与世界的遭遇。

但若结合小说的具体语境理解，这四次对“应物”的讨论，似乎又将发生意义的偏移。朱山为应物兄改名时，正是从高校下放到初中的右派，在横遭现实打击之后，“应”字是否也包含一些韬晦的意思？第二、第三次释延源和芸娘在讨论时，都将“应物”与“执道”对立起来，且隐隐倾向于后者，则这里的“应”是否也被赋予了些同流合污的味道？最有趣的是第四次讨论。芸娘先是讲述了一个关于蝈蝈的故事：蝈蝈打架，若断了腿，便能痛而求变，另寻替代；而如果只是受伤，则虽然腿不能动，依然“虚己应物”，呆立等死。这似乎既是对谭淳的现状表示惋惜，也是对应物兄启悟时刻的一种回应，而“应”字则明确具有消极等待意味了。因此所谓“应物”，原本应该是个人不卑不亢无悲无喜地与世界相面对，但在具体操作中，似乎总难免微妙地倾向于屈服。何况不要忘记，还有一个“兄”字，季宗慈为自己的失误辩解时说，“这个名字更好，以物为兄，说的是敬畏万物”⑥。个人与世界相遇，敬畏无可厚非。但敬畏的分寸若拿捏得不好，变成了畏惧，孤立无援的个人就难免被世界攫取，从而至少部分地丧失自我。然而只要涉及分寸，从来都是难解的题目。

① 李洱：《应物兄》，人民文学出版社，2018 年版，第 175-176 页。

② 李洱：《应物兄》，人民文学出版社，2018 年版，第 747 页。

③ 成玮：《“道”之二分与“文”之二分——欧阳修文道关系思想新论》，《古代文学理论研究》第四十辑。

④ 李洱：《应物兄》，人民文学出版社，2018 年版，第 843 页。

⑤ 李洱：《应物兄》，人民文学出版社，2018 年版，第 872 页。

⑥ 李洱：《应物兄》，人民文学出版社，2018 年版，第 175 页。

因此《应物兄》所要处理的命题，应物兄所遭遇的困难，其实不仅是当代生活的命题，而且是长久以来我们的文明都致力于解决的困难。《论语·公冶长》前两章生动地讲述了孔子如何辩证地理解和处理这一困难：

子谓公冶长："可妻也，虽在缧绁之中，非其罪也！"以其子妻之。子谓南容："邦有道不废；邦无道免于刑戮。"以其兄之子妻之。

公冶长被关进了大牢，但孔子觉得他并没有做错什么事情，是"行正获罪，罪非其罪"[①]，于是就把女儿嫁给了他。南宫敬叔学有所成却又处事谨慎，所以太平年代一定有官做，乱世也不会惹什么祸，所以孔子就把侄女嫁给了他[②]。孔子欣赏那种能够睿智地与外物相周旋的人，但是绝不认为有必要为明哲保身而放弃正道；反之亦然，而在《应物兄》中，有一个同样喜欢把女儿嫁给得意弟子的乔木，对应物兄说过和孔子有着同样辩证精神的话，只是更加具有可操作性：要尽可能地追求最高境界，尽可能地说真话。如果不能说真话，那么你可以不说话、不表态。如果不说话、不表态就过不了关，那就说呗。但你要在心里认识到，你说的是假话，能少说一句就少说一句，不要抢着说，不要先声夺人，慷慨激昂，理直气壮。主动说假话和被迫说假话，虽然都是说假话，但被迫说假话是可以原谅的。……说假话是出于公心，是为了大家好，不是为了自己好，那其实还是一种美德。但前提是，你的假话不要伤害到别人[③]。

这是一段非常反讽的话，也是一段相当抒情的话。反讽在话里有，但更指向总体反讽；抒情在话里找不到，而是来自乔木说这番话时的良苦用心，以及话背后所凝聚的时间、事件和教训。这种悖反的效果也正符合乔木本人的形象。在双林一代知识分子中，乔木是相当独特的一个：他极为抒情，但确实也具备了内在的反讽性。他既耿介，又圆滑；既严苛，又通达；既深情款款，又见异思迁；既懂得沉默的好处，又管不住自己的嘴。如果说何为、张子房、双林以其整一性，足以作为一个时代知识分子精神的符号表征，因而很容易成为应物兄抒发情感、建构认同的目标；那么乔木则以其复杂性和反讽性，更真实地记录和处理了个人和世界的关系。这大概就是为什么乔木会对韶光易逝发出感慨，而双林却不以为然。[④] 那其实并不意味着双林比乔木更加高明，他们只是从不同角度为我们理解个人与世界的关系提供了助力。双林以其超越性的精神力量给我们以想象"团结"的希望；而乔木则时

---

① 程树德：《论语集释》，程俊英、蒋见元点校，中华书局，1990 年版，第 286 页。

② 程树德：《论语集释》，程俊英、蒋见元点校，中华书局，1990 年版，第 289 页。

③ 李洱：《应物兄》，人民文学出版社，2018 年版，第 576 页。

④ 李洱：《应物兄》，人民文学出版社，2018 年版，第 819 页。

刻提醒我们，在实践希望的路途中，必须小心翼翼，且必然千疮百孔。李洱终究是担心会将这复杂的当代生活处理得过于简单，他要用乔木来作为小说平衡的砝码，以保证抒情之严肃和有效。他要提醒我们：“团结”是可能的，但是困难重重。对于我们每一个人来说，“个人与世界的遭遇”都还将是一个长久的命题。

——不是应物兄，不是知识分子们，是“我们”。论者往往将《应物兄》视为知识分子小说，但今时今日，会选择翻开它的读者有几个不是知识分子？每个人都生活在知识、文化和传统当中，每个人都在各自孤独地面对整个世界，每个人都是应物兄，因此这部小说不是写给特定的某一群人，而是写给每个人。既然“团结”需要认同，那么只要我们未能理解、认同和参与到李洱的反讽与抒情当中，李洱在小说中所探索的“团结”就始终只是一种可能，必须置于双引号之中。因此李洱在小说开篇发出的邀请，不是邀请我们进入他虚造的世界，而是邀请我们回到现实，回到我们自己。

思想与生活的离合
——读《应物兄》所想到的[①]

谢有顺[②]

李洱善写知识分子,《应物兄》[③]便可说明。但这部八十五万字的长篇小说,不同于《儒林外史》《红楼梦》,不同于《围城》《废都》,也不同于索尔贝娄、戴维·洛奇、约翰·威廉斯、翁贝托·埃科等人的作品。这种不同,并非只是出于作家的个性差异,更在于他们处理的问题、思考的路径、叙事的方式的巨大差异。李洱面对的是此时、此地,是一群自己非常熟悉而又极其复杂的中国知识分子,还有同时代的各色人等。他试图在一种巨变的现实面前,把握住一个群体的精神肖像,进而辨识出一个时代的面影——小说看着像是由许多细小的碎片构成,拼接起来却是一幅有清晰轮廓的当代生活图像。

这样的写作,暗藏着一种写作雄心,也昭示了一种写作难度。

要写好当下中国的社会现状和精神议题,谈何容易。这些年,社会的急剧变动、人口的大规模迁徙所带来的经验的流动、思想的裂变,是中国历史上所未有的;而这种流动着的"现在",是我们正在经历的新现实,也是文学所面对的新问题。中国作家长于写历史,写家族史,写有一定时间距离感的生活,而很少作家有能处理好直接进入小说的此时、此地的经验,因此,必须要充分肯定敢于直面"现在"的作家。那些芜杂、丰盛的现实事象,未经时间

---

① 原载于《当代文坛》2019 年 04 期。

② 谢有顺(1972 年—),男,复旦大学文学博士,中山大学中文系教授、博士生导师。主要从事中国现当代文学研究,兼及中国当代文学批评和文化研究。在《文学评论》《文艺研究》等刊发表学术论文 300 多篇,出版有《成为小说家》《文学及其所创造的》等著作十多部。

③ 李洱:《应物兄》,人民文学出版社,2018 年版。

淘洗，作家若没有良好的思想能力，找到自己的角度来梳理、择取，并出示自己面对现实的态度，便只会迷失在经验的海洋中。人的主体性的建构并非只由他所经历的事、走过的路、思想的问题所决定的，除了历史，“现在”对于一个人的自我确证同样重要。福柯说，一切哲学问题中最确定无疑的是此时此刻我们是什么的问题，“当康德在1784年问‘什么是启蒙’的时候，他真正要问的意思是，‘现在在发生什么，我们身上发生了什么，我们正生活在其中的这个世界，这个阶段，这个时刻是什么？’”[①]文学是时间的艺术，它对“曾经”“现在”“将来”这三种时间形态之生活的讲述，由“现在”所统摄；文学看起来是在讲述任何时间、任何地点的人与事，其实真正探索的一直是此时此刻“我是谁”以及“我是什么”的问题。

这种当代视角，或者说“现在”本体论，是当代文学重大的价值。所谓的现实感，也是由此而来。现实并非只是发生在当下的事实，它也包含着一种精神态度。好的写作，是物质与精神、经验与伦理的综合。当年胡适说自己的思想受赫胥黎和杜威的影响最大。“赫胥黎教我怎样怀疑，教我不信任一切没有充分证据的东西。杜威先生教我怎样思想，教我处处顾到当前的问题，……处处顾到思想的结果。”[②]胡适的思想不以深刻见长，但他这种“顾到当前”的敏锐性和现实感，使他成了那个时代一个醒目的触角，他被很多问题所驱使，为何一个问题还未探讨清楚又转向了下一个问题，背后都藏有“顾到当前”的紧迫感。鲁迅的写作也是如此。他不写长东西，而更愿意“放笔直干”，与现实短兵相接，也是因为他选择的是活在“现在”。20世纪70年代末至80年代的文学影响卓著，亦和那个时期作家们鲜明的现实感密切相关。文学后来的影响力日益衰微，虽然其中有文学不断逃逸到历史叙事、语言游戏中的缘故，但问题症结在于作家写作的现实感匮乏，以致无法有力地回答此时的人和生活到底处于什么状态，因此，只有重建当代文学中的“现在”本体论，才能有效保证当代写作的实感与担当精神。

《应物兄》里有一处写到，谭淳说，喝茶的人喜欢谈过去，喝酒的人喜欢谈未来，喝咖啡的人只谈现在。她喝咖啡。的确，在《应物兄》里发生的故事都是“现在”的——济州大学想引进儒学大师程济世以筹建儒学研究院，程济世来北京讲学并商定儒学研究院的名称和选址，儒学研究院筹建过程中的种种事端，这些几乎是和李洱的写作时间同步的。故事的发生与学院生

① ［法］福柯：《主体与权力》，见汪民安主编《福柯读本》，北京大学出版社，2010年版，第287页。

② 胡适：《介绍我自己的思想》，见《胡适文选》自序，中国文史出版社，2017年版，第5页。

活有关,学院之外的各种力量也在小说中轮番登场,主角当然是一群知识分子。如果以应物兄为参照,这群知识分子中,有他师长一辈,也有他学生一辈,前后三代人,但面临的问题也许是一致的,那就是思想与生活的离合。

把"思想"的处境与情状当作小说的核心主题来写,风险很大,一不小心就会流于空洞或说教,或者撕裂思想与形象之间的亲密关系。过去的故事,都是以"事"为中心的,但李洱似乎想创造一种以"言"为中心的叙事,至少,他想把小说改造为一种杂语,把叙与论,把事情与认知融汇在一起。所以,《应物兄》里许多地方是反叙事的,叙事会不断停顿下来,插入很多知识讲述、思想分析、学术探讨。很多人为这种小说写法感到惊异,我倒觉得,这种杂语小说,更像是对日常说话的模仿。日常说话中,没有谁是专门叙事,也没有人是专门议论或抒情的,他的语体往往是混杂的——说一些事情,发一些感慨,同时夹杂着一些抒情,几种语体交替出现,说话才显得自然、驳杂、丰富。很多早期的典籍,都还原了这种日常说话的特征,比如《论语》《圣经》,是由门徒记录的孔子、耶稣的言与行,多是真实的日常说话;讲一件事情,说一个道理,记述一次出行,交织在一起的。这种杂语体本是文体分隔之前作文的基本方式,在文体严格区分之后,才有清晰的小说、诗歌、散文、评论等文体的边界。但这边界是否合理、能否逾越?许多文体探索的实践已经回答了这个问题。《应物兄》发表之后,不少人认为这是一部向《红楼梦》致敬的作品,而我以为,就文本话语方式而言,《应物兄》更像一本向一种古老说话体典籍致敬的大书。

由此,我想到了《史记》的结构。一百三十篇中,有十二本纪、十表、八书、三十世家、七十列传。"本纪"记述帝王;"世家"记述诸侯;"表"与"书"列世系、史事,记制度发展,其实也是治国及其效果的概略;"列传"是以人为核心,权臣士卿之外,医生、侠客、奸佞、占卜等皆有。若视《史记》为重要的文学资源,光看到列传里的人物描写是不够的,光有十表八书那些体会也不够,《史记》是一个整体——从结构上说,它就像是华夏社会的国家结构,极为谨严、全面,缺一不可。后来的人谈论文学,多局限于文体、风格、美学、形象,其实只论及了很小的一点,远没有《史记》的完整和大气,根本上说,就是对作品的结构缺乏更宽阔的认识,还可以联想到《圣经》,以新约为例,也是由福音书、使徒行传、书信、启示录等多文体构成,有记事,有记言,也有预言和想象。门徒们为了把"太初"就有的"道"讲清楚,没有受限于一种文体而使其杂语并置。

李洱估计受了这些杂语体典籍的启发,写作《应物兄》时,自觉或不自觉地混杂了各种文体,而且旁征博引、旁逸斜出、旁见侧出、旁指曲谕,知识点多而杂,机锋与趣味并存。有人将这部小说称为"百科全书式的写作",更多指的是某种知识的广博；当然也不乏炫技，因为知识与叙事的有机融合，很多地方不乏生硬。但我仍然认为，文体与结构之间的关系值得留意。以仿写日常说话为主的杂语体，穿插了许多包括作者自己编撰的文字，这无意间改造了小说的结构——它不再是以人或事为主线，而更像是一种思想的流动、语言的繁衍。李洱选择起首几个字作为每一节的节名，估计也是拒绝框定一些东西，而试图让思想和语言真正流动起来。

这点在《应物兄》的叙事视角选择上也有所体现。很少小说会选择这么复杂的多视角来叙事的，有第三人称，也有第二人称、第一人称，而且常常交织在一起，频繁转换，像上帝一样无所不知，又像是所知有限的自言自语。从固有的叙事学知识来看，很多地方是不合理的。仅仅是散点叙事、移步换景？我却想到了中国古典的绘画。张择端的《清明上河图》、黄公望的《富春山居图》，以绘画的透视法而言，都是不合理的，没有人可以看见十余里范围内八百多人的活动图景，也没有人可以尽览富春江的沿江风景；更不合理的是，画中的风景和人都不遵循远近、大小的比例，因为画家根本不用透视原则。《富春山居图》的作者假想自己身在扁舟上一路观赏风景，《清明上河图》的画者好像是在半空中，他可以看到院墙以内、厅堂房间里的人与摆设。何以如此？因为画中有"我"，而"我"本身就在画中，而且由"我"来带读者入画——这种随心所欲正是中国画的巨大特色。也如中国诗，王维的许多诗作无一处写人，实际上却处处写人，处处写"我"。"我"是隐含在情与物之中的。哪些景、哪些物可以入诗，由"我"的情怀、胸襟和识见所决定。这种有"我"的写作，不仅见于绘画，它也是中国文学的重要传统。《红楼梦》为世人所重，其中一个很重要的原因即是里面有"我"的罪与悔作为精神底色；二十世纪以来，鲁迅的写作最为深刻，正是因为他在审视民族精神的同时，也有强烈的自审意识：他们吃人，"我"也在吃人；"我"的心里有黑暗和虚无，有鬼跟着"我"。

这样看，《应物兄》中的人称问题就不仅是叙事视觉的问题了。李洱是想把"我"与"他"、与"你"合体，"我"以显在或隐在的方式进入小说的各部分中，任何人遭遇和承受的都是"我"遭遇和承受的。李洱塑造了一个可以经历这个时代各种生活的超级角色。或许，小说中写到的"应物兄有华为、苹果、三星的三部手机"就是一个隐喻。三代知识分子，无论是在坚守的，在抗争的，还是已沦陷的，都可视为是思想的不同镜像。老一辈学者，双林、乔木、何为（芸娘）、张子房、姚鼐等；中间一辈的应物兄、费鸣、郑象愚、敬修己、文德斯、郑树森、乔珊珊等；更年轻一代，应物兄的学生一辈，"儒学天才"小颜等——三代人呈现出的是不同的精神气质，"在20世纪80年代学术是个梦想，在90年代学术是个事业，到21世纪，学术就是个饭碗。"穿行于三代知识分子之间、在“梦想”“事业”“饭碗”中往返的那个超级角色，那个合体于不同的人身上的“我”，既高尚又堕落，既精神卓然又欲望蓬勃，是学者也是官员或商人，大谈儒学的同时也热衷于性事，专注于仁德的注释也不断地将之物化。

这个处处隐藏着“我”的超级角色，或许可以将它指证为“思想”。小说中人物的命运，就是思想在不同处境下的命运。具体而言，儒学作为中国社会两千多年来的思想主流，它在当代面临着哪些问题和困境，在这三代知识分子身上可以清晰地看见。不能简单地认为，《应物兄》里谁承传着儒家精神，谁背叛了儒家传统，这样未免过于脸谱化了。这种进与退、失与守，几乎是大家共同的命运，一起坚守、一起堕落，不过程度不同、表现不同而已。每个人里面都住着一个儒家，都各种体面、各种周旋、各种明知不可为而为之，但每个人又都遭遇着各种尴尬、各种受挫、各种不可遏止的坠落。儒家讲“致广大而尽精微，极高明而道中庸”，讲的就是全体，而非个体。据孙国栋回忆，他的老师钱穆在讲这两句话时，曾举例说：“最广大的事物，莫如全体人类，而人类能够共存，所赖的是人性中有共通点。此共通点岂非极精微的？如缺乏此精微的共通点，则人类的生活将不知如何了。‘极高明而道中庸’一语亦复如是，一种极高明能为众人所推崇而遵从的道理，必然是在众人心中有根苗的，然后他们才能对他的思想起共鸣而追随他的道理。如果他的思想，是他自己兀兀独造而得的，在众人心中没有根苗，则众人不会对他的思想起共鸣，所以凡是为大众奉行的高明思想必然在众人的庸言庸行中蕴有根苗，所以说‘极高明而道中庸’。”[①]一种思想的兴起，来自于每个人心中有相通的“根苗”，进而得到众人的呼应；而一种思想的衰败，也是源于共识的断裂、众人的内心之火的渐渐微弱。把《应物兄》所写的群像视为一个整体，就可看到：每个人都是圣人，也是罪人；都思接千载，又只顾眼前；都想有所信，又什么都不信。每个人、每个社会阶层都充满着矛盾和分裂。

追根溯源，这些都来自于思想和生活的分裂。

因为思想与生活的疏离，导致了我与世界、他人的疏离，最终也造成了我与自我的疏离。《应物兄》里许多地方都写到了内心的自我辩论，正是人与自我疏离的生动写照。哪个是真实的“我”，“我”想成为怎样的“我”？一片茫然。小说开头，应物兄问：“想好了吗，来还是不来？”结尾处，他清晰地听到了肯定的回答。这是自我的幻影，也是自我的争论，还可以说是自我的确证。《传道书》里说，人心里怎样思量，他的为人就怎样。可如今，思量可

---

① 孙国栋：《师门杂忆——忆钱穆先生》，见黄浩潮、陆国燊编著《钱穆先生书信集：为学、做人、亲情与师生情怀》，香港中文大学新亚书院，2014年版，第224页。

能只是词语的空转,是一种以学术名义展开的话语游戏,现实、行为却是另一种模样。做的和说的不一样,说的和想的不一样,想的和愿意想的又不一样,疏离、分裂无处不在,这恐怕才是"现在"这一时刻所面临的最为严峻的问题。

李洱声称在《应物兄》里思考的是知行合一的问题。思想是空谈还是实学,思想是否还能影响生活,生活又是否还能成为思想创造的源泉,思想与生活的聚合和离散分别是怎样一种面貌?李洱抓住了一个核心,那就是"言"。思想、学说在蔓延,大家不断在说,语言上无比喧嚣、振奋,行动上却是悖反的,生活真实的增量不过是欲望和物质。"言"成了嘴上阔论,甚至自己说的每一句话,都成了自身行为的讽喻。萨义德说:"知道如何善用语言,知道何时以语言介入,是知识分子行动的两个必要特色。"①但是,更可怕的事情出现了,那就是,知识分子一方面把语言变成了纸上的空谈,另一方面又把语言当作破败行为的伪饰。《应物兄》里的大儒程济世的乡愁不过是对济哥、仁德丸子的深情;筹建中的儒学研究院的主要工作不是研究仁德的精义,而是寻找已经从城市里消失了的仁德路和从未听说过的仁德丸子;国学的精粹成了风水学,儒家的身体论也成了性爱的注脚……一切都在空心化、实用化、物化,在悄悄地变形、偷换、替代,所以,萨义德还说:"后现代的知识分子现在看重的是能力,而不是像真理或自由这类的普遍价值。"②儒家在现代的命运也类似。济州大学筹建研究院不再以讨论思想和学术为要旨,而是迅速变成了项目和产业,儒学义理早已没有了落实的地方,而只游荡在会议和闲谈之中。

已经找不到一种生活来承载那些伟大的思想了。再厚重、正大的思想也成了孤魂野鬼,无所着落,而粗粝、嚣张、欲望化的生活直接冲到了时代的前台,思想不过是一个影子,赤裸裸的生活才是实体。《应物兄》里写了很多欲望的类型及其变种,它们才是塑造现代生活的核心力量,儒家不再是主流思想,消费文化、物质文化正日益取代它的地位。"现在"是享乐、戏谑、搞笑、崇尚成功与财富的时代。这时,我们才突然发现,我们不仅失去了一种思想的光芒,同时也在失去一种生活——一种有精神质地、价值构想的生活。苏珊·桑塔格说:"传统的专制政权不干涉文化结构和多数人的价值体系。法西斯政权在意大利统治了二十多年,可它几乎没有改变这个国家的日常生活、习惯、态度及其环境。然而,一二十年的战后资本主义体系就改变了意大利,使这个国家几乎是面目全非。……甚至极权的统治下,多数人

①② [美]爱德华·W·萨义德:《知识分子论》,单德兴译,生活·读书·新知三联书店,2002年版,第23页。

的基本生活方式仍然植根于过去的价值体系中，因此从文化的角度讲，资本主义消费社会比专制主义统治更具有毁灭性。资本主义在很深的程度上真正改变人们的思想和行为。它摧毁过去。”[①]我们可能也正在经受着同样的“毁灭”，它来自消费、物质和欲望合力对“基本生活方式”的摧毁，这种思想和行为的深刻改变，是一次价值上的连根拔起。旧的精神消散，新的价值未及建立起来，生活于其中的思想者，唯有在苦痛中等待新生。

尽管李洱在《应物兄》里这样写道：“传统一直在变化，每个变化都是一次断裂，都是一次暂时的终结。传统的变化、断裂，如同诗歌的换韵。任何一首长诗，都需要不断换韵，两句一换，四句一换，六句一换。换韵就是暂时断裂，然后重新开始。换韵之后，它还会再次转成原韵，回到它的连续性，然后再次换韵，并最终形成历史的韵律。正是因为不停地换韵、换韵、换韵，诗歌才有了错落有致的风韵。每个中国人，都处于这种断裂和连续的历史韵律之中。”[②]“换韵”一说，颇为委婉而优雅，它是对历史演进的一种正面解读，旨在激发我们的信心。浅薄、混乱、悲哀、痛苦之后，会有新的精神迎风站立，因为在一个文化巨变的时代，一种绝望从哪里诞生，一种希望也会从哪里准备出来。这是李洱留给我们的一丝真实的暖意，正如《应物兄》的末了，应物兄遭遇车祸之后发现“我还活着”，读来令人百感交集，看起来已经命若游丝，其实还坚韧地活着。我想，在任何时候，人类都不该失了这份坚韧和希望。

---

① [美]苏珊·桑塔格、贝岭、杨小滨：《重新思考新的世界制度——苏珊·桑塔格访谈纪要》，《天涯》，1998 年第 5 期。

② 李洱：《应物兄》，人民文学出版社，2018 年版，第 331 页。

学院知识分子的精神荒芜与道德坚守

——从《围城》到《应物兄》①

刘秀丽②

新世纪以来，学院知识分子写作渐增。其中，南翔的《大学轶事》(2001)、张者的《桃李》、丁建顺的《众妙之门》(2006)、史生荣的《所谓教授》(2004)、纪华文的《角力》(2005)、汤吉夫的《大学纪事》(2007)、阎真的《活着之上》(2014)及新近出版的李洱的《应物兄》(2018)较受关注。在这些小说中，知识分子传道授业解惑的责任及时代担当的精神，往往被现实中狗苟蝇营的物质利益和不可遏制的私人欲望所淹没，知识的神圣感消失了，知识不再是利他的工具，而是变成了利己的手段和谈判的筹码。当然，在这片精神荒原中，也有坚守精神高地与道德底线的知识分子，不惮于以个人之弱对抗时代之艰，独自背负精神使命，捍卫知识分子的尊严与士人的道德底线。

许涛在总结高校题材小说的精神维度时，将知识分子的精神蜕化分为三种：市场背景下的拜金主义，象牙塔中的权力角逐，和放纵情欲的浸淫性爱。③ 其实对于知识分子精神蜕化的三重因素，钱锺书的《围城》早已涉及。方鸿渐、赵辛楣等人所处的三闾大学金玉其外败絮其中，上层华而不实，中层乌烟瘴气，底层进阶艰难，与以上小说中所塑造的大学形象相较无差。《围城》中的大学与知识分子，可以和近来同类题材小说中虚构的那些大学和知识分子之间相互转换，这样的文学史实本身就值得知识分子深思。李洱的《应物兄》很好地继承了《围城》的知识分子写作传统。《应物兄》的时间坐标为新世纪，在回望百年知识分子精神历程的宏大视野下为新世纪知

---

① 原载于《当代文坛》2019 年 04 期。

② 刘秀丽(1981 年—)，女，文学博士，主要从事中国现当代文学与文化、应用写作与新媒体写作等方面的研究。先后在《南方文坛》《当代文坛》等刊物发表论文十多篇。

③ 许涛:《高校题材小说的精神维度扫描》,《文艺争鸣》,2008 年第 10 期。

识分子塑造群像。它将中国学术现场三代知识分子的生活写得活灵活现，“高度概括20世纪80年代至今全球化背景下，中国的知识者知与行的过程”“呈现思想史上曾经发生的争锋、对话及衍变”，所以臧永清说《应物兄》是一部“有着巨大野心的书”①。它主体叙述济州大学成立儒学研究院、引进国际儒学大师程济世先生，实则在叙事的过程中延宕笔墨：一方面，李洱对小说所涉及的物象兴趣十足，写得枝蔓横生、兴致盎然，小说的细部非常饱满；另一方面，《应物兄》不惮耗费巨大的笔墨去关注词与物的差异，这些知识性的探讨引起了巨大的分歧，喜爱者认为此种写作提升了人们对不同事物的认识，增进了阅读文本的愉悦感，扩大了小说文本的张力，而不满者则认为大量知识性的探讨破坏了小说本身的结构，不断败坏和打扰阅读的兴致，将小说堆砌得像个琳琅满目的百货架。

一、形象塑造：学院知识分子的性别与爱欲

当我们谈论知识分子的精神溃败时，有一个预设的前提：知识分子本该是知识理性的启蒙者和明道救世的智者形象，这表明我们对知识分子有更高的智识、道德和行为期许。但越来越多的小说所塑造的形象，恰恰击碎了这种期许。孟繁华曾总结新世纪以来知识分子为题材的长篇小说，认为情感背叛、愤然出走、灵肉之死等成为知识分子最常见的结局，知识分子形象大都成了新的悲剧主角，与社会和时代格格不入而被放逐、抛弃或死亡②。知识分子的形象坍塌、知识分子形象的悲剧性并不是21世纪小说的专利，创作于20世纪的《围城》已珠玉在前。就21世纪的小说创作来看，《活着之上》里的聂致远和《应物兄》中的一干人等，也体现了知识分子形象的多元化与多种可能性。

学院知识分子小说大多以男性为主要角色，这与长期以来男性在知识分子圈层中占据绝对主导地位和掌握话语权的现实密不可分。方鸿渐、聂致远、应物兄等小说主人公或叙事者是男性，围绕在他们周围、对他们的人生选择与判断产生重要影响作用的也多是男性角色，赵辛楣、程济世、乔木先生、敬修己等人；可以看作他们价值观与人生趣味对立面的一些角色，像方鸿渐所鄙夷不屑的顾尔谦、李梅亭之流，严重冲击聂致远人生信仰的蒙天舒之流，让应物兄极其鄙视的郑树森、吴镇之流和比应物兄更纯粹、更坦荡

① 臧永清，周大新，李敬泽：《〈应物兄〉：建构新的小说美学》，《湖南日报》，2019年1月11日。

② 孟繁华：《21世纪初长篇小说中的知识分子形象》，《文艺研究》，2005年第2期。

的费鸣、文德斯、小颜们，也都是男性。

这些小说承认了一般性的社会期待，那就是男性在家庭中处于主导地位，学识、经济、能力、综合素质在男女两性中处于优势地位，否则就会造成巨大的麻烦，而聂致远恰不符合这种男性期待，工作不如意，家庭很贫困，看不到上升的空间和希望，谈了多年的女朋友分道扬镳，而在他考上博士之后，女朋友以为博士能够带来巨大的经济回报和社会地位的改变而回到他身边。当聂致远博士毕业后的待遇不如她意的时候，她愤怒、不满，充满抱怨。方鸿渐出国的经费由前准岳父资助，刚回国在事业上依赖前准岳父，所以准岳母、小舅子都看不起他，与孙柔嘉结婚之后在经济上仍处于被动地位，在事业上女方家庭也更加强势，夫妻间的许多龃龉要么因之而起，要么因之扩大化。

男性在工作中也处于主导地位。这些小说的背景高校中，校领导无一例外是男性，对学校发展有重要关涉的上级领导是男性，在学校工作中唱主角的是男性。他们对学校生死攸关的问题具有决定权，掌握了学校的大部分资源，也左右着学校多数人物的命运，更主要的，他们在工作中的权力代表了价值观，他们的价值判断、个人趣味和行动指向左右了一个学校。这个学校里的老师、学生都处在他们营造的生态环境下，生存或毁灭。

女性在学院知识分子小说中扮演怎样的角色呢？首先，她们在家庭中、社会上处于附属地位。父母或配偶的社会地位和影响力决定了她们的地位和人们对待她们的态度。她们遇到困扰的时候，也会经常选择退缩到男性的背后，自觉地安心于第二性的身份属性。在选择男性的时候，她们不管内心是否有主见，都往往表现出被动的样子，《围城》的民国女子苏文纨不管多么喜欢方鸿渐，她都只会闭上眼睛等待方鸿渐的"一吻定情"，她的表妹唐晓芙虽心中百般不忍，也不会看到方鸿渐在大雨滂沱中离去而出来挽留。《活着之上》的当代女性赵平平虽也是知名大学毕业生，但面对职业与社会的压迫时，依然动辄把"我又不是男人"这句口头禅作为不必奋起反抗的理由，她把自己社会地位提升、家庭经济状况改善的责任推给聂致远，甘当聂致远背后的女人。

自"五四"以来的文学作品中，一旦涉及知识男性和女性的关系，往往存在启蒙与被启蒙的特点，女性是被启蒙者，是倾听的一方，保持仰望男性的姿态。她们假装或确实相信男性的知识、力量、权威在己之上。所以子君和涓生恋爱时，子君在面对世俗的时候更有勇气，二人独对时依然是涓生滔滔不绝地讲，子君微笑点头倾听并且眼睛里弥漫着"稚气的好奇的光泽"[①]。而

① 鲁迅：《伤逝》，见《鲁迅全集》第二卷，人民文学出版社，2005年版，第115页。

半世纪之后(1967 年),在《唐倩的喜剧》中,身处台湾的唐倩女士比子君更进一步,她对自己选择的每一个男人都充满信徒般的爱,跟随存在主义者胖子老莫便相信存在主义,跟随逻辑实证论者罗大头便相信逻辑实证论,跟随留美青年工程师 H. D. 周便相信现代化理论[①]。她们的爱情背后,不是单纯的两性吸引或爱欲的体现,包含更多被启蒙、被理性征服的成分。

基于此,有人批评《围城》对女性形象存在偏见,笔者曾撰文探讨这种偏见的原因:一是作家的创作目的影响人物塑造,既然钱锺书要嘲笑一切,当然女性也在其嘲讽之列;二是钱锺书深谙中国传统文化并津津乐道,传统的两性关系当然会影响其小说创作;三是男权社会下的群体无意识,钱锺书也无法逃遁[②]。钱锺书面临的知识女性形象问题,随着时代的发展和女性知识群体的强大,在《应物兄》这里出现了一些可喜的进步。

女性形象更加丰富,她们中还存在一部分"女结婚员",但多数女性不再把和某一个男人恋爱、结婚作为自己的终极追求,更多的女性会在事业和兴趣上找到自己的价值体现和存在方式。她们的主体意识有所突出,不管她们的目的为何、动机是否良善,她们并不忌惮表达自己的真实想法。她们中有像铁流子这样的女企业家,野心勃勃,掌握自己人生和事业的主动权;知识女性中有老一辈的学人何为教授、比应物兄年长稍许的芸娘,她们在自己的专业领域精耕细作,对学问、人生、世界都有自己独特的判断,她们是可以和男性平等对话的俊彦。尽管与男性相比,她们在体质上依然柔弱——芸娘的病与何为教授的死算作一种隐喻吧!——但她们在精神层面、智识层面显示出女性的力量在增强。

这些知识女性中,芸娘一辈子没有结婚,她的前辈何为教授结婚了,但她选择独自一人。芸娘在病中做的最重要的事情是安排文德斯与陆空谷结婚,她抱病为二人将来要生的孩子提前准备好三岁前要穿的衣服,她必定非常深爱这两个年轻人。陆空谷的父亲海陆和文德斯的哥哥文德能都曾经仰慕、追求过芸娘,芸娘没有选择他们中的任何一人。陆空谷是一个非常美好的女性,她知性、优雅、温柔、空灵,是应物兄的精神寄托,他们相识多年彼此持有好感,反而文陆二人相识不久,在芸娘的撮合下草草结婚。芸娘为什么要做出这个安排呢?她自己选择不结婚,凭什么安排别人的人生?不管从性格还是现实关系层面,陆空谷手持芸香拜见芸娘,二人如母女般和谐相处

① 陈映真:《唐倩的喜剧》,见《陈映真文集》,中国友谊出版公司,1998 年版,第 165-189 页。

② 刘秀丽:《钱锺书〈围城〉中作者女性偏见原因探析》,《汕头大学学报》(人文社会科学版),2008 年第 6 期。

的情节，都显得矫情和突兀。在小说所写老中青三代学人中，芸娘与小说叙事者应物兄在情感上最为贴近，是应物兄的精神依恋，让应物兄常有冰消雪融的感觉。芸娘也是作者钟爱的角色，在塑造芸娘的形象、展示芸娘的行动时，作者所使用的言辞体现出更多肯定的情感，显示出对芸娘的所思所想所做由衷地喜爱。芸娘的形象，代表着李洱的审美理想，芸娘的选择，体现了李洱对知识女性的定位和期许。

由此看来，尽管《应物兄》写出了女性的进步，但李洱的女性观念，与钱锺书、阎真仍保持惊人的一致。

二、精神关怀：个体痛楚与群体溃败

知识分子是时代的风向标，知识分子的生存状况、精神状态，是一个国家和民族整体状态的窗口。"五四"以来的知识分子小说，大致可以分成两种：一种是知识分子的自我表达，比如鲁迅的《狂人日记》、郁达夫的抒情小说、庐隐的小说，这些小说往往着重展示某一个知识分子复杂而痛苦的内心世界，他们的背后当然有更广大的时代意义，但他们的思考、苦痛与哀乐都是个人化的，是独一无二的世界，包括其他知识分子的生活，透过他的眼光呈现出来，读者阅读的文本，是他所看到的、所感知的、所以为的小说世界。《活着之上》便属于这一种，小说以聂致远为主角，第一人称叙事。这部小说可以看作聂致远的知识分子成长史，从读书到工作，从校园到校园，聂致远面临的最大现实困境是钱的问题，是市场化浪潮下的经济困境。阎真的小说总喜欢把人物置身于一种现实的困境中。《沧浪之水》里是权力的困境，青年时代的池大为牢守父亲的教诲，坚持人格底线不屈从于权贵，生活与工作都落魄到单位的最底层，在他放弃人格"投诚"马厅长之后，读博士、拿职称，官运亨通直至厅长。他当上厅长之后的做派，恰恰是年少时自己鄙弃的那套。池大为在父亲的坟前烧掉《中国历代文化名人素描》，意味着他彻底背叛中国传统知识分子身上的那种担当、道义和特立独行的精神。这部小说最值得重视或谈论的，还是在市场经济条件下对知识分子心态、选择的关注，对知识分子在外力挤压下潜在欲望被调动后的恶性喷涌、在与现实对话中强迫认同的透视，以及由此揭示出的当下社会承认的政治和尊严的危机[①]。

池大为背叛了知识分子的良知与守则，只考虑"活着至上"，而聂致远恪

---

① 孟繁华：《21世纪初长篇小说中的知识分子形象》，《文艺研究》，2005年第2期。

守住知识分子的精神底线，超越“活着之上”。尽管他在买房、结婚、回家、发论文、外出开会、跑项目等诸多现实问题上都为钱所困，但他首先考虑如何通过自己的劳动去合情合理合法地挣钱，他会想到教育机构去挣几十块钱的课酬，会在等米下锅的情况下拒绝帮助矿老板美化家族史而丧失几万块，这样的坚持不能不让人感动。聂致远的事业起点和经济状态，其实比池大为更为艰难，虽然他在一次次无奈的现实困境面前也做出了让步和妥协，但他终归守住了自己的底线和操守，没有沉沦到环境的泥淖中。与他所信奉的先贤们相较，他的精神世界不是洁白一片，他为此感到羞愧而痛苦，但能够不被环境染黑，不与周遭沆瀣一气，聂致远好歹为我们保留了知识分子的尊严。

知识分子写作的另一种表达方式是他者言说，类似于问题小说的写作，冰心《超人》、叶圣陶《倪焕之》《潘先生在难中》这样的作品。何彬是冷心肠的青年，倪焕之是理想主义者，潘先生是自私而卑琐的，他们的属性和心理不是通过自我陈述体现，而是被言说、被他者界定。这些形象大抵属于鲁迅所说截取多人成为一人的写法，因此每个形象背后的精神世界具有更典型的意义。《围城》和《应物兄》都属于他者言说，小说里自始至终有一个全知全能的叙事者，方鸿渐、应物兄们的一言一行都在这个全知视角的目光之下。这样的视角便于我们观察到小说里的所有人物和行动，探察整个知识圈层的精神状态。

在《围城》里面，我们不仅知道方鸿渐的一切行动、想法，看清他的柔弱和没用、清高与荒唐，看到他尴尬受欺，而且对于周遭的人，鲍小姐、苏文纨、唐晓芙、孙柔嘉等人的性情与格调，赵辛楣、高松年、汪处厚、李梅亭、韩学愈等人的成色和底子，也都清晰可见。小说中方鸿渐一年来生活片段和整个三闾大学男男女女的言行，展示出五四以来知识分子启蒙神话的坍塌，显现出知识分子群体溃败之象，“围城”的意义因此凸显。温儒敏认为《围城》的主题有三重意蕴：在生活描写层面，对抗战时期古老中国城乡世态世相的描写，对内地农村原始、落后、闭塞状况的揭示，对教育界、知识界腐败现象的讽刺；在文化反省层面，以写“新儒林”、新式文人反省知识者身上所体现出来的民族传统文化的得失，捕捉民族的精神危机；在哲理思考层面，人生处处是围城，冲进、逃出，永无止境，却毫无意义，你要的得不到，得到的又终非你所要的[1]。《围城》从文本的表象到精神内核，都透着混乱时代的不堪与破败，因此，人们在钱锺书笔下看不到知识分子的希望和光明，这个群体和时代一样风雨飘摇，已经颓败到骨子里了。

---

① 温儒敏：《〈围城〉的三重意蕴》，《中国现代文学研究丛刊》，1989年第1期。

《应物兄》在知识分子整体的精神关怀上与《围城》有相似之处，应物兄与方鸿渐在精神气质上也颇为相通，都是所谓的“多余人”。应物兄的人生态度，被弋舟称为“恍兮惚兮”[①]，并说其没有明确的立场，弋舟亦称赞这背后李洱的温和的“认”的态度。应物兄什么都知道，他鄙视那些鸡鸣狗盗之徒，这一点固然值得称道，但他遇事随波逐流，不是没有立场，而是不愿意去趟浑水，他的做法是精致的利己主义，是明哲保身。这背后的精神，与他国内的导师兼岳父乔木先生如出一辙，与他美国的导师程济世先生也不过是小巫和大巫的差别。毛尖用“纯洁”和“无耻”[②]来形容应物兄，可谓妥帖。

在李洱小说中，知识分子群体中的“应物兄”比比皆是，但李洱显然受到进化论思想的影响，如鲁迅一样对青年一代抱有希望。《应物兄》里的青年学人，如费鸣、文德斯、陆空谷、小颜，普遍在精神内核上比应物兄一辈更纯粹，仿佛李洱有意识地在知识分子的集体溃败中保存了火种，让人担忧的是他们会不会随着年龄的增长变成新一辈的应物兄呢？小说里的小颜和他的同学华学明，两人年龄相当，外表却像两代人，这样的对比显示出内在精神的纯粹对人外在相貌的影响，纯粹的人更显年轻。这姑且可看作李洱对知识分子纯洁性的一种奖赏和鼓励吧！

三、叙事策略：讽刺与二重奏

学院知识分子小说，在叙事策略上往往呈现出讽刺与二重奏共存的特点。二重奏本是音乐名词，是指同等重要的二人或两种乐器的联合演奏，这里用来指代在文本内经常性地出现二元的声音，出现语言与观点上的对立冲突。为什么这样的小说离不开讽刺与二重奏呢？这与叙事集中涉及知识分子的人、事、情、态密不可分。首先，知识分子总是站在未来看待今天，未来代表一种更好的可能性，今天相较而言是不完美的、有缺憾的，所以知识分子的世界充满批判意识。其次，知识分子身上多带有明显的优越感，由于掌握更多的知识，具备更强的认知能力，对事务、时况能持有自己的判断和见解，所以知识分子往往显示出知识优越和认知优越的样子。再次，知识分子之间存在知识、观点、价值的差异，尤其价值观有正确与否、人格有高低贵贱之分，差异导致分歧，免不了纷争与辩护，但他们都有知识和认知的自信，责问与辩护往往会调动各种手段和情绪，讽刺、诘责、挖苦、嘲弄都很常见，

① 弋舟：《在余烬中重燃至六十度——〈应物兄〉阅读札记》，《文学报》，2019 年 3 月 28 日。

② 毛尖：《为什么李洱能写出应物兄的纯洁和无耻》，《文汇报》，2019 年 1 月 15 日。

形成你来我往、不断升级的局面,他们不仅会彼此之间出现责问与辩护,即使一个人,也很容易出现内心的自我抗辩。有知识分子的地方就有责问与辩护,这也是学院知识分子小说会多有讽刺并常常使用二重奏的原因。

《围城》已经成为讽刺的典范,“几乎页页皆笑,段段皆笑,简直到了笑尽天下的地步。在书中,作者几乎不放过任何人、任何物、任何事”;“万物冷观皆可笑。”《围城》的讽刺手法多种多样,幽默、诙谐、滑稽、尖刻,兼而有之,这种讽刺“像一把锐利的解剖刀”①,无坚不摧,无孔不入,上天入地,几乎涵盖一切人、事、物。《围城》以知识分子为写作对象,但它的讽刺具有超越性,它的思想批判意向最终指向人类的存在,“它的审美概括是涵盖整个人生——当然事实上主要是现代文明中的现代人生。”②现代人日益失去主宰自我的能力,被盲目的命运拨弄,只剩下无边的孤独感、落寞感,现代人生正如方鸿渐家中落伍的老钟,充满荒诞、讽刺与感伤。《活着之上》的讽刺是另一种情形。在聂致远的视角下,凡涉及对他本人的讽刺,总表现出自我怜爱而无能为力的哀矜,对他者的讽刺中又大抵包含着愤怒和不满,所以《活着之上》的讽刺不似《围城》那么超越、阔大,而是包含淡淡的、哀伤的情绪。

《活着之上》好似在同步表演两个二重奏。一个是聂致远内心的纠扯与痛苦的二重奏,想向现实妥协又不甘心,想放弃知识分子的操守又不情愿,在他平静的外表之下是内心世界的波澜壮阔和万马奔腾,其中可见知识分子情怀守护之艰难和痛苦。一个是以蒙天舒为代表的他者与聂致远自我间的冲突与抗争,也常常形成一种二重奏。这种冲突几乎贯穿聂致远的整个读书和事业生涯,但由于聂致远的性格平和而隐忍,加之妻子赵平平常在关键时刻为聂致远提供精神与物质的双重支持,从而缓和了这种冲突,所以小说里不管是知识分子个人精神史的二重奏,还是小说主人公在现实生活中与其精神对立面的冲突,都是较为平淡、略带哀伤的,不是高分贝的喧嚣,而是低音炮的低沉。

《应物兄》的讽刺不是一种修辞方式,而是体现在文本内容上,在人物行动与言语、与身份的差异中体现讽刺性。程济世先生乃当世鸿儒,他口口声声宣扬儒家的修齐精神,可是为了吸引他回国济州城大动干戈,为了他一个小小的童年爱好,著名的生物学教授华学明被逼疯,他自己的儿子吸毒、性混乱,生出两个孙子均有残疾,他的行动与他的言论之间反差太大,形成强

---

① 黄国彬:《几乎笑尽天下——评〈围城〉的冷嘲冷讽》,《北京大学学报》(哲学社会科学版),1999年第2期。

② 解志熙:《人生的困境与存在的勇气——论〈围城〉的现代性》,《文学评论》,1989年第5期。

烈的讽刺效果，让人忍不住冷笑；再有“子贡”，济州大学为了他的驴子弄得人仰马翻，结果他带着白马而来。应物兄反感吴振、郑树森那样的流氓学者，可他自己转身就对费鸣要心眼弄手段……《应物兄》讽刺了小说里的多数人，在这个层面上，它是直追《围城》的。

多种声音、多重话语的同声合唱，是李洱的鲜明特色。《花腔》中的众声喧哗，就显得嗓门特别大、声音特别多。到了《应物兄》，李洱有所收敛，从众声喧哗收缩为二重奏。小说中有无数组对立的概念和对应的关系，它们彼此响应或不应，彼此否定或肯定①，在小说中形成一种二元共生的、正反合性质的总体性。李洱认为这种“正反合”的状态和剪不断理还乱的话语生活，是知识分子生活的重要形态，所以他很喜欢掉书袋，站在话语的交汇点上，与多种知识展开对话②。据考，在整部《应物兄》中，作者引用词曲、对联、书法、绘画、哲学方面的内容达500多处，他认为这样的旁征博引可以增加小说的互文性，是激活小说与世界对话关系的一种手段。《应物兄》的二重奏不仅体现在外物上的对立与对应，知识分子应对世界的两种声音、两种精神，也体现在应物兄自己身上。小说已经热闹非凡，但这丝毫不影响应物兄自己在世界嘈嘈杂杂之中还能同时发出两种声音，一种是包装后的声音，顺应的、符合环境期待的声音，一种声音来自内心，尽管只有他自己听见，有时很微弱，但至少我们听到了。尽管有点聒噪，可这种声音对于我们重拾知识分子的信心、重构一种文化信仰，极为重要。

从这个意义上说，《应物兄》用一种喧哗、恣肆的话语方式，全面书写了这个时代学院知识分子的现状和困境，写法上细密、见功力、有新意，形象上也有新的类型，而且这些新形象颇具知识人的独特气质，在对一种价值的反讽和建构上也有不少深入的探讨，尤其是通过一些知识分子理想人格的塑造，表达了一种道德坚守的勇气，在反讽的背后也让人看到了希望和暖色。在如何面对当下并书写当下知识分子群体这个问题面前，李洱直面了现实，并出示了自己作为一个作家的胆识和智慧，《应物兄》也成了这个时代关于知识分子症候的最为壮阔的叙事景观。

① 毛尖：《为什么李洱能写出应物兄的纯洁和无耻》，《文汇报》，2019年1月15日。

② 李洱：《问答录》，上海文艺出版社，2013年版，第207-208页。

“无物”以应物:论《应物兄》的生命哲学[①]

姚瑞洋[②]

一

李洱的《应物兄》是一种知识分子写作,枝蔓层出的小说结构隐喻着当代社会的话语膨胀和思想变奏。尽管李洱的叙事淡澈冷静,有着一个作家的机警与清醒,但我们仍能在小说的叙事中,感受到他对当代生活的身份焦虑,这种来自知识分子的生命之思,时不时刺破生活的迷障,让我们看到生活下面的幽光。

小说围绕如何把蜚声中外的儒学大师程济世先生引回济州大学任教而展开,其间有一个承前启后的事件,北京大学邀请程先生归国举办讲座,就在这个讲座上,有人提了一个意味深长的问题——中国人千年求变,时至今日,中华文化和中国人是否发生了根本性的改变?因为应物兄也怕忘记“我”是谁,所以他认为程先生的回答应该逐字记下来:“传统一直在变化,每个变化都是一次断裂,都是一次暂时的终结。传统的变化、断裂,如同诗歌的换韵。任何一首长诗,都需要不断换韵,两句一换,四句一换,六句一换。换韵就是暂时断裂,然后重新开始。换韵之后,它还会再次转成原韵,并最终形成历史的韵律。正是因为不停地换韵、换韵、换韵,诗歌才有了错落有

---

① 原载于《当代文坛》2019年04期。

② 姚瑞洋(1994年—),男,中山大学中文系博士生在读,主要从事当代文学与文化研究。在《当代文坛》《文艺评论》《芒种》等刊发表论文若干。

致的风韵。每个中国人,都处于这种断裂和连续的历史韵律之中。”①

这是一个意味深长的时代预言。《应物兄》就取韵于近几十年的中国,或许可以说,应物兄脱胎于《花腔》中的葛任,从一段自白中,可见他对李洱文学世界建构的意义,“我虽留恋生命,但对任何信仰都无所把握。我唯一的目标是写出自传。我的自传比所有小说都精彩。写的是我是怎么变成这样一个人的。这或许是我成为我的开端。”②葛任是“我”的开端,应物兄则是“我”的重生,民族革命与个人自由交织的精神困境把葛任逼向绝路,现在同样的问题换了一件不同形式的外套,穿透历史的迷雾,重新拷问着应物兄,“我”又将如何选择?

儒学研究院的建立就是“我”的革命。从始至终,“我”都在为这个理想而奔波,而且“我”对儒家思想的理解和阐释,带有鲜明的当代性。去美国探望女儿应波的时候,她说“我”像犹太人,这刺激了“我”的思考,“犹太教的伦理体系与儒家相近,不是康德式的孤独个人在宇宙中按照理性原则进行自我选择,而是先由立法者确立道德原则,确立‘礼’,然后众人来遵守。但这个‘礼’,并不是冷冰冰的,它带着人性的温度,人情的温馨,渗透于美食和歌舞之中,内化于个体的身心之中。”③今年恰逢“五四”百年,新文化运动的先贤倘若看到这“人性的温度”“人情的温馨”会作何感受?鲁迅在《墓碣文》中所言的“待我成尘时,你将见我的微笑”④,大抵就是对此的预言和回应。民族时代的变迁跟生命个体进入全新的人生阶段,有着极大的相似之处,那就是没有谁是可以完全准备就绪的,大家都被外力推着前行。很多时候,那些被炮火轰开的现代性思想未必能深入塑造我们的内心世界,但在巨变中像洪流一样奔涌前进的当代生活可以。很多的中国人,与其说是被日新月异的思想所改变,还不如说他们是被一种眼花缭乱的生活所改变。

“我”,即应物兄,作为葛任的化身,更是孔子的后代,想要成为现时代中有温度的、真实的人。但李洱在叙事过程中已然把应物兄的生命解构得惨淡如水了,加上点温度,也很快又凉了。“我”所经受的当代生活的冷峻酷烈,几乎所有的思想路径都被堵塞,精神愿望失去了存在的空间,一种悄无声息的悲凉和不再欲求的冷静封锁着“我”的内心。应物兄的婚姻早就名存实亡了,双方各自出轨,妻子乔珊珊跟“我”的同事华学明睡到一起,“我”却还配合他们把戏演完;“我”经过一番挣扎,还是和济州电台的朗月有了鱼水

---

① 李洱:《应物兄》,人民文学出版社,2018年版,第331页。

② 李洱:《花腔》,上海文艺出版社,2017年版,第442页。李洱:《应物兄》,人民文学出版社,2018年版,第166页。

③ 李洱:《应物兄》,人民文学出版社,2018年版,第166页。

④ 鲁迅:《墓碣文》,见《鲁迅全集》第二卷,人民文学出版社,2005年版,第208页。

之欢,虽然我们之间并无爱可言。唯一可以给“我”慰藉的女儿应波又远在美国。至于程济世先生有没有回到济州大学任教、儒学研究院有没有顺利建成,李洱并没有明白交代,因为他很清楚,“完整地呈现一个故事,也就是人们常说的要有头有尾,在我看来比较滑稽。事实上,我们在生活中所能抓住的只是一些细节,一些瞬间,一些私人性的意义暧昧的时刻。给生活一个完整的答案,谁有这个能耐?……小说中故事的有头无尾,并不表明小说本身没有结尾。小说本身的完整性还是必须考虑的。只是它还敞开着,朝向真实的焦虑和迷惘,裸露着我们内心深深的无能。”①就像他常说的,曹雪芹写不完《红楼梦》,是因为他不知道贾宝玉长大该做什么。可能这种平视的理解更能让人生的姿态自由地舒展,更能让我们体会到,惨淡收场抑或是来不及收场,才是生活的常态和生命的真相。

《应物兄》写到了一种虚空和无力如何慢慢地将“我”吞噬,甚至连生命最后的尊严——死亡,都失去了应有的庄重。在对何为先生的追悼中,隐藏着即将上任桃花峪县长的雀跃,凤凰殡仪公司和济大附属医院太平间的人更是“喜不自胜”,因为遗体需要在冰柜里停放一段时间,出于对何为先生的尊重,他们主动提供八折停尸费优惠。认识到死亡也可以被嘲弄、解构后,“我”又能如何面对现实中的一切?《应物兄》里写了一个想转到儒学界的学者郑树森,他说,“在‘鲁研界’待久了,常以为自己看透了世界的虚假,知道自己所面对的,就是一个无物之阵。”②“我”面对的也是这样的“无物之阵”,思想资源如何驳杂,传统的、现代的,东方的、西方的,在国际化的文化语境下,都可以为“我”所用,可如何让这些思想落地,让这些自己天天讲论的东西真正成为真实内心的一部分,仍然是一个知识分子要面对的难题。如果无法在这样的境遇中找到自我实现的新路径,知识分子即便满嘴理想,精神很可能依然笼罩在虚无主义阴影之中。

倘若生存的勇气抵挡不住虚无的侵袭,“无物”沦为一种消极的态度,人的心灵就可能不愿再与尘世中的美好事物发生关系,“我”就会被封闭起来,生命个体与社会的关系就会被斩断,这可能正是现代人所要面对的困境。

---

① 李洱,张钧:《知识分子的叙述空间与日常生活的诗性消解》,《花城》,1999年第3期。

② 李洱:《应物兄》,人民文学出版社,2018年版,第988页。

二

李洱在《应物兄》中编织了一张庞大且复杂的社会关系网,各色人等活在一种密不透风、别无选择的人生情境中,应物兄的生命也多数是耗费在这些关系的应酬中。小说开篇就点明了这种处境,葛道宏校长美其名曰给应物兄推荐一个建立儒学研究院的帮手,也就是应物兄的师弟费鸣,但"我"心里明白,这实际上是一个命令,葛校长的本意在于把乔引娣招进校长办公室为他服务。虽然"我"真心实意地支持费鸣到儒学研究院工作,但是费鸣却因为一件无中生有的小事而故意为难"我",伪装成陌生听众在电台节目里向"我"发难。值得玩味的是,葛道宏正是葛任的外孙,从血脉关系来看,葛道宏更有资格成为"我"的传人,这或许隐喻着"我"与"我"之间的冲突,一些尖锐的生命逼问一直萦绕耳旁。

应物兄名义上是建立儒学研究院的负责人,也为此付出了心血和代价。但反顾整个过程,会发现他只不过是这个关系网中的一个服务人员,做不了任何决定。在招引程济世回济州大学任儒学研究院院长这件事情上,有两次隆重的招待,第一次是程济世在北大演讲,第二次是黄兴来访济州。程济世在北京大学一演讲完,来不及见专程来京的葛道宏校长和栾庭玉副省长,直接去接受高层的宴请,直到晚上十点程先生才见了下他的这些济州乡党。黄兴来访济州的时候更是有过之而无不及,作为程济世的"子贡"、上市公司的董事长,他的到来既代表了程先生的学术权威,又代表了金钱的无所不能,济大甚至专门成立了"黄兴先生接待工作小组",省领导也专程到酒店拜会,接待排场铺张,细致到连黄兴的宠物驴都要安排生命科学院的华学明教授照料。当然华教授还有一个任务,就是培育孵化程先生记忆中的蝈蝈,经过一番艰辛,华教授成功孵化出了蝈蝈,本以为既完成了葛校长交托的任务,也实现了自己科研路上的一大突破,可他得知塔林里出现了野生蝈蝈后疯了,一切追求瞬间崩塌了。这何尝不是应物兄的另一个镜像?其实两人都是这场盛会的祭品。

这是对当代生活虚无化的一种表达,也是对社会关系冷漠的无情揭穿。人类社会是集体社会、关系社会,千百年来的世道人心贯通着这张关系网,这些关系也已经获得了相对凝固的形式,生成了一系列习俗、观念以及制度,个体往往只能挣扎其中。理性意识在集体关系存在的泥沼中发出的呼喊是微弱的,好像是一种无形的力量在划定我们生活的边界。从这个视角去解读"无物"对生命意义的建构就会发现,"无物"不仅要与社会产生关系,而且应该是积极的关系,不能故步自封,也不能完全依赖现有的秩序。李洱对此有清晰的认识。他让郏象愚在讨论黄色文明和蔚蓝文明的时候写下这段话："船，西方人把它视为海上的天鹅，它乘风破浪，象征着人类的勇气和光荣，代表着巨大的商业利润。但中国人却宁愿把船当成一叶扁舟，向往的境界无非是野渡无人舟自横，是孤舟独钓寒江雪。正如黑格尔所言：'亚细亚诸国，就算他们有更加壮丽的政治性建筑，就算他们也以大海为界，但是对他们而言，大海只是陆地的中断，只是陆地的边界。他们和海洋并不产生积极的关系。'"①问题在于，看透了世界虚无的"无物者"，还能如何与社会产生"积极的关系"？现存秩序的权威委身于人类社会的政治、经济、文化等各种集体关系之中，同时这个关系也是抵制垄断、反抗权威赖以发生和持存的地方，是"无物者"发力博弈虚无的地方。李洱说："无数的人，只听到尼采说"上帝死了"，并从这里为自己的虚无找到理由。但或许应该记住，羞愧的尼采在新年的钟声敲响之际，曾经写下了对自己的忠告：今天我也想说出自己的愿望和哪个思想会在今年首先流过我的心田，并应该成为我未来全部生命的根基、保障和甜美！我想学到更多，想把事物的必然看作美丽：我会成为一个把事物变美的人。"②

懦弱的人可以躲在尼采的身后轻松地宣称"上帝已死"，但"无物"是一种精神担当，它站在虚无之上通过对抗领悟自身与社会的关系，它的体温可以通过关系存在传递到事物之中，把世间万物联系起来，让他们拥有自己的感情，使"我""成为一个把事物变美的人"，这是生命的美学，也是生命的哲学。"无物"呼唤一种飘零破碎的生命体验与集体存在之间的关系建构，可以是相信、顺从、倡导，也可以是怀疑、对抗、颠覆。被民族灵魂深处的麻木、虚伪、荒诞纠缠一生的鲁迅，作为"无物者"的典范，在《故乡》的土地上升起了一轮明月为我们照亮夜行的路，"我在朦胧中，眼前展开一片海边碧绿的沙地来，上面深蓝的天空中挂着一轮金黄的圆月。我想：希望是本无所谓有，无所谓无的。这正如地上的路；其实地上本没有路，走的人多了，也便成了路。"③从这条路上走过来的李洱设计自己的写作时说："我原来计划，除了中短篇小说，这辈子只写三部长篇，一部关于历史的，一部关于现实的，还有一部关于未来的。"④《花腔》写的是历史，《应物兄》观照的是现实，未来会怎样，但愿不用再等十三年。李洱直面当代社会语境中的"无物之阵"，穿过当代社会的虚无与苍凉之后，他渴望成为一个对美有感悟和追求的人，因为他

① 李洱：《应物兄》，人民文学出版社，2018年版，第381页。
② 李洱：《应物兄》，人民文学出版社，2018年版，第883页。
③ 鲁迅：《故乡》，见《鲁迅全集》第一卷，人民文学出版社，2005年版，第510页。
④ 魏天真、李洱：《"倾听到世界的心跳"》，《小说评论》，2006年第4期。

还想象着未来，还期待建构“我”与未来的关系，这更像是他与世界的美好约定。

三

未来如何书写？答案可以在《应物兄》的“无物”中探寻。历尽周折的应物兄终于找到了仁德路，见到了曲灯老人，听到了仁德丸子的秘方，这是他对儒学研究院最大的功劳、对程济世先生最大的献礼。可是，在程先生旧居住一晚后，应物兄似乎醒悟了，过去的种种好像又黯淡下来了：

“第二天早上，应物兄接到了程济世先生的电话。

他翻身起来，披衣走出老虎尾巴，来到外面的小院子。这么多天来，他是第一次接到程先生亲自打来的电话。有那么一会，应物兄有一种冲动，就是告诉程先生，他现在就待在他童年时代生活的那个院子里。他也想告诉程先生，他见到了灯儿。

但这些话他都没有说。”①

这时候的沉默意味着一种内心的飞升，曾经极力追逐的东西转念之间就显得不那么重要了，这跟李洱对生命的阐释是吻合的，他骨子里镌刻着中国文学传统的“风流”精神。“‘风流’是指，作品要去赞美人间的那些超脱了世俗的情感，要去表现人间高贵的精神品质，要去表现人与世俗世界、人与权力的紧张关系，并且能够超越这个紧张关系。”②虽然“我”与世界缔结了关系之约，但是对存在本质的持续追问，“我”还要超脱世俗，向着那个最为彻底的“我”进发，只有找到那个“我”，对历史、现实和未来的书写才是落实的。从这个意义上说，“无物”还有更深一层的内涵和对抗——超越它。但在这场旷日持久、甚至对我们来说与生俱来的生存对抗中，人类有无胜出的可能？作为生命个体，“我”怎样才能知道此时此刻的想法、行动是来自于本真的、彻底的自我，而不是出于某种关系存在的驱使？我们从出生的那一刻起，就深受集体关系存在的影响，我们终生都浸润在其光照之中，如何才能打破常规的随波逐流，展现绝对的自在，推动生命的进步？或者说，到底存不存在一个“彻底的我”？《应物兄》中不止一次提到了庄子的“道”。李泽厚对庄子的“道”有过这样的论述：“它的特征似乎是无所不在而又万古长存。它先于天地，早于万物，高于一切，包括高于鬼神、上帝、自然、文明，它是感官所不能感知，思辨所不能认识，语言所不能表达，而又能为人们所领

① 李洱：《应物兄》，人民文学出版社，2018年版，第1038页。

② 李洱：《作家与传统》，《中华读书报》，2011年9月14日。

会所通晓。它无意志，无愿欲，无人格，无所为，而又无所不为。”①庄子“法自然”的“道”，首先是一种客体存在，同时也是一种“泯物我”“一死生”的主体存在，因为在庄子眼里，“真人”应该是“与道同一”的，他能够面对妻子之死“鼓盆而歌”就是因为他把身体的死亡也看作对“道”的伴随，跟生而与“道”相随并没有本质的区别。如果“无物”的“我”能够“与道同一”，岂不是超越了集体关系存在的诱惑？或许还可由此引申到海德格尔的“此在”或“真在”。在海德格尔看来，抵达“此在”“真在”的途径就是“诗意地栖居”，但他所言的“诗意”，并非我们今天理解的一般意义上的诗意，它指向的不是某种浪漫的生活方式，而是一种与神共在的生命体悟，借助某种超越的原初性打开存在的历史，在这个认识论的基础上，人们才能“诗意地栖居”，瞥见万物的本质。而尼采认为，现象的背后藏着一种永恒的生存乐趣，当我们破碎的生命体验通过形而上的艺术慰藉穿透现象看到这种乐趣的时候，我们的“我”就抵达了“原始存在”，一种先于宇宙混沌的普遍性存在，在这里“我”被深深地说服了——即使生而向死，但这种与原初融为一体的、浑然天成的存在愉悦，让“我”感觉人生的悲剧和毁灭都是值得经历的。

抵达“原始存在”的“我”，大概称得上“彻底的我”了吧？

不管是庄子“泯物我”“一死生”的“道”，还是海德格尔赖以“诗意地栖居”的存在的历史，还是尼采藏着永恒乐趣的“原始存在”，它们都指向一种先于世界、超越经验的存在，因为它是无形无物的，不妨暂且称之为原初关系存在。所以，“无物”最亲密的爱人不是上文所述的、我们所反抗的世俗集体关系存在，而是一种超越意识与无意识的关系存在——原初的关系存在，它虚怀若谷，平视万物，滋养生命，把永恒的存在愉悦献给每一个到来的“我”，于是“我”成为“彻底的我”，没有人会怀疑、对抗它，只会沉浸在它无限的美好中。或许，在李洱的小说中，应物兄出车祸后听到的声音就来自这里，整部小说的句号就是一个新的、作为“彻底的我”的应物兄。他内心发出的声音让李洱在现实的虚无、身体的死亡、生命的悲凉之上，重新建立起了生存的希望。从应物兄的一生来看，似乎他对“彻底的我”的寻找，才是他内心真实所想，只是他受世俗的喧嚣所累，为一种复杂的关系所羁绊，许多时候看不清自己，陷入了一种生存的迷雾之中。他在许多事上的无奈和惶然，更像是一种自我迷失。他对自我的觉悟，对一种真实生存的渴望，构成了《应物兄》不太为人所察觉的精神亮色。

都在说当代生活极为丰富和深刻，但如何把这种当代生活落实，尤其是物质和精神层面上的双重落实，却很不容易。《应物兄》直面了当下复杂的

① 李泽厚：《中国古代思想史论》，生活·读书·新知三联书店，2008年版，第192页。

现实,直面了学院知识分子的真实精神状况,也以应物兄面临的那些坚硬的生存困境——对历史与现实之虚无的抵抗、对世俗关系存在的反抗以及对"彻底的我"的找寻,进而命名了一种当代性,探究了这个隐秘而深刻的生存难题。李洱试图通过这部大体量的、驳杂繁复的《应物兄》,论证一种"无物"以应物的生命哲学。叙事上的喧嚣,语言上的幽默、反讽,一些人物言行的滑稽,终归难掩李洱的写作野心,他藏在作品背后那份精神用心,对于当代文学而言,是严肃的、风格独异的,也是有思想重量的。

“自我”的多重辩证
——思想史视野中的《应物兄》①

黄　平②

一、对于反讽与写实的双重超越

《应物兄》以济州大学筹建儒学研究院为核心情节，围绕哈佛大学儒学大师程济世回济州任教这条线索，组织起一幅包括政商学各界在内的光怪陆离的画卷。不难识别出作家对于这场闹剧隐含的讥讽，但作为小说的主人公，担任儒学研究院副院长的应物兄似乎有些懵懂，天真地以为程济世来做院长是基于“家国情怀”。甚至于，他梦到去世的母亲后，“边流泪边想，如果母亲知道我做的事情有多么重要，那该有多好。”③——这样的时刻，我们显然无法怀疑应物兄对于儒学研究院情感的真诚。

---

① 原载于《文学评论》2020年02期。

② 黄平（1981年—），男，文学博士，华东师范大学中文系教授，博士生导师，主要从事中国当代文学研究，在《文学评论》《中国现代文学研究丛刊》《文艺争鸣》《当代作家评论》等刊物发表论文百余篇，出版专著《反讽者说：当代文学的边缘作家与反讽传统》《自我的踪迹》等。

③ 李洱：《应物兄》，人民文学出版社，2018年版，第552页。

基于主人公的认知与隐含作者意图的不协调,《应物兄》可以被视为"结构性反讽"①小说。

进入《应物兄》的世界之前,需要我们在中西文学史的大视野中予以定位。在中国古典文学传统中,《儒林外史》构成了理解《应物兄》一个有意味的参照。《儒林外史》在叙述上解构了之前的章回小说对于说书人的模拟,商伟准确地指出了这是因为稳定的社会共同价值在吴敬梓写作的时代已然不复存在,权威叙述者的缺席契合于吴敬梓对于儒林言行背离的讥讽,"《儒林外史》并没有沿用英雄历险和历史演义的宏大叙事,而是采取了插曲式或段落式的结构,逐一展现一个陷于反讽的日常经验世界。"②

和《儒林外史》相似的是,《应物兄》也以段落式的结构呈现一个陷入反讽的日常世界,叙述者也全无权威。小说叙述在表面上是第三人称全知叙述,一个全知叙述人以"他"来指代应物兄展开叙述。然而,在具体的情节展开中,全知叙述人的叙述视点并不高于应物兄,而是就以应物兄的视点展开,比如这个例子,"那姑娘用手背捂着嘴,似乎哭了。哦,不,她没哭,而是在笑。竟然是朗月"③。从"似乎"到"哦不",这是应物兄的目光在移动,"竟然"是应物兄的反应——作为全知叙述人本应早于应物兄知道那个姑娘是朗月。而在一些较为私密的时刻,比如涉及身体隐私,或是涉及内心抒情,叙述多次转为"我",比如这句话:"我悲哀地望着一代人。这代人,经过化妆,经过整容,看上去更年轻了,但目光黯淡,不知羞耻,对善恶无动于衷。"④在小说中,叙述人唯一高于的人物就是应物兄本人,叙述人可以提前知道应物兄所未知,经常使用"多天之后他才会意识到""过后他才知道"等展开叙述。但离开应物兄的视点,叙述人并不比应物兄知道得更多。

《应物兄》在此显示出其所面对的第一重困境:共同体话语的困境。全知叙述人对应的是稳定的价值体系,而在《应物兄》的世界里,这种价值体系分崩离析。全书充满大量儒学话语,但不过以话语的幌子攫取现实的利益。

---

① 诚如艾布拉姆斯的概括:结构性反讽。一些文学作品展现出"结构性反讽",作者不再是偶尔运用言语反讽,而是引入一种结构性的特征,使得双重意味的含义与评价贯穿整部作品。一种常见的叙述策略是设置一位天真的主人公,或者是天真的叙述人或代言人,其无法克服的天真迟钝导致他们不断发生误会,而聪明的读者已然洞悉了隐藏在天真的角色背后作者的意思,不断修正人物的误解。参见拙译,黄平:《反讽者说:当代文学的边缘作家与反讽传统》,上海文艺出版社,2017年版,第323页。

② 商伟:《礼与十八世纪的文化转折——〈儒林外史〉研究》,三联书店,2012年版,第236页。

③ 李洱:《应物兄》,人民文学出版社,2018年版,第205页。

④ 李洱:《应物兄》,人民文学出版社,2018年版,第704页。

不多的有可能承担起价值重心的人物,乔木先生和张子房先生等老一辈知识分子或者沉默或者归隐,老一辈的双林院士、20 世纪 80 年代青年知识分子代表的文德能和芸娘又先后离世。共同体话语的缺席,意味着小说不能简单地复制现实主义的写法,以某种总体性视野来解构现实。

在西方文学传统中,参照狄更斯小说这种带有反讽性的 19 世纪现实主义小说,《应物兄》显示出第二重困境:主人公不占有历史性。狄更斯的世界同样是充满日常细节的讽刺性的世界,但是狄更斯小说中的青年是正在成长的资产阶级主体,主人公的成长对应于现代世界的展开,主人公生活的历史性也即世界的历史性。由此比照《应物兄》,应物兄不是小说世界中任何一片领地的主人,他是一个"中介性"的人物,用小说原文的话讲是"具有润滑油属性"①,王鸿生也指出应物兄"在结构上,他只是一个多功能的枢纽、通道"②。应物兄陷落在一个去历史的空间里,面对着一个利益固化的结构性的世界。

共同体话语的缺席与主人公不占有历史性,这双重困境将导向虚无。虚无不是终点,而是中介,绝对的虚无将导向绝对的个人主义③。《应物兄》中大多数人物,都从这一虚无中而来,虚空的自我无限膨胀,现实也随之膨胀。李洱在后记中也谈到小说似乎不受控制的膨胀:"在后来的几年时间里,我常常以为很快就要写完了,但它却仿佛有着自己的意志,不断地生长着,顽强地生长着。电脑显示出的字数,一度竟达到了二百万字之多,让人惶惑。"④笔者以为之所以有这样的现象,正在于《应物兄》所欲形式化的基本对象,是无限虚空的个人与无限虚空的现实。

超越虚无,寻找到确定性的意义,这不仅是《应物兄》必须直面的挑战,也是李洱多年来的写作所处理的核心主题。吴敬梓面对着处于道德危机之中的帝国,幻想以真儒扫荡伪儒;狄更斯面对着资本主义上升期的泥沙俱下,坚持人道主义的力量。而李洱的写作,叠加着吴敬梓与狄更斯的写作所面对的双重历史前提。如果不想被这样文学史上所罕见的写作难度压垮,作家必须要调动可以调动的所有文学能量。

李洱最终回到中国当代文学传统。《应物兄》的出版正逢当代文学 70

---

① 李洱:《应物兄》,人民文学出版社,2018 年版,第 490 页。

② 王鸿生:《临界叙述及风及门及物事心事之关系》,刊于 2018《收获》长篇专号(冬卷)。

③ 笔者在另一篇论文中专论这一点,参见拙文《新时期文学起源阶段的虚无》,《文艺研究》,2017 年第 9 期。

④ 李洱:《应物兄》,人民文学出版社,2018 年版,第 1042 页。

年,先锋文学兴起时的1984年,恰好将这70年切分为前后两个35年。1949年到1984年的当代文学,占据主流的是现实主义文学;1984年之后(至2019年)的当代文学,则呈现出明显的反讽性。前35年的文学长于表现时代的历史内容,但有时不免流于教条;后35年的文学长于技巧与内心的探索,但有时显得过于纯粹。如何以否定之否定的方式,辩证超越这两个35年?《应物兄》正是出现在这一文学史时刻,李洱以漫长的写作时间、巨大的故事篇幅、复杂的人物群像以及几十年来的艺术准备,尝试解决中国当代文学70年的核心矛盾:一种既是现实主义的又有反讽性的文学是否可能?

二、局内人写作

笔者尝试将《应物兄》的文学探索,概括为"反讽现实主义"。对于《应物兄》,李洱谈到"这次我要写人物"①,但这正是反讽现实主义的难题所在:现实主义所塑造的"新人",是否有可能穿透反讽?毕竟,任何确定性的价值,都将在虚无的笑声中穿越反讽的过滤。李洱的应对,是以创造性的叙述,为新的自我的出现创制空间。细读《应物兄》的话,会发现李洱在小说中层次分明地塑造了三重自我,为我们这个时代的人物赋形:

第一重自我:现实自我。程德培、王鸿生等评论家都指出了《应物兄》和《花腔》的互文性,小说中济州大学校长葛道宏这个人物,是《花腔》主人公葛任的外孙。作为"个人"象征的葛任在《花腔》里写自传,但其自传《行走的影子》一直处于延宕之中;葛道宏在小说中倒是出版了厚厚一卷自传,但在应物兄看来空无一字:"他还看到了葛道宏的自传《我走来》,灰色硬皮,精装,很薄,薄得好像只剩下皮了……奇怪得很,这竟然是一本空白的书:纸上一个字没有。"②《我走来》仿佛接续了《行走的影子》,"我"仿佛填充了"影子",但这种"我"只是一个空白的形式,这也对应于小说中葛道宏在各种冠冕堂皇的话语包装下的利益勾当。应物兄在无意识层面特别反感葛道宏的自传,最终在偷情时撕了这本书擦拭。

《花腔》里的个人,一路发展到《应物兄》这里,变得非常不堪。不唯学界的葛道宏以及教授们,主管文教体卫的副省长栾廷玉也是借儒学研究院的创办与仁德路的旧城改造上下其手,最终被纪委双规。从哈佛荣归济州故里当儒学研究院院长的程济世,一副大儒的超然姿态,实则曲学阿世,左右

---

① 程德培:《洋葱的祸福史——从〈花腔〉到〈应物兄〉》,刊于2018《收获》长篇专号(冬卷)。

② 李洱:《应物兄》,人民文学出版社,2018年版,第117页。

逢迎。小说大半的篇幅,都在描绘这一副群魔乱舞的怪现状。面对这样的儒学热,杜维明有过批评,“当下钱权和儒家结合,使其价值彻底异化,导致精神资源荡然无存的危机却大大地增加了。”①

第二重自我:局外人自我。这是先锋文学的常见结构,以反讽的方式将自我从时代中抛出,以第三人称的方式将“我”叙述为他人。笔者曾经在一篇分析王小波《革命时期的爱情》的论文中,引述过克尔凯郭尔这方面的论述:

总的来说,她最喜欢以第三人称来谈自己。不过,这不是因为她在世上的作为像恺撒的一生,具有世界历史性的意义,以致她的生命不属于她自己,而是属于整个世界,不,这是因为这个过去的生活过于沉重,以至她忍受不了它的重压。②

《应物兄》和笔者的引证有所对话,在小说第79节《Illeism》(“Illeism”指的是以第三人称谈论自己的方式),作家通过芸娘这个人物重复了克尔凯郭尔这段话。在这一节,应物兄陪同事郑树森去芸娘家,郑要谋求济州大学学术委员会的位置。在芸娘家中,郑夸夸其谈,以第三人称讲述自己,自诩“树森”对于鲁迅与克尔凯郭尔之关系的研究做得如何出色,芸娘引用了克尔凯郭尔这段话予以讽刺。

这个场景显示出李洱清楚意识到叙述形式与现代主体的关系。但值得注意的是,擅长反讽的李洱,并不是认同“局外人自我”这种逃避的方式。“局外人自我”不可能真正脱离历史,这最终是一种疗愈性的自我安慰,当“局外人自我”回到现实情境之中后,将导向一种精致的个人主义。某种程度上,“局外人自我”依然受制于虚无主义与个人主义的逻辑关联。郑树森、华学明这些喜欢以第三人称指称自我的教授们,其本质与葛道宏们并无不同,只是葛道宏们直接诉诸权术,而郑树森们以各自的“专业”为幌子。

值得注意的是,当应物兄和郑树森去拜访芸娘时,释延源和尚同一时间也来拜访。芸娘批评过郑树森后转向释延源,“发现你也以第三人称口气说话”③,释延源对此的回应,是说自己看到身边的僧人丑恶而退失信心,想离开寺院归隐。叙述人在此直接点题,“释延源与其说是个和尚,不如说是个隐士。”④在这里“第三人称自指”这种反讽形式与“局外人自我”的归隐意

① 杜维明:《文明对话中的儒家:21世纪访谈》(前言),北京大学出版社,2016年版,第5页。

② 黄平:《革命时期的虚无:王小波论》,《文艺争鸣》,2014年第9期。

③ 李洱:《应物兄》,人民文学出版社,2018年版,第746页。

④ 李洱:《应物兄》,人民文学出版社,2018年版,第747页。

味,被显豁地勾连与表达出来。

最终这个逻辑被释延源导向了应物兄,无论是郑树森还是释延源,这两场对话最终都是为了引出应物兄。释延源开始和应物兄讨论“应物”二字是否出自欧阳修的话“无常以应物为功,有常以执道为本”,并由此问应物兄是“应物”还是“执道”?不待应物兄回应,释延源引了一个著名的偈子:

有常无常,双树枯荣;南北西东,非假非空。

小说对此加了一个长注:“当年世尊释迦牟尼在拘尸那罗城娑罗双树之间入灭。东西南北,各有双树,皆一荣一枯。佛经中言:东方双树为‘常与无常’,南方双树意为‘乐与无乐’,西方双树为‘我与无我’,北方双树为‘净与无净’。茂盛荣华之树意示涅槃本相:常、乐、我、净;凋残枯萎之树显示世相:无常、无乐、无我、无净。如来佛在这八境界之间入灭,意为非枯非荣,非假非空。”①释延源引这个偈子,以枯荣之譬喻,暗示应物兄要超越“应物”与“执道”的对立,即无我,也无无我,这契合于“局外人自我”的逻辑。

然而,应物兄是否安于“局外人自我”?应物兄对于释延源的回应是:“他听见自己说,我是既应物又执道。但这句话,只有他自己能听到。他不好意思说出口。”②超越不堪的有常与虚无的无常,也即超越现实自我与局外人自我,应物兄如何做到?

这个关键问题将我们带到《应物兄》中最具创造力的叙述,由此引出第三重自我:局内人自我。理解《应物兄》多重自我的叙述之复杂,绕不过小说谜一样的结尾:

他的脑子曾经出现过短暂的迷糊,并渐渐感到脑袋发胀。他意识到那是血在涌向头部。他听见一个人说:“我还活着。”

那声音非常遥远,好像是从天上飘过来的,只是勉强抵达了他的耳膜。

他再次问道:“你是应物兄吗?”

这次,他清晰地听到了回答:“他是应物兄。”③

既不是庸俗现实中的“你是应物兄”也不是超然于外的“我是应物兄”,最后一句的“他是应物兄”,拆解了以往的二元对立,将当代文学中的自我向前再推一步,塑造出第三重自我:局内人自我。“局内人自我”这个说法,化用自李洱写于1999年12月的《局内人的写作》④一文。何谓“局内人自我”,如何理解这一试图辩证超越第一重自我与第二重自我的第三重自我?作为《应物兄》的题眼,“第三自我”出现在应物兄这一代青年知识分子的代表文

---

①② 李洱:《应物兄》,人民文学出版社,2018年版,第747页。

③ 李洱:《应物兄》,人民文学出版社,2018年版,第1040页。

④ 《应物兄》的外文译本,李洱也建议以《局内人》为题。

德能临终前：

那是文德能生造的一个单词：文德能将“第三”（Third）和“自我”（self）两个词组合了起来，形成一个新的单词：Thirdself，第三自我。[①]

这种“第三自我”是怎样的新人？小说开辟出探索性的空间，但并没有给出最终的答案：“文德能说完这个单词之后，又清晰地说出了最后两个字：逗号。按芸娘的理解，他是说，那篇文章他没有写完呢。”[②]这没有写完的“第三自我”，邀请我们来到当代文学的前沿，穿越作为历史阶段的反讽，发现作为现实主义灵魂的“新人”。在20世纪80年代结束时，应物兄去文德能家：

有一次他指着小书架问文德能：“这都是你要看的书吗？”

文德能说：“是本周要看的。”

说这话时，文德能就抽出了一本书：

Contigency，Irony and Solidarity（《偶然、反讽与团结》）。文德能说，他很想翻译这本书，无奈英语水平不够[③]。

围绕文德能，罗蒂的思想反复出现，如同文德能的弟弟文德斯的回忆：“我发现他很早就读过理查德·罗蒂的书。他可能是最早阅读罗蒂的中国人。”[④]为什么文德能醉心于理查德·罗蒂的思想？笔者认为原因在于，《偶然、反讽与团结》给出了一种可能性：在解构了形而上的真理（罗蒂所谓的“终极词汇”）之后，反讽并不必然导向个人的原子化，反讽的个人依然有可能具备公共性，重建一种共同体的团结。诚如罗蒂本人对于《偶然、反讽与团结》所包含的“自由主义乌托邦”的概括：“人类团结乃是大家努力达到的目标，而且达到这个目标的方式，不是透过研究探讨，而是透过想象力，把陌生人想象为和我们处境类似、休戚与共的人。”[⑤]

罗蒂的看法，契合着文德能这代知识分子的心结。文德能这代人不再相信宏大叙事，也痛苦于清除宏大叙事之后的虚无，罗蒂对此给出了超越反讽的可能性，勾勒了一种新的自我。对此应物兄转述了文德能留下来的笔记，可以用来解释何为“局内人自我”：“个人必须在公共空间里发挥作用，自我应该敞开着，可以让风吹过自我。”[⑥]而在《应物兄》出版的二十年前，李洱在1998年和李敬泽等人的对话中，谈过类似的看法，“个人是敞开的，我们

---

①② 李洱：《应物兄》，人民文学出版社，2018年版，第687页。

③ 李洱：《应物兄》，人民文学出版社，2018年版，第246页。

④ 李洱：《应物兄》，人民文学出版社，2018年版，第257页。

⑤ ［美］理查德·罗蒂：《偶然、反讽与团结》，徐文瑞译，商务印书馆，2005年版，第7页。

⑥ 李洱：《应物兄》，人民文学出版社，2018年版，第688页。

与他人的关系实际上是我们与自我的关系，我们与自我的关系就是我们与他人的关系，'个人'是一个敞开的词。"①

三、"第三自我"的世界视野

《应物兄》所指向的"局内人自我"，是《应物兄》在思想上的重要创见。深刻理解"第三自我"，不能局限在中国、当代与文学的内部，而是需要世界视野，在中国/世界、当代/历史、文学/思想的对话中予以把握。在这个意义上，《应物兄》体现出真正的世界文学的气派，这部作品不是展示特殊性的奇观，而是作为普遍性的文学，回应现代性的根本问题。

讨论李洱，经常用来比较的作家是加缪，在加缪这条"局外人"的线索之外，李洱也受到托马斯·曼的影响。李洱早期代表作《导师死了》(发表于《收获》1993年第4期)有浓郁的《魔山》背景，李洱也在访谈中坦承，"我早年非常喜欢《魔山》。"②不过，如果说《导师死了》更多的是在故事背景和气氛上和《魔山》相似的话，《应物兄》则是在思想性的层面上回应托马斯·曼的议题。

在托马斯·曼及其勾连的德国浪漫派思想史的框架中，可以更清晰地理解《应物兄》的"第三自我"。黄金城指出反讽是托马斯·曼一以贯之的文学/政治姿态，其反讽的诗学与哲学内涵，是以浪漫派反讽的图式，在对立命题之间引入一个更高的"第三者"作为合题。黄金城就此分析托马斯·曼的著名演讲《论德意志共和国》(1922年10月13日)，这篇演讲被视为托马斯·曼思想生涯的决定性时刻，其直接缘起是魏玛共和国(1918—1933年)外交部部长拉特瑙(Walter Rathenau)在1922年6月遇刺，托马斯·曼发表演讲，捍卫新兴的共和国的价值。黄金城指出，"他们都期许着一个可以克服诸对立(如左翼与右翼、保守与革命、民族主义与社会主义、个人主义与集体主义)的合题，这也是'第三条道路'或'特殊道路'(Sonderweg)的题中之义。"③

---

① 李敬泽:《个人写作与宏大叙事——对话之一,1998年11月3日》,李敬泽,李大卫,邱华栋,李冯,李洱:《集体作业——实验文学的理论与实践》,中国广播电视出版社,1999年版,第153页。

② 李洱:《"借着这次写作,我把它从肉中取了出来"》,《南方周末》,2019年3月14日。

③ 黄金城:《"反讽是中庸的情志"——论托马斯·曼的诗性伦理》,《文艺研究》,2018年第9期。

如同研究者指出的,"《论德意志共和国》使用了典型的浪漫派范式——在一个更高的层面引入一个'第三因素',使原先对立命题获得和解。"[①]对立的命题,比如在德国浪漫派兴起时的18世纪末期,指涉着思想与存在、观念与实在、精神与自然、主体与客体等这一系列对立关系,这种对立关系派生出浪漫派意义上的"反讽"。"反讽"与其说是一种修辞结构,不如说首先是一种精神结构。正是德国浪漫派的代表人物弗里德里希·施莱格尔将反讽转化为哲学命题,如恩斯特·贝勒尔对于施莱格尔《批评断片集》的分析:"与欧洲整个修辞传统对反讽是一种独特的修辞格的这个定义相反,反讽的真正源头应归于哲学。"[②]反讽也构成德国浪漫派思想体系的核心概念,克尔凯郭尔一针见血地指出"反讽"和"浪漫主义":"这两个表达方式所指称实质上是同一个东西。"[③]

德国浪漫派以"反讽"将自我与世界的对立悬置,将自我描述为世界的局外人,这印证着施米特所指出的:"浪漫派逃避现实,然而他是以反讽的方式。"[④]但是对于浪漫派这种逃避性的悬置,反讽所构建的局外人的位置不是终点——"局外人"作为"现实"的反题,被更高的"第三者"所超越。施米特描述过浪漫派的思想图式:"思维的逻辑总是以具体的反题为起点,然后转向另一个具体因素(更高的第三种因素);"[⑤]施米特将其概括为"靠更高的他者浪漫地扬弃对立"[⑥]:"譬如,共同体就能起到更高的第三种因素的作用。"[⑦]

以"更高的第三者"来超越精神和生活的二元紧张,这一思想图式暗合《应物兄》的叙述逻辑。对于既想"应物"又想"执道"的应物兄而言,在大西北的漫漫黄沙中研制原子弹的双林院士这一代老知识分子,提供了一种超越性的典范:"他了解得越多,越觉得双林院士和他的同伴们,都是这个民族

① 刘忠晖:《从"眷注死亡"到"献身生命"——托马斯·曼对"德意志性"的反思》,《北京邮电大学学报》,2014年第6期。

② [德]恩斯特·贝勒尔:《德国浪漫主义文学理论》,李棠佳,穆雷译,南京大学出版社,2017年版,第135页。

③ [丹麦]克尔凯郭尔:《论反讽概念——以苏格拉底为主线》,汤晨溪译,中国社会科学出版社,2005年版,第222页。

④ [德]卡尔·施米特:《政治的浪漫派》,冯克利,刘锋译,上海人民出版社,2016年版,第98页。

⑤⑦ [德]卡尔·施米特:《政治的浪漫派》,冯克利,刘锋译,上海人民出版社,2016年版,第118页。

⑥ 卡尔·施米特:《政治的浪漫派》,冯克利、刘锋译,上海人民出版社,2016年版,第117页。

的功臣。他们在荒漠中，在无边的旷野中，在凛冽的天宇下，为了那蘑菇云升腾于天地之间而奋不顾身。”[①]小说安排双林院士的儿子双渐一开始憎恨父亲但最终理解了父亲，在这个过程中双渐也成为一名研究“种子”的生物学家。双渐即将动身去玉门核工业基地寻找父亲时，和应物兄讨论起共同体：“你有一个看法，我是认同的。就是将人类命运看成一个共同体。”[②]

共同体作为更高的“实在”，经由双林院士展现在应物兄面前。这也很好地解释了为什么《应物兄》这部小说的现实主义转向，现实主义是共同体的文学。但值得再次强调，《应物兄》不是简单地回到现实主义文学经验，而是一次辩证超越，人物对共同体的信仰，是对更高的“实在”的信仰。

施米特认为，是“人民”和“历史”替代了“上帝”成为新的“实在”[③]，也即成为浪漫派所欲追寻的“更高的第三者”。《应物兄》在双林院士之外，也塑造了经济学家张子房这个人物。小说写到双林院士回到济州大学后第一件事就是寻找好友“亚当”，作为济州大学四大导师代表之一，经济学家张子房在20世纪80年代重译了亚当·斯密的《国富论》，被戏称为“亚当”。然而张子房在20世纪90年代疯掉了，不知所踪。小说结尾，儒学研究院苦寻程济世的程家大院旧址，一直没有找到传说中的“仁德路”，而应物兄在一处大杂院里见到了张子房先生，这处大杂院正是当年的程家大院，真正的“仁德路”指向张子房先生：

子房先生说，他正在写一本书，但愿死前能够写完。

那本书与他早年翻译的亚当·斯密的名著同名，也叫《国富论》。子房先生说：“只有住在这里，我才能够写出中国版的《国富论》。只有在这里，你才能够体会到原汁原味的经济、哲学、政治和社会实践。只有在这里，你才能够看见那些‘看不见的手’。”[④]

显然，这是属于“人民”的、有着“道德情操”的《国富论》。张子房先生和双林院士的选择，似乎将“更高的第三者”在当代中国历史情境中具体化，这就是文德能临终前念兹在兹的“第三自我”吗？

---

① 李洱：《应物兄》，人民文学出版社，2018年版，第947页。

② 李洱：《应物兄》，人民文学出版社，2018年版，第838页。

③ ［德］卡尔·施米特：《政治的浪漫派》，冯克利，刘锋译，上海人民出版社，2016年版，第82页。

④ 李洱：《应物兄》，人民文学出版社，2018年版，第1037-1038页。

四、施米特的嘲讽与李洱的回应

如果请施米特来回答这一问题，施米特会对这“更高的第三者”不屑一顾。在《政治的浪漫派》中，施米特尖锐地批评浪漫派的“更高的第三者”，“他（指浪漫派，笔者注）的兴趣仅仅是从二元论的结果逃到一种更普遍、‘更高’和‘更真实’的统一中去。”①在施米特看来，浪漫派的思想图式里的“更高的第三者”是一个伪命题，浪漫派不过是靠一个所谓的更高的他者来浪漫地扬弃对立，骨子里依然在逃避现实矛盾。施米特指出他认为的症结所在：“浪漫派相信他本人是个先验的自我”②，浪漫派从“反讽”开始的思想逻辑的展开，都是为这个先验的自我——即与世界相对立的、作为世界的创造者——服务。

浪漫派确实以先验的自我作为逻辑起点，施莱格尔就认为，“哲学必定源自于我”③。浪漫派的这一看法如果在哲学史的脉络上追溯，受到费希特很大的影响，施莱格尔自己谈到过，“三个因素从美学、道德和政治方面深刻影响了浪漫主义，它们依次是：费希特的知识学、法国大革命，以及歌德的著名小说《威廉·迈斯特》。”④在费希特这里，“自我设定自己”是不证自明的，被费希特视为人类一切知识的绝对第一的、无条件的原理⑤。诚如费希特所言：“注意你自己，把你的目光从你周围的一切事物中收回来，投向你的内心，这是哲学对它的学生提出的第一个要求。哲学要谈的不是在你之外的东西，而只是你自己。”⑥

---

① ［德］卡尔·施米特：《政治的浪漫派》，冯克利、刘锋译，上海人民出版社，2016年版，第116页。

② ［德］卡尔·施米特：《政治的浪漫派》，冯克利、刘锋译，上海人民出版社，2016年版，第121页。

③ ［美］维塞尔：《马克思与浪漫派的反讽》，陈开华译，华东师范大学出版社，2008年版，第166页。

④ ［英］以赛亚·伯林：《浪漫主义的根源》，亨利·哈代编，吕梁等译，译林出版社，2011年版，第96页。

⑤ 叶秀山，王树人：《西方哲学史》，第六卷《德国古典哲学》，人民出版社，2011年版，第270-271页。

⑥ ［德］费希特：《知识学第一导论》，引自梁志学选编《自由的体系——费希特哲学读本》，商务印书馆，2008年版，第189页。

在费希特这里,"自我"这个纯粹哲学概念第一次成为个体概念[①],构成费希特理论体系绝对无条件的起点,故而费希特说"我的体系是第一个自由体系"[②]。由费希特回到李洱,李洱的文学思想也一再确认"自我"的重要性,用他自己的话说:贾宝玉长大之后怎么办?最近的一次回应,是李洱2015年11月18日在香港科技大学的同题演讲。李洱借"贾宝玉"来指代"自我",讨论主体性的建立。"贾宝玉长大之后怎么办"是从"自我"的角度立问,和费希特一样,李洱也将"自我"确定为逻辑起点。在这场演讲中李洱也提到了笔者分析《花腔》的一篇文章,笔者在该文中分析《花腔》借助"贾宝玉"这一原型来讨论"个人与世界的遭遇"。李洱对此的回应是:"真正的自我就诞生于这种两难之中。"[③]何谓"两难","个人"与"世界"的遭遇,正是"虚己"与"应物"的两难。李洱在2015年的这场演讲中也提到了:"事实上,我正在写作的一部长篇小说也跟这个主题有某种关系,只是它更为复杂,以致我常常怀疑我是不是有能力完成它。"[④]这部写作中的长篇小说无疑正是《应物兄》,在《应物兄》中"贾宝玉"这个原型也曾出现在应物兄与芸娘的对话中,在小说第33节,芸娘重复了李洱上面的看法。

而施米特对"浪漫派"这种"自我"先于一切的反感,源自他在写作《政治的浪漫派》时所面对的魏玛共和国的严峻政治形势。诚如刘小枫所言:"《政治的浪漫派》似乎是思想史论著,针对的却是现实政治问题。"[⑤]在施米特的传记作者约瑟夫·W·本德斯基看来,魏玛共和国在1918年建立后,"这是一段令施米特十分痛苦的时期。不仅未来德国的政治前景黯淡无光,而且,共和国的存续从一开始就受到人们的质疑。这个缺乏明确中央权威且不稳定的共和国取代了德国历史上最强有力的帝国。"[⑥]在这种动荡中,施米特反感"浪漫派"沉湎于"自我"之中以回避现实政治,而是强调"决断",诚如施米特论堂吉诃德:"他能凭借自身的意志和能力做出政治决断,而不是将决断交付给无尽的商谈或一种审美想象的综合。"[⑦]

在施米特看来,浪漫派把更高的第三者主观化了,这依然是以"自我"为

---

① 叶秀山,王树人:《西方哲学史》,第六卷《德国古典哲学》,人民出版社,2011年版,第314页。

② 叶秀山,王树人:《西方哲学史》,第六卷《德国古典哲学》,人民出版社,2011年版,第297页。

③④ 李洱:《贾宝玉长大之后怎么办?》,《扬子江评论》,2016年第6期。

⑤ 刘小枫:《政治的浪漫派问题不可小视》,腾讯文化,2016年4月14日。

⑥ [美]约瑟夫·W·本德斯基:《卡尔·施米特:德意志国家的理论家》,上海人民出版社,2015年版,第24页。

⑦ 王钦:《施米特〈政治的浪漫派〉再考》,《读书》,2015年第10期。

中心的一种虚假的"更高的和谐",由此导致浪漫派面对现实的政治情境缺乏能动性。既然缺乏现实的能动性,浪漫派只能依赖主观世界中的想象。而笔者在上文也谈到过,在《应物兄》中,作为20世纪80年代青年知识分子的代表,文德能的"局内人"方案,依赖于罗蒂指出的通过叙述来"移情",将他人想象为与自己休戚与共。

仿佛是感受到对于"情感"的嘲讽,李洱针锋相对,在《应物兄》中描写了一个20世纪90年代初从德国回来的知识分子陆赛尔:

陆赛尔又再次说到了情感。他说情感在哲学上没有意义,哲学家应该排除情感。黑格尔说,肉是氮氢碳,虽然我们吃的是肉,不是氮氢碳,但现在的哲学研究应该回到氮氢碳。他说,他希望把他的这个想法,传递给在场的每一个人,并通过在场的朋友传递给所有研究哲学的人。

芸娘用手遮住了前额。她为他感到羞愧①。

陆赛尔这个人物无疑在讽刺一些人对于胡塞尔的生搬硬套,比如陆赛尔这种将"肉"还原为"氮、氢、碳"的"现象学还原"。陆赛尔这种对于"现象学"乃至于西方理论的中国化解读,就是在为自己沾沾自喜的犬儒状态辩护,而有意味的是,小说中的灵魂人物芸娘也是现象学专家,她理解的现象学,是为了抵御虚无。芸娘这样告诉应物兄:"你知道的,1888年春天的时候,尼采完成了最后一部书稿《权力意志》,他谈论的是今后两个世纪的历史。他描述的是即将到来,而且不可能以其他形式到来的事物:虚无主义的降临。我为什么会关注现象学?是因为又过了十二年,也就是二十世纪的第一年,胡塞尔开始用他的《逻辑研究》来抵御虚无主义。"②

从"浪漫派"到"现象学",小说的内在逻辑是自洽的,还是从"自我"出发,讨论"自我"与"世界"的相遇。胡塞尔和施莱格尔一样从先验自我出发,诚如德尔默·莫兰在《现象学:一部历史的和批评的导论》一书中谈到的,"胡塞尔把现象学基本上理解为一种'自我学',是关于自我及其'自我经验'的研究,此一纲领为笛卡尔发现我思之继续。世界全体,在其全部意义中,必须被重新看作一种主体性的成就,自我的成就。哲学真正的中心也即自我经验的区域,是先验自我。"③对此伊格尔顿一语道破,"如果说现象学一

---

① 李洱:《应物兄》,人民文学出版社,2018年版,第896页。

② 李洱:《应物兄》,人民文学出版社,2018年版,第883页。

③ [爱尔兰]德尔默·莫兰:《现象学:一部历史的和批判的导论》,李幼蒸译,中国人民大学出版社,2017年版,第191页。

方面是保证了一个可知的世界,那么它另一方面则是确立了人类主体的中心地位。"①

要注意到,主体的中心地位绝对不等于自我原子化,这个"自我"是敞开的。回到上引的小说原文,芸娘用了一个容易被忽略的说法:"羞愧"。"羞愧"是一处路标,指向着小说深处的精神隐秘。"羞愧"(也被译为"羞耻"等)本身就是一个现象学概念,勾连起"自我"和"他者"的关系。在萨特等哲学家看来,羞愧来自于他人对自我的注视。而丹麦现象学家扎哈维有专书《自我和他者:对主体性、同感和羞耻的探究》讨论这一问题,"扎哈维更认同萨特的观点,在他看来,羞耻不仅仅是自我反思的结果,也必然涉及他者性。这一特殊的情感状态涉及自我与他者的双重视角。"②

立足于"我",依赖叙述或想象,与"他者"情感相通,这一方案也决定着《应物兄》这部小说充满着在当下文学中较为罕见的抒情性。应物兄对于芸娘、对于20世纪80年代的青年知识分子充满怀念:

它的一砖一石重新聚拢,楼道盘旋着向上延伸,门窗和阳台各就各位,核桃树再次挂上青果,爬墙虎重新在水泥墙面蔓延,土褐色的原始生物一般的壁虎又悄悄地栖息在爬墙虎那暗红的枝条上,并张开嘴巴等待着蚊子飞过。当然,与此同时,文德能重返青春,文德斯重返童年,用沙子擦拭奶锅的阿姨重新回到素净的中年,而所有的朋友突然间又风华正茂③。

对于芸娘,应物兄更是饱含深情,在小说中文德能与芸娘锚定了一代人的立场与情怀,如果说文德能更多的是以"第三自我"留下深刻的思想启示的话,那么芸娘则在应物兄看来,"在她的身上,似乎凝聚着一代人的情怀。"④

五、共同体与"中华性"

施米特和李洱,以及他们各自对应的知识分子群体,并不能说服彼此,但双方从同一个问题出发:如何在现代性的范畴内重新思考德意志性/中华性?本文第三节讨论托马斯·曼,第四节更多地引述施米特,但不应忘记,施米特(1888—1985年)和托马斯·曼(1875—1955年)是同代人,施米特

① [爱尔兰]特雷·伊格尔顿:《二十世纪西方文学理论》,北京大学出版社,2007年版,第56页。

② 何静:《一种迈向整合自我与他者的社会交互理论——读〈自我和他者:对主体性、同感和羞耻的探究〉》,《哲学分析》,2017年第4期。

③ 李洱:《应物兄》,人民文学出版社,2018年版,第892页。

④ 李洱:《应物兄》,人民文学出版社,2018年版,第844页。

《政治的浪漫派》那作为定版的再版本，和托马斯·曼的《魔山》都出版于1924年，都是在20世纪20年代面对魏玛共和国的危机而写作，讨论德意志民族精神的出路，这往往被表述为“德意志特殊道路”。借用托马斯·曼“文化/文明”的框架，20年代的德国在“文化”（德国传统）与“文明”（西方现代性）之间的挣扎，对于当下面临类似困境的中国知识界有深刻启示。而无论怎样为施米特这位“桂冠法学家”辩护，必须面对哈贝马斯对于施米特的评价：“卡尔·施米特比阿道夫·希特勒年纪大一岁，而后者却决定了他的命运。”①

正是在上述的层面上，我们才能理解《应物兄》为什么选择“儒学”，而作为“中华性”表征的“儒学”内部，在小说中存在着彼此冲突的脉络。在表面上程济世作为当世大儒，他的儒学理念笼罩着一切，但是他的思想体系遭遇到儒学内部的严厉批判。小说就此描写了另一个重要的人物，程济世儿子的母亲谭淳，20世纪80年代初济州大学的学生，谭嗣同一族的后人。谭淳和芸娘的形象相似，但持有更为激进的启蒙立场，1984年谭淳在香港新亚学院的演讲会上与程济世第一次相遇，借助谭嗣同的《仁学》批驳程济世尊卑有序的儒家和谐论。程济世在私下里以下流的口吻打听谭淳的情况，并在当晚诱奸了谭淳。1991年程济世再次去香港讲学，带着孩子的谭淳又一次和程济世相遇，并再次捍卫谭嗣同的儒学传统：

> 起初她还是轻言细语，但随后便激烈了起来，说，她以为先生身为海外名师，定有高论的，不成想竟是人云亦云。又说，她有一言献于先生。潜身缩首，苟图衣食，本是人之常情，倒也无可指责；舍生求义，剑胆琴心，却唯有英雄所为，岂是腐儒所能理解。②

在儒家思想体系的内部，谭嗣同的仁学传统最为接近20世纪80年代启蒙现代性的立场，谭嗣同将“仁”诠释为“通”，“仁以通为第一义”③，强调众生平等相通，“彼己本来不隔”④，“我之心力，能感人使与我同念”⑤。可以发现，谭嗣同的立场接近于芸娘、文德能的立场，而谭淳作为程济世唯一的后代的母亲，在象征的意义上其血脉流入了儒学的传统。程济世的这个孩子程刚笃浑浑噩噩，也象征着两种儒学传统斗争不止，未有定论。

---

① ［德］尤尔根·哈贝马斯：《自主性的恐怖——英语世界中的卡尔·施米特》，杨凡译，选自《国家、战争与现代秩序：法哲学与政治哲学评论第二辑》，华东师范大学出版社，2017年版，第167页。

② 李洱：《应物兄》，人民文学出版社，2018年版，第865页。

③ 谭嗣同：《仁学》，华夏出版社，2002年版，第6页。

④⑤ 谭嗣同：《仁学》，华夏出版社，2002年版，第15页。

小说结束于程济世安排应物兄去探看程刚笃即将出生的孩子是否是“一个肉团,一个混沌”,应物兄正是在这条路上遭遇了车祸。儒学的面目依然不清楚,而一个新的“自我”——“他是应物兄”——正在诞生。“第三自我”指向着崭新的新人想象,以及对应的共同体想象。在小说结束的时刻,在中国的现代性事业处于历史关口的当下,《应物兄》多重自我所展开的辩证法中,凝聚着当代中国的精神症候。

数学思维与知识化写作的困境[①]

——评李洱长篇小说《应物兄》

鲁太光[②]

一

李洱的长篇小说《应物兄》是 2019 年文学界的一个事件性存在，自上半部在《收获》长篇专号 2018 年秋卷发表以来，就引起了文学界的广泛关注[③]。随着下半部于《收获》长篇专号 2018 年冬卷发表，且人民文学出版社于 12 月底推出长达 1040 页的 2 卷本后，其在文学界的影响就继续发酵，相关信息不时见诸报刊，让人不感兴趣都难。因而，在认真细读了《应物兄》后，我又找来有关报道、评论阅读，以期更好地把握这部小说的真髓。然而，在阅读这些文字时，一种莫名的喜感，甚至荒谬感却油然而生，而且读得越多这种感觉就越强烈。

所以产生这种感觉，是因为我觉得自己读的不是评论，而是“授奖词”，还不是一般的“授奖词”，是在茅盾文学奖乃至诺贝尔文学奖中也难得一见的那种高级“授奖词”——一部长篇作品，没有经过任何沉淀，在这么短的时

---

① 原载于《文艺理论与批评》2020 年第 1 期。

② 鲁太光(1973 年—)，男，文学博士，现为中国艺术研究院马克思主义文艺理论研究所副所长、副研究员。主要从事中国现当代文学研究。在《新华文摘》等刊物发表论文数十篇，著有文学评论集《重建当代中国文学想象》等。

③ 早在发表之前，这部作品就已成为文学界的“事件”。正如王鸿生所说，多年来，文坛都在传李洱在憋一个“大炮仗”。王鸿生：《临界叙述及风及门及物事心事之关系》，《收获》长篇专号 2018 年冬卷。

间内就获得近乎盖棺定论的褒奖,无论如何,都有一种幽默感(冷幽默)在里面①。这种褒奖,自小说甫一面世就开始了。《收获》发表上半部时,就说它的出现“标志着一代作家知识主体与技术手段的超越”,“构成了一个浩瀚的时代星图”②。人民文学出版社出版单行本时进行了话语升级,认为“对于汉语长篇小说艺术而言,《应物兄》已经悄然挪动了中国当代文学地图的坐标”③。

一部作品改变了中国当代文学坐标!这样的评价,可谓空前。不过,我们都知道,对于文学出版单位而言,除了要考虑所出作品的文学价值外,还要考虑其经济价值,因而在推介中有所夸大实属常态,也可以理解——文学出版不易!让人不解的是,在研讨会上,这种褒奖竟更进一步,成了“花式夸奖”。比如,《收获》杂志2018年12月24日在上海作协举办了“长篇小说《应物兄》研讨会”,会上一些评论家的发言就很是吸引眼球。比如,有评论家认为《应物兄》“因为其特殊的中国风度而具备了世界级文本的因素,甚至是这些年不算多的几部拥有世界级作品气象的出色作品”。有作家、评论家呼应这一论断,认为《应物兄》是“一本世界级的小说”。有评论家认为《应物兄》是“重新发明的小说”。有评论家认为这是一部“可怕”的“魔鬼般的作品”。有作家认为这是以《围城》为代表的知识分子小说的升级版。有作家认为“《应物兄》让一些作家与他们的作品变得不再重要,甚至直接被覆盖掉”,而且在他看来,这部小说不仅对历史提要求,更对未来提要求,因为“《应物兄》之后,小说的写法、功能已经悄然更新,李洱之后的小说家必须考虑如何从《应物兄》再出发”,即《应物兄》是神秘的母体,不仅能衡量小说,还能孕育小说。更多评论家从小说引经据典这一特点切入,认为这是“百科全书式的写作”④。

---

① 《应物兄》很快就开始了收割文学奖和授奖词的旅程。比如,2018年12月9日,“2018收获文学排行榜”发布,《应物兄》位列长篇小说第一名;12月23日,中国小说学会主办的“2018年度中国小说排行榜”发布,《应物兄》位居第二;2019年1月5日,“《扬子江评论》2018年度文学排行榜”发布,《应物兄》独占鳌头;2019年1月22日,“第20届《当代》文学拉力赛”发布,《应物兄》再次夺魁。

② 《收获》长篇小说专号2018年秋卷“编者的话”。

③ 李洱:《应物兄》,人民文学出版社,2018年版,封底。

④ 参见《且看应物兄如何进入文学史画廊——李洱长篇〈应物兄〉研讨会实录》,“收获”微信公众号,2018年12月26日。

随着时间延伸，篇幅较长的评论也出来了，除了零星的批评声①，更多的还是从各种角度对《应物兄》进行褒扬。比如，有作家认为《应物兄》之后，“一个新的中国小说形制诞生了。它将不仅仅排除异己，它还将排除自己。相信我，你现在读到的，是你所能看到的‘仅此一部’的那种小说”，而且，他还预见到这部小说必将“经常性地承受‘乏味、过长，被评价过高’（罗迪·道伊尔）诸般严峻的判词”②，从反面论证其独特伟大，还有评论家认为这部小说“更像一本向古老说话体典籍致敬的大书”，随后将这部“大书”定位为《史记》③。

《应物兄》获得这么多的高评、好评，除了出版单位的大力推动，以及文学界朋友，尤其圈子里的朋友推广外，还有一个深层原因，那就是中国当代文坛生产力匮乏，尤其是长篇小说生产力匮乏。我们每年出版几千部长篇小说，可拿得出手的佳作却少之又少，这使整个文坛沉浸在一种难言的不满与焦虑之中，因而每有一部不错的作品出来，大家便一拥而上，高唱赞歌。但在这样的气场中，却忘了一点：批评的客观性。即使出于不便明言的原因表扬，也要适可而止，否则就成了反讽，成了高级黑。从长远看，这对作家比批评还要尴尬，而对文学的伤害也与不负责任的批评一样严重，如果不是更严重的话。

不过，笔者之所以撰文讨论《应物兄》，除了上述一般性的问题外，还有特殊原因，即在笔者看来，《应物兄》集中展示了当前文学创作中的一个典型问题——以数学思维④推动文学写作，而数学思维对当代文学写作的影响，尤其是负面影响，目前却鲜有讨论。

---

① 截至本文终稿，笔者看到的批评文章有4篇：刘江滨的《〈应物兄〉求疵》（《文学自由谈》，2019年第2期）、唐小林的《有人要发射一颗怎样的“卫星”?》（《文学自由谈》，2019年第3期）、俞耕耘的《生活实在感被知性和学识削减了》（《文汇报》，2019年3月28日）、董子琪的《性话语泛滥、人际犯难和插科打诨：〈应物兄〉与“中国式学院小说”》（“界面新闻”，2019年1月11日）。而肯定性文章则有23篇，限于篇幅，不一一列举。

② 弋舟：《在余烬中重燃至六十度》，《文学报》，2019年3月28日。

③ 谢有顺：《思想与生活的离合——读〈应物兄〉所想到的》，《当代文坛》，2018年第4期。

④ “数学思维”是笔者“造”的一个词，意在以之批评当今文坛存在的将主要精力用于钻研“文学成功学”而非文学，以及忽视拓展作品精神、情感空间，反而以僵硬的知识化写作排斥、解构文学精神、情感的行为。

二

对《应物兄》的高度评价，与一系列数字奇观联系在一起，而这些数字，或明或暗地提醒着我们这部小说写作中的数学思维问题。

首先是外围数字。这类数字尤为出版单位和媒体所称道。比如，无论是《收获》长篇专号2018年秋卷，还是人民文学出版社的单行本，都在突出位置标明这部小说“李洱整整写了13年”。这一数字，更是媒体关注的焦点[①]。与此相关的，还有“3台电脑”“200万字”“90万字”等。这些数字组合起来，制造了一个奇观：李洱用13年时间，写坏3台电脑，写出200多万字的初稿，后经反复批阅、增删，最后写出了90万字的《应物兄》[②]。这是一个何其宏大的文学“事件”！除了这些外围数字，还有一组涉及小说文本的内部数字。这组数字更加漂亮：“据统计，小说涉及的典籍著作四百余种，真实的历史人物近二百个，植物五十余种，动物近百种、疾病四十余种，小说人物近百个、涉及各种学说和理论五十余种，各种空间场景和自然地理环境二百余处”[③]。正是凭借这些数字，《应物兄》被诸多评论家称为“百科全书式的小说”，或被称为“年度知识密度最高的小说”。

乍看起来，这些数字风马牛不相及，其中并没有什么本质联系，然而，细细思量就会发现问题所在——不知从何时开始，我们对文学作品的评价已经悄然从本质转向表象了，从对作品思想和情感的勘探转向各种各样的新闻和噱头了，从“怎么写”——这可是新时期以来纯文学作家们最乐于念叨的标准——转向“写什么”——这也是新时期以来纯文学作家们一度最反感的标准了，而“写得怎么样”更是在一定程度上被悬置起来——我们评论中的许多观点缺乏论证。也就是说，在相当长一个时期内，已经形成一种风气，一部作品要想获得承认，就要在文学界，甚至社会上造出些动静来，而且

① 对李洱13年间精心打磨一部作品，我也充满了敬意。与那些一两年就推出一部长篇的“速写”相比，这样的作家更值得尊敬。中国文学要想有远大前程，这种态度，是充分条件。当然，我们也应知道，这不是衡量作品价值的必要条件。对此，李洱很清楚，他在《收获》杂志举行的作品研讨会上发言时直陈：“一部小说，写作时间长，并不能保证它就是好小说。当然，写作时间短，也不能说它就不好。”

② 施晨露：《横扫年末文学榜单的90万字长篇〈应物兄〉是怎样一部作品，竟让评论家“掐”了起来》，“上观新闻”，2018年12月25日；许旸：《13年写坏3台电脑，90万字“年度知识密度最高”长篇小说为何经得起折腾》，“腾讯网”，2018年12月24日。

③ 孟繁华：《应物象形与伟大的文学传统——评李洱的长篇小说〈应物兄〉》，《当代作家评论》，2019年第3期。

似乎动静越大认可度就越高。坦白地讲，这种风气，使我们的一些作家魂不守舍。

更进一步讲，我们的一些文学创作，以及围绕着这些创作制造出来的动静，有时候往往是为了某个非文学的目标——比如获奖——开展的。这是数学思维，或者说计算心理对文学的又一影响方式。关注这些年文学界状况的人，都会注意到一个现象：每到“茅盾文学奖”评奖前一年，尤其是这一年的下半年，一般都会有超过平常年份的长篇小说出版，这一年一般会成为长篇小说出版的大年。之所以出现这样的现象，是因为这一时段推出作品、展开研讨、进行宣传，是为评奖造势的最佳时机。2018 年是“茅盾文学奖”评奖年，《应物兄》与诸多作品一道闪亮登场，真心希望这只是一个巧合[①]。说到这个问题，还有更用心的。一些作家不是将精力放在提升文学素养上，而是致力于研究文学奖，研究写什么样的题材、内容，甚至写多少字才能获奖。对作家个体而言，这种精确的计算似乎无可厚非，但实际上这已经远远偏离了这些文学奖设置的初衷，更远离了文学的本质。

不过，这些只是文学写作中数学思维的通俗乃至庸俗表现。被这些问题所绊倒的作家，大多是末流作家。笔者所要重点探讨的，是一个更深层次的问题，即“影响的焦虑”。“影响的焦虑”是美国文学理论家哈罗德·布鲁姆提出来的一个诗学理论。这一理论认为，在迟来者诗人的潜意识里，前驱诗人是一种权威和“优先”，是一个爱和竞争的复合体。为摆脱其影响，迟来者诗人必须极力对抗，以获得自己的独立性，为自己的作品在诗歌史上争得一席之地。如果没有这种争取永存的“意志力”，迟来者诗人就很难取得成功，即由于“影响的焦虑”，后来者诗人迸发出一种对传统、前驱进行误读、修正的动力。

对当下文学创作而言，这一理论似乎有一定说服力：不要说古典文学传统，就是始于新文化运动的现代文学，也已有一百多年历史。这一百多年中，中国经历革命、建设、改革等重大变动，社会思潮奔涌激荡，屡次迭代。与此相伴，中国文学也经历多次思潮、多种运动、多样探索，不同作家在不同文体、不同主题、不同技法上进行探索，文学边界不断拓展。再退一步，就是从 70 年代末发端的新时期文学算起，在 40 多年的时间里，我们经历了多少文学思潮与探索呀！仅就小说而言，伤痕文学、反思文学，在新的时代背景下，向社会事件寻求文学潜能；寻根文学，在现代压力激增的情况下，向民间、传统延伸触角；先锋文学，以激进的姿态，向语言、叙事，向文学自身突进；新写实，在经历了现实主义的宏大和先锋文学的虚空后，突入日常生活

① 在笔者修改这篇文章时，《应物兄》已经获得了第十届“茅盾文学奖”。

的沉闷、滞重;底层文学,重新呼唤文学的社会视野、担当意识……略作梳理就会发现,我们的当代文学似乎十八般兵器都要过了。面对这一境况,后起作家的出路在哪里?当代文学的出路在哪里?我们还能不能创造出新的小说美学?我想,这是不少当代作家纠结的问题。

李洱是当下比较有理论自觉和抱负的小说家,笔者揣测,一部《应物兄》写了13年,在相当程度上,就与这种“影响的焦虑”有关。换言之,李洱要挑战传统,“建构新的小说美学”①,“再造”小说。在一定程度上,通过《应物兄》,李洱也实践了自己的诉求。关于这一点,评论家们多有论述,归纳起来,主要体现在以下几个方面:一是小说叙述视角上的创新,即借助于应物兄这个特殊的叙述人,“作品设置了一种三层嵌入式的叙述视角”,使作者/叙述者“获得了一种‘究天人,通古今’的超越性的自由”,能够“游走在时间与空间、梦境与现实、已知与未知相互接引的界面上”②。二是现代与传统互融的努力,即以现代思维消化古典遗产。比如有论者指出,在小说章节命名上,李洱就借鉴了以《诗经》为代表中国古典文学传统,从而获得了一种“无理之妙的美学效果”。③ 还有论者以古代文论传统为参照解析《应物兄》中的先锋性追求④。三是发明了明暗两种话语,即由于乔木先生的“教导”,应物兄学会了两种语言,一种是可以直言的口语,一种只能腹诽的腹语,因而使应物兄获得了一种“特异功能”,就像金庸武侠小说中的周伯通一样,不仅可以跟对手“搏斗”,还可以跟自己“搏斗”。这样的话语创造,不仅省却了不同语态下话语转换的麻烦,使小说叙述相对流畅,而且使应物兄获得了极大的话语权,能够随意褒贬臧否——虽然是阿Q式的。这一手法还具有某种隐喻色彩,告诉我们,现代人,尤其是现代知识分子可能是多面人,因为他们不止拥有一种语言。四是反讽与端正两种叙事基调交织,即小说一面以反讽

---

① 2018年12月26日,人民文学出版社为《应物兄》举行新书发布会,发布会的主题就是“应物赋形:建构新的小说美学”。参见:《〈应物兄〉:建构新的小说美学》,《湖南日报》,2019年1月11日;黄茜:《因为〈应物兄〉,批评家、读者的目光又投向文学》,《南方都市报》,2018年12月30日。

② 王鸿生:《临界叙述及风及门及物事心事之关系》。谢有顺在《思想与生活的离合——读〈应物兄〉所想到的》中也认为,通过叙述视角创新,“李洱塑造了一个可以经历这个时代各种生活的超级角色”。还有一些文章谈到这个问题,但实际上,关于这个叙述视角的作用,诸多论者并没有充分展开,向我们展示其如何拓展了小说叙事空间,大多举例说明,一笔带过。

③ 孟繁华:《应物象形与伟大的文学传统——评李洱的长篇小说〈应物兄〉》。

④ 邵部:《当下生活的“沙之书”》,《中国当代文学研究》,2019年第3期。

手法讥刺现代人物的蝇营狗苟，一面又对一代人的撤离依依不舍[①]。两种语调交织，既丰富了小说情感意蕴，也冲淡了阅读中的乏味感。最后，是海量知识话语的纳入。这一点是一些评论家最看重的，认为正是由于这一点，《应物兄》才成为一个超级文本。

毋庸讳言，"我们的《应物兄》"是一个庞大固埃，但问题是，这个庞大固埃是不是有机体？或者说，李洱是否借此构建了新的小说美学？对这个问题，笔者与多数评论家看法不同。笔者以为，《应物兄》是一部展示了作家雄心和耐心的小说，但却很难说是一部成功的小说，更难承担上文提到的一些评论家给予它的种种溢美之词。对此，笔者以纳知识入小说这点为例予以说明。

我们知道，《应物兄》的巨大声誉主要建立在这一基点上。对这个问题，不同评论家的看法不尽相同。比如，在《收获》杂志社举行的研讨会上，几位评论家就对《应物兄》中知识的形态、作用、可靠性等有所争论，方岩认为《应物兄》中的知识具有"补偿"式的教育作用，而张定浩则认为小说中的知识不是为了对读者进行教育，而是"为了让我们产生信任感"[②]。然而，尽管小有分歧，但对《应物兄》将知识化为小说骨肉的做法却普遍赞同。但在笔者看来，这些讨论可能在起点上就不怎么可靠。尽管李洱在小说中引用、"制造"了大量典籍，讲述、戏仿了大量典故，铺陈、罗列了大量动物、植物、生物现象，但我们却很难说这就是知识，因为，以我的个人阅读感受，这些文字不仅没有给我以教育和补偿，也没有让我产生信任感，更没有让我感受到知识更为重要的作用——让心灵在一切方向上充分涌流。

据笔者观察，小说中，应物兄——在某种意义上，也是作者——最赞赏的"知识点"有两处。一处是程济世在北京大学演讲时，对提问者"我们与孔子时代的中国人，还是同一个中国人吗"的回答："传统一直在变化，每个变化都是一次断裂，都是一次暂时的终结。传统的变化、断裂，如同诗歌的换韵。……正是因为不停地换韵、换韵、换韵，诗歌才有了错落有致的风韵。每个中国人，都处于这种断裂和连续的历史韵律之中。"为了凸显这段话的重要性，应物兄不仅在聆听时觉得"应该一字一句记下来"[③]。而且后来他最敬重的老师芸娘点拨他，说现代知识分子虽然不是"传统的士人、文人、文化人""但依旧处在传统内部的断裂和连续的历史韵律之中"，因而，"每个具体的人，都以自身活动为中介，试图把他转化为一种新的价值，一种新的精神

---

① 这个问题，贺绍俊的《应物兄的不思之思》谈得比较充分。《当代作家评论》，2019 年第 3 期。

② 《且看应物兄如何进入文学史画廊——李洱长篇〈应物兄〉研讨会实录》。

③ 李洱：《应物兄》，人民文学出版社，2018 年版，第 331 页。

力量”,并让应物兄在心中默念:“程先生也说过类似的话。”[①]然而,细细思量,这里又有什么“知识”呢?所谓的“换韵”,所谓“错落有致的风韵”,不过一句漂亮的废话而已,更何况,关于这个问题(传统)还有一个更具智慧的回答,那就是马克思在《路易·波拿巴的雾月十八日》中的论断:“黑格尔在某个地方说过,一切伟大的世界历史事变和人物,可以说都出现两次。他忘记补充一点:第一次是作为悲剧出现,第二次是作为笑剧出现。”[②]这样看来,“我们的作家”和“我们的应物兄”所追求的“知识”不就是一场“笑剧”吗,或者说,不就是他们追求的这种“知识”引发了一场“笑剧”吗?

应物兄——在某种意义上,仍然包括作者——所称道的第二个知识点,是英年早逝的文德能生造的那个英文单词——Thethirdxelf(第三自我)。尽管作家在小说中不止一次让应物兄想到这个词语,想到文德能,以此对照出应物兄身上的尘俗与疲沓,可是说老实话,这个生造的词语,除了让笔者想到小说的多重视角,以及应物兄因发明了“腹语”而能神游物外、俯瞰芸芸众生外,实在想不出里边还有什么微言大义。不客气地说,这并不是什么所谓知识,这是掉书袋。

说来汗颜,这么厚两大本书,这么多所谓“知识点”,但读完,却只有一处给笔者以启发,那就是芸娘告诫应物兄的话:“神经若是处于高度亢奋的状态,对于身心是不利的。沮丧有时候是亢奋的另一种形式,就像下蹲是为了蹦得更高。一个人应该花点时间去阅读一些二流、三流作品,去翻阅一些枯燥的史料和文献。它才华有限,你不需要全力以赴,你的认同和怀疑也都是有限的,它不会让你身心俱疲。”[③]即使这段话,对我的启发也是从反面来的,即对于一位文学研究者而言,二流、三流作品读多了,一定要去读一流的作品,二流、三流作品固然让人轻松,可读多了容易让人懈怠,忘记精神的追求。

我不知道现实中的李洱是不是博学多才,但读完《应物兄》,笔者觉得,无论如何,仅就这部作品论,以博学称赞李洱,称赞《应物兄》,是值得怀疑的,因为他的作品中没有任何深度,没有任何思想,没有任何哲学,甚至连情感也相当稀薄。缺乏思想和哲学的统领,缺乏情感和精神的滋润,让他作品中所谓的知识大多成了剩余物——在人文学界,这种剩余物何其多呀!甚至成了无聊的段子[④],还是让我说得直白些吧,仅就《应物兄》看,李洱的“才

---

① 李洱:《应物兄》,人民文学出版社,2018 年版,第 842 页。

② [德]马克思:《路易·波拿巴的雾月十八日》,《马克思恩格斯文集》第二卷,人民出版社,2009 年版,第 470 页。

③ 李洱:《应物兄》,人民文学出版社,2018 年版,第 849 页。

④ 这个词借自俞耕耘的文章《生活实在感被知性和学识削减了》。

华”十分片面，那就是饶舌，借用他另一部小说的名字来说则是“花腔”。这种片面的“才华”让他获得一种本领，使其作品看似花团锦簇，实际却相当单调，更进一步说，他的小说看似机巧多变，可往深处看，也易造作夸饰。

我们其实没必要在这个问题上浪费太多时间，因为更重要的问题是：即使有人坚持认为这些是真正的知识，可这些知识是否有机地融入小说整体之中了呢，是否成为小说的血肉以至筋骨了呢？对于这个问题，已有论者表达过自己的不同意见。比如，在《收获》杂志社举办的研讨会上，郜元宝就有限度地质疑小说里的知识与太和研究院成立所囊括进来的当代社会问题之间到底是什么关系，“是两张皮，还是一个反讽，还是某种对抗”“值得好好的研究”。他还认为李洱小说的知识点“有些跟钱锺书犯同样的毛病，为了把知识点引入，一定要编一个故事”，而这个故事游离于小说主题之外[①]。俞耕耘也认为，所谓知识，对李洱是个“危险的诱惑”，因为在他看来，李洱“精彩好看的聪明、知性和学识，反而削减了生活‘实在感’”[②]。

我认为郜元宝和俞耕耘都说到了问题的实质。这些所谓的知识，如果能够与小说整体有机融合，哪怕再多，也是韩信将兵多多益善。比如小说第91节“譬如”中关于觚的大段论述，虽然也不无炫技的成分，但因为通过考据这种酒器形制的变化，考察了儒家核心概念“礼”的流失，与小说对当下人文精神失落的慨叹相契合，因而与小说关系较为贴切，虽然长，但读起来，也并不令人生厌[③]。反之，一些所谓的知识，就是为了讲一个段子而有意引入的。比如小说第5节“赔偿协议”中，桃都山集团老板铁梳子家的女佣金彧，跟应物兄就她们家的名狗金毛被乔木先生家的土狗木瓜咬伤赔偿一事讨价还价时，竟舌绽莲花，吐出“言有易，言无难”的金句来，就不是让人刮目相看，惊叹她的博学、机敏，而是让人怀疑这是作家为了炫耀自己博学，套用赵元任与王力的典故而硬讲的[④]。因为，就小说而言，没有这个知识段子，一点也不影响读者领教金彧的精明，更不影响读者窥察她的人生走向。

如果延伸一下，不局限于知识类段子，而是把其他段子也纳入，这种“骨肉分离”的情况就更严重了，还是以木瓜和金毛事件为例，铁梳子知道木瓜是乔木先生家的宠物后，深知乔木先生和应物兄背景的她，把应物兄请到自己家，半真半假地赔情。这时的铁梳子可真“博学”——不，是饶舌！不过，还是让我们先听听她说了些什么吧。她先是责骂金彧这个“死丫头生搬硬

---

① 《且看应物兄如何进入文学史画廊——李洱长篇〈应物兄〉研讨会实录》。

② 俞耕耘：《生活实在感被知性和学识削减了》。

③ 李洱：《应物兄》，人民文学出版社，2018年版，第923-928页。

④ 李洱：《应物兄》，人民文学出版社，2018年版，第21页。

套”,“问题的实质是犯了‘左’倾错误。我们既要反‘左’,也要反‘右’,但主要是反‘左’。”[①]说实话,在这样的言语背后,我们看到的不是一个暴发户式的企业家的面孔与嘴巴,而是一个知识分子的面孔与嘴巴。我们看到,他说得太快意了,自己都要捧腹大笑了,刹不住车了,自然就顾不上考虑言辞与人物之间的匹配问题。我们接着看她又说了些什么。谈完政治后,她要谈体育、娱乐了:“唉,这个詹姆斯啊,这个哈登啊,这个詹姆斯·哈登啊,吃一堑,长一智,你说你怎么就不长记性呢?上次就因为炫富被咬的。就是不处死它,它早晚也会从詹姆斯·哈登变成本·拉登。”[②]铁梳子口中的“詹姆斯·哈登”是那只金毛狗的名字,可略微关注体育的人,就知道这段话中的“詹姆斯”(勒布朗·詹姆斯)是美国职业篮球联赛(NBA)近10年最炙手可热的球星,而哈登(詹姆斯·哈登)则是近几年迅速崛起的另一位篮球明星,而且因为其所在球队与中国的关系,他在中国更是吸粉无数。写到这里,笔者禁不住感慨,铁梳子这位女强人兴趣可真是太广泛了,竟然对NBA这么熟悉,而且,还能像知识分子一样玩文字游戏,将“詹姆斯”和“哈登”这两个人名,玩出许多花样。不过,她最关心的还是“知识”,还是“学术”,在这段话就要收尾的时候,终于“回归正业”了。她如是总结金彧的错误:“她自己认错态度比较好,说这相当于医生拿错了药方,又忘掉了辨证施治。能认识到这一步,需要表扬。但是严格说来,这还是形而上学的问题。她终于想通了,说了一句话:‘形而上学害死人,我该死。’”[③]又是“辨证施治”,又是“形而上学”,“我们的铁梳子”可真是“博学”呀!不过,笔者有一个疑问:她的巨额财富是什么时候挣来的呢?哦,我明白了,她的财富也是作者给她的,想给多少就给多少,就像作者想让她说什么,她就得说什么一样。

在笔者看来,出现这样的弊端,是因为写作策略的失败。首先,从技术层面考虑,由于人工智能的发达,在机器人小冰都能将诗歌写得像模像样的当下,将所谓知识和段子当作小说美学突围的方向,就不能说是一个多么明智的选择。客观地说,十多年前这么做,或许还有可取之处,在今天,则无论如何都不能令人信服——今天,这样的知识和段子,这样的博学和幽默,打开手机,随时随地都可浏览。既然如此,人们为什么还要翻阅那么厚的书,去接受知识段子的启蒙呢!

往深层次看,这是因为作家对小说抱有错误的理解,或者说,他太过于急切了,太过于想与众不同了,因而不恰当地分析和判断了文学形势,以为凭借所谓的知识,凭借大量所谓知识的运用,就可以摆脱传统的影响,提高

①② 李洱:《应物兄》,人民文学出版社,2018年版,第89页。

③ 李洱:《应物兄》,人民文学出版社,2018年版,第90页。

写作难度,创造小说文本,甚至构建新的小说美学。更加糟糕的是,他不仅没有合理控制,反而放纵了自己的表达欲,玩弄技巧,空谈知识,极大地伤害了小说的有机性和丰富性。归根结底,这还是一种迎合性的写作:所谓知识,是为了迎合精英读者——主要是评论家和文人同道——的趣味;所谓段子——在小说中,段子的数量远大于知识的数量——是为了迎合市场的趣味,因此,看起来这部小说十分独特,但仔细分析,就会发现其中的刻意感与数学思维。

三

以数学思维推动文学创作,并非李洱《应物兄》一部作品的毛病。应该说,这个问题在当下有一定代表性。笔者之所以重视这个问题,是因为这是对小说精神的背离,对文学的伤害是根本性的。了解当前文坛状况的人,会发现从来没有一个时段的作家像今天的中国作家这般焦虑,感叹写作的难度,感叹没有东西可写,感叹什么都被写光了。

对于这样的焦虑和感叹,别林斯基的话可谓振聋发聩。在讨论果戈里的创作时,他直截了当地指出:"诗人从来不会说:'我写什么好呢?都被人写光了!'"或者悲叹:"天啊,我生也何迟?"因为,在别林斯基看来,正像民族性一样,独创性也是作家"真正才能的必备条件",因而,"两个人可能在一件指定工作上面不谋而合,但在创作中绝不可能如此,因为如果一个灵感不会在同一个人身上发生两次,那么,同一个灵感更不会在两个人身上发生。这便是创作世界为什么这样无边无际、永无枯竭的缘故。"①是呀,文学艺术的世界之所以历久不衰,人类面对小冰写诗之所以能够泰然自若,就因为这是心灵的事业,而心灵又是比天空还要宽广的存在。而且,心灵的细腻、深远,或不可知性,恰恰是人工智能所无法复制的。明了这一点,我们就会清楚,那种一切都被写尽了的感叹是多么无知,又是多么无能。

在这篇文章的另外一处,别林斯基还从不同的角度切入,以具体作家作品为例来阐释这个问题。他提醒我们,"拿莎士比亚的任何一个剧本,例如拿他的《雅典的泰门》来看吧:这个剧本是这样朴素、简单、缺少事件的纠葛,我们简直无法讲述它的内容。人们欺骗了一个热爱人类的人,侮辱了他的神圣的感情,剥夺了他对人类尊严的信心,于是这人就憎恨起人来了,诅咒

---

① [俄]别林斯基:《论俄国中篇小说和果戈里君的中篇小说》,《别林斯基选集》第一卷,满涛译,上海译文出版社,1979年版,第191页。别林斯基这里所说的"诗人",是指一切有创造性的文学艺术家。

起他们来了:这便是一切,再没有别的什么。怎么样?根据我的话,你能对这位伟大天才的伟大作品有什么理解吗?呵,一定什么都不会有!因为这概念太平常,太为大家所熟知,从索福克勒斯的菲洛克特被乌里斯所欺而诅咒起人类起,以季洪·米赫维奇被失节妇和坏亲戚欺骗为止,在几千篇好的和坏的作品中,早已被用滥了。可是,用以表现这概念的形式,剧本的内容和细节怎样呢?细节是这样琐屑,无聊,同时又为大家所熟知,如果我把它们复述出来,是会把你气闷死的。然而在莎士比亚写来,这些细节却是这样隽永有味,会使你爱不忍释;这些细节的琐屑和无聊准备着可怕的灾变,会使你毛骨悚然,——森林中的一场戏,泰门在疯狂的诅咒中,在辛辣的刻毒的讥刺中,带着凝聚的平静的郁愤,来跟人类算账。"①的确,莎士比亚是独特的,《雅典的泰门》是无与伦比的。可莎士比亚之所以能够化腐朽为神奇,在千篇一律的主题和琐屑无聊的细节中脱颖而出,是因为他能够"把活的精神吹进死的现实;他是一个深刻的分析家,能够在显然非常细末的生活环境和人的意志的行动中找出解决道德天性最高心理现象的秘密"②。

这一切,都与人的心灵有关,都与人的心灵空间有关。换句话说,在文学艺术领域,一颗心灵之所以能够与另一颗心灵并驾齐驱,甚至超越它,是因为前一颗心灵与后一颗心灵一样宽广,甚至比它更宽广,尽管这宽广的方向、维度并不一定相同。更进一步说,文学艺术形式上的拓展其实是心灵空间拓展的外在表现,没有心灵空间的拓展,单纯艺术形式的拓展不仅难以为继,而且恐怕很难成功。也就是说,我们要想克服"影响的焦虑",首先要从拓展心灵空间做起。这是常识,可由于一个时段以来我们的文学创作为数学思维所影响,许多人都忽视了这一点。不说国外作家,就说说我们熟悉的中国作家吧。比如鲁迅,如果没有对黑暗的旧中国的强烈憎恨,没有对光明未来的无尽渴望,没有肩住黑暗闸门放青年人到光明处去的责任担当,我们很难想象他能够写出《呐喊》《彷徨》中那些形式奇崛的小说,很难想象他能够写出像《野草》这样不羁的作品。可以再说说阿城的《棋王》,这部小说的内容简直简单极了,就两个字:"吃"与"棋"。尤其是"吃"字,大概自人类有文字表现以来,就是书写的主要内容,可以说已经被写滥了,似乎再也无从下笔,可阿城就把这么一个老旧的主题写出了新意,尤其是将其与"棋"联系起来写,告诉我们,"吃"固然重要,可"棋"/"道"同样重要。假如没有丰厚

① [俄]别林斯基:《论俄国中篇小说和果戈里君的中篇小说》,《别林斯基选集》第一卷,满涛译,上海译文出版社,1979 年版,第 183-184 页。

② [俄]别林斯基:《论俄国中篇小说和果戈里君的中篇小说》,《别林斯基选集》第一卷,满涛译,上海译文出版社,1979 年版,第 152 页。

的文化滋养，没有通达的心灵境界，我们很难想象阿城能写出这样的文字来。

还是再回到《应物兄》上来。

这部作品“百科全书”的形式努力之所以失败，一个重要的原因，就是心灵空间不够开阔、丰富，具体说，就是责之不切、爱之不深。我们上文说过，这部小说有两种叙事基调：一种是反讽，一种是惜别。前者是责，后者是爱；一面是批判，一面是致敬。整部小说就是在这两种基调的交织中推进的，如果处理好了，双声互韵，会极大地丰富小说形象，扩展小说内涵。可是，由于作家心灵空间有限，爱不深，责不切，这两种力量不仅没有形成合力，反而彼此掣肘，效果一般。

我们先说反讽。一些评论家都对小说中的反讽赞誉有加，认为作家用这一手法左右开弓，讽人刺己，可谓得心应手。可是，在笔者看来，我们不宜一味夸大反讽的作用，因为，借用一个政治学术语，对于作家艺术家而言，反讽不过是一种“弱者的武器”[①]。使用者既对自己所处的境况不满，可又对自己的能力信心不足，不相信自己能够突破这一困境，因而对外部世界不满情绪的一部分就转化为对自己的不满，于是，一面嘟嘟囔囔地抱怨外部世界，一面又唉声叹气、自怨自艾。《应物兄》所体现的，就是这种状况——对那些能够左右他生活、事业的人，除了程济世，“我们的应物兄”似乎都不满意[②]：对导师兼岳父乔木先生，他是又敬又怕，以至于不得不发明了“腹语”；对校长葛道宏，他是又怕又敬，不得不虚与委蛇；对妻子，他是又怕又恨，只得咬牙忍受；对身边的那些所谓同道，他是又同情又鄙夷，不得不逢场作戏，甚至把自己都绕了进去……正因为如此，他对自己是又爱又恨，又恨又爱，他想狠狠地批判一下自己——每当他“请”出英年早逝的文德能，请出无比敬重的芸娘，请出何为、双林等品学兼修的老一代学人，就是他想自我批判、自我检讨的时候，可每每这个时候，我们又看到，检讨还没有开始，他又自我怜惜起来了。实际上，在自我批判之前，他就打算原谅自己了，甚至同情起自己来了。以一位这样的人物为小说叙述核心，动力怎么能充足呢？

仅就反讽这条叙事线来看，小说呈现给我们的类似于一场喜剧。可作

---

① 这是美国学者詹姆斯·C. 斯科特提出的一个政治学术语，指农民等弱势群体一般不会采取革命等极端形式反抗压迫阶层，而更多地采用偷懒、装糊涂、诽谤等形式争取自己的利益，后者即“弱者的武器”。参见《弱者的武器：农民反抗的日常形式》，郑广怀，张敏，何江穗译，译林出版社，2011 年。

② 就是对程济世，这个学术楷模与精神偶像，他也越来越不理解，甚至越来越不满意了。

家却错误地理解了喜剧的内涵。还是别林斯基说得好："喜剧的目的不是纠风正俗或嘲笑社会的某些恶习，喜剧应该描写生活与目标之间的悬隔，应该是由贬抑人类尊严所激起的愤怒的结果，应该是讥刺，而不是打油诗，是痉挛的大笑，而不是愉快的嘲笑，应该是用胆汁而不是用稀薄的盐写成的，总之，应该在其最高的意义上，即在善与恶、爱与自私的永恒的斗争中拥抱生活。"①可在《应物兄》中我们看到的是什么呢？不是"讥刺"，不是"痉挛的大笑"，不是用苦涩的胆汁写下的文字，而是"打油诗"，是"愉快的嘲笑"，是稀薄的盐水泡出来的文字。想一想小说中那些无处不在的段子，想一想铁梳子，想一想栾庭玉，想一想葛道宏，想一想那些活宝学生，想一想释延安，想一想他们的言行举止，难道我说错了吗？没有！对他们，"我们的应物兄"，"我们的作家"，顶多是"愉快的嘲笑"！之所以如此，与作家的心胸，更具体地说，眼光有关。鲁迅谈讽刺画时，有这么一段话："讽刺画本可以针砭社会的痼疾；现在施针砭的人的眼光，在一方尺大的纸片上，尚且看不分明，怎能指出确当的方向，引导社会呢？"②的确，当作家的眼光局限于一方尺大的纸片或者一己的书斋时，我们很难指望他能够"在善与恶、爱与自私的永恒的斗争中拥抱生活"，更难指望他"指出确当的方向，引导社会"。

我们再说一说"惜别"。在笔者看来，相对于反讽，这是这部小说中更为基础的旋律，即小说的主调，尤其是小说下半部，随着"群丑"纷纷粉墨登场，唱念做打地表演起来，太和研究院的建设越来越演变成一场滑稽戏，即"太研"（太和研究院）为"太投"（太和投资集团）所覆盖，儒学研究为房地产所排斥，小说中的悲剧色彩也愈益浓烈，那些德高望重者渐次消隐，有的去世，有的隐遁，作家也情不自禁地感叹"一代人正在撤离"，可是由于莫名其妙的知识崇拜作祟，由于既不敢真恨，也不敢真爱，小说没有写出应有的悲剧感来。

由于情感的稀薄，由于爱恨没有很好的冲击，因而无法产生丰富的心灵戏剧，导致小说人物完成度普遍不高——小说其实提供了很好的人物基础。应物兄，这个被作者赋予通天本领的人，被评论家吹得神乎其神的人，这个站在过去与未来、已知与未知、生与死临界线上的人，这个方生方死因而无所不知的人，除了他的名字，我们还能够记住他的哪些样貌与特点呢？老实说，这根本就不是一个人物，而是一个叙事工具。还有程济世，这个牵动小说叙事的人，除了一些似是而非的学术段子，也没有给我们留下什么更为深

① ［俄］别林斯基：《文学的幻想》，《别林斯基选集》第一卷，第48页。

② 鲁迅：《随感录四十六》，《鲁迅全集》第一卷，人民文学出版社，2005年版，第348页。

刻的印象，而实际上，他和应物兄身上隐藏着这个时代的部分秘密——儒教在现代中国的兴盛及其乖谬！如果这两个人物塑造得好些的话，这一时代秘密也会得到较好的解答。葛道宏、黄兴、费鸣、卡尔文、乔木、何为、芸娘……尽管作家声称自己每天与他们“生活在一起”[①]，可他们也不过是一些剪影或侧影。

说老实话，倒是小说中一些不怎么重要的人物，写得有声有色，有血有肉。比如与华学明已经离异多年的邵敏，突然带着儿子跑到应物兄家中，想从他那里探听华学明的家底，由于没有达到目的，反过来拿应物兄和朗月的绯闻威胁他。由于有华学明和她20世纪80年代唯美的爱情故事为前奏，她现在的嘴脸就格外的清晰，格外的鄙陋，也格外的可怜。再比如郑树森，这个人物在小说中一直不尴不尬，可结尾时竟来了一场精彩的谢幕演出，让人刮目相看——他在酒席上对参与太和研究院的头面人物，尤其是吴镇，冷嘲热讽，言辞很是犀利。不多的几句话，一下子就让人觉得这个人活了起来，头角峥嵘，很是可爱。这些边缘人物能够喧宾夺主，一是他们没有或很少承担传播知识段子的重任，即没有承担形式创新的重任，因而能够轻装上阵，本色演出，获得了自己的性格与精神。再就是作家写这些人物时，心中有的是爱憎，而非知识。这再次提醒我们，缺乏足够的心灵力量，空有庞大的形式雄心，不仅很难达成目标，而且往往捉襟见肘，甚至弄巧成拙。

四

考察一部作品是否成功，除了要对其进行文本细读，以探究其在思想、艺术上的得失外，最好还应对其进行整体考察，即将其放进文学史坐标中，看其在一个时段的文学版图中处于什么位置，即考察它为这个时段的文学增加了什么有益的新因素，或克服了什么有害的旧东西。关于《应物兄》，有论者已将其放置到世界文学的云图中——不过，只有论点，缺乏论证——以强调其重要性，还有论者将其放置到中国当代文学史，尤其是新时期以来文

① 李洱：《应物兄》，人民文学出版社，2018年版，第1041页。

学史的版图中予以观照[①]。在笔者看来,目前将《应物兄》放置到世界文学云图内进行观察过于迂阔,而将其放在中国当代文学史,尤其是新时期以来的文学史中观察,则不失为一个好的立足点,因此,最后,笔者就在这个坐标内谈谈。

《应物兄》的核心情节十分简单:哈佛大学东亚系教授、儒学大家程济世晚年想落叶归根,回归国内,弘扬儒学,他家乡济州大学的校长葛道宏得知这一消息后,积极运作,一是让程济世的访学弟子、济州大学教授应物兄联系他,二是全力筹建儒学研究院,希望用这棵"梧桐树"把程济世这只"金凤凰"引来。整部小说就围绕着这个核心情节展开,引出学、官、商三界人士,通过其纠葛,展示当下世相,尤其是为老中青三代知识分子"画像"——老一代将其当作志业,中一代将其当作职业,青一代将其当作饭碗,一代不如一代……通过笔者复述,我们已经知道,这部小说的内容十分简单,不夸张地说,如果换个作家写,一个10万字左右的小长篇足可胜任。然而,就是这样简单的内容,却被作家敷衍铺陈为一部2卷本、85万字、1040页的"大书"。尽管不少论者为这部小说的庞大体量辩护,认为其内容之驳杂与当下生活,尤其是知识分子的生活本质契合[②],但无论如何,得承认一点:小说叙事速度太慢了!这是笔者要重点讨论的又一问题。

其实,这不是《应物兄》一部作品的问题,而是近些年来中国当代文学创作中的一个普遍问题,一个症候式的问题——长期阅读当下小说的读者大多会有这种印象,也经常会为当下小说叙述节奏的缓慢、单调所苦恼。2012年,李陀在为北岛的《波动》修订版写的序言中就曾为此发出颇为无奈的感慨。在他看来,"一般来说,一部小说的叙事速度是快还是慢,不是评价小说

---

① 《收获》杂志社为小说举行了研讨会,会议现场打出的标题为《长篇小说〈应物兄〉研讨会》,十分中性、客观,但会后微信上推出的宣传稿标题变成了《且看应物兄如何进入文学史画廊》,将一部刚刚出炉的作品与文学史联系起来,其中的褒奖之意不言而喻。在这次研讨会上,华东师范大学的黄平在发言中将《应物兄》放在新中国70年的历史中进行评论。后来,黄平将这个发言加以整理、补充后发表了。黄平指出,"回望中国当代文学70年,1984年恰好是中间点,切割出前35年和后35年。前35年的文学长于表现时代风云变迁,但有时不免流于机械;后35年的文学长于技巧与内心的探索,但有时似乎过于纯粹",所以,"如何以否定之否定的方式,辩证超越两个35年",就成了当下文学写作需要思考、解决的一个重要问题。而"《应物兄》正是出现在这一文学史时刻","尝试解决中国当代文学70年的核心矛盾"。黄平:《李洱长篇小说〈应物兄〉:像是怀旧,又像是召唤》,《文艺报》2019年2月15日。随后在微信上传播时,标题变成了《〈应物兄〉的文学史时刻》,参见"保马"微信公众号,2019年2月18日。

② 程德培:《洋葱的福祸史——从〈花腔〉到〈应物兄〉》,(《收获》长篇专号2018年冬卷)就论及此事。

的特别重要的尺度,更不是唯一的尺度”“但是,如果整整一个时代的小说,都沉溺于缓慢的、沉闷的甚至是慢腾腾的叙事速度呢?如果一个时期的小说作家都对叙事速度毫不在意也毫不自觉,一律都以一种慢节奏的叙述作为时尚呢?如果由于社会风气的变迁,一代新读者已经不能忍受慢得如此烦人的叙事了呢?如果一种文学变革正在酝酿,或者这种文学变革已经在发生,而叙事速度某种程度上正好是这种变革的一个关键呢?”李陀认为:“在这种情况下,叙事速度就不是一个无关紧要的小事”。[①]

李陀的观察非常敏锐,抓住了分析当代文化生产领域病象的关键。不过,这对我们要分析的文学形式——叙事速度问题,略显大条,美国文学理论家弗朗哥·莫莱蒂的研究则给我们提供了一个更为精细的视角。在其研究欧洲现代文学叙事与资本主义发展关系的著作《布尔乔亚》中,他把小说叙事单元分为“转折点”和“填充物”两类,“转折点”是发挥基本功能的叙事单元,因为它能“开启一个替代行动来影响故事的展开”,而“填充物”则是“在一个转折点与下一个转折点之间所发生的事情”,是“辅助性的描述”“它们事实上并没有太大的作用;它们使故事的发展变得丰富而又精微,但没有改变转折点所确立下来的东西”[②]。简言之,“转折点”和“填充物”是影响小说叙事速度的两种模式——“转折点”能够驱动小说叙事,一部小说中“转折点”越多,叙事速度越快;“填充物”则能够延缓叙事速度,一部小说中“填充物”增多,叙事速度就相应变慢。

据此,弗朗哥·莫莱蒂捕捉到欧洲文学的一个变化:“1800年左右,填充物还非常罕有;100年以后,它们随处可见。”[③]弗朗哥·莫莱蒂由此出发,追踪了欧洲资本主义发展与布尔乔亚[④]这一社会阶层间的关系,特别是与这一阶层的精神史之间的微妙关系。在弗朗哥·莫莱蒂看来,“填充物是布尔乔亚的伟大发明”,因为“它们提供了能与布尔乔亚生活的新规则相容的这种叙事快感”[⑤],它们的流播“把小说变成了‘平静的激情’”,“将小说的天地合理化了,把它变成了有一点惊喜、些许冒险,但毫无奇迹的世界”[⑥]。其中一

---

① 李陀:《〈波动〉修订版序言》,《现代中文学刊》,2012年第4期。

② Franco Moretti, The Bourgeois: Between History and Literature, Verso, 2013, p. 70, 71. 笔者的引文,来自华东师范大学对外汉语学院朱康老师尚未出版的译作,感谢他无私的友情支持。

③ Franco Moretti, The Bourgeois: Between History and Literature, p. 79.

④ 在弗朗哥·莫莱蒂那里,“布尔乔亚”相当于我们所说的“中产阶级”,但更强调这一阶层的文化属性。

⑤ Franco Moretti, The Bourgeois: Between History and Literature, p. 81.

⑥ Ibid, p. 82.

个值得注意的节点是，到19世纪中叶，在欧洲，资本主义已变得非常强大，它“不能再像过去一样只关注它直接涉及的那些人；它必须对每个人来说都是有意义的”，即它“面对着自我证成的要求”，但悖谬的是，“布尔乔亚在文化上的分量微不足道，无法满足这一要求”[①]。于是，一个有意味的现象发生了，布尔乔亚“获得了权力，但失去了目光的清晰——他的‘风格’”。这暴露出布尔乔亚的一个致命短板，它“更善于运用经济领域的权力，而不那么长于确立政治地位，阐述普遍文化”，而这导致其“太阳开始下沉”[②]。最终，“资本主义胜利了，布尔乔亚文化死了。”[③]即，作为一个社会阶层，布尔乔亚虽然攫取了强大的经济、文化权利，但却无法建立起广泛的社会认同，甚至放弃了自己的“声望”。这一放弃，使布尔乔亚成为文化上的失败者——富有的失败者，因而无法成为社会的先进阶层。其在文学中的表现，就是“填充物”的密集出现，使其如雾一般迷茫。

我们自然无法把中国新时期以来的社会发展与欧洲几个世纪以来的发展相提并论，自然也无法把中国新时期以来的文学表现与欧洲几个世纪以来的文学表现相提并论，但借用“填充物”这一理论装置来观察新时期以来中国当代文化、文学流变却极有启发。具体到文学领域，就是“大话语”的消退与“小话语”的流行，就是消费主义的膨胀与理想主义的失踪，就是叙事速度不断变慢，就是越来越多的“填充物”壅塞在文学作品中。“我们的《应物兄》”就是这一文化症候的一个典型例证。为论者所称道的所谓“百科全书”，即大量或真或假的“知识”，就是这样的“填充物”——由于其泛滥，我们甚至很难说它是“填充物”，而只能将其视为小资文化的“剩余物”。

的确，《应物兄》中充满着这样的“剩余物”，不过，与由于误将其当作文学写作的先进手段而加以主动运用导致“知识”剩余不同。小说中还有一些“剩余物”，是由于在新时期以来的文学中沉积太久，惯性太大，作者极力克服却无法成功导致的，比如性描写。批评《应物兄》的几位评论家，都认为小说中“性话语泛滥”[④]。不过，在笔者看来，以性话语数量批评《应物兄》，有些冤枉。因为，与当下许多作家相比，甚至与李洱自己早期的作品相比，《应物兄》中性描写的相对数量并不是很多，也不那么露骨。客观分析，一些评

① Ibid, p. 115.

② Ibid, p. 13.

③ Ibid, p. 22.

④ 董子琪的评论《性话语泛滥、人际犯难和插科打诨：〈应物兄〉与“中国式学院小说”》，将小说“性话语”当作重点，进行了大篇幅批评；唐小林的《有人要放一颗怎样的“卫星”？》也专设一节，谈小说“走火入魔的性描写、性噱头”。

论家之所以对这个问题不满，一是因为这个问题已是当代文坛通病，一看到类似文字，难免反感。再就是李洱用貌似学术、客观的文字对其进行包装，试图化粗俗为幽默。看得出来，作家本人对这样的改造应该很是满意，写起来兴味盎然，但客观效果却实在不敢恭维。比如小说中留学生卡尔文用"要害"一词形容与己做爱的女孩私处，还用了"助跑""致命"等词语[①]，看似一个脏字也没有，可实际上内里却粗鄙不堪，比一般的黄段子还要令人恶心。作家忘记了，变异了的病毒，比一般的病毒还要可怕。这是文学的滥用，是把玩粗俗。这种描写在小说中还有一些[②]，累加起来，产生"规模效应"，使读者产生了强烈的厌恶感。

在一个又一个"填充物""剩余物"拥堵下，不仅小说叙事速度极慢，而且小说情感也被冲淡，小说主题更是一再延宕，于是我们看到了可悲的一幕："我们的应物兄"——小资产阶级文化的代言人，不仅上不能为天地立心，下不能为生民立命，而且就是对自己的命运也不那么自信了，变得支支吾吾，含糊其辞，一会儿自我欣赏，一会儿自我批评，一会儿爱惜自己，一会儿嫌弃自己，一会儿要为自己树碑立传，一会儿又要掘自己的墓穴……在这样的文字中，我看到的不是小说精神的伸张，而是数学思维的膨胀，不是文学的飞升，而是艺术的爬行。一句话，不是文学的新生，而是文学的"剩余"。这样的文学，值得同情，而非高倡。

---

① 李洱：《应物兄》，人民文学出版社，2018 年版，第 74-75 页。

② 比如，小说中出版人季宗慈改造了康德的话，将其续貂为："婚姻的意义就在于合法占有和利用对方的性官能。但是，当你在合法利用对方性官能的时候，你所获得的只能是体制性阳痿。"（第 50—51 页）；再比如，程济世的弟子、美国大资本家黄兴（又名子贡）的私人医生在谈到黄兴保镖的"性能力"时，这个在其他问题上一向惜字如金的人，竟滔滔不绝地讲了一段临床医学般的数字："若是放任他们，他们一天可做十次，一次半小时，那就是五个小时。每次插入十厘米，一秒抽送一次，一天就相当于在女人体内走了三点六公里，一个月下来就相当于在女人体内走了上万里。"（第 535 页）

走近李洱

“借着这次写作，我把它从肉中取了出来”[①]

——李洱谈长篇小说新作《应物兄》

石　岩[②]

写《应物兄》，李洱心怀一份郑重。2005 年动笔到 2018 年底完稿，他写这部小说竟用了 13 年，其间母亲去世，儿子出生。母亲病重的两年半，他频繁往来于北京、郑州和济源三地，在病房里有时也打开电脑写几页。2019 年回家，大年三十傍晚，他在母亲坟前烧掉一部八十余万字的《应物兄》。

此间滋味，应物兄会懂得。应物兄是小说主人公，他在忙碌的生活中常常忘记自己从哪里来，夜深人静时却冷不丁想起。因为在梦中长久地望向母亲，他落枕了，第二天歪着脖子登高，去山间墓地看望母亲，可母亲的墓已难以辨认。墓园里的松柏被偷伐掉做念珠，补栽的柳树一样粗细。从墓园怅然而返，他下山时不断回头，仿佛猛一回头就能和母亲相遇。

应物兄本名应物。出版商把他的《与当代人的精神处境》炒成畅销书《孔子是条“丧家狗”》，顺手把作者的名字改成“应物兄”。应物兄最红的时候，商场里不同频道的电视机在同一时刻都有他侃侃而谈：在生活频道谈待人接物，在新闻频道谈本地寺庙申请非物质文化遗产的意义，在购物频道谈购物一条街，在考古现场谈文化传承……

人气如此，当他所服务的“济州大学”拟建儒学研究院，应物兄自然成为召集人。他穿梭在各色人等中间：官员、泰斗、同侪、学生，生产安全套和钢管舞行头的商人，用生殖器写毛笔字的僧人，风水兼养生大师……他像浮士德，不过引诱他的不是魔鬼摩菲斯特。

---

① 原载于《南方周末》2019 年 3 月 14 日。

② 石岩（1977 年—），男，北京大学历史学博士，曾供职《南方周末》，本文系 2019 年 3 月《南方周末》就《应物兄》一书对李洱先生的专访。

应物兄以“虚己应物,恕而后行”和“与时迁移,应物变化”为处事原则。他身处现实旋涡,想起的却常是典籍、诗文和圣人教诲。最初,读者会更多注意应物兄“应物”的一面。他仿佛穿上迷彩服,融入杂芜的丛林。但在小说里,他所珍视的价值,多年人文教养的累积,仍如时隐时现的旋律般温和然而执拗地存在。在下册中,知识分子应有的庄敬和自省慢慢浮现。

对于普通读者,真正让李洱“暴得大名”的似乎是《石榴树上结樱桃》。“那样的小说,我一个月能写一篇。”提起“石榴”,李洱脱口而出。小说的故事核是一个村庄的换届选举,结尾是个欧·亨利式的小反转:殚精竭虑、稳扎稳打应付危局的现任村委会主任最后发现,她一开始就掉进了下一任设的局。

在更早完成的小说《花腔》里,李洱将历史和现实的油彩调配、堆砌、刮抹、点染成一个罗生门式的故事。所有角色无非两个使命:找到葛任或杀掉葛任。葛任是一个气质、经历都像瞿秋白的革命者。在一条倒计时的夺命路上,许多大事件和大人物都成了作家笔下的戏剧角色,大胆、顽皮、泼辣、放肆。

2018 年 12 月出版以来,《应物兄》再度引起各界关注。它跻身于各家图书排行榜,重量级评论家纷纷发表看法,有人将它比作当代的《儒林外史》和《围城》,认为它“将现代汉语长篇小说的功能扩展到了一个新的境界”。

2019 年 2 月 27 日,《南方周末》记者专访李洱,请他讲述自己的观点。《应物兄》借鉴经史子集的叙述方式,各篇章小标题都撷取正文最前面几个字,看似随意,但意蕴丰厚。“我是用这种方式向《论语》致敬。”李洱说。

“不少朋友现在就喊我‘应物兄’”

南方周末:你写《应物兄》最初的动机是什么?

李洱:印象里,我开始写这部小说的 2005 年,国内高校里还没有儒学研究院。所以对我来说,开始时它有幻想色彩。在漫长的写作过程中,很多大学都有了儒学研究院,它就变成现实主义小说了。因为写作时间太长了,写完之后它好像变成了一部历史小说。从萌生到结束,漫长的写作时间赋予它多重意义,好像同时融合了未来的想象、现实的投射和历史的品格。

南方周末:为什么关注儒学?

李洱:在各种各样的学术当中,儒学和现实的关系最密切。儒学是入世的,儒学处理的就是现实问题。如果写知识分子,最好让他是研究儒学的。从现实操作层面上讲,他面临的问题就是知与行、公与私。这些问题落实到知识分子身上,各种戏剧性情景就可以顺利展开。

南方周末：知识分子的知与行这个切入点特别有意思，有历史感也有现实性。实际行动和高头讲章有时候重合，有时候是完全背离的。

李洱：从"五四"时期"打倒孔家店"开始，中国先进知识分子对西方价值、西方文化就有一种自然的倾慕。到对中国文化再次确立认同感，并同时反省西方文化和中国传统文化，试图从中国传统文化中发掘积极因素，大概走了100年。最近30年来，尤其最近20年，人文知识分子要处理的主要问题，就是所谓传统文化的现代转型。在儒学界，就是儒学的现代化转型。这些问题海内外的讨论非常多，海外甚至更早、更热烈。海外学人对中国文化有深刻的眷恋，但在我们这里，因为它属于现实问题，所以我们的讨论显得更为迫切。在这个"子宫"的内部，如果你要出生，身体必须要迎合这个产道，迎合外面的空间，既要适应风和日丽，也要适应暴风骤雨，包括如何适应雾霾。这个过程中，中国知识分子的命运、责任感，他承担的重负——这种重负压弯他的腰，增加额头的皱纹——都变得很正常。当中有很多真实的、戏剧性的、悲欣交集的场景。这对作家来说弥足珍贵，你有责任把它写下来。

南方周末：儒家现代化的前景似乎并不乐观。在书中，筹办儒学研究院似乎变成了一场闹剧，各色人等都知道这是"唐僧肉"，想分一杯羹。

李洱：这么说有点简单了。现代长篇小说可以看成变奏曲，包含着对应、装饰、曲调、音型、卡农（注：一种复调音乐写作技法）、和声等多重变奏。读者根据自己的经验，可以将有些变奏看成独立的曲子，但它不可能是整部作品的骨架和主题。儒学现代转型中的困难，相当于崎岖的山路，作者和读者都必须有勇气面对。与我们已经走过的漫长历史相比，这一切其实刚刚开始。小说没有回避它的紧迫性和严峻性，也揭示了一些应该避免的不良现象，但归根到底，它呼吁着勇气，期盼着智慧，当然也承担着写作者的责任和义务。就这部小说而言，至少所有人都认识到（办儒学研究院）这件事很有意义，每个人都有自己的一番积极设想。他们带着美好的愿望和局限性，不同因素交织在一起。小说作为一门艺术，有自己的规定性。虽然读者在漫长的阅读之后，总希望获得一个承诺，但作家却只能告知各种可能性。它敞开着，期待读者在辨析中探明意义。

南方周末：有人把你跟应物兄联系起来吗？

李洱：确实有很多人把应物兄跟我联系在一起。不少朋友现在就喊我"应物兄"。很多年前，一些朋友喊我"李花腔"。唉，你有什么办法呢。他大老远喊你，你还得停下来，等着他。如果应物兄是我，那么孔繁花和葛任也是我，甚至里面的那只"济哥"（注：小说中提及的一种蝈蝈）也是我。

任何人写作的时候，他既是他，又不是他。在写作的时刻，他会一分为二，一分为三。他既是福楼拜，又是倒霉的包法利先生，还是口含砒霜的包法利夫人，甚至还是捧读《包法利夫人》的读者。他带着自己全部的经验坐到写字台前，但他的经验并不仅仅是他个人的经历。按休谟的说法，经验就是活泼的印象。对写作来说，它其实是想象的综合；而所谓想象，则是记忆的生长。这种奇怪的体验，每个写作的人都有体会。

“对自己这一代人做了深刻的反省”

南方周末：小说写“济大”拟建儒学研究院短短几个月之间的事情，在这个“主时空”之外，你还写了其他时空，比如历代典籍、诗文里的时空，比如80年代。后者尤其令人感兴趣，因为小说中人大都是80年代的大学生，你也一样。“80年代”已经很大程度上童话化了。《应物兄》既写出80年代的美好一面，同时也写出80年代的不求甚解、虚张声势、概念先行。

李洱：写到80年代的时候，我好像用了一个词——“裸奔”。好几个评论家告诉我，他们读《应物兄》第一次流泪，就是读到80年代的时候。如果“80年代”是他们心头的一座山，他们的眼泪是山下的泉。孟繁华告诉我，读到这里他哭起来了，因为他当时想听李泽厚先生演讲的场景，顿感物非人亦非。人们当然会有很多反思，没有必要神话“80年代”。那个年代的很多问题，现在都显露出来了——水过鸭背、鸡同鸭讲、鸡鸭同笼等，也必须承认，一些希望的种子确实是那个时代埋下的，就像雪被下的草尖，虽然没有人看见草生长，但它确实也在长。90年代之后，有了更多的变化，这种变化在不同人身上表现出不同的形态。我们更深地卷入全球化之后，这种变化更是异彩纷呈，并且继续深化。我在80年代接受大学教育，90年代开始写作，21世纪开始写长篇，刚好经历了一段比较完整的历史时期。我希望尽量准确地写出我们所经历的变化。

南方周末：你通过郏象愚写出了80年代特有的张力。80年代的大学校园里一定有很多“郏象愚”：醉心于西哲学说，将黑格尔称作“老黑”，将女友称作“密涅瓦”，理论是否通盘弄明白另说，文采飞扬，足够充任西方理论的二传手。他明明喜欢男性，却依然跟女友爱得一往情深，可见在那一代大学生中，“精神”绝对在“物质”之上。你遇到过这样的人吗？

李洱：当然遇到过。他们现在的生活落寞了，因为80年代就是他们的巅峰，青春、单纯、激情、希望共同叠加了这个巅峰。这个巅峰是用乱石堆起来的，很不牢靠，分崩离析在所难免。不仅是郏象愚，小说中每个人都是一个世界，身上都住着几个人。我想写出那个世界内部的复杂性。从郏象愚变为敬修己，他对世界的判断不停地变化。在一般人看来，他好像始终不渝地选择错误道路。其实我从未嘲笑他，我深情地关注他。这种人展示了我们每个人都可能经历的崎岖、艰辛的生命历程。我曾经着意写他和应物兄在宾馆分手，从走廊上走过，身影变得越来越小。他走向电梯，电梯的光把他身体一侧照亮了，另一侧则仍在阴影中。电梯再次打开，他身影突然又亮了起来。应物兄在楼上看见他在雪地里走，在两棵树之间有一片光亮，那两棵树在雪地里面像银树，他被灯光照得透亮，旁边是黑暗。多年前，我曾亲见类似的场景，它仿佛是个隐喻，像线头一样埋在肉中，借着这次写作，我把它从肉中取了出来。

南方周末：小说里有一段话“我悲哀地望着这一代人，这一代人经过化妆、经过整容，看上去更年轻了，但目光暗淡，不知羞耻，对善恶无动于衷”，指的是80年代读大学的那代人吗？这话是不是太重了？

李洱：这是小说中应物兄的瞬间感受，包括自我反省。当时应物兄有很多事情要处理，昔日的老朋友曾经把法律视为理想，后来做了公益律师，现在她领孩子去敲诈前夫，敲诈前来找应物兄探口风。应物兄看着眼前这个女人，不断陷入对往事的回忆，对自己这一代人做了深刻的反省。

“我没有什么优越感”

南方周末：你的一个优长是可以即时、贴切地书写当代生活，像《应物兄》写出了当代知识分子的精神状态。你写《石榴树上结樱桃》的2003年，村级选举正成为媒体议题。这种能力是怎么来的？

李洱：我没有那么强的能力，我需要像羊一样，吃完草之后在嘴里面嚼嚼，嚼出沫来再咽下去。好听一点的说法，是我有一个反刍的胃。我可不像你说的类似于报告文学家或新闻记者那样快。我需要好好想一想，需要做很多案头工作才能下笔。

南方周末：你平时怎样吸纳周遭的信息？

李洱：坦率地讲，不好意思，咱们在这里说话，我就不断地走神。我平时不开车，就是因为容易走神。我会想，如果坐在这里的是另外一个朋友，他会提出什么问题？这些走神的时刻，就是联想、揣摩生活的时刻，也是你把假设的生活安排到某种既定叙事轨道，同时又超脱这种叙事轨道的时刻。写作实际上写的就是这种一种经验。写作就是一个出口，语言在这里成为万物发生的一种方式。

南方周末：你说过这不是写长篇小说的时代，《应物兄》怎么写这么长？

李洱：我多次说过这不是写长篇的时代。中国发展得太快了，而写长篇小说需要比较稳定的价值观。长篇小说应该有一种总体性或整体感。在我们这个时代,不到50岁的人,如果没有足够的知识准备和理论修养,情感会变化得非常快,甚至形不成比较像样的价值观。他经常处于两极震荡中,就像钟摆,我觉得这种状态不适合写长篇。长篇小说需要敏锐,也需要迟钝;需要变化,也需要稳定。过了50岁人好像就趋于稳定,比较适合写长篇了。这只是我的一个感觉,或者说是我写长篇小说时的一种体验。

南方周末:现实如此庞杂,你怎样在结构上把经验拢起来?

李洱:有个便利,儒家文化对世界有总体性的看法,有自己的应对方式。我要处理的是转型期的所谓儒学现代化问题,这仿佛是两三个世界交融或博弈的那一刻。我需要紧贴着变化写,这个变化本身就是总体性感觉。小说里面也有一个总体性事件,一个基本的悬念,就是"济大"要建一个儒学研究院。这个悬念不断地延宕,小说也由此获得比较强烈的叙事动机,串起来众多的人和事,不容易散掉。同时,小说中每个人的性格都有自己的发展逻辑,每个人都有比较独特的精神世界,它们互为镜像,又叠床架屋,就像孔府建筑艺术所说的"钩心斗角"。

南方周末:书中很多地方"掉书袋",这让一些读者受不了,他们认为其中充满智力上的优越感。他们特别替你着急:就不能好好地写小说吗?

李洱:不是我要"掉书袋",应物兄在生活中遇到问题,自然就想到那些典籍。他想开锁,就先拿出这把钥匙。我没有什么优越感。相反,强调小说的对话性是我的一贯追求。熟悉我作品的读者,对此都有体会。不仅我没有优越感,甚至小说的"应物"与"齐物"几乎同时进行。大量知识是人物带出来的,是塑造人物的需要。有些联想,包括关于知识的联想,西方小说通常会用意识流方式展示。但我不愿简单套用,中国读者其实不太适应那种写法。在我们的经史子集里,类似叙事方式太多了,只是当代读者对传统叙事方式有些陌生。坦率地说,尽管《红楼梦》有大量读者,但很多人对《红楼梦》的叙事特点不太了解。

"随着教育程度普遍提高,知性作家会越来越多"

南方周末:作为老师,你批评学生写作时没有以文学史为坐标的意识。写《应物兄》的时候,你以什么为坐标?

李洱:个人才能和传统之间是一种非常复杂的关系。既要表现个人才能,又要和传统形成某种呼应关系,而且要和别人不一样,这样你的表达才是有价值的。

南方周末:《应物兄》让很多人想到《围城》和《儒林外史》,你是以它们为坐标吗?

李洱：这十几年我其实一直避免看《围城》。这么说很多人会认为我矫情，实际上一点也不是矫情。如果你看，就可能被它吸引。我也拒绝看托马斯·曼，我早年非常喜欢《魔山》。《应物兄》要处理的问题和《儒林外史》《围城》差别很大。没记错的话，《围城》是以西南联大为原型的。它虽然写的是国破家亡的时刻，一帮知识分子从各地到西南任教，但小说里却不写抗战。而《应物兄》直面生活，不放过任何一丝文化当中令人棘手的部分。

南方周末：在类型上，《应物兄》似乎有学院派小说加流浪汉小说的味道。

李洱：坦率地说，这种划分比较简单。其实，与文本类型相比，我更关心作家属于哪种类型。亚里士多德曾经把人类感知世界的方式分为三种：感性的、知性的、理性的。中国大多数作家是感性的，写的是生活中具体的事件、经历。如果经历足够典型，他的小说就会获得意义。大量好作家属于这种作家，工作当然非常有价值。但是，作家在作品中通过自身经验呈现的那种历史感和世界性，在这个时代会慢慢减弱。一个人的经历无法阐释更多问题。或者说，慢慢地，感性作家的经验虽然对本人仍然有意义，但对文学史和读者来讲，意义已经打了折扣。这时候就需要另外一种类型的作家，即知性地反映生活的作家做出某种弥补。他生活过、爱过、恨过，而且知道自己为何爱、为何恨。在他和他所表达的生活之间有一个广漠的疆域，意义于此生焉。

我相信，随着教育程度普遍提高，知性作家会越来越多。遗憾的是，批评家有时会忽略这一点。他们还是习惯说，这个作家写的生活好像不真实，某个细节不够真实，选取的生活也不够典型。其实，作家既要写出真实的生活，也要写出对真实生活的理解，并且要把他笔下的那段生活放到一个广阔的疆域中重新审视。《应物兄》是否实现了这一点，我不知道，但这是我努力的方向。

他“生活在真实中”①

傅小平②

在北京圆明园附近的一家烤肉店里，李洱边娴熟地用筷子翻弄烤盘上的番薯块边问我：“法拉奇，知道吧？”他定然以为我是知道的，没等我回答就继续说道：“我们得做个法拉奇式的对话，是不是？是对话，不是访谈。哦，得是那种一等一的对话，不是少不了‘请你谈谈写作过程’的访谈。”等把筷子放下，他扬了扬标志性的额头纹，又说：“哦，法拉奇式的对话，都有个导语。你也写一个吧？比如写写我们上次是怎样在电梯口碰巧遇见的。”我终于插上话，说了个“好”字，本还想效仿流行语说：“必须的。”但烤盘里溢出的油烟，助长了我的咳嗽，硬生生把单一个“好”拗成了三个片段，像是一个字后面，还拖着两个回声。

我明白，“对话”这个词从李洱口里说出来，有不同寻常的意味。我总感觉，于他而言，对话既是世界观，又是方法论。读李洱谈小说写作的文字，不时会读到“小说应该成为一种特殊的对话方式，一种对话的容器，一种设置了和谐共振装置的器皿”“在小说的内部，应该充满各种对话关系”“小说一定要有对话性，内部要提供对话机制”诸如此类的话语。由此观之，在某种意义上，他把对话上升到了小说本体论的高度，他自然希望与小说写作有关的一切交流，也充满对话关系，或者就是一种对话，虽然熟悉李洱的人大约都见识过，写作之外的他聊天很嗨，不经意间就会把原本几个人的闲聊，变成他“一个人的主场”。

---

① 原载于《文学报》2019年2月21日。

② 傅小平（1978年—），男，现供职于上海报业集团文学报社，著有对话集《四分之三的沉默》《时代的低语》，随笔集《普鲁斯特的凝视》，文论集《角度与风景》等。

但我还是惊异于李洱会提到法拉奇。不为别的,只因法拉奇对话的是她那个时代里对世界有着举足轻重影响的风云人物,而他自然也明白,我面对的大多是在空无中构建纸上王国的文化中人。那是不是说,在一个真正的小说家看来,政治与文化,政治对话与文学对话之间,有着某种通约性。或者说,两者并没有什么本质的区别?无论如何,我不得不承认,如果不是从呈现的内容,而是从表现的特性上讲,两者确乎有更多的一致性。只是凭多年的经验,我知道,作家们无论在自己的文学世界里显得多么强悍、洋洋自得或无所顾忌,走出文学之外,却可能比常人更为敏感和脆弱。如此,面对一个作家,要像法拉奇面对一个政治家那般锋芒毕露、直言相激,更是一件难事。况且法拉奇那些打上过去时标记的对话,也已经在岁月的淘洗中不可避免地褪色了。她做的对话,我大约从头到尾读过一两篇。我偶尔找来翻翻,倒是会跳过对话正文,读读她写的导语。在那些冷静客观的介绍文字里,她记录了何以能与这些政界要人对话,又是经历了怎样的波折,在怎样的情境下,与他们展开对话。

而李洱建议我写个导语,或许是他格外敏感于对话的情境。他首版于2002年的长篇小说《花腔》共分三部,每一部首页都用几行字设定了情境,其中包含时间、地点、讲述者、听众、记录者五个元素,可谓仿对话体的一种设计,而情境自然是重要的,一场对话,倘是换一个情境,定然会是另外一个样子。我不免想到,如果不是那次电梯口的碰巧遇见,和李洱之间的对话又将怎样展开。

该是应了他一部小说代表作《午后的诗学》的题名,电梯口巧遇他那天,正是去年11月18日的午后,我准备从上海城市酒店四楼餐厅下到一楼,在二楼,电梯门开了,李洱挎一个肩包闪了进来,他身后是戴一顶礼帽,腰板挺直、步履稳健的王鸿生教授。我们见了,都为这样的巧遇略略感到吃惊,差不多同时说了句:"这么巧!"可不就这么巧!那天我参加完文学报主办的"新时代、新经验、新书写"主题研讨会,顺路去嘉宾驻地吃个午饭,而这个会是因错峰国际进口博览会延期到这一天开的,那天嘉宾们发言踊跃,又使得预备12点结束的会议,拖延了近一个小时才结束。至于李洱,我事后才知道他专程从北京赶来给王鸿生儿子的婚礼当嘉宾,他们的深厚情谊可见一斑。在近期北京举行的"李洱长篇小说《应物兄》读者见面会"上,王鸿生透露了一点幕后故事。他是上海知青到了河南,在河南工作30年,一直到2007年才调回上海。李洱从华东师范大学毕业后,也回到了河南。"当年,上海的朋友把他托给了我,说他特别有才气,你得多关注他。所以,我写他的评论算比较多,也比较早。"王鸿生也更习惯叫他的本名李荣飞,不太叫他李洱。而那天他们多半是在二楼迟迟等不到上行的电梯,索性改换一下策略,来个先下后上。要不是这样，我们也不会这么碰巧遇见了。

既然因缘巧合遇见，我自然得多请教几句，电梯到了一楼，也就没有出去，而是随他们一起上到八楼。电梯上升中，我随口说到了《应物兄》，然后说，我们一定得就这本书谈谈。虽这么说，我心里空空荡荡的。因为这部小说上部已经在《收获》上连载了一段时间，但我那时也只是听了个书名，并没有读过其中一个字。所以，我问起这部小说，更像是一句随性的问候语，说到谈谈这部小说，也更像是表达一个一直以来的心愿。好在李洱并没有问我"你读了吗?""有什么感想?"之类的话，而是插科打诨狠狠夸奖我。我姑妄听之，也不免想，这会不会是在圈里以聪明和狡黠著称的李洱习惯性转换话题的一种方式?

要不是李洱的"虚晃一枪"，我或许后来不会微信他说，你要不乐意谈，是完全可以拒绝的。然后说，我希望你能谈谈，虽然有工作上的原因，但主要还是喜欢你的作品和为人。我这么说并非矫情，或刻意取悦于人。我读过他的《花腔》和《石榴树上结樱桃》，是真觉得喜欢，而像李洱这样"诚挚又狡黠，严肃又八卦，得体又放松"的人，即使不说所有人都喜欢他，估计也很少有人会讨厌他。而我喜欢他的为人，也自有缘由。记得几年前在河北参加会议回来，我们一行人回到中国现代文学馆，已是午后时分，李洱在附近一个餐厅请我们吃面条。他正巧坐我对面，不知怎么就谈到他初到北京时的窘境，具体说的什么事让他受挫，我如今已记不得了，只记得他呈现给我一个已然成名的作家，不时在北京马路上奔波流徙，就像两千多年前的孔夫子风尘仆仆周游列国却遭受挫折的形象。透过碗里升腾的热气，我看到他的面部表情是苦涩的，他沉浸在回忆里，自始至终没有表现出"过去的都过去了，不提也罢"的故作轻松与释然。就在那一刻，我认定这是一个值得交往的人。在十来年职业生涯中，我近距离接触过数以百计的各式人物，能如李洱这般对一个并无多少交集的晚辈自由袒露心迹的作家却并不多见。对那些说话做事滴水不漏的作家、学者，我自然是敬重的，但只有李洱这般给我无比真实感的人，才会让我感觉可亲近。他"生活在真实中"。

那天电梯到了八楼后，我在李洱入住的房间里逗留了片刻。至今记忆犹新的是，他说到给前不久到访的伊恩·麦克尤恩与格非的一场对谈活动当主持，媒体的报道却没一个字提到他。"真是一个字都没提到我哦。李敬泽说，你看，你都让人家当了空气了。乖乖，你都不知道，我在那场活动中主持得有多棒!"他叙述的过程中面部表情之复杂，恰好应了韩国学者朴宰雨的描述：两眉紧蹙，然后又笑容浮现，笑里夹着嘲讽，面容又绝对真挚。我开玩笑说："谁让你是主持人呢?主持人当得再好，也就像空气清新自然、无处不在，但谁也不会特别注意。顶多说一句，今天天气很好，没有雾霾。说完该干什么干什么去了。"

这般玩笑的时候,我不免想到,自己很多时候恰恰就是那个被当成空气的"主持人",或说"提问的人",并因此不由多了一份同理心。而从另一方面讲,在2004年出版《石榴树上结樱桃》之后的14年里,李洱确乎是"空气"一般的存在。而这样的空气,也曾被煮得沸腾过。2008年底,《环球时报》翻译了德国媒体的一篇文章,称德国总理默克尔于10月23日将德文版的《石榴树上结樱桃》送给了温家宝,并点名要与李洱对谈。一个月后,李洱与学者吴思、蔡定剑一起,见到了默克尔。其实,早在2007年,默克尔访华,就希望见到李洱,但李洱在河南老家看护病中的母亲,未能回到北京。李洱的名字由此真正被传媒广为得知。传媒也顺势给他打上了标签:那个被默克尔接见过的中国作家!而这位因为作品少有败笔备受读者好评,也因为受默克尔接见被推高了期许的作家在此后漫长的时间里,除了不时参加一些会议,更多时候做的都是"为他人做嫁衣"的事,却再也没有作品,哪怕是一部中短篇小说问世。虽然圈内总是有人在传,他在"憋一个大炮仗"。事实上,他自2005年春天开始,已然动手写《应物兄》。当时,他还在家里墙上贴起了"写长篇,迎奥运"的字样为自己鼓劲,但等奥运年过了,且奥运年后又过了十年,他的炮仗也没有绽放。面对外界的催问,他唯有沉默以对。李敬泽不由感慨,李洱的内心还是非常强大的:

"一个人写一个东西写13年,这13年,大家想一想,世界浩浩荡荡,沉舟侧畔千帆过,病树前头万木春。我估计望着这个飞速的世界,李洱一定老觉得自己就是那个沉舟。特别是后边几年,除了有写作上的艰难,除了要面对'千帆过''万木春'的外面这个世界,还要面对几乎所有的朋友,差不多大半个文学界当面的讽刺、背后的嘲笑。"

李洱自嘲被当了空气的时候,多半没有想到仅仅过了两个月后,围绕他的空气就因《应物兄》被燃至沸点。上海、北京两地轮番举行的专家研讨会、新书发布会、读者见面会,使得《应物兄》出版一时间成了理当进入"文学史画廊"的现象级事件。这部小说也屡屡夺得《收获》杂志文学排行榜等几大榜单长篇小说组的冠军宝座,媒体的报道则是一如既往地耸动:《应物兄》写了13年,写坏了3台电脑。我听闻各种消息,为他这部小说被如此热议感到欣慰并带着些许困惑的同时,也不由为他捏一把汗:这般被理解,会否那般被误读?批评界的解读,与读者的阅读会求得和谐共振吗?如此被赞美,会否引来相应的批评?实际上,我大概能想象他内心经历了怎样的震荡,但到了备受关注时,李洱反而不太愿意多说什么了。在不得不出席的一些活动场合,他主要都只是对"13"这个数字给出自己的解释。他无比诚恳,又不无诙谐地说:"小说写13年不是一件光荣的事情,这或许能说明李洱的智力中等。但这同时也说明我是比较认真的作家，愿意对文字负责任，愿意对作品中的人物的命运负责任，愿意对他们所遇到的每个困难、他们心灵里的每个褶皱负责任。我愿意深入其中，并且感受到他们的悲欣。因为我觉得我跟作品中的人物在一起生活了13年，他们如同我的父兄和姐妹。写完小说后记的那一瞬间，我很感动。这个后记，我只写了一千多字，我的心理能量，实在已经无法承受我去再多写一个字。”

或许是因为无法承受《应物兄》带来的喧哗与骚动，李洱近段时间处于半隐居状态。在北京那场读者见面会上，他声称，自己已经隐居20天了。“领导一直吩咐我要低调、低调！我已经谢绝了所有媒体的采访。”这看似有点不近情理，又似乎是合理不过的。对于作家来说，把作品推向图书市场后，不妨任人评说。李洱或许也是在这个意义上，觉得不如自己沉默，让读者、批评家说话。但换个角度看，有谁能比作家本人更了解他的作品呢？他或许才是自己作品的那个最内行的读者，而作家本人的理解与阐释，是任何别的解读都替代不了的。由是，我们或可期待的是，当面对自己付出诸多辛劳和汗水的作品，李洱究竟会谈些什么。

写作可以让每个人变成知识分子[①]

李　洱　傅小平

一、巴尔扎克的那句话依然有效，作家某种意义上就是时代的书记员

傅小平：因为《应物兄》与《花腔》都是以知识分子为主角的长篇小说，并且在写作时间上有承续性，我在读《应物兄》的过程中，会不自觉地以《花腔》作对照。我的感觉是，同为具有丰富性和复杂性的两部小说，《花腔》我刚开始读得一头雾水，但读着读着就觉得慢慢敞亮起来。读《应物兄》，没觉得像有评论家说的难读，反倒是读得挺畅快、明白的。但正因为读着畅快、明白，越是读到后面就越是多了一些困惑。我的困惑在于，我看似明白，但我真明白了吗，或者说，我局部看了个明白，是否小说整体上有我不明白的东西？所以，我跟评论家潘凯雄的感受一样，觉得以你的能力，你一定在这些明明白白后面藏着一些什么，但非要我猜是什么，我又说不好。我只是隐约感觉到，你写《应物兄》应该有着很大的雄心，应该包含了诸如为时代命名之类的意图。

李洱：作家可以对文学现象、文化现象说话，但不应该对自己的某部作品说得太多，因为这会对读者构成干扰。《花腔》《石榴树上结樱桃》出版的时候，我就提醒自己要少说话。本质上，我是一个害羞的人。公开谈论自己的作品，总让我有一种严重的不适感。因为工作关系，我每年要参加多场作品研讨会，但直到今天我仍然很排斥给自己的作品开研讨会。当年在河南

---

① 原载于《文学报》2019 年 2 月 21 日。

文学院，我担任着文学院创作部主任一职，说白了，就是给大家组织各种研讨会。但直到调离河南，我也没有开过研讨会。

关于给事物命名，你知道，这几乎是每个作家的愿望。巴尔扎克的那句话依然有效，作家某种意义上就是时代的书记员。那个著名的开头，你肯定记得，就是马尔克斯《百年孤独》的那个开头。很多人都注意到小说第一句的三维时空，其实接下来马尔克斯又写到，河床上有许多史前巨蛋般的卵石，许多事物都尚未命名，提到的时候还须指指点点。这句话，其实透露了马尔克斯的豪情，他是在用自己的方式给事物命名。没错，小说是一种特殊的命名方式。《应物兄》里有一首短诗，是芸娘写的：这是时间的缝隙，填在里面的东西，需要起个新的名字。这是我所崇敬的芸娘的自诉，当然也可以说是我隐秘的愿望。

傅小平：其实我一开始想说，《应物兄》是学院知识分子题材小说，但转念一想这么说也不恰当。小说尤其到了下半部，各种社会力量介入儒学研究院，实际上已经大大溢出学院之外了，那还说什么学院知识分子题材呢？如果认为是这一题材，学院外那些为官、为商且有文化的人物，也应该算是知识分子。也因为此，我觉得这部小说，也给我们提出了一个在当下何谓知识分子的问题。

李洱：说它是学院小说，似乎也能说得过去。不过，局限应该是有的。按照这种说法，《红楼梦》就是官二代小说，《水浒传》就是土匪小说，《三国演义》就是高干小说，《阿Q正传》就是神经病小说。其实，学院中人，在小说里只占了三成，肯定不到四成。更多的人，生活在学院高墙之外。当然我承认，我确实关心知识分子问题，关心他们的处境，也比较留意他们头脑中的风暴。我愿意从写作的角度，谈知识分子问题。这里只说一点，这也是一个容易被人忽略的基本常识：任何一个写作者，即便他是个农民，是个下岗再就业的工人，是个保姆，当他坐下来握笔写东西的时候，在那个瞬间，他已经脱离开了原来的身份，变成了一个知识分子。他在回忆中思考，他用语言描述，他怀揣着某种道德理想对事实进行反省式书写，并发出诉求。所以，写作可以让每个人变成知识分子。

傅小平：虽然上下部都围绕济州大学拟引进海外儒学大师程济世，筹建儒学研究院这一核心事件，但两个部分是有明显区别的。如果说上部表现内容在学院围墙之内，下部则充分社会化了，但要说下部重在通过建研究院这一事件反映当下社会问题，我看也未必。这样会给人半部是学院知识分子小说，半部是社会问题小说的感觉。你自己怎么看？在你构想中，上下部有着怎样不同的诉求？

李洱：写的时候，没想到要分上下部。我很少考虑小说的篇幅问题。

《石榴树上结樱桃》本来是中篇,写着写着变成了长篇,就是这个原因。我的所谓成名作《导师死了》,本来是个短篇,让程永新拧着耳朵捏着鼻子修改,改着改着变成了中篇,也是这个原因。刘稚(人文社责编)曾建议,出版的时候不分上下卷,我基本同意了。但后来有朋友说,应该分为上中下三卷,不然读起来不方便,眼睛累,胳膊酸。那就折中一下吧,分成上下两卷。我同意你的说法,后半部分非学院的人物出现得更多。这是故事情节决定的,所谓与时迁移,应物变化。

傅小平:显而易见,你在小说里写到的学院要比钱锺书在《围城》里写到的学院复杂多了。所以,要从小说表现内容的丰富度和复杂度上,说《应物兄》是《围城》的升级版,是把它窄化了。我看该是出于把《应物兄》放在一个参照系上言说的需要吧,拿来对比的作品还有《儒林外史》《斯通纳》《红楼梦》以及戴维·洛奇、翁贝托·埃科的小说,等等。但再深入对比,会觉得其实《应物兄》和这些作品都没有太多可比性。这或许是面向的时代不同,作品自然也应该不同吧。再说,你大概也是想着写一部原创性很高的小说,也未必希望听到这部小说像其他什么作品,它为何就不能像它自己呢。虽然如此,你应该是借鉴了一些叙事资源,只是小说里提到了那么多书,也像是无迹可寻,不如直接请教你吧。

李洱:我愿意用最大的诚意来回答你,但愿你能感受我的诚意。你提到那几部小说,我都读过。对《围城》我当然是熟悉的,他的《管锥编》我也拜读过。但我不知道,甚至压根都没有想过,这部小说与《围城》有什么关系。既然有朋友把它和《围城》相比,我想那应该有某种可比性,但我本人不会这么去比。开句玩笑,把它与《围城》相比,就像拿着猪尾巴敬佛,猪不高兴,佛也不高兴。但朋友们要这么比,我也没办法。坦率地说,在漫长的写作时间里,我再没有翻过《围城》,再没有翻过《儒林外史》。埃科的小说,我很早就看过,后来也读得较为认真,并参加过关于埃科的学术对话。埃科的符号学研究其实没什么原创性,但小说写得确实好。我对他的小说评价很高,高过很多获诺奖的作家。《红楼梦》我当然比较熟悉,下过一点功夫,后来我去香港讲课,讲的就是《红楼梦》。中国作家 40 岁以后,或多或少都会与《红楼梦》《金瓶梅》相遇。我想,我可能受到过它们的影响,但我不知道我在哪种程度上受到了影响。或许在方法论上有某种影响?但我本人说不清楚。林中的一棵树,你说不清它是如何受到另一棵树、另几棵树的影响的。听到有人把《应物兄》跟《斯通纳》比较,我才找来看看,看了几十页。说真的,我还没有看出《应物兄》跟它有什么相似之处。那本书写得很老实。我的书好像比它要复杂得多。

傅小平:当然,我们说到叙事资源,也未必非得是文学作品或小说作品。

像应物兄的代表作叫《孔子是条“丧家狗”》,是很容易让人想到北大学者李零的畅销书《丧家狗》的。王鸿生认为,李零对孔子及其155个门徒(包括他儿子孔鲤)的细致梳理,对《论语》的当代化解读,显然给了李洱不小的启发。他也因此认为,李洱不回避小说跟现实的对位关系,甚至有意为之。是这样吗?

李洱:我开始写这本书的时候,李零教授的那本书好像还没有出版吧?我后来看了李零教授的著作,写得很有趣。我没有注意到他怎么去梳理孔子与门徒的关系。几种主要的儒学流派,我还是略知一二的。

傅小平:要深入理解这部小说,评论家王鸿生的《临界叙述及风及门及物事心事之关系》,恐怕绕不过去。当然了,他对这部小说的一些赞誉,还有待时间检验。他同时还把现当代知识分子题材小说捋了一遍,说了这么一段话:“《围城》精明、促狭,《活动变人形》辩证、直露,《废都》沉痛、皮相,《风雅颂》因隔膜而近似狂乱。这些书写知识分子的经典杰作和非杰作,都可以作为《应物兄》的文学史参照。当然,也正是因为它们的成就、经验和教训,为《应物兄》的诞生提供了不可或缺的前提。”他同时还说:“至少,在汉语长篇叙事艺术和知识分子书写这两个方面,《应物兄》已挪动了现代中国文学地图的坐标。”我想借他的话问问你,他提到的这些作品,你是否做过分析式解读,以期吸收它们的成就、经验和教训,你怎么理解他说的“挪动现代中国文学地图的坐标”?

李洱:王鸿生先生的那篇评论,当然是一个很重要的评论。我不知道是不是他本人最重要的评论作品。他的那几句话,如果我没有理解错的话,是想梳理一个微型的写作史,一个知识分子生活的写作谱系。这是批评家天然的权力,我作为被批评的人,只能表示尊重。在我看来,《围城》和《废都》都是杰作,已有定评,而《应物兄》还有待于读者和批评家和文学史家的检验。《活动变人形》,我应该还是在华东师大图书馆阅览室看的,那时候我还在上大学呢,当时看得不是太明白,后来没再看过。我很喜欢王蒙先生的中短篇小说,比如他的《杂色》和《在伊犁》,我在杂志社当编辑的时候,曾约复旦的郜元宝为《在伊犁》写过评论。我或许需要再重复一遍,写作《应物兄》的时候,我没有再去分析过那些“经典杰作”和“非杰作”的经验和教训。王鸿生教授所说的“挪动现代文学地图的坐标”,到底是什么意思,你应该问他。按我的理解,他或许主要是想说,这部小说可能触及了写作者可能遇到的一个根本性问题:在这个时代,汉语长篇小说的抒情如何可能?

二、百科全书式小说，与其说是一种文类，不如说是一种道德理想

傅小平：说《应物兄》是一部百科全书式小说，大概是最不会有分歧的。以“百科全书”一词来形容这部小说的丰富性和复杂性，再合适不过啊。但我还是疑惑，在如今这个信息极其发达的时代里，“百科全书”还值得那么推崇吗？要是福楼拜活过来，我想他或许会再写一部二十一世纪的《庸见词典》，但会不会乐意再写《布瓦尔和佩居榭》呢？当然，我们也可以说，你了解的信息再多，说不定你盲点更多，更不代表谁都能当自己是“百科全书”，所以更需要有百科全书式的小说。依你看，在我们的时代里，写出百科全书式小说，有何必要性？

李洱：哦，福楼拜要是活过来，肯定会接着写《布瓦尔和佩居榭》。百科全书式小说，首先是一种认知方法，是作家应物的一种方式。百科全书式小说，也有各种类型，比如《红楼梦》是百科全书式的，《傅科摆》是百科全书式的，你甚至可以把王安忆的《长恨歌》、阿来的《尘埃落定》、金宇澄的《繁花》也看成百科全书式的。百科全书式小说，与其说是一种文类，不如说是一种道德理想。借用罗兰·巴特的话说，那是一种仁慈。在小说中，各种知识相互交叉，错综复杂，构成繁复的对话关系，万物兴焉，各居其位，又地位平等。大狗叫，小狗也要叫。狗咬狗，一嘴毛。你之所以认为《应物兄》是百科全书式的，大概因为它涉及很多知识。但你要知道，没有一部小说不涉及知识。知识就是小说的物质性，就是小说的肌理和细节。愈是信息发达的时代，这种小说越有其合理性：我们被各种知识包围，就像被四面八方的来风吹拂。它们本身即是百科全书式的。当然，我也同意你的说法，更多的信息有可能形成信息盲点，但这是小说值得承受的代价之一。

傅小平：百科全书式小说，该是强调知识含量的。但小说并不是辞典，不应该是知识的罗列。所以，我比较关心，在这样一部有着丰富知识的小说里，你怎样在知识之间建立联系，又怎样把知识转化为见识，把见识转化为小说的叙述？

李洱：那我就再多说两句吧。我同意你的说法，小说不是辞典，不是知识的罗列。任何一部现代意义上的小说，尤其是长篇小说，不管从哪个角度说，都是古今一体，东西相通，时空并置，真假难辨，并最终形成一个多元的共同体。简单地说，它忠实于真实的生活经验，当幕布拉开，它必定又同时是梦幻、历史和各种话语的交织。在这里，朴素的道德关切从未被放弃，梦幻般的道德诉求已经艰难提出。最终，小说叙事与真实的生活以及生活所置身其中的文化结构及历史结构之间，形成一种若明若暗的同构关系。或

许需要进一步说明,真正的现代小说家,无一不是符号学家,他必须熟悉各种文化符号,必须训练出对文化结构和历史结构的直觉。但作为一种叙事话语的小说,这个时候,怎么能够离开各种各样的知识。所以,我倾向于认为,小说家的准备工作和案头工作,在这个时代显得格外重要。那种靠所谓才气写作的时代,早就过去了。

傅小平:从知识构建的角度看,说"《应物兄》的出现,标志着一代作家知识主体与技术手段的超越"是不为过的。对于小说写作来说,难就难在怎样把"对历史和知识的艺术想象""妥帖地落实到每个叙事环节"。这就难了,太难了,弄不好"观念大于小说""思想大于形象"啊。我估计你应该深思熟虑过这个问题。

李洱:对于"观念大于小说""思想大于形象"一类问题,我关心的角度可能不太一样。比如,我可能更关心一部小说有没有观念、有没有思想。二十世纪以来,有观念、有思想的小说,两只手都数得过来,当然我说的是属己的观念和思想。事实上,如果观念和思想是属己的,那么就不存在观念和形象分离的问题。

傅小平:《应物兄》的故事时间,如王鸿生所推断,设置在21世纪第二个十年的某一年内。但前后延展开来的时间,要长得多了,可以说涵盖了20世纪80年代以来迄今中国思想史变迁的全过程。用评论家臧永清的说法,在具有现代性的哲学观照下,怎么把知识和思想史这种看不见摸不着的东西化为一部小说所必需的行为描述,李洱做出了极有价值的建构。这让我联想到你在小说里写到的李泽厚先生的两次出场。20世纪八九十年代时,他的到来让人激动不已。到了近些年,李泽厚到上海某大学演讲。他刚一露面,女生们就高呼上当了。她们误把海报上的名字看成李嘉诚先生的公子李泽楷。你应该不是在小说里为了写思想史而写思想史,那到底要通过梳理思想史流变表达一些什么呢?也可能不只是反讽。

李洱:因为考虑到读者接受的问题,我对小说中涉及思想史的内容,已经主动做了大量删节,包括对李泽厚思想的一些讨论。小说中提到的那两个场景,前一个场景,我当时就在现场,当然在具体描述上,在时间地点和出场人物上,我做了些变形处理。我其实并没有太在意做什么思想史的梳理。思想史方面的内容,简单地说,都是人物带出来的,是叙事的需要,因为那些人都有自己的文化身份。你提到的这两个场景,怎么说呢,我无非是想说,萧瑟秋风今又是,换了人间。

傅小平:说到思想,我就想起十来年前思想界和文学界的那场争论。部分"思想界"人士提出"当代文学作品脱离现实,缺乏思想乃至良知""中国作家已经丧失了思考能力、道德良知和社会承担",文学界部分作家指出思想界也有“三缺”:常识、阅读量、感知力。我印象中,你被认为是当下少有的有思想能力的小说家之一。不妨说说,你怎么理解作家得有思想,或有思想能力?

李洱:对于那种笼统的、大而化之的指责,我不可能发表看法。作家得有思想能力,这是对作家很高的要求。你打死我,我也不敢说自己做到了。我只想从最简单的问题谈起,就是一个作家,你应该写出只有你能写的小说。做到这一点,可能会带出一些思想性问题,因为你自己就是一个世界,你忠实于经验,又与自己的经验保持一定的距离,那个距离就是思想的发祥地。

傅小平:赞同王鸿生说的,写这部小说,李洱必须眼睁睁地盯着瞬息万变的“当下”,不断想象着“以后”,回忆和筛选着“过去”,并将其编织、缝入流动的“现在”,而这样摇曳、动荡的内在时间意识,将注定这部小说是难以终结的,是永远也写不完的。他这样一种偏哲学化的表达,倒也是说出了一个明白不过的道理:写当下是困难的。这部小说迟迟写不完和你写当下直接相关吗?但你最终把它写完了,那写完了,是不是意味着它并不是一本像卡夫卡《城堡》那样注定写不完的小说。当然认为这部小说“难以终结”也有道理,应物兄被一辆车掀翻在地的时候,虽然小说结束了,但里面很多故事实际上还没展开,也还没结果……

李洱:当下是最难写的,尤其对中国作家来说。原因嘛,就像王鸿生先生说的,这个“当下”瞬息万变,变动不居。这个时代的作家面对的问题,不知道比曹雪芹和卡夫卡当初遇到的难题大出多少倍。你知道,因为变化太快,你的生活尚未沉淀出某种形式感,它就过去了。所有的器物,更新换代太快了,它尚未进入记忆,就已经淘汰了。而贾府门前的石狮子,是千年不动的,它已经成为一种稳定的心理结构的一部分。你只要粗略想一下,你就知道这对惯常的写作会构成多大的影响。对作家提出指责当然是容易的,提出要求当然是应该的,但比指责更重要的是,要从写作角度提出对策,比如我们的修辞应该如何做出必要的调整。在我看来,这样的批评可能是更负责任的批评。

具体到这部小说,我想不出还有别的结束方式。

傅小平:说到写当下,很多作家都试图找到一种叙事,可以容纳五光十色的经验,但似乎被碎片化的现实困住了。不少作家都只能抓住一个或几个点,由此写出一些小长篇聊以自慰。但难就难在能穿透现实,给予这个时代一个总体性的观照。应该说,《应物兄》做了一次很值得一谈的试验。用评论家李敬泽的话说,这部小说很可能是一个正好和这个时代相匹配的巨型叙事。那这到底是一个怎样的巨型叙事,又怎样与我们的时代相匹配?

或者换个问法吧。在你看来,与时代匹配的长篇小说或巨型叙事,该多长、多巨型,又该怎么长、怎么巨型?

李洱:只要与你的经验表达相适应,就行。该多长就多长吧。

傅小平:说来也是这些年的老生常谈了。因为对小说等虚构作品失望,现在不少读者转而对非虚构写作抱有很大的希望。似乎非虚构代表了未来文学的主流。我注意到,不少写小说的作家,也在一些场合声称自己越来越少读小说,看得比较多的是非虚构作品。不知道你的阅读怎么样?我看你在这部小说里提到的作品,也大多是非虚构作品以及学术著作。说说你怎么看这个问题吧。

李洱:就文学读者而言,看虚构作品的人,或许还是要比看非虚构的人要多。你不妨去做个调查。人们对非虚构作品的兴趣,或许有所减弱,但不可能消失。这是因为虚构作品与人类的梦想有关。我前面好像提到了,小说既是真实经验的表达,又是对梦想、现实的重组,对反省和诉求的重构,这涉及人类的心理模式和行为动机。所以,从根本上说,认为小说会消失的观点,是难以成立的。确实有些小说会消失,我是说它在文学史的意义上会消失,但小说作为一种虚构叙事作品,作为一种认识方法,它不可能消失。我自己的阅读历来比较庞杂,我读过很多非虚构作品,比如历史学和社会学著作,但也读小说。

三、《应物兄》是以反抒情的方式,实现了抒情效果

傅小平:据我所知,这部小说曾考虑过《焰火》《风雅颂》等书名,到最后才正式命名为《应物兄》,而对于为何《阿 Q 正传》之后,中国作家依然不敢以人名作为小说的题目,你做过一个解释。你说,在一个社会兴旺发达,每个人成为自己的主体的时候,他才敢于以人名作为书的题目。这个解释很有启发。不过,在西方文学传统中,以人名做书名是很早就有了。比如塞万提斯的小说很多都以人名为书名,但他生活的年代,很难说每个人都成了主体。我的意思是说,中国小说不以人名为书名,或许还有别的原因。另外,不知你这里说的每个人是特指每个作家,还是说泛指社会上的每个人,所以,还有必要再进一步问问你为何在这部小说里以人名为书名,而且我印象中,这在你写作生涯中也是首次吧。

李洱:这个问题,我以前好像回答过。用人名做书名,二十世纪以前比较常见,《包法利夫人》《大卫·科波菲尔》《安娜·卡列尼娜》《约翰·克利斯多夫》《简·爱》《卡门》等,太多了,数不胜数。它们通常都是现实主义作品,常常会讲述一个完整的故事,来对应某个历史时期,来描述某个人在历

史中的成长。在这些书中，主人公带着自己的历史和经验向读者走来。这个主人公同时还是一面镜子，主人公、作家、读者，同时在那面镜子里交相辉映。你写了这个人，你就写了那段历史，也就是说，人物的生活和他的命运，自有他的历史性，自有他的世界性。但在现代主义文学运动之后，这种情况就比较少了。其中原因非常复杂。简单地说，最主要的原因，可能就是福山所谓"历史的终结"，人物的历史性和世界性大为减弱。当然在中国，情况比较特殊。中国的古典小说，一般不用人物的名字来命名。反倒是以鲁迅先生为代表的现代小说家，开始用人物的名字来做书名，比如《狂人日记》《阿Q正传》。个中缘由，同样复杂。因为历史时空错置，鲁迅式的命名方式与西方现代主义小说其实有着异曲同工之妙：它虽是人物的名字，但那个名字却具有某种概括性、寓言性或者说象征性。鲁迅之后，这种命名方式就几乎不见了。为什么？非常值得研究。当我以"应物兄"这个名字来做小说题目的时候，我想，我表达了我对文学的现实主义品格的尊重，表达我对塑造人物的兴趣，同时我觉得它也具有某种象征性。

傅小平：但对于应物兄是否成了自己的主体，我是有所保留的。他对社会，对自己承担起责任了吗？总体看下来，他是有所逃避的。他难能可贵的一点是，保持了某种像王鸿生所说的"间距性"。他虽然是局内人，但多少保持了一种旁观色彩。你怎么看？估计不少人都会问你应物兄有没有你自己的影子？王鸿生就在他那篇文章里写道："要知道，应物兄额上的三道深皱，无意识地把别人的打火机装入自己口袋的积习，冲澡时用脚洗衣服，喜欢看'双脚交替着抬起、落下，就像棒槌捣衣'，实在与生活里的李洱严丝合缝啊。"有意思的是，不少媒体都不约而同给你的名字也加了前缀，李洱顺理成章成了"应物兄"李洱。

李洱：应物兄是虚己应物，他当然有担当，他比大多数知识分子都有担当。说他没担当，说他逃避，这是你作为读者的权力。你有你这么说的权力，但同样作为一个读者，我不敢苟同。

傅小平：应该说，王鸿生对应物兄这个人物做了深入的解析。他说，你创造出了一个公正的、悲天悯人的叙述者。我的阅读感觉略有不同，倒像是在这个人物身上读出一点加缪笔下默尔索式冷漠的气息。你是怎么设想这个人物的？

李洱：他不是翻译过来的默尔索。他一点也不冷漠。或许应该指出一点，法语中的默尔索，与汉语中的默尔索，是两个默尔索。法语中的默尔索，生活在悖谬之中。这也是加缪不认为自己是存在主义作家的原因。

傅小平：通篇读下来，赞同王鸿生说的，应物兄虽然对全书至关紧要，但在作品中并不占有中心位置。那是不是说，虽然这部小说实际上更像是一部群像小说，而要从整体上考量你写到的这么多人物，倒像是应了评论家付如初说的："《应物兄》虽然没有写出个体的悲剧感，却写出了一个群体、一种身份的大悲剧。"我想说的是，你似乎以喜剧的方式，写出了一种悲剧性，也就是说小说局部是喜剧的，有各种戏谑、饶舌、荒诞、反讽，诸如此类，但整体上看有悲剧性。

李洱：我同意王鸿生的看法。付如初的看法，也值得尊重。我本人倾向于认为，这部小说是以反抒情的方式，实现了抒情效果。

生活在词与物的午后[①]

卫 毅[②]

李洱认为葛任就是贾宝玉，瞿秋白就是贾宝玉，应物兄也是贾宝玉，无数的贾宝玉都在不同的时代中处理着知识、人和时代的关系。《红楼梦》的续集一直都在以不同的方式续写。

昨日重现

李洱在鼠年春节前回到了河南济源。他准备在老家待到正月十五，他的奶奶要在那天过九十五大寿。新冠病毒改变了这样的计划。他在大年初三匆匆回到北京。他如今的主要工作是清理家里的垃圾，然后等待着垃圾再次产生。另外一件重要事情是陪孩子上网课。“疫情对下一代是一种教育。”李洱说，“他们以前生活得非常轻，现在他们认识到了生活重的一面。”

跟李洱再次进行电话访谈，才想起2019年12月1日在北京第一次访谈时，武汉已经有了新冠肺炎的感染者。李洱彼时奔波于各地，参加活动，有公事，也有私事。这是他获得茅盾文学奖之后，出行最为密集的时段。

他患上了急性咽喉炎，12月上旬的几天，他出席华东师大和上海作协的活动，讲话声音低沉。晚餐时，他都喝的果汁。有医生通过他的太太告诉他，医院里有类似SARS的病毒被发现，让他小心。但是，“我当时为什么没重视呢？”李洱在三个月之后思考。“当时很多人知道这件事情后，都没有料

---

① 原载于《南方人物周刊》2020年4月13日。

② 卫毅（1980年—），男，知名媒体人，《南方人物周刊》副主编。著有《时间的裁缝》《寻找桃花源》《白银往事》等作品。

到如此严重。遗忘的机制在起作用。”

华东师大的北山讲堂上，李洱回忆了翻越枣阳路校门的时光。他是华东师大中文系83级的学生。他进入大学时，正是中国当代文学的耀目之时。这座城市的作家和评论家们是中国当代文学的重要组成部分。他们是80年代最重要的群体之一。“80年代，所有中国人都是进化论者，都认为明天比今天好。思想开放，日新月异。”李洱说。

80年代的一个场景在李洱脑海里挥之不去，他甚至把它写进了《应物兄》里。“李泽厚先生是80年代中国思想界的代表。他的到来让人们激动不已。李先生到来的前一天，应物兄去澡堂洗澡，人们谈起明天如何抢座位，有人竟激动地凭空做出跨栏动作，滑倒在地。”这个场景发生在1988年的虚构的济州大学。而在非虚构的1986年的华东师大，李泽厚的到来是那个时代的轰动事件。那是一个各行各业争读李泽厚的时代。我在十年前采访过李泽厚，他说，“其实在80年代我并没有感觉到自己多有影响，后来知道了，就有点后悔，我应该多去大学走走。”而他2014年到华东师大“伦理学研讨班”开坛授课，更是一件罕事。他已经多年没在大学讲课了。“前年李先生又到上海某大学演讲，李先生刚一露面，女生们就高呼上当了。她们误把海报上的名字看成了李嘉诚先生的公子李泽楷。”这是《应物兄》里的另一段文字，几乎是当年新闻的再现。

李洱在华东师大忆及这段往事，彼时在场者津津乐道。中国青年出版社的编辑李师东在第十届茅盾文学奖颁奖那天，发了一条朋友圈：“今在颁奖前见到应物兄，我说你写李泽厚老师在华东师大开讲座，我在现场。没错，就说了不到一刻钟。那是1986年。应物兄很得意：我没瞎写吧。”现在，朋友们喜欢直接称李洱为“应物兄”。

在上海，李洱似乎一直在虚己应物之中。上海历来是一座“码头”，并不是所有人都愿意坐在同一张桌子上说话和吃饭。黄浦江有两岸，人也有不同的麦克风和杯盏。能让不同的人在不同的台子上讨论他，这可能说明了他的人缘，他的平衡能力，他的作品的影响力。“船在江上，你要看到两岸的风景。马在山中，你要看到两边的山峰。”

华东师大中文系教授黄平是研究李洱的80后年轻学者。《应物兄》的结尾，应物兄被车撞倒，一个声音从天上飘来：“他是应物兄。”黄平觉得这句话拆解了以往的二元对立，将当代文学中的自我向前再推一步，塑造出第三重的自我：局内人自我。李洱在1999年12月的《局内人写作》中解释过这个概念。黄平把这叫作“第三自我”。

李洱喜欢加缪。黄平说：“作为李洱最热爱的作家，加缪可以被视为李洱写作的思想背景。”

疫情当中的一个午后，我和李洱在电话里聊起了加缪和《鼠疫》。这让我想起李洱将自己的写作总结为“午后的诗学”，那是一种连接正午和夜晚的写作，既是一种敞开，又是一种收敛。这还让人想起加缪说自己的思想是“正午的思想”。

李洱最近没有读加缪和《鼠疫》。他倒是在2014年的一次关于加缪的读书会上说过，“他（加缪）写出这个城市在面临这样一种疫情的时候表现出的整个特征和人与人的关系。而且它的结尾写得非常精彩。我们认为非典结束就胜利了，一些人的命运就过去了，从此我们就很少再想。”这句话像谶语。2003年过去17年之后，这一切重来了一遍。

已知和未知的日常

回到12月1日的午后，在北京的办公室里，李洱为了说明奥登对于诗学的拓展，背诵起了奥登的《怀念叶芝》：

“但是那个午后，却是他生命中最后的唯一/流言的午后，到处走动着护士/他身体的各省都反叛了/精神的广场空空如许/寂静已经侵入大脑的郊区/感觉之流溃败，他成了他的爱读者//如今他被播散到一百个城市/完全交付于那陌生的友情/而在明天的盛大和喧嚣中/掮客依旧在交易所的大厅里咆哮/穷人面对苦难依然寂然无语/当蜗居的人们某一天想起自由/他们会想起这个午后/想起他倒在一个凄冷阴暗的日子/并且在迥异的良心法典下受到惩处/一个死者的文字/要在活人的腑肺间被润色。”

他背得非常投入，沉浸在奥登的诗句中。

“奥登为什么怀念叶芝？因为在叶芝之前，在现代派诗人那里，诗歌是自我的抒情。到叶芝这里，他提出诗是和自我的争论。和别人争论产生的是废话，和自我争论产生的是诗学。到了奥登这里，又往前发展了，跟广大的世界联系在了一起。”李洱边背诵诗句边穿插着解释，“但这太难了。”如何反思知识，如何让知识进入小说，进入文本，这是他要思考的问题。《应物兄》是他在一部中国小说里大面积处理知识的尝试。

在上海的饭桌上，他同样被要求背诵《怀念叶芝》。他患有咽喉炎的嗓子没能就此推辞。他在大家举起的手机中，将几天前背诵过的诗句又重复了一遍。

李洱曾经说起过话筒。一个人历经阻难，一步步走到话筒前，举目皆是手机时，还能否保持住自己？这是对知识分子的考验。我们握有话筒的时候，该发出什么声音？

疫情之中，有人找到他，希望他能够录一首诗来表达对抗击疫情的支

持。他没有在提供的选项里做选择。他选择了甘肃支援湖北医疗队一位护士弱水吟写的《日常》:

雾霾,阴雨
五天里,潮湿和凄静
冷和毒,泪和伤
这些灰暗的词
多么希望你们远离
在宾馆自我隔离
没有时间,没有日期
没有声音和空气
写材料,心理干预
将一百颗畏惧的心安放在各自的手心
将颤抖,恐惧,哭泣和绝望
和那些沾满的毒一起丢进垃圾
一个人的房间里
划分半污染区,清洁区
洗手,洗手。口罩,口罩
强迫改正一切恶习
现在,谁都知道毒是蝙蝠的错
而防毒的罪是那么轻描淡写
十七年前的毒我还记忆犹新
今天是昨天的翻版
而毒却不是昨天的毒
它的狡猾是人惯出来的
强传染也是人溺爱的果
深夜,我最想做的
是给藏在洞穴里的蝙蝠
穿上钢铁盔甲
刻上武汉两个字
让所有的刀刃无处下手
让所有的牙齿难以啃噬

李洱把这首诗称为“新国风”。“‘风、雅、颂’中的‘国风’,是来自民间的诗词,真实地反映了春秋时期的风貌和深情。老百姓的心声,平白如话,记录了一个时代的修辞。”李洱说。

李洱将这些诗句转发到朋友圈。他转发的一些文章,配有犀利的文字。

在电话里，我再次说起《鼠疫》的结尾。李洱坦白地说，他在《应物兄》里写到济哥的时候，就是受《鼠疫》结尾的影响。济哥是《应物兄》虚构之地济州消失的一种蝈蝈，后又获得重生。李洱想表达希望所在，同时也想表达，这是某种病毒式的存在。

在李洱成名的《花腔》里，他直接写过病毒——巴士底病毒，这种虚构的源于法国的病毒经由一条狗传到了中国，书中主要的人物“蚕豆”被此病毒感染，差点死掉，而到了《应物兄》里，巴士底病毒以知识的形式又重新出现了一遍。知识和人在李洱的小说里正在连成整体，形成庞大而繁复的体系。

《应物兄》里，邓林说：“老师们肯定知道葛任先生。葛任先生的女儿，准确地说是养女，名叫蚕豆。葛任先生写过一首诗《蚕豆花》，就是献给女儿的。葛任先生的岳父名叫胡安，他在法国的时候，曾在巴士底狱门口捡了一条狗，后来把它带回了中国。这条狗就叫巴士底。它的后代也叫巴士底。巴士底身上带有某种病毒，就叫巴士底病毒，染上这种病毒，人会发烧，脸颊绯红。蚕豆就被传染过这种病毒，差点死掉。传染了蚕豆的那条巴士底，后来被人煮了吃了，它的腿骨成了蚕豆的玩具。腿骨细小，光溜，就像一杆烟枪。如果蚕豆当时死了，葛任可能就不会写《蚕豆花》了。正因为写了《蚕豆花》，他后来在逃亡途中才暴露了自己的身份，被日本人杀害了。”

这段话可视作《花腔》和《应物兄》相连而成的某个结点。葛任是《花腔》的主人公。他在小说中所写的《蚕豆花》，是寻找小说谜底的核心线索。读懂了这些文字，才能进入李洱小说的语汇节奏。李洱仿佛给自己的小说包裹了一层又一层的洋葱皮。最核心之物是什么，是真实吗？或者什么都找不到。洋葱需要读者动用智力去剥开，所以读他的小说并非轻松之事。

《花腔》后记里，李洱流下眼泪，“几年后，我终于写下了《花腔》的最后一句话。那是主人公之一，当年事件的参与者，如今的法学权威范继槐先生，对人类之爱的表述。范老的话是那样动听，仿佛歌剧中最华丽的那一段花腔，仿佛喜鹊唱枝头。但写下了‘爱’这个字，我的眼泪却流了下来。许多年前的那个夜晚的雪花，此刻从窗口涌了进来，打湿了我的眼帘。”

李洱在写《应物兄》的后记时，也流下了眼泪。他没有将眼泪写到后记里。人民文学出版社的编辑樊晓哲亲眼看到了这些眼泪。她站在桌边，看到李洱正在修改后记。“出于编辑的习惯，我一字一句念出了声，为的是看文字在身形音节上是不是合衬。刚刚念完非常简短的第一段，我察觉一旁的李洱有些异样。转过头，我看到一个热泪盈眶的李洱，这是认识十多年来，第一次见他如此动容。”

这其实跟李洱平时给人的印象多少有些差距。他在人前表现得更多的是健谈和幽默。李洱不太喜欢说自己的个人经历，说的大多跟书有关。比如在某天早上一开门，发现责编刘稚站在门口，要他签下新书的合约。比如还是在与新书合同有关的饭局上，他没有答应在作品未完成之前签字，他说不希望“商品”成为自己写作的牵绊。他会说起饭局之后，出租车司机错将他送到另外一个小区。酒后走不动路的他在路边睡着了。醒来之后，他的笔记本电脑没了，那里有他并未备份的《应物兄》电子稿。公安局帮他找电脑的那几天，他的头发陡然变白不少。

所有这一切，都是因为《应物兄》写了13年。13年里，这部像戈多一样难以到来的小说，让许多人都快忘记了。“《应物兄》删掉了135万字。”李洱看着我惊讶的表情，接着说，“批评家黄德海到我家里，说让他看看那些被删掉的部分。我打开电脑给他看。他说，你真的写了这么多字啊？我们以为你在玩行为艺术呢，为了掩饰自己的尴尬。”

庞杂的百科全书式的《应物兄》，想要处理的问题是什么呢？“在当下环境中，知识分子的言知行合一的难题和困境。”这是李洱告诉樊晓哲的话，樊晓哲转述给了我。

李洱用13年的时间琢磨这个问题，力求准确。他欣赏阿赫玛托娃的一句诗：步步都是秘密，左右都是深渊，脚下的荣誉，如同枯叶一片。“左右都是深渊，要无限逼近真实，多写一句就是假的，少写一句就不够真。”

永恒的贾宝玉

在北山讲堂旁的一个房间里，李洱在忙着给几大摞《应物兄》签名，我跟黄平在旁边说起《花腔》。黄平仿佛是历史悬案的调查者，他像侦探一样发现李洱小说文本里那些和历史的对应之处。比如说，葛任的原型是不是瞿秋白？还有那本叫《逸经》的杂志，在小说里刊登了《蚕豆花》，在现实里刊登了《多余的话》。黄平追文索字，找到了其中千丝万缕的联系。李洱则说，《逸经》完全是虚构的杂志名，他并不知道有这样一本杂志。“黄平告诉我时，我被吓到了。”若如此，这将吓到所有人，一本虚构的杂志在现实中登载了同名杂志相似的内容，换了谁置身其中，都会被吓到。

黄平并不如此认为，“李洱老师不承认啊。”李洱在几米之外，边签字边说，“我不承认。”

李洱在很多场合对黄平的研究表示过赞许。他在香港科技大学的一次讲座上，就说到了黄平是极少数注意到《花腔》与贾宝玉之间有联系的研究者。“他看到了《花腔》里的大荒山和青埂峰，这些之前被读者忽略了。”他觉得，从接受美学的角度来说，作品获得了这样的读者，一部作品才算真正完成了。

李洱认为葛任就是贾宝玉，瞿秋白就是贾宝玉，应物兄也是贾宝玉，无数贾宝玉都在不同的时代中处理着知识人和时代的关系。《红楼梦》的续集一直都在以不同的方式续写，而如何续写《红楼梦》才是合适的呢？

因为在不同的场合经常提起《红楼梦》，不断有人拿当代人续写的《红楼梦》给李洱看。“这些书写得非常好，我一时分不清是当代人写的还是高鹗写的。”李洱说，“我就问，作者有没有写实的小说。有的还真拿来了，但完全不能看。一个真正的小说家不能用续《红楼梦》的方式来续《红楼梦》。”

在北山讲堂，李洱讲起了施蛰存的《鸠摩罗什》。鸠摩罗什的肉身之所以能留下来，是因为舌头变成了舍利。他并不纯粹，他带着情欲。“一个能像玄奘一样留下舍利的高僧，在我们的印象中，一定跟肉欲没关系，跟权力没关系，但在鸠摩罗什身上，外界的一切诱惑跟他都有关系。”

李洱用感冒的嗓音艰难说话，就像是鸠摩罗什在凉州城里表演吞针。鸠摩罗什把很多根针在众人面前拿出来，一一吞掉，但最后一根针没吞下去，卡住了，没人看见，他用手掩饰，巧妙地从舌头上拔出了针：你看，我全部吞了下去。

把现实比作针的话，舌头说出了很多传统。舌头忍受了现实中的苦难、情欲和折磨。每根针都是对自己的诫勉和惩罚。“为了保留一口气，我要把这根针从舌头上拔出来。我保留了这个谎言。这个谎言就是小说。”李洱在说鸠摩罗什，也似乎在说包括自己在内的小说家们。这是《鸠摩罗什》结尾的“针”，也是《花腔》结尾的“爱”，还是《应物兄》结尾从远处飘来的“声音”。肉身与灵魂在那一刻“一分为二”还是“合二为一”，这是李洱提出的疑问，这也是他的小说。

除了《鸠摩罗什》，施蛰存的《梅雨之夕》和《将军的头》，处理的仿佛是久远的故事，但仍令观者觉得新鲜。施蛰存用了那个时代最流行的方式写了最流行的小说。高僧的语言完全是现代的语言，不是高僧的语言。“这是最现代的戏仿。”李洱觉得这表明了施蛰存的写作是在场的。施蛰存的写作可以介入当代写作的所有问题中来。用《红楼梦》作类比，就是他用不是《红楼梦》的方式续写了《红楼梦》，贾宝玉在现代获得了新的肉身。

“小说家就是在处理词与物的关系。小说家生活在词与物的罅隙之中，从词与物之间狭小的空间穿行而过。”李洱坐在华东师大的讲台上，他的言说在某些时刻会进入诗意的情境，让台下之人为之着迷。

他的师承

与李洱的电话访谈在现实的疫情和小说的文本之间来回切换。在某些时候,会忽然融为一体。他对新冠肺炎的"零号病人"非常感兴趣,那是一颗"洋葱"的核心。他忽然说,"葛任的代号就是零号啊。零号就是趋于无,让他消失。零号是巨大隐喻。代表了一种像气溶胶一样的东西,若有若无,似有似无,感觉是石头缝里蹦出来的。"他关心新闻,会对其中的进展情况做自己的分析。

在李洱看来,写作者可以分成感性和理性两类,还有一类是知性,在感性和理性之间。感性的作家可能连自己都不知道自己写得好。"加缪和库切显然不是这样的。"李洱说,"库切是加缪之后最重要的思辨型作家。"

"你自己是哪一类?"我问他。

"我大概也是知性吧。"

李洱欣赏库切的《耶稣的童年》。耶稣在《旧约》和《新约》里是两种形象。耶稣的形象是变化的。库切思考的是耶稣在此时代,会是怎样的形象。在库切的笔下,耶稣的故事成了现代移民的故事。《旧约》《新约》和现代的土壤连接成一体。历史从源头流淌到了现在。

"我们必须从中国文化源头开始思考。"李洱说,"我们在半世俗半宗教的儒家体系里,在传统文化背景下,如何跟知识相处?"这个问题在李洱的思考里,可以具象为——贾宝玉不断换了肉身。那个出现在现代社会的"耶稣",就像是出现在李洱小说里的"贾宝玉"。

李洱在澳大利亚悉尼图书馆开讲座的时候,库切去听了,李洱事先并不知道。李洱在台上讲课的时候,发现下面有个人长得像库切。库切听完就走了。李洱问澳大利亚人,那人是不是库切。随后,他看到库切走出图书馆,"一个人行走在街道上,非常孤寂的背影。"

"我写库切的一篇文章,估计他看到了。"李洱说,"我写过一篇《听库切吹响骨笛》。"

这篇文章曾被作为上海市的高考语文模拟题。"我想许多人阅读库切的小说或许会有似曾相识之感。对经验进行辨析的作家,往往是'有道德原则的怀疑论者'。因为失去了'道德原则',你的怀疑和反抗便与《彼得堡的大师》中的涅恰耶夫没有二致。顺便说一句,涅恰耶夫的形象,我想中国人读起来会觉得有一种'熟悉的陌生':经验的'熟悉'和文学的'陌生'。"

阅读题在此处提出了问题——如何理解"经验的熟悉"和"文学的陌生"?

我把这个问题抛给了李洱。"'经验的熟悉'是指这里面所说的革命者的形象。'文学的陌生'是指我们没有进行过这样的处理。在我们的小说里,革命者的形象往往是高度简化的。"这是李洱的答案,不知是否符合标准答案。

在《花腔》里，李洱试图重新认识"革命者"。他的新历史主义式的写作尝试让他被视为先锋作家。他在先锋作家们驶入经典区域时，最后跳上了列车。

有一次，李洱和苏童都在香港，一起吃饭。李洱拿起酒杯，说，童兄，我敬您一杯酒。苏童说，你把酒杯放下，我是你叔叔。文学是有辈分的。从此，李洱就叫苏童为"童叔叔"。

李洱读大学时开始写作，那是所有人都想成为诗人和小说家的年代。文学是所有人的梦想。"别的系的学生都想转到中文系。文科最好的学生都在中文系。"他开始读一些之前完全不知道的作家的作品，比如博尔赫斯。在此之前，他只知道托尔斯泰、马克·吐温和小林多喜二。

1986年，马原到华东师大讲课。作为学生的李洱现场提问，你的小说和博尔赫斯有什么关系？马原说，我没听说过这个人。

马原下来后跟格非说，你们有个学生很厉害，问我和博尔赫斯的关系。

那是文学的正午，现在是午后，"那种朝气蓬勃的、对生活有巨大解释能力和创造力的时代已经过去了。午后是一种复制的、慵懒的、失去了创造力的时光。"

午后的混沌状态中，李洱似乎一直保持清醒。他总能清晰地表述自己的观点，说起那些曾经写过的句子。"《花腔》的每一个句子，都是经过深思熟虑的。事隔多年，我几乎还能想起书中某一句话是谁说的。有一次，我在路上走，一个翻译家打来电话，跟我商量某一句话的翻译。我不需要翻书就能脱口而出，前面一句话是什么，后面一句话是什么，这段话的语调是什么样的。我不是吹我的记忆力有多好，而是想说明，当初的反复推敲给我留下的记忆太深了。"李洱说，"我想，很多读者其实都能从主人公葛任身上看到自己的梦想、自己的失败、自己的命运。"

作家路内曾经说，我算了算，李洱写《花腔》的时候才三十多岁，这怎么可能呢？

动笔写《花腔》这么一部繁复的作品时，李洱32岁。

"之所以写《花腔》，跟自己家人的经历有关。"李洱的家人中有去过延安的革命者，这让他对中国的革命史有了不一样的关注。

李洱小时候在农村长大。爸爸是中学语文老师，爷爷对中国历史地理非常熟悉，有人说他爷爷是自己见过的最聪明的人。这让他跟别的农村家庭的孩子不一样。他有一个接受外来知识的窗口。他从那扇窗口到达了今天。

尾声或开始

李洱在朋友圈转发了德国总理默克尔在疫情中的讲话。默克尔在电视上说,“我深信,当所有国民都把这项任务切实当作分内之事,我们就一定能完成好这一任务。因此请允许我对你们说:情势严峻,请务必认真对待。自德国统一以来,不,自二战以来,我们的国家还从未面临这样一次必须勠力同心去应对的挑战。”李洱则觉得,从影响的范围来看,这次疫情不亚于第三次世界大战。

2008 年,默克尔访华时,曾把李洱的《石榴树上结樱桃》德文版作为礼物送给中国时任总理温家宝。默克尔多次访问中国,不止一次接见过李洱。“她会摸摸你的衣领,表示一下问候。”李洱回忆了一下当时的情景。

李洱被改编成电影的小说目前只有《石榴树上结樱桃》。电影拍完之后,剪辑修改了五年。他在单向街书店看过一次,看的时候想走,被人拉住。之后,他在美国一家电影院又看过一次,在场的观众只有五个人。李洱跟苏童说起美国的情状。苏童说,我跟你一样,我在美国看《大红灯笼高高挂》,电影院里也是五个人。

2008 年,在被默克尔接见之年、奥运之年,原本是喜欢看体育节目的李洱计划完成《应物兄》的时间,他没想到收尾时,又过去了 11 年。他已人至中年,有了孩子,对于世界的看法也有了变化。《应物兄》围绕着济州大学儒学研究院的筹办而展开。他刚开始写这部小说的时候,中国大学里还没有儒学研究院。如今,到处都是。“我跟朋友们说,我刚开始写的是未来主义小说,写的时候变成现实主义小说,写完之后变成了历史主义小说。”李洱说罢大笑,这是他的经典笑声。

李洱看重时间对人的影响。他会说,人老了之后,没有多余的精力来掩饰善与恶,人本性的一面呈现得更为真实。“晚年写作”是少数作家才能达到的状态,在中国则少之又少。中国的小说更多的是青年小说。甚至在篇幅上,中国小说大多时候只能写好前半部分,后半部分比前半部分好的情况,又少之又少。年轻一些的时候,李洱觉得年轻人经验不足,放得开,可以更大胆地写一些东西,没那么多顾虑。现在,他会觉得,有感情,有生活,有履历,有知识背景,有稳定的价值观,才能把长篇小说写好。

他欣赏李泽厚那种“晚年写作”风格,这是一种写作状态,不再受情绪左右的写作状态,文章的逻辑会过滤掉情绪。“他(李泽厚)做到了行所当行,止所当止。先不论其观点如何有争议,至少他的才气、感觉和理性的思考,达到了极致的均衡。”李洱说。

李洱从书架上翻出一本施勒格的《雅典娜神殿断片集》给我看。施勒格是德国重要的浪漫派思想家。李洱钟情于这样的分段思考和碎片化写作。李洱的小说本身就是某种碎片化写作的呈现。他的小说里有其他作家小说中难得一见的密集的小标题。

李洱喜欢哲学。他的文字里经常闪现对于哲学的理解。他喜欢看那些哲学功底深厚的评论家的文字，比如同济大学的王鸿生。王鸿生看了《应物兄》，改了一个字，即将现象学中的那句"面对事实本身"改为"面向事实本身"。"'面对'只是面对一个对象，'面向'是目光看到了现象学背后。"

李洱的手机响了，朋友打电话邀请他去重庆参加一个活动。他接下来的活动安排太多。他对此感到头疼，安排不过来。"以前作家写完小说是很舒服的，刚刚倾吐完，甚至会享受那种孤独寂寞和欲望满足之后的匮乏感。"

彼时是2019年12月1日的北京，现代文学馆，户外下雪不久，有积雪覆盖。摄影记者在巴金雕像旁的空地上给李洱拍照。他说起了巴金雕像的来由。四下无人，安宁清静，虫子们也都蛰伏了。当我们再次谈起这一天时，一切都已天翻地覆。前些天，李洱跟批评家张清华通电话的时候，张清华说他正在看《鼠疫》，还打趣说，里厄(《鼠疫》里的主人公)是不是可以音译成李洱啊。熟悉加缪的李洱，随即在电话里给张清华背诵起了《鼠疫》的结尾：

在倾听城里传来的欢呼声时，里厄也在回想往事。他认定，这样的普天同乐始终在受到威胁，因为欢乐的人群一无所知的事，他却明镜在心：据医书所载，鼠疫杆菌永远不会死绝，也不会消失，它们能在家具、衣被中存活几十年；在房间、地窖、旅行箱、手帕和废纸里耐心等待。也许有一天，鼠疫会再度唤醒它的鼠群，让它们葬身于某座幸福的城市，使人们再罹祸患，重新吸取教训。

疫情时期的作家与文学

——对话李洱①

卫 毅 李 洱

谈疫情

人物周刊：李文亮去世那天，你在微信朋友圈说，加缪在世，也写不出如此惨烈的“境况性现实”，如何理解“境况性现实”？

李洱：“境况性”是萨义德经常使用的概念，我是借来一用。大致意思是，任何文本都是作者和读者共同完成的，你与我都处在一个共同熟悉的文化背景之中。你知道我要说的是什么，我知道你知道我要说的与什么有关。不然，那就是鸡同鸭讲了。所有作家，都是在这样的特殊情境的激励下写作的。我的意思是说，依我对加缪的理解，如果他置身于我们都熟悉的这种文化背景，他确实写不出这样的境况性现实，同时这种境况性也超出了加缪的想象。加缪笔下的《鼠疫》发生在一个城市，萨拉马戈的《失明症漫记》发生在一个村镇。他们的写作源自想象，是人类状况的某种隐喻。而我们现在面临的疫情现实，是一种赤裸裸的现实，它超出了人类的智力和想象力。因为是在一个全球化时代，它把所有人都裹挟进去了，将整个人类都裹挟进去了，从陆地到天空到大海深处。这不知道比加缪和萨拉马戈笔下所写的故事要复杂和严重多少倍。说它的严重程度相当于两次世界大战的总和，相当于第三次世界大战，都是一种比较轻巧的说法。

人物周刊：大于第三次世界大战？

李洱：我常说，“毫无疑问”这个词是值得怀疑的，但此事却是确定无疑

---

① 原载于《南方人物周刊》2020 年 4 月 13 日。

的。一战之前,历史上发生过多次类似的战争。按照米兰·昆德拉的说法,由于没有新闻媒体,没有大众传媒,没有报道,别的地方的人就认为它们不存在。多年之后,考古学家看到了那些光溜的头盖骨,才知道那些部落曾经发生过战争,他们曾经从东非一直打到北欧,打到亚洲,打到阿拉斯加,然后打成了现代人。到了一战,大众传媒出现了,一把左轮手枪引发的事件,因为媒体的进入,不断地报道,各国不断加入进来,酿成了世界大战。其实,那只是几颗子弹消灭一个敌人罢了。二战只是一战的2.0版,多了两颗原子弹而已。一颗原子弹干掉一个城市。而现在,这种病毒,虽然看不见摸不着,但它却是无微不至的原子弹,微型的原子弹,日常化的原子弹。人类之所以能够成为文明的人类,是因为语言,因为交流,因为有一个公共空间可以相互促进,可以共享文明成果。可是因为疫情,你的眼神、呼吸,都成了武器。人们用胳膊肘开门,用屁股关门,并且隐藏起了人之为人的那张脸。这个影响是不是相当于第三次世界大战?人类一直在进步,但现在人们可能重新反省这种进步的代价。至少,人们对全球化会有深刻的疑虑,而这将意味着什么?城市里已经有人开始养鸡了。就在今天早上,鸡犬之声相闻已经成为一个事实。人类的发展进程,从未受到过这种挑战。

人物周刊:在一个全世界都可以去的时代,大家没想到有一天会待在家里不能动弹。

李洱:待在家里,还得防父母防老婆防丈夫,是恐惧、焦灼和虚无的三重奏。我们在说“害怕”的时候,是说害怕某个具体的东西,看不见摸不着的“害怕”才叫“恐惧”。所以“恐惧”跟“害怕”是两个概念。“恐惧”以飞沫的形式,以呼吸的形式,以对视的形式,影响着我们。那些本来挺有诗意的词,此时也突然狰狞起来,成了禁忌,比如凝望、比如亲吻、比如抚摸、比如握手致意。好多时候,你急得就像热锅上的蚂蚁了,那不是“焦灼”又是什么?但你又无能为力。你深刻感到个人存在的有限性。意识到这一点,本来可以有所为有所不为,但现在连这个选择的机会都不属于你了。它袭击你,随时让你变成白肺。河水竟然能把鱼给淹死。你随时打开新闻,头条新闻就是,这条河今天又淹死了几万条鱼。加缪曾经说,那些病毒耸动着,在某一天会发动它的种群,向人类发起进攻。加缪当然不可能想到,它会来得这么快,规模这么大,但你的肉眼却看不见它。

人物周刊:你在什么时候感到“恐惧”的?

李洱:2019 年 12 月的时候,我经常出差参加活动,一位医院的朋友通过我的爱人告诉我,现在出现了类似 SARS 的病毒,让我注意。我当时并没有引起多大重视。现在回想,我当时为什么没重视呢?我相信,当时很多人知道这件事情后,都没有料到如此严重。

人物周刊：周围的环境没有造成那种紧张感？

李洱：遗忘的机制在起作用。反抗遗忘的意义，就在这里。写作，作为一种反抗遗忘的方式，它的意义也在这里。

人物周刊：面对疫情，知识分子和作家应该怎么做才是合适的？

李洱：其实我相信很多作家都在记录和思考。我特别想说的是，不同职业背景的人，首先要尽力完成自己的工作。公共卫生事件，首先就要交给专业人士去做。作家则是要完成自己的本职工作，完成自己的观察和记录、阅读和思考。当然，作家这个职业比较特殊，有专业性的一面，也有社会性的一面。

人物周刊：在这种情况下，你欣赏什么样的声音？

李洱：对于非专业人士而言，你的声音、你的观念不要固化。你千万不要石化，不要变成某种雕像，以致失去了人性的温度，失去了真实的情感。能否回到个人真实的感觉去发言，很重要。萨特是存在主义者，在我看来，他在一定程度上就是一个主义化的人，一个比较热衷于将自己雕像化的人。他确实会把某种观念固化。萨特要加缪承认自己是存在主义者，但加缪不承认。他否认自己是存在主义者，因为他不愿意被主义化，被意识形态化。加缪认为只有这样才能保持批判性。如何发出真实的声音，这是知识分子和作家特别需要提醒自己的地方。

人物周刊：作家应该怎么跟现实世界相处呢？

李洱：就具体的写作行为而言，作家是一个孤零零的人，特别无援。作家与外部世界的相处，就是词与物的相处。作家总是试图在词与物之间建立一种比较直接的联系，在个人与世界之间建立一种有效的联系。他通过写作，通过作品，试图表达和影响这种联系。

人物周刊：在疫情面前，还有怎样的思考？

李洱：乔木先生在教训应物兄的时候，说过一段话，大意是，说真话本来是一个人的基本道德，如果不能说真话，那么你可以不说话，不表态；主动说假话和被迫说假话，虽然都是说假话，但后者可以原谅，前者不可原谅。乔木先生还说，说假话是出于公心，是为了大家好，不是为了自己好，那其实还是一种美德，但有一个前提，那就是你的假话不要伤害到别人。

我知道你是在追问，疫情最早时为何没有及时发布出来。平心而论，这不是具体某个人的问题。每个人可以自问一下，在那个时候，你是不是也会这样做？不报的原因可能很复杂。那一刻，有怯懦，有害怕，有明哲保身，而且也可能出于公心。当欧美的疫情大面积暴发的时候，我们还会发现，这不仅是中国人的问题。当然，这不是拒绝反省的理由。如果这也是一种“文明成果”，那么我们就该反省造成这种成果的文明内部是否有什么地方不对头。事实上,我相信骂得很厉害的一些人,不一定比当事者做得更好。如果只是某个人的错误,而自己不可能犯这样的错误,把那个人撤了,不就行了?但事情没这么简单。可以追问一句,如果下一次类似的情况发生,我们肯定会比当事人做得更好吗?

这些天,上海的张文宏医生得到了人们的普遍认同。很多事,他讲得非常明白,甚至可能会引起一些人的误解,但他还是在很关键的时候说了。比如,他说,任何时候不惜一切代价所造成的代价会更大;医生和护士如果没有做好防护,不应该上战场,那是对自己不负责任,甚至可以拒绝进病房。他对欧美疫情的判断,也比更多人要清醒得多。我觉得,他从专业身份说出的那些真话,就是在创造一个健康的公共空间。要在常识范围内说话、做事,发表负责任的意见,而不是图嘴皮子痛快。知识分子应该不断创造这样的空间,这也是知识分子对自己应有的要求。

人物周刊:你在目前的情形下,如何看"全球化"?

李洱:哈贝马斯曾说,随着全球化的兴起,民族主义、民粹主义会反弹,贫富差距、文化之间的冲突等,也会更强烈。但谁都没有料到,瘟疫会对全球化构成如此大的挑战。

瘟疫曾经是中世纪的重要概念。福柯在《疯癫与文明》里写到"愚人船",一群疯子作为病人被关到一艘船上,在海上漂流,在此岸与彼岸之间游荡。隔离成为日常,大海是它的故乡,葬身鱼腹是它的命运。在21世纪的今天,在船上漂流的病人,是最富裕的人。他们上船是为了娱乐、为了享受、为了美食、为了比基尼,为了能够看到大海深处奇异的景观,现在他们却成了最奇异的景观,有着和福柯所描述的愚人船相似的命运。

现代文明的标准就是不再有大规模的瘟疫。米沃什曾经说过,波兰是另一个欧洲,因为这里还有贫穷和瘟疫。显然,瘟疫被他看成一种衡量文明尺度的标准。所以他说,波兰虽然在地理上属于欧洲,但它却不是欧洲文明的一部分,仿佛是突现在身躯之外的一个树瘤,那么丑陋,那么显眼。

今天的文明仍然带着中世纪病毒的遗存,甚至有着更古老的病毒的遗存,并且已经充分内在化了,平时不易发觉。从某种意义上说,全球化就是一个巴别塔。巴别塔的另一个语义,就是变乱。当现在人们以各种版本,以希伯来文、盲文、越南文、甲骨文等来转发图文的时候,有两个重要的图像没有说出来,一个是巴别塔,另一个是蒙娜丽莎。

人物周刊:蒙娜丽莎?

李洱:蒙娜丽莎永恒的微笑是暧昧的,仿佛是不可解的。她为什么笑,是什么引她发笑?她的眼睛从各个角度看你,看到各个角度的你。她微笑着向你发出很多疑问。她抿着嘴,但有时候你会觉得,那是因为哨子刚从她的嘴上取下。

谈文学

人物周刊：中国作家里最缺的是思辨型作家？

李洱：我们也有思辨啊，不过按照传统，我们的思辨好像更多的时候就是儒道互补，比较简单的、狗咬尾巴式的、转圈式的思辨。有时候呢，还会再供上一尊佛像。当然了，能做到这一步，对很多人来说，绕树三匝，转转圈，其实已经相当不错了。这些天，不是有人拿《棋王》来批评《应物兄》吗？他能够看《棋王》，已经相当不错了。

人物周刊：豆瓣上，那些针对《应物兄》的文字，有些确实出言不逊，比如说你与《围城》……

李洱：对，有人说拿《应物兄》跟《围城》相比是自不量力。好笑的是，我自己从来没有拿《应物兄》跟《围城》相比。如果有记者问起来，我总是能躲就躲。现在既然躲不开，我就爽性说两句。作家金宇澄最早说，《应物兄》是升级版的《围城》。我想，他主要说的是，《应物兄》处理的生活，是当代人的生活。想归这么想，我还是有一种预感，此话一出，我可能要挨骂了。不知道什么时候开始，《围城》被一些人原教旨主义化了，别人不能说半个"不"字，而且谁也不要拿别的作品与此进行比较，因为别的都不够格。谁的作品被拿去比了，马上就会有人吹胡子瞪眼睛。他们就没有想想，钱锺书先生要是还活着，会怎么看他们呢？饶有趣味。

人物周刊：还是说说加缪吧。我们应该如何读加缪？

李洱：钱锺书先生是不是评价过加缪？如果评价过，那我就先不吭声了。我看加缪比较早，最早看的是他的《局外人》。加缪是很有启示性的作家，也很有思辨性。他的思辨，如同盐溶于水。既然说到了他的启示性，那么从加缪那里出来之后，你就应该左看看，右看看，找一条适合自己的路。你知道，海德格尔有个四方域的说法，他把西方文化说成是天、地、神、人组成的四方域。加缪写《局外人》，天、地和神都消失了，只剩下一个"局外人"。莫尔索说，走慢了要着凉，走快了要出汗，到了教堂又要着凉。神在这里被悬置了，而我们的文化讲的是天、地、人、道。老子说，域中有四大，而人居其一焉。我们的新文学的主题就是人的文学，格外突出了"人"。某种意义上，这个人也成了孤零零的人，一个另一种意义上的"局外人"。当然，在新文学史上，如此处理问题，有极大的合理性，与个性自由、人的解放这个重要主题有关，意义不能说不重大。不过，到了今天，如果你还是要把"人"从中抽离出来，说那就是解放思想，那问题可能就简单了。解放思想的前提是，你得有思想。你本来就没有思想,就是一个局外人,那你解放的就不是思想了,不过是欲望罢了。

人物周刊:你认为我们一直在处理《红楼梦》的续写问题和贾宝玉长大怎么办的问题?

李洱:《红楼梦》其实是中国第一部由个人完成的小说。《西游记》《三国演义》《水浒传》的故事,很多人都讲过,然后再由某个文人加工而成。严格意义上,那不是个人创作,作者个人经验在其中所占的比例不大。《红楼梦》是一个人根据个人经验进行虚构的小说。在我看来,《红楼梦》没完成,不是曹雪芹生病了,不是因为举家食粥,没心思再操弄它了,而是因为贾宝玉后来的故事,曹雪芹不知道该怎么写,这超出了他的个人经验,也超出了文化传统所给定的边界。通常,贾政的生活应该就是宝玉未来的生活,但曹雪芹不愿让宝玉过那样的生活。

在《红楼梦》当中,四大家族这么多人,只有死亡,没有出生。这是大的绝望和彻底的虚无。所有人都过生日,但主人公宝玉却不过生日。他的年龄我们都不知道,只能推算出他介于少年和成人之间。那么,他成人之后怎么办呢?从比喻的意义上,我说过一句话,说曹雪芹把这个难题留给了后世作家。所以对于《红楼梦》没有写完,可以做出不同的理解。有一种理解是,它敞开着,召唤着后人从不同角度来完成它,来探讨贾宝玉长大之后怎么办的问题。《花腔》里的葛任,部分借鉴了瞿秋白的原型,我们可以把他看作"贾宝玉"。其实,许多反叛自己的家族和阶级的革命者,也可以看作另一种意义上的、成长过程中的"贾宝玉"。也正是在这个意义上,我把很多中国小说看作成长小说。

人物周刊:《应物兄》直接用了一个人物做书名。当代小说里,能够被人记住的人物越来越少了。

李洱:这也是我第一次用人名做书名。这种起题目的方式,20世纪以前的小说很常见,《包法利夫人》《大卫·科波菲尔》《安娜·卡列尼娜》《约翰·克利斯多夫》《简·爱》《卡门》等,数不胜数。你看到了,它们大都是现实主义作品,常常会讲述一个完整的故事,来对应某个历史时期,来描述某个人在历史中的成长过程。主人公带着自己的历史和经验向读者走来。这个主人公,同时还是一面镜子,主人公、作家、读者,同时映入那面镜子,在里面交相辉映。你写了这个人,你就写了那段历史。人物的生活和他的命运,自有它的历史性,自有它的世界性。但在现代主义文学运动之后,这种情况确实比较少见了。简单地说,在所谓"历史的终结"之后,人物的历史性和世界性大为减弱。当然在中国,情况比较特殊。中国的现实主义,一般不用人物的名字来命名,反倒是以鲁迅先生为代表的现代小说家,开始用人物的名字来做书名，比如《狂人日记》《阿 Q 正传》《孔乙己》。因为历史时空错置，鲁迅式的命名方式与西方现代主义小说其实有着异曲同工之妙：它虽是人物的名字，但那个名字却具有某种概括性、寓言性或者说象征性。鲁迅之后，这种命名方式又很难见到了。所以我觉得，这种变化，其实值得研究。我很诚恳地表达过一个看法，就是当我以“应物兄”这个名字来做小说题目的时候，我想，我表达了我对文学的现实主义品格的尊重，表达了我对塑造人物的兴趣。我还想表达的一个意思是，没有受过现代主义训练的作家，无法成为这个时代的现实主义作家，而这个时代的现代主义作家，一定会具备着现实主义精神。

人物周刊：这是否意味着，你的创作思想和方法论有一个变化过程？

李洱：是啊，甚至不是你主动求变，而是它就那么发生了。你的生活在变化，你对世界的看法也在变化。这个时代唯一不变的，就是变化。人到中年，你的责任感，甚至包括妥协，都会来的，所谓虚己应物。虚己，并不是无己，是有己的存在，主体还在，但是可以用虚己的方式和这个世界交流。其中包含侧身与回旋，躲避与前行。

人物周刊：你觉得个人经验已经不足以表现世界？

李洱：你知道，我在书中写到芸娘的时候，借人物之口用一定的篇幅讨论了现象学，其中涉及经验。在现象学那里，这是个很重要的概念。胡塞尔把经验分为素朴的经验与有根基的经验。前者是感性经验，后者是对动物、人、文化客体的知觉活动，是一种精神的存在意义的表达。不过，对写作来说，你最终还是要带着那种有根基的经验，回溯到感性经验，通过感性的书写来完成小说叙事。

其实，很多年前，我与几位朋友李敬泽、李冯、邱华栋、李大卫讨论过写作中的相关问题，最后结集成一本书叫《集体作业》。其中，我们提到，“个人”这个词是敞开的，个人经验不是故步自封的。当时之所以提到这个问题，是因为有感于进入 20 世纪 90 年代以后，一种仅仅依据所谓个人经验进行写作的状况令人忧虑。这种写作，在一定程度上书写的是个人身体的快感如何被抑制，似乎那种写作表达的就是一种深度的自我。那种写作当然有其合理性，尤其是在比较特殊的历史时期。但其局限性也是显而易见的，至少，那种写作的理由，没有丁玲写作《莎菲女士的日记》时那么充分。写作就是这样，你既要依据个人经验进行写作，又有必要跳出个人经验。你就像沙漠中的骆驼，带着自己的胃囊，然后以被沙漠淹没的方式通过沙漠。

人物周刊：你的小说里有大量的对话，这是一种什么考虑？

李洱：我理解，这里的对话，既是指人物之间的对话，也是指小说的对话性。现代小说的一个标志，就是它是各种知识之间的对话，尤其是长篇小说，常常是古今一体，东西相通，真假难辨，时空错置，呈现出的是一个多元的共同体。我倾向于把它看成各种话语的交织。小说叙事与真实的生活以及我们置身其中的历史之间，形成一种反省式的对话关系。现代小说的对话性，带着一种民主的气息，这也是它在中国存在的特殊的理由。其实，在卡尔维诺提出百科全书式写作之前，在但丁和陀思妥耶夫斯基那里，在很多伟大作家那里，他们的人物都带着自身经验、性格和文化背景，共同出现在一个文本当中。他们的文本就像一个教堂，那些纯洁的羔羊、迷途的羔羊、待宰的羔羊，以及牧羊人、宰羊的人和等着吃羊肉的人，此刻都在同一个穹顶之下。他们的一同出现，意味着作者赋予小说一个对话的瞬间，同时这也是个反省、祈祷和祝福的瞬间。

人物周刊：“反讽”是评论家在评论你的小说时经常用到的词，你怎么理解“反讽”？

李洱：简单地说，就态度而言，反讽意味着要跟自己的经验保持一定的距离，与它所表现的那个世界也保持必要的间距。从最美好的意义上，借用小说里出现的那首诗，“两双眼睛因羞涩而更加明亮/有如冬夜因大雪而变得热烈/欲拒还迎啊，瞬间即是永恒/那摩擦的热与能，迅速升华/但又后退，错过，无言闪开/仿佛是要独自滑向冰的背面/而波涛中又有着精确的方位/为凝视彼此保持必要的间距”。当然在具体的修辞上，反讽有它自己的方法。

人物周刊：你写作的动力是什么？人性似乎是不变的东西，写这些不变的东西，是不是就是在不断重复？

李洱：以前，确实大多数小说主题处理的都是善与恶。我们去看“五四”之前的小说，除了《红楼梦》，什么《三言二拍》、唐传奇，基本上都在处理这个问题。诗歌的主题另说。我们知道，钱锺书认为，中国古典诗歌的主题，一个是登高望远，一个是瞑色起愁。现代小说的主题当然比这个要复杂得多。

人物周刊：你怎么看从现代到当代的中国小说创作？

李洱：这个问题太大了，我挑个简单点的事来说。比如，在现代文学中，相当多的小说和诗歌，都是年轻人写的。“鲁郭茅，巴老曹”，除了鲁迅，当年写作的时候都很年轻。中国作家，其实很多年没有出现过中年人的小说。在当代文学中，在很少时间里，中年人的小说似乎也不多见。可能“重放的鲜花”们是个例外，不过，可能因为积蓄了太多的能量，有太多的话要说，要么如泣似诉，要么慷慨激昂，有点不像是中年人写的。因为无法做到“减去十岁”，他们就用美学的方式“减去十岁”，人是中年的人，心是年轻的心。真正的中年写作，可能是从知青一代作家开始的。他们越到老年，越呈现出中年心态，作品也是如此，颇值得感佩。国外的大作家，通常还有一个晚期写作现象。有一个词叫“晚期风格”，是我前面提到的萨义德用来描述贝多芬的。贝多芬在拿破仑失败之后，忽然进入另外一个时期，原本严谨的音乐结构不断地被涨破，破成了碎瓷，呈现出某种碎片化、超验性的特征。当时没人能理解，直到瓦格纳捡起了他晚期的作品，慢慢地，人们才接受这些作品，并理解了这些作品的意义。随着更多作家进入中年、老年，他们似乎也逐渐进入了一个晚期写作阶段。他们的创造力还很旺盛，这是中国文学史上从未有过的现象。陈晓明先生曾将“晚期风格”这个词做了个转换，提出“晚郁风格”这个概念。他引用梅尧臣的一句诗来形容这种写作，我觉得特别贴切，所谓“野凫眠岸有闲意，老树着花无丑枝”。这几代人的写作，经历了中国现当代的风风雨雨，有着非常独特、宝贵的经验，所以我想我们都能看到，中国当代写作的潜力和空间，其实远未穷尽。

李洱和他才能的边界[①]

杜绿绿[②]

一

作为一个诗歌写作者，我每天都会读到很多诗，有的是特意去读的，有的是偶然甚至是被迫读到的。早晨，我从昏睡中醒来，也可以说是从一句诗里醒来。梦里我也经常在读诗，或者写诗。这真是件悲哀的事：我的生活深陷于诗中，我在诗中脆弱地睡眠。有时，我会在梦境与现实的转换中迟疑，今天便是如此。那一刻我已打开手机，顺便在飞地 APP 读了 8 月 27 日的诗光年，一首比利·柯林斯的诗《诗歌入门》：

我要求他们把一首诗
举起来对着光
像彩色的幻灯片一样
或者把耳朵紧贴在蜂巢上
我说把一个老鼠扔进一首诗里
看他如何摸索着出来
或者走进一首诗的房间
循着墙壁找到电灯开关
我让他们滑冰

---

① 原载于《上海文化》2020 年 1 月号。

② 杜绿绿(1979 年—)，女，诗人。著有诗集《近似》《冒险岛》《她没遇见棕色的马》《我们来谈谈合适的火苗》等。

滑过一首诗的表面
向岸上的作者名字招手
但是，他们想要做的
是把一首诗用绳索绑在椅子上
并用酷刑逼供
他们开始用软管殴打
试图发现它的真正含义

这首诗比较简单、直接，这不重要，重要的是非常明确地说出了诗人对读者或批评家的不满。这难道不正是每一位写作者当下所面临的处境吗？人们太好奇了，太想给万物命名，给所经历的所看到的定义，以致采取各种"酷刑"。这是一个知识至上——所有事件、情感都需要"肢解"出一二三四——我们正在模拟计算芯片植入人脑后的精确时代。肢解不是分析，更不等同于思考。我们中的大多数人恰恰丧失了思考的能力，从一个词、一个句子、一段对话的字面给出粗浅的残缺判断，却忽略了细节所构成的整体正在向我们言说什么。如果说读者也需要学习，请多去把握细节的背后，打开自己的情感——一项越来越被忽视或被错误调动的心灵活动，增加可贵的感知力。

读者的重要责任是去感知。

而写作者困境更多，无论是哪种文体的写作者，都需要背负若干条责任，比如具备广博的知识并且不可彰显、技术革新、语言的推动、价值观等，还有是否写得有趣——我最难以接受的一点——为什么要有趣？为什么要把所有的机智都放在表面博一个好彩，像英国的麦克尤恩那样就很可爱吗？他倒的确是一个在中国挺受欢迎的人。有一次我和一位英国诗人聊天，当我说我真是讨厌麦克尤恩呀，他激动地翻了下眼说，哦，麦克尤恩，是的是的。

我对小说的阅读偏好是那些写得老实的、清醒的、不对现实做修饰或者说不用哈哈镜来改变现实的写作者。他们诚实而且勇敢，有着彻底决绝的写作之心。这里的彻底是说写作者作为一个观察者冷静切入生活而不惑乱生活，他们凝视着周遭的所有状况：一只黑夜里骨瘦如柴的野猫、一丛灌木昨天被清除、山风带起紫色迷雾、房价的变化、城市的动乱、新出了什么书、一盏灯在夜里两点准时点亮……任何事、任何人细微的变化，也逃不过他们的眼睛，他们为写而生出这双眼和记忆力。他们无时无刻不在观察：停止观察，就意味着他们开始写作，让写作成为观察。

这里，我要引用一段里尔克谈塞尚的书信。前两天我读到这段的时候，立刻想到了我所说的这些作家，他们正用类似的方式在写作：

对自己的表达甚至不做一点阐释,也不预设自己一个高高在上的地位,他只是再现自身,以一种谦逊的客观,以一种确凿无疑、实事求是的趣味——是狗的趣味——一只狗看着镜子里的自己,心想:另一只狗(《观看的技艺:里尔克谈塞尚书信选》,商务印书馆,2019 年版)。

里尔克谈的是塞尚的一幅自画像,而我们的成熟的作家们却很少写自己,或者说他们把个人分成无数个投入笔下。他们是旁观者,他们又是小说中的任何一个人。他们正视、深入这一切,克制着爱与痛苦、炫技的冲动、超脱于现实之上的修饰。要知道克服修饰对于写作者来说是个难事,无论写美与丑,都会有个小兽在我们心里拱来拱去,唆使我们别那么傻地一五一十道出事实,要给语言以装点,要给事实以华衣——既是为了形式上的美,也是为了某种政治正确,或者仅仅只是写作者的软弱——我承认有的现实难以面对。

软弱是人性不可抹去的特点,有太多条条框框和爱让我们屈服,从而放弃一点点真实。真正的生活,比小说要困难许多:小说中总有一线生机,有读者喜欢的正确的价值观,有美,而生活会随时给防不胜防的你种种圈套。当然也有些比较傻的写作者,还没看清楚要看的就开始写了,他们不在我们讨论的范围。

我只想谈论那些精确地观察过生活,又一笔一画地描绘生活,用最大的勇气给读者真实的作家。比如说卡夫卡、契诃夫、理查德·耶茨、李洱……名单可以很长,诸多作家诗人都可以列在这里。我也并不想比较我列出的几个名字,他们写得完全不同,都是独一无二的,如果说非要找出他们的共性,那就是前面提到的诚实与勇气。他们在作品中的诚实让人愤怒和悲哀,而最让人不愉快的是他们明知会有这些负面情绪还是如此诚实地写。他们战胜了软弱。

这次,我想谈一下他们当中的李洱。

二

我知道李洱非常晚,似乎他 20 世纪 90 年代已经在中文当代小说领域占有一席之地,可是我在一年多前才第一次听说了他。祖国地域辽阔,李洱在北京,我在南方边陲广州,南北文化有条无形的缝隙。我对中文当代小说读得少,虽然我打小就是个热忱的小说读者,但基本上读的都是外国小说。说实在的,对同时代不同文体的写作者,我们难免有些灰心和预设,有些不能否认的不关心。李洱本人似乎很少出京,他可能常年守在办公室与家两个地方,徘徊在从西城到东城的路线上,像一个勤恳的巡山人——这与他在人群中的戏剧性正好相悖，他给陌生人最深刻的印象就是他是一个表演艺术家。还有，他写得真的太少了，如他本人自谦——著作等脚。

那么，我是怎么在一年多前，《应物兄》尚未出版时就知道了李洱呢？

说来有趣，我写诗，我在广州最亲密的朋友却是小说家魏微。她去年初给《上海文化》写了一篇《李洱与〈花腔〉》。我虽然不关心大多数小说家，对于朋友的文章倒是一定会读的。这样，就看到了我一无所知的李洱。魏微用一万多字盛赞了《花腔》，信赖她的我立刻下载了一本电子版《花腔》。这是一本技术上无可挑剔的小说，李洱的才智发挥得毫不留情，他像一个数学家严格排列着种种人物的命运与话语，该有的有，不该有的绝对不让出现。他节制、审慎，又恣意狂傲。他写《花腔》时才三十多岁，一定觉得自己是笔下世界的主人。是的，他无所不能而又不差分毫，极具控制力。这种控制力伴随了他的写作，一种与生俱来的天赋。我想，如果他去做一个会计，也会把各种账目管理得井井有条。他不能允许出现一点差错。他也会是个优秀的警探，因为他还有一个勤于锻炼的天赋，即是我前面提到的观察力。他有天赋而勤奋：福克纳曾经说，要想成为一个杰出的作家，必须有百分之九十九的天赋、百分之九十九的努力。

他这样的细致精确，却让我这个读者有些迟疑的怀疑，多么让人紧张的小说，为什么不能放松点呢？为什么我感受不到作者本人，而只感觉到一只强壮有力的手在调动词语和命运。快速读完《花腔》后，我当时的想法仅仅是：李洱才能惊人，技术炫目，这是小说作者中的弗朗茨·李斯特啊。

《应物兄》出生后，不管是哪个文体的写作者基本上都认识了李洱。不想认识也不行，因为人们都在谈论。有两位值得信赖的诗人向我推荐了《应物兄》。一位是在饭局上谈的，一位是和我微信闲聊——当我说最近写得很累，他立刻说先别写了，看看书吧，《应物兄》。他们都不知道，此前我已看过《花腔》。他们的推荐是比较意外的，诗人们之间很少会谈论当代中文小说，尤其是出版才几个月的长篇。随后我发现朋友圈的很多人都认识李洱，另有一位诗人说豫籍作家——一个庞大的写作群落——他只看李洱。相对于小说家们来说，诗人们还是更好奇一点，对当代小说满嘴渣地吐槽完了后，该看的还是要看。顺便说一句，从来没有一个诗人会说看不懂小说家们在干什么，而小说家们却喜欢说，真看不懂你们在写什么。很多小说家把看不懂归为诗人的责任。虽然我是在谈论小说家，可也不能不承认小说家的确世故。

我陆续又读了李洱的一些中短篇，比如《午后的诗学》《导师之死》《喑哑的声音》《鬼子进村》等。原来，他在更年轻时就已经很会写了，《导师之死》尤其漂亮高级，这好像是他真正意义上的第一篇小说？我不确定是不是，但依稀有这样一个印象。我很惊诧他在写作的开端已经掌握了叔本华所说的高级小说的秘密:多推动内在生活,减少对外在生活的描述。不可否认,我对这篇小说的语调很入迷,有些段落我甚至朗读出声。一般在阅读诗的时候,我才会有这个习惯:默读与声音的出现太不同了,声音带动了读者的投入以及严格的态度。是的,我很严格地读完了这个中篇。我发现了一个困惑而意气勃发的小说家,他有一些写作上的雄心,正在建立自己的世界。他的语言还没有稳定,他还在寻找,用天赋的自然的语调在试探,当然不免有些姿态,属于青年的那份骄傲。李洱必然是个骄傲的人,无论他在生活中多么随意亲切,也改变不了这一点。对于读者来说,想在小说里看到他的影子实在有难度,我刚才说在《导师之死》里发现了一个小说家,也只是小说家李洱罢了,并不是李洱这个人。

意外的是,随后我在看似平淡的《喑哑的声音》里找到了李洱。这并不是揣测主人公的原型是李洱本人——我从来不去设想小说的原型来自哪里,写作的人都知道一个人物身上集聚了十个人一百个人的痕迹。作品中的人来自于我们身边所有的人,从一首诗一篇小说里判断原型和情感来源是最白费力气的,稍有智商的写作者都不会轻易暴露写作的隐秘来源。我是想说,在这个小说里,我看到了李洱的情感。他放入了自己,与孙良一起经历了情事。他朴素地写着,不急不慢。他甚至有些伤感。如果诗里没有“我”的融入,那很难成为一首好诗;小说虽然不会这么明显,但是“我”的进入,必将提升小说的意义。

大胆地说一句,我对很多当代小说(不是全部)里“别致”的语言不屑一顾,因为这些“别致”其实是“从众”,其实是陈旧。很多小说家往往缺乏辨别“别致”与“从众”的能力。如果小说家们稍微读一些当代中文诗,就知道诗人们的语言工作已经到了另一个时代。这绝对不是贬低小说,只是客观地说出一个事实:语言不是小说家工作的重心,小说家们更多地注重培养自己其他一些能力。不要误解,我也肯定不是说小说家的语言不重要,而是默认了小说家在语言运用上已经自动拥有了自我的法则。可是实际上,恕我直言,我想大多数小说家并没有创造出自我的法则。

毋庸置疑,李洱兑现了诗人眼中的这种默认。从他早期的中短篇就看得出他有语言的天赋,字里行间有诗性流动。李洱说他也写过诗,但是当他发现诗所追求的恰好是小说要放弃的,他就没有再写过诗了。李洱的话反过来听,也可以说是诗放弃的正是小说要把握的。谁放弃谁不是值得在意的事,这件事只是再次证明,李洱在二十几岁时就分外清醒、理性、决绝以及坚定。他对自己的写作看得比谁都明白,纵然批评家与读者有各种声音,也干扰不了他的心。

李洱,是倾听水声长大的人啊。

三

我已经提到了李洱的三个天赋：观察力、控制力、语言。他貌似对天赋完全不在意，我曾在某个微信公号标题里看到李洱放言：靠天赋写作的时代已经过去了。他这样说，纵然是对当代小说的发展有个综合的反思与判断，不过我想，他对天赋有一种珍惜，不滥用，不用尽，而且他已经找到了为天赋伴行的盔甲。这里我需要提到李洱写作的一个标签：知识分子写作。说实话，我提到这个标签不是为了认可、赞同，更不是为了方便谈到后面的一些话题。批评工作者、写作者都太懒惰了或苛刻地说缺乏批评的才能，喜欢用表面的形式做一个标签来区分不同写作者深入研究的方向。一首诗、一篇小说里必然会包括大量知识，不同类的知识。从我写诗那天起就知道，成为一个合格的诗人，你必须同时成为一个博物学家。无穷无尽的关于我们生存环境的知识，等待你去学习。如果想做得出色，那就要更上一层：太多的未被开发的知识等待写作者去发现和赋形。我是懒惰的人，做得不够好。但李洱不是，他不耽于天赋中，他在知识中获得了无限乐趣，并从知识的浩瀚展示中寻到了反思的途径。他与知识的关系应该是吸收、怀疑、博弈、妥协、选择性接纳，还有不可避免的放弃。

李洱的作品被归为知识分子写作，不外乎两个原因：他写各种学院内或者学院附近的人，他的写作中运用了各种或显现或隐藏的知识。这既成了他的一个明显的特点，也成了遮蔽他在写作上一些努力的铁罩。

再问一句：究其根底，小说家写小说是想要做什么？

我不写小说，我从写诗的角度来想一下：一个诗人无论他写什么，他都不会是想写某个事件、现象、群体本身，他是想找一个可叙述的载体，来完成自己对所遭遇的生活进行的反思与期待。任何一种生活，贫乏无奇的、充满爱的、卑微的、无耻的……对于写作者来说，都是无尽的宝藏。同样一段生活，我们今天经过它，明年经过它，带给我们的定是不同的感受与警醒，可能还有一些恐惧？这与不同时期的观察重点有关，也与我们本身被生活改造得有变化有关。这种变化有一目了然的，也有极难察觉的。特别要说明，极难察觉不代表变化不大，而是个体本身有不自觉的欺骗性。他劝说自己否认了变化。为什么要否认变化的存在呢？不要轻易断言与诱惑我们相信自身是稳定的。处在如今这个多变的时代，不断变化的我们，往往失去了辨认生活本质的才能。或者，你的理解是趋同的。

而只有在对生活本质的个性化的理解中，写作者才会构建独属于自己的世界：它们大小不同、形态各异、表象纷呈，或平易近人或古怪离奇。好的写作者都不会脱离对生活的对照——他们曾经颤抖着经历过的、带给他们无数个难熬之夜和羞于启齿的、那些痛感的消极的又积极的生活。这是他们不得不深植于其中的现实，他们认真地对照着，否则他们会视为对自我的背叛。这种对照进入文本后，有些会很含蓄，有些过于直接。一个未经深思熟虑的读者往往会缺乏准确的判断力与感受力来发现这些现实的真实性，而更悲哀的是有人会否认这些现实。多么残酷啊，我们生活在各种现实中，却看不清方方面面扑过来的现实。

我们写诗、写小说，说到底是关注人的现实，各种真实存在的人，关注这些人的行为、言谈、知识、政治倾向等多重武器包裹住的复杂的心灵。它可以是邪恶的、纯洁的、白痴的、混沌的、畏缩的、坚硬如石的，它可以是任何一种，它是人所以为人的重要依据。我在前面提到了卡夫卡，就是因为在这个意义上，卡夫卡是不朽的。

事情就是如此，李洱写学院里的人也是在写人。他写他们，提及了很多知识，是因为这就是他们现实中最表层的一部分。李洱描绘出这群人不是想单纯完成一幅学院风貌图，如同塞尚画风景与静物，每一个色块、每一棵不断叠加颜色的树，带给我们的是沉静稳定的思考，是深藏的难以描述的情绪，是永恒。画匠和画家的区别就在于有没有深入画中的生活，有没有在这幅画上赋予自己的情感与人性的发现，有没有尊重自己客观的发现与描绘，而李洱，当然属于后者。这是我读他的《应物兄》得出的强烈印象，虽然我并不了解李洱，因为他在日常中的戏剧性保护了他的真实。

知识分子写作这个标签，如此看来就显得过于简单和工匠气了。李洱可能也不喜欢这个标签，于是他写了《石榴树上结樱桃》，一本关于乡村选举的书。说明一下，我至今没有读过这本书，对李洱为何要写这样一个小说，我全是瞎猜。我得坦白，我对当代乡村题材兴趣不是很大。提起这本书，是看到魏微在写李洱的那篇文章里说，写乡村李洱也写得很精准。这验证了我对李洱写作的判断，我压根不怀疑李洱会写错，他的自尊心不允许，知识对他的教导不允许。这也是知识分子的毛病和美德。这是一个强烈重视智识发展的人对知识现实的负责：乡村生活除了广袤的经验，也有经验带来的与学院完全不同的知识，以及现代生活冲击乡村后产生的与学院同一谱系的知识。所以，他的标签没有变成乡土作家，他还是知识分子写作的代表。

在《石榴树上结樱桃》之后，他继续写回知识分子，去处理那些更为纠缠他的困境。这是他熟悉与热爱的群体，与李洱息息相关：他们有共同难以处理的问题，他们包裹住心灵的那些武器也是李洱再了解不过的了。他写他们，既是对这个群体的质疑、理解与同情，也是在不断拷问与推翻自己。我想李洱每天上班，能否定义为每天去做一次有收入的田野调查？所以，他写了13年,写了80多万字的《应物兄》。我有些坏笑地想,他在写的过程中可能经历过无数次难以忍受的自我否定。各种缘故导致了这部长篇的漫长写作时间,对李洱来说,也是种幸运,他用十多年更深入地观察了生活,同时体验了生活。体验的含义在里尔克《马尔特手记》的前部阐述得十分好,李洱对此应该有深切赞同,他曾为朋友们背过这段:

当所有的事物在你的脑子里多到数不胜数,更重要的是要学会遗忘。仿佛它们从未发生过,无影无踪。但是某一天,这些消失的事物会再次回到你的眼前,栩栩如生,难以名状。只有在这个弥足珍贵的时刻,一个诗人的诞生才成为可能。他才可能写下他的第一句诗:我是一个诗人。

小说家不强调体验,他们更愿意去冷峻地旁观。比如李洱在《应物兄》之前的大部分作品正是实践着小说家的观察原则,你在小说里很难找到他。诗人通过想象完成体验,小说家呢,同样是通过想象找回这些发生的事情。我们对想象的定义需要扩大,想象不是凭空幻想。所有文学作品中的想象皆有出处。想象也不仅仅是天空飘着雄狮、树林里有萤火虫追逐我们这么简单,它就像我们的梦境一样来源于生活。李洱在闲聊中对想象下的定义是:想象是记忆的生长。

我曾经做过一个长梦:我在林荫道上狂奔,身后是无数条巨大的五彩斑斓的热带鱼,它们张着嘴追赶我,想要吞掉我。那一夜我不停地跑,带着眼泪和恐惧,最后长叹一口气醒来,早已是泪流满面。我坐在床上沉思片刻后,却又觉得浑身轻松:我清楚意识到这个梦境的来历,通过对梦境细节的分析,从记忆里寻找相似情景,我完成了对自我的一次剖析,并感到安全了。"相似"这个词也要延伸理解,很多画面与事情并不是那么容易直接找到相似处,而是在某个不明确的点上有一致的气质,发现这种一致需要直觉。这就是作家的直觉。确定了想象的出处后,一个作家必须要完成的进一步工作,就是在出处中反省与判断,通过这种有意识的思考对众多纷杂的事物做出重新整合并带回眼前,形成一个筛选过的记忆:它转化为一种最准确的现实,它把无数个瘫软的形象具体化了,并且变得坚固了。一个作家有能力完成这种转化,才能成为不同于他人的作家。在这里,想象是对现实严厉的监督与反思,是考验一个人对自我的认识到了何种程度的长尺。这把长尺类似于无底深渊,一个醒悟的写作者终其一生都将在想象中摸索,以达到更接近底部的位置。显然,李洱在他30多年的写作生涯里,从最初的无意识到后来的逐渐明确中,正在不断接近更深的刻度。而我们,这个时候,或许正与他一起,感受到了自己的微不足道与发自内心的孤独。

虽然李洱过去的小说已是熠熠发光,但《应物兄》还是与它们完全不同。可以说,他放弃了曾经所有的写法,是颠覆、探索之作。他义无反顾,但他也越来越孤独了。他也放弃了一些骄傲。他不再是小说的主人,他在这部小说里放入了全部的自己——前面多次提到,他曾经吝啬于出现在小说里,而是俯视着文本里的众生。现在,他明白了"参与"的珍贵,于是他成为《应物兄》中的每一个人。他是那个时不时闪现的嘲讽的冷淡的叙述者,他也是应物兄,是文德能,是芸娘、六六……所有的人物都与他互换过生活。他与他们只谈论"事实",他们不美好不文学,就是生活本身。他们是这个迷惑人心的时代中的存在。羡慕李洱吧,他度过了多么精彩的13年,虽然疲惫不堪,以至他越发慎重了。《应物兄》中的每个人都长在他身上,或许到了下一部小说他才会把这些影子剔除干净。剥离与重新负重也是小说家的能力,唯有如此,写作才能在传统之中变革出无尽的新意。

四

李洱的小说中包含很多可贵的东西,在写这篇文章的过程中,我不断发现很多点,完全可以单独展开一篇长文。但这是小说批评家们的工作,我就不代劳了。首先我还要再说的是诚实,《应物兄》里,诚实被强化到不可忍受的地步。我对此最初的印象,就是在小说家魏微的书房中获得的。那个下午,当我顺手从茶几上拿起刊登着《应物兄》的《收获》翻起来,这种印象就开始慢慢聚集了。李洱的小说很好进入,他的反讽与老实的对话中有一种含蓄的喜剧性,语言练达放松,尤其适合下午昏沉的状态。朗月出现了,那天下着雪,应物兄上了她的床。应物兄随后的反应实在残忍:

当他悄悄地把发麻的手臂从她身下抽出来的时候,他好像看到外面的雪光映入了窗帘。这当然是不可能的,因为这是九楼。他顺便进行了一番自我分析:我为什么会有这种幻觉?这就像我书中写到的,做爱之后,我不但没有获得满足,反而有一种置身于冰天雪地的感觉……哦不,置身于冰天雪地,你会感到清冽、洁净,而我现在感受到的只是龌龊……出来的时候,他感到情绪糟透了,真的糟透了。脏乎乎的雪水又进入了他的鞋子。

作为女性,我立刻有一种被冒犯感:应物兄你何德何能,朗月为什么一见就想睡你?你还像被侵犯了似的。可气的是都这样忏悔了,等朗月找借口上门,竟然又睡了一次。我真是想一脚踢翻这个应物兄。当天,我竟然没有再看下去。关于这种被冒犯感,如今想来是个比较复杂的问题,这涉及女性意识崛起、平权等。这个时代女性的状况貌似胜过从前很多,所有女性有权利受教育、工作,从小被教导要独立,要成为一个自由人。女性被允许独自长途旅行,在爱情与性中不再被动。但是一个女孩,她为未来的独立做努力的时候,同时也被要求喜欢粉色、布娃娃,学会害羞。害羞在过去与现在都是鉴定一个女孩是否纯洁美好的标准之一。女孩的娱乐是做手工、拼贴，参加舞蹈兴趣班，因为学舞蹈有益于长大后得到一个优美的身体。我认识一个九岁的芭蕾女孩，她在节食，因为她觉得自己有点胖。不要责怪她和她的舞蹈老师，这不是她们的错，个体想要突破大的社会环境太难了，即使她们有勇气、天赋和机遇。何况，不论一个女孩有没有天赋机遇，都需要被平等地对待，环境本身要被教育，被重新设置。男孩子呢，不用管这些的，去广场疯跑玩枪战，他们压根儿不在意胖瘦这么无聊的问题，他们在另一种错误的性别教导下长大。2019 年了，女性事实上还是处于一个极度弱势和需要证明能力的阶段，从生下来那刻，女性就被社会定型的目光所教养。比如：女性的虚荣心或出于对两性结构的趋同心理让她们在爱一个男性的同时，会不断美化他的形象，在幻想中纠正他的缺点，以更符合自己的预期。这是生理决定的，更是成长环境的塑形。大部分男性和女性都会这样度过一生，并且理所当然。这是两性的客观现实。可是同样在这个时代，也有一些女性和男性在经历生活和知识的锤炼后，获取了崭新的意识，他们更能理性对待性别的差异，找到双方真正平衡的路径。这条道路十分艰难，所有正在行进的人都会不自觉地有一种自我性别保护意识，比如我在看到应物兄的反应后，会应激弹出对这个人物的不适。

但是，如果置换下应物兄和朗月的性别，应物兄是女性，朗月是男性，当应物兄心里发出那番自责懊恼的言论后，我大概又会分外同情应物兄。有些女性意识强烈的作家的书写，也会让男性读者感到被冒犯。这个道理是相同的：男性和女性都被社会环境错误固化。这是性别的立场。所以，平权不光是为女性，也是为男性。

回忆下库切的《耻》，卢里当时也让我有不适感，卢里和应物兄完全不同，撇开他们所处的不同社会背景和知识环境不谈，前者有攻击性，后者是人畜无害的。应物兄软弱、不坚定，可又有知识分子的良知与学术追求，最重要的是他没主动去伤害别人，却处在时时被伤害的位置上。随着阅读的深入，读者对应物兄的感情会有一个变化和叠加，不再是单纯的嘲讽、可怜，还有理解与尊重，以及遗憾。李洱没有去写一个高于他人的完人，他诚实地写了一个真实的人，一个逃离不出自我局限的人，一个当下更普遍存在的人。美化是容易的，坦白相对要难得多。应物兄的不合时宜即体现在“其中的真实性比读者愿意看到的要多了一些”。这个说法来自莱蒙托夫谈毕巧林，应物兄和毕巧林除了都算某种“多余人”外，没有什么相似性，尽管他们所处的时代有某种微妙的气质相同。

小说中还有其他多处和女性无关的“冒犯”，这种“冒犯”的诚实必然会为李洱迎来一些非议，但我觉得无妨，这是一个沉于思辨的写作者必须要去承受的。我以为,承受力也是考验写作才能的一个标准。

我刚才引用的小说中的几句话同时也体现了《应物兄》对细节的重视,这是我要说的第二个品质,李洱小说中一贯的品质,在《花腔》中即可看到,在《应物兄》里对细节的使用更是处处可见,可不可以说,这是一部由千万个细节构成的小说?书中最美好的人是芸娘,应物兄在芸娘跟前儿就像个小狗似的,与人吵架,芸娘轻轻呼唤一声,便不敢再出声了。芸娘谈到铁梳子,明明就是轻视得不行了:“他现在还能想起,芸娘提到这些事时,嘴角不经意间浮现出来的嘲讽。”可是我们的应物兄呢,还要和自己美化芸娘,“芸娘可不是一个喜欢说闲话的人,她的每句话都会给人以启迪”。好吧,芸娘是对现象学感兴趣,可是作者李洱偏偏又写了一句,“芸娘并没有接着讲下去,似乎仅仅谈论一下就会让她感到不舒服”。寥寥几句,芸娘对应物兄的重要性马上出来了,他只能像小狗一样去跟随、听从,还把这个人认定为最理解自己的人。

细节对小说的重要性相当于煮饭需要米,绝不是油盐酱醋那些调味品可以比的。一些诗人去写小说,为什么很难写好呢?缺乏细节是原因之一。这不是说诗人不观察生活,诗人对风吹草动盯得紧着呢,但是诗人观察的方式和小说家是两回事。比方小说家和诗人偶遇一位哭泣的少女,只给一秒的时间,小说家会注意少女的五官、衣服、手和脚,诗人却被哭泣声、眼泪、颤抖的肩膀吸引。当这些声音、眼泪、颤抖的动作落到小说里后,缺乏具体事物来落实,容易陷入情绪的铺张。在诗里这样没有问题,精妙的技术处理后,可以把一颗泪珠变成一百颗,给读者更多空间去感受。如果诗人经过有意识的训练,掌握两种观察方式,处理好实与虚的细节,那写好小说也是有指望的。小说家去写诗有难度,长期浸在具体到琐碎的观察中,语言也变得具体务实,诗的无限会被降到有限。诗需要精确,同时需要多层次的歧义。也有极少数的语言敏感的小说家能突破语言习惯,成为例外。不服气的小说家可以试试写诗。总而言之,写小说在做好细节工作的基础之上才能谈别的。在这方面,李洱做得很出色,实虚都有了。关于他的细节处理,有很多巧妙的方法,比如说细节的来源不一,有些细节是作者观察来的,有些则是书中人物的观察:

它散乱地插在一个土黄色的汉代陶罐里,已经枯萎。几片花瓣落在桌面上,就像从木纹里开出的花。保姆把那几瓣花捏了起来。

他(应物兄)正想着要不要离开呢,芸娘进来了,坐在了门口左侧的一张沙发上。在她的面前,刚好是魔术师带来的一只鸟笼子,里面是一只鹦鹉。她俯下身子观察那只鹦鹉。她披着一条很大的披肩,黑地红点。在她俯下身子的同时,她轻轻地抬起了手腕,拦住了那条披肩,预先防止了它的滑落……

书中不同人物的观察与作者的观察交合在一起,既形成了复调的效果,又增加了这个虚拟人物的真实性。当虚拟的人进入了观察,也就具备了性格、抒发情感的能力和独立的思考能力。这也意味着整本小说中必然存在不可忽视的智性。

我最后想要谈的正是智性。智性是我非常喜欢的品质,我热爱知识,但不是知识教徒,知识都是人创造的。一个人有知,不一定智。一个人是不是知识分子也不在于他受过什么教育、做什么工作,而在于他如何看待所处的社会,并对自身和环境做出怎样的判断和思考。很多所谓知识分子,完全没有能力在错综复杂的时代环境下做出独属于个人的反思,更不用谈具有坚持反思的操守了。在这个意义上说,一些工人、农民反而是真正的知识分子:我知道不少用最朴素的话语和个人行为超越时代的劳动者,他们能清醒地穿过时代的迷雾。那么回想《应物兄》中的许多段落,我想,这本小说的意义除了试图揭示和解决知识分子的种种困境,也能作为一本帮助读者鉴别真假知识分子的教科书,从而扩大与缩小当代知识分子概念的范围。

小说里的智性闪亮如星。我不知道李洱是有意为之,还是他作为敏锐作家的本能行为。在写作手法里,往具体找一处看的话,在《应物兄》里有一个全知全能的叙述人,他不是作者也不是应物兄的影子,他是低于作者而又高于应物兄的人。他对应物兄有讽刺也有关切,他为应物兄的自我批判与各种幽微的心理活动提供支持以及补充说明,他也是一个在文本中限制应物兄"自由"的人。他给了应物兄他允许的范围,这个滚动的立方体中,应物兄可以活动手脚。这么说吧,应物兄所有的思考与情绪变化都是他暗示的、知情的。这个叙述人可以称为"智性"的显形。这是作者赋予小说的基调,智识流动在《应物兄》里给人带来无尽的哲思:

今年的果球已长大,去年的果球还挂着。它将在风中被时间分解,变成令人发痒的飞絮,变成粉末,变成无(这里说的是悬铃木的果球)。

它们在塔林欢唱,在凤凰岭欢唱,在桃都山欢唱,在共济山上欢唱,在新挖的济河古道的草坡上欢唱。它们当然也在生命科学院基地欢唱。应物兄感到自己被这声音包围着,无处藏身(这里说的是名叫济哥的蝈蝈)。

现在,它的尾巴朝向荷叶的中心,头则是朝向水面。它要小心地从翘起的那一点点荷叶的边缘下嘴。它的嘴巴处在水与叶的界面。他(应物兄)摘了一片无花果树的叶子,把它捏了起来。他没有去惊扰那只正在吐丝的蚕。他怕影响它作茧,影响它化蝶,影响它做梦(这里说的是蚕宝宝)。

这些段落也是诗的变体,令人读来怆然,到达更深的体验。我还是再用一下煮饭的比喻:如果说细节是李洱小说的米,那么智性便是用来煮米的水。水决定了米的形态。最终获得的是粥还是稀软的米饭、干饭，都要取决于厨师——作者。智性的发展过程似乎部分地排除了感性：个体在获取知识之后的思辨能力在不断加强，对理想世界的认知和对经验的筛选，在独属于个人不断产生结论的思想空间里，对来自情感主导的世界会有诸多不信任。智性和感性在分头发展到极致的路途中会产生对立，但这种对立不会永远绝对，正如在它们没有明确划分之前，也曾混合在一起。划分是人的进步，划分同时只是个过程，有必要坚持的过程。如果在没有分别达到峰顶的状态下轻易汇合它们，有两个可能：含混不清和互相妥协，出现不清晰和退步。在科技发展迅猛的今天，人工智能成为热门的研究对象，人们对精神的这两种不同活动都淡去了兴趣，现在崇尚的智更相当于机器原则，而感性面临被轻视的局面。不要将外部对精神的干扰单一视为是恶劣的，每一种恶劣状况的出现都是必然的，都将带来新的刺激和动力。在逐渐被边缘化的过程中，荆棘之路会通向更宽阔的前景。我虽然是社会活动中消极的人，在这方面却有从不怀疑的乐观。文学之所以伟大、不可替代，正是因为人对精神有不能放弃的渴慕，现在诗非常弱势，还是有很多人在写诗就是这个原因：诗人们甚至不在乎读者是否只有一个人，他们首要满足的是持续地写，满足的是智性与感性分分合合，而这种分分合合的摩擦，产生的即文学的智性。

我看到，小说写作中的智性在李洱这里不断进阶。他从早年的知到达智并保留了继续探索的方向，这是值得称赞和敬佩的。我们谈过李洱的勇气，致力于智性也是个需要极大勇气的行为，智不是人无畏的本能，这个行为是在对自我和知识、经验的分析思辨后，确认并坚持的孤注一掷的行为。对于以感性见长的中文小说而言，李洱小说的出现，对于提升中文的品质，显然是极有意义的，也是读者的幸事。

五

作为这篇文章的结尾，我想引用齐泽克关于谢林的导论里的话，是导论的第一句话："过去是已知的，现在是公认的，将来是神圣的。已知的东西被叙述，公认的东西被呈现，神圣的东西被预言。"

李洱的《花腔》叙述了过去，《应物兄》呈现了人在当下的际遇与应变，他接下来会去预言一下吗？我或许期待在他稳定的智性与控制力中看到一些新的变化，我想，那将又是一次颠覆性写作和对他写作才能的边界的探寻。不过，李洱还会让我们再等十三年吗？